Holly Bourne
Spinster Girls
Was ist schon typisch Mädchen?

Holly Bourne, geboren 1986 in England, hat erfolgreich als Journalistin gearbeitet, bevor sie das Schreiben von Jugendbüchern zu ihrem Beruf machte. Mit den Wünschen und Sehnsüchten von Jugendlichen kennt sie sich gut aus, da sie auf einer Ratgeber-Webseite viele Jahre lang Beziehungstipps an junge Leute von 16–25 Jahren gab. ›Was ist schon typisch Mädchen?‹ ist der zweite Band der ›Spinster Girls‹-Trilogie um Evie, Amber und Lottie.

Nina Frey, geboren in Heidelberg, studierte Anglistik und Germanistik in Hamburg. Sie arbeitete lange im Kunsthandel in Hamburg, London und Berlin. Heute lebt sie als freie Übersetzerin in Wien.

Holly Bourne

Spinster Girls

Was ist schon typisch Mädchen?

Roman

Aus dem Englischen von Nina Frey

dtv

Ausführliche Informationen über
unsere Autoren und Bücher
www.dtv.de

Von Holly Bourne sind bei dtv junior außerdem lieferbar:
This is not a love story
Mein total spontanes Makeover und was dann geschah
Spinster Girls – Was ist schon normal?

FSC
www.fsc.org
MIX
Papier aus verantwortungsvollen Quellen
FSC® C019821

Deutsche Erstausgabe
2018 dtv Verlagsgesellschaft mbH und Co. KG, München

Titel der englischen Originalausgabe: ›What's A Girl Gotta Do?‹
2016 erschienen bei Usborne Publishing Ltd., London

Umschlaggestaltung: dtv / Katharina Netolitzky, nach einer Idee von Usborne Publishing Ltd., London
Gesetzt aus der Janson Text LT Pro
Satz: Fotosatz Amann, Memmingen
Druck und Bindung: C.H.Beck, Nördlingen
Gedruckt auf säurefreiem, chlorfrei gebleichtem Papier
Printed in Germany · ISBN 978-3-423-71801-1

Für alle Mädchen,
die das Richtige tun statt das Einfache.

Der Knackpunkt

Eins

Dabei hatte ich noch nicht mal einen kurzen Rock an.

Bescheuerter Gedanke. Völlig bescheuerter Gedanke.

Aber hinterher, als ich vor Wut kochte und heulte, dachte ich an nichts anderes als daran: Ich hatte noch nicht mal einen kurzen Rock an.

Wenn ihr unbedingt wissen wollt, was ich anhatte, damit ihr beruhigt sein könnt, dass ich in dieser Angelegenheit wirklich das unschuldige Opfer war: eine ganz gewöhnliche Jeans. Und ein Oberteil mit Spitzenbesatz. ABER REGT EUCH AB – die erotische Spitze lag VÖLLIG VERBORGEN unter meinem Dufflecoat. Und da perverse Lkw-Fahrer keinen Röntgenblick haben – *hier wäre Gelegenheit für ein kleines Dankgebet* –, trug ich also nichts, *nichts*, was irgendwie hätte auslösen können, was an diesem Tag geschah.

Nämlich Folgendes …

Ich war spät dran für die Schule, aufgrund eines Grundsatzstreits mit meinen Eltern über »Meine Zukunft«. Das gehört bei uns zum Alltag. Sie sind völlig besessen von »Meiner Zukunft«, doch heute Morgen war die Debatte über »Meine Zukunft« besonders unschön gewesen. Aus Gründen, die sich keinem je erschließen werden, noch nicht mal mir, hatte der Streit darin gemündet, dass ich »Meditiert doch mal DARÜBER!« gebrüllt und mir in den Schritt gelangt hatte. Dann hatte ich ihnen die Tür vor den fassungslosen Nasen zugeknallt und war die Straße hinuntergerauscht. Den Tränen nahe.

Es war kalt und hell. Ein schöner Oktobertag, aber einer, wo der goldene Sonnenschein gegen die Temperaturen nichts ausrichten kann. Ich rannte schon beinahe, teils wegen meiner Verspätung, teils, weil ich so fror.

Der Lkw stand hinter der Ecke.

Zwei Bauarbeitertypen, die vorne drinsaßen, hatten mich gleich entdeckt. Sie starrten durch die Windschutzscheibe. In einer Art, dass ich sofort einen Knoten im Magen hatte.

Einen Knoten der weiblichen Intuition.

Einen »Gleich gibt's Ärger«-Knoten.

Nein – scheiß drauf. Das war keine weibliche Intuition. Ich bin ja keine Hellseherin – ich bin nur einfach extrem erfahren, was sexuelle Belästigung angeht, wie eigentlich jedes Mädchen auf diesem Planeten, das es wagt, irgendwo zu Fuß hinzugehen.

Der Lkw parkte auf meiner Seite der verschlafenen Wohngebietsstraße – der einzigen Straßenseite mit Gehweg. Ich blieb kurz stehen und wog meine Möglichkeiten ab. Mir war mulmig, doch an dem Laster musste ich vorbei. Obwohl mir schon übel davon war, wie sie mich nur anguckten. Als sollte ich mich schämen …

Vielleicht täusche ich mich ja, dachte ich. Einer von ihnen war im Alter meines Vaters. Vielleicht schauten sie einfach nur ganz unschuldig durch ihre Windschutzscheibe. Vielleicht würde gar nichts passieren. Und weil ich schon so erledigt war und so allein und so aufgewühlt wegen allem, was ich euch eben erzählt habe, ging ich nicht ganz so selbstbewusst an ihnen vorbei, wie ich es sonst wahrscheinlich getan hätte.

Instinktiv wandte ich den Blick ab, tat, als starrten sie mich gar nicht an, zog mir den Mantel fester über meine ohnehin völlig verborgene Brust und ging noch schneller auf sie zu.

Jetzt hatte ich den Lastwagen erreicht. Immer noch konnte ich ihre Blicke auf mir spüren. Aber ich war schon fast da. Und »fast da« bedeutete, fast an ihnen vorbei … und alles wäre gut … mir ginge es gut … und außerdem war ja helllichter Tag, und zur Not konnte ich ja schreien, doch ich würde natürlich nicht schreien müssen, weil ja alles okay sein würde und ich mir diese Bauarbeiter schlimmer ausgemalt hatte, als sie eigentlich waren, und ... und ... und ...

... und dann ging die Wagentür auf.

Ich blieb sofort stehen. Die offene Tür blockierte den Gehweg. Der Jüngere stieg langsam aus, und ich sah auf, mit wildem Blick und voller Angst. Denn warum hatten die ihre Tür geöffnet? Ich hörte ein Knallen und zuckte zusammen. Das war die andere Tür. Weil der andere Kerl auch ausgestiegen war. Mein Kopf schnellte in seine Richtung und ich sah, wie er um die Motorhaube herumging, mir immer näher rückte. Er war kahl, alt, ganz rot im Gesicht, als tränke er schon seit Jahren einen über den Durst.

Jetzt hatte ich einen Mann vor und einen hinter mir. Ich war gefangen. Kaum Platz, ihnen auszuweichen. Der Typ, der mir von vorne den Weg verstellte, sprach als Erster.

»Siehst du aber sexy aus mit diesem roten Lippenstift«, sagte er mit einer so lüsternen Stimme, dass es mich schauderte.

Ach ja. Hab ich vergessen zu erzählen. Ich trug roten Lippenstift. BIN ICH JETZT SCHULD?

Der Mann beugte sich vor, genau über mein Gesicht, sodass ich gar nicht anders konnte, als ihn anzuschauen. Er war jünger als der andere – mit Flaum statt richtigem Gesichtshaar.

Der Kahle hinter mir stimmte ein.

»Du hast dich doch extra für uns so hübsch gemacht, oder? Gefällt uns. Gefällt uns sogar sehr gut!«

Mein Herz schlug so schnell, dass ich glaubte, gleich explodiert es. Mein Atem ging hektisch. Auf der anderen Straßenseite stand ein Mann in seinem Garten und stutzte an irgendwas herum. Ich sah ihn verzweifelt an, bat stumm um Hilfe. Doch er schien nichts bemerken zu wollen.

»Stimmt was nicht, Süße? Warum sagst du denn gar nichts?«

»Ich …«, stammelte ich. »Ich …«

»Schüchtern, was? Aber schüchterne Mädchen tragen doch nicht so einen Lippenstift.«

Der Jüngere trat jetzt nach vorne, kam mir viel zu nahe. Sein Atem stank süßlich, nach Red Bull oder so. Panisch sah ich mich um, schätzte ab, wie viel Platz neben ihm blieb. Rechnete aus, ob ich da durchpassen würde.

Ich sah meine Chance. Ich nutzte sie.

Ich preschte an ihm vorbei, schubste seine Arme hoch und rannte die Straße hinunter, so schnell ich konnte. Meine Füße trommelten auf den Asphalt, mein Herz drehte durch. Würden sie mir hinterherrennen? Es war doch helllichter Tag.

»ERST AUFGEILEN, DANN ABHAUEN!«, brüllte mir einer hinterher.

Die Beleidigungen prallten an meinem Rücken ab. Ich lief und lief – ganz sicher, dass sie mir folgen würden. Ganz sicher, dass es noch nicht zu Ende war.

»KOMM SCHON, SÜSSE, WAR DOCH NUR NETT GEMEINT.«

»SCHEISSSCHLAMPE.«

Die kalte Luft pfiff mir in die Lunge, schnitt mir in den Hals. Mein Magen wollte sich umstülpen. Ich schlotterte so sehr, dass ich kaum geradeaus rennen konnte.

Hinter mir hörte ich keine Schritte. Am Ende der Straße wagte ich es, mich umzusehen.

Die zwei Männer lehnten an ihrem Laster. Sie lachten. Hatten sich vornübergebeugt und die Hände auf die Knie gestützt, schütteten sich aus wie im Kindergarten.

Und während ich krampfhaft die Tränen zurückhielt, die mir im Hals steckten, dachte ich:

Dabei hab ich doch noch nicht mal einen kurzen Rock an.

Zwei

Der Tag entwickelte sich zunehmend zum Debakel.

Ich kam gerade noch rechtzeitig zum Unterricht und winselte mich durch Politik- und Wirtschaftskunde hindurch, ohne einen klaren Gedanken fassen zu können. Mit zitterndem Kuli schrieb ich sinnloses Zeug mit. Immer wieder spulte ich die Szene in meinem Kopf ab. Wie sie mich angesehen hatten. Wie mir zumute gewesen war, als sie mir den Weg verstellt hatten.

Während unser Lehrer vorne über die Schwächen unseres Mehrheitswahlrechts schwadronierte, war ich meinen Gefühlen ausgeliefert. Einer wahren Flut von Gefühlen.

Scham – als wäre ich daran schuld. Weil ich den blöden Lippenstift getragen hatte, nur weil der zu meiner Tasche passte und mich bis heute Morgen immer glücklich gemacht hatte.

Verlegenheit – dass es mich so mitnahm. Dabei fühlte es sich wirklich so an, als hätten die beiden Bauarbeiter mir die Kleider vom Leib gerissen und mich vor der ganzen Nachbarschaft bloßgestellt.

Angst – dass sie auf dem Heimweg immer noch da sein könnten …

Und rasende, glühende Wut. Auf die zwei Typen. Wieso glaubten die, so mit mir umgehen zu können? Warum hatte der Mann im Garten mir nicht geholfen? Aber auch Wut auf mich. Lottie, warum zum Teufel hast du dich nicht gewehrt? Was bist du nur für ein Schwächling!

Nach der Stunde ging ich direkt in die Schulkantine zu meiner Philosophielerngruppe. Ein paar von uns standen schon wie gewohnt in der Pommesschlange. Mittlerweile schlotterte ich nicht mehr, doch meine Gefühle, die waren noch alle da.

»Hey, Lottie!« Jane gesellte sich zu mir in die Schlange, einen Milchshake auf ihrem Tablett. »Alles okay? Du siehst irgendwie neben der Kappe aus.«

Ich erwiderte ihr Lächeln. Jane war eine Uraltfreundin von Evie, einer meiner beiden besten Freundinnen. Auch in unserem Abschlussjahr waren Jane und ich wieder im selben Philosophiekurs gelandet, und nach einigen gescheiterten Anläufen in Sachen Freundschaft mochte ich sie langsam richtig gern.

»Alles okay«, log ich unwillkürlich. »Bereit für die unendlichen Freuden der Pflichtenethik?«

Jane seufzte und fuhr sich über die frisch erpinkten Strähnen.

»Ich bin bereit dafür, sie mir von dir erklären zu lassen.«

Ich nickte Mike und ein paar anderen zu, die sich hinter uns angestellt hatten. Im Schneckentempo näherten wir uns der Essensausgabe, und auf Zehenspitzen beäugte ich den Zustand der Pommes.

»Würg«, sagte ich laut, »wir nähern uns dem Bodensatz. Ich hasse Bodensatz-Pommes – immer pappig und kalt.«

»Vielleicht bestellt sie ja noch jemand vor dir in der Schlange …«, sagte Jane.

»Da soll ich jetzt drauf hoffen?«

Natürlich wollte niemand vor mir Pommes frites. Stirnrunzelnd beäugte ich die lausigen Überbleibsel – einige verbrannt, die anderen verbogen und durchweicht. Dann drehte ich mich zu den Lerngruppenjungs hinter mir um. »Wenn ich die jetzt bestelle, ist das höchst utilitaristisch von mir«, witzelte ich. »Ich opfere mich und nehme den Bodensatz mit den alten Pommes, damit ihr dann die neuen, guten kriegt.«

Aber keiner hörte mir zu, und das ging mir auf den Geist,

denn jetzt hatte ich nicht nur den Teller voller Dreckspommes, sondern auch kein Publikum für meinen erstklassigen Philosophiewitz.

Während Mike und die anderen sich Pommes aus dem herrlich frischen Gitterkorb bestellten, der gerade hereingetragen wurde, ging ich zu dem Ecktisch, den wir immer belegten. Es war stickig und roch nach Eiersalat. Die Sonne, die durch die riesigen Fenster schien, machte mein Gesicht ganz heiß und den Eiergeruch noch schlimmer. Schließlich hatten wir uns alle um den Tisch versammelt, insgesamt zu siebt – ich, Jane, Janes Freund Joel und vier weitere Jungs. Heute leitete Mike die Gruppe. Ich hatte ihn geküsst, als ich am Zeugnistag betrunken und völlig aus dem Häuschen gewesen war wegen meiner fünf Einsen, und er nahm mir immer noch übel, dass daraus nicht mehr geworden war.

Er schickte mir den obligatorischen verbitterten Blick über den Tisch und legte los.

»Also, Leute, ich hab mit Mr Henry gesprochen, und der hat gesagt, Deontologie und Utilitarismus kommen garantiert dran in der Prüfung …«

Ich blendete sein Gerede aus, griff mir lustlos eine kalte Pommes und verfing mich wieder in meinen Gedanken an den Morgen. War das ein ÜBLER Streit mit meinen Eltern gewesen! Dad hatte immer noch nicht verdaut, dass ich zu Beginn des Schuljahrs mein fünftes Prüfungsfach gekippt hatte. Obwohl ich für Cambridge nur vier brauchte. Und heute früh hatte er schon wieder versucht, mich umzustimmen – obwohl wir jetzt schon einen Monat Unterricht hatten. Mum war angespannt zwischen uns hin und her gewuselt, wie immer. Hatte versucht, den Frieden zu wahren, und war wie üblich daran gescheitert.

»Du musst deine Prioritäten im Auge behalten«, hatte Dad

gesagt. Immer war es Dad, der damit anfing. »Diese Chance kommt nie wieder, Charlotte.«

Mum mischte sich ein. »Ich weiß, wie wichtig dir dieser »Spinster Girls«-Club ist, Liebling. Und wir sind ja so stolz auf dich … aber meinst du nicht, dass diese Zeit besser in ein zusätzliches Prüfungsfach investiert wäre, nur zur Sicherheit?«

Evie, meine andere beste Freundin Amber und ich hatten letztes Jahr eine feministische Diskussionsgruppe gegründet, die Spinster Girls, und waren damit voll durchgestartet. Die Schule hatte sogar eine richtige Arbeitsgruppe draus gemacht, die FemAG, die wir gemeinsam leiteten. Ich war selig, aber Dad war nicht ganz so erfreut.

»Schau mal, Charlotte«, fügte Dad hinzu, »hast du gar keine Bedenken, was für einen Eindruck diese Feminismusgruppe in deinem Lebenslauf macht? Ich meine, das ist ja nicht gerade eine … klassische außerschulische Aktivität. Hat deine Schule keinen Debattierclub oder so was? Etwas, was besser nach Cambridge …«

Was für ein Heuchler er war! Ständig nur »lasst uns die Welt retten und alle Menschen sind gleich«, doch wehe, es ging um seine ehrgeizigen Pläne für seine einzige Tochter. Dann ließ ihn seine Besessenheit vom Thema »Prestige und Bedeutung der Bildung« die Doppelmoral ausfahren.

Und Mum, na ja … von der kam entweder nur Mantragesinge oder sie versuchte, mit irgendwelchen pflichtschuldigen Phrasen die Gemüter zu kühlen.

Ich schüttelte den Kopf und konzentrierte mich wieder auf Mikes Laberstimme.

»Okay, also, so, wie ich die Sache sehe, geht's bei Utilitarismus um das übergeordnete Wohl …«

Was war der Typ beschränkt! Das alles hatten wir schon an Tag eins dieser Einheit durchgekaut. Ich konnte es nicht ausstehen, wenn ich die Lerngruppe nicht leiten durfte, doch wir wechselten uns nun mal ab. Warum hatte ich ihn noch gleich geküsst?

»Also, wenn wir diese Theorie des Utilitarismus mal anwenden auf …«

Laberdilaberdilaber … Mein Hirn stellte wieder auf Durchzug, und ich sah Jane zu, wie sie mit ihrem rosa Haar spielte.

Diese Bauarbeiter … wie die mich angeguckt hatten …

Den ganzen Morgen hatte ich mit meinen Eltern über Feminismus gestritten – nur, um dann zur Haustür hinauszuspazieren und direkt in einen schreiend offensichtlichen Grund hineinzustolpern, weshalb wir Feminismus *brauchten.*

Warum hatte ich die Typen nicht angebrüllt?

Wie die mich angesehen hatten …

Mich schauderte. So auffallend, dass Jane mir ein »Ich find's auch sterbensöde«-Lächeln zuschickte.

Ich lächelte schmal zurück und wandte meine Aufmerksamkeit einer Schülergruppe an der uralten Schuljukebox zu. Mit großem Getue warfen sie eine Münze ein.

Kurz herrschte Stille, dann dröhnte der erste Song aus den Mensalautsprechern. Kichern perlte von Tisch zu Tisch.

Sie hatten Marvin Gayes *Let's Get It On* gewählt. Gerade wurde es zum schulweiten Witz, immer wieder dieses Lied aus der Jukebox zu spielen.

»Und, tja, wenn wir uns die Prüfungsfragen vom letzten Jahr anschauen …«, kämpfte Mike gegen Marvins Gejaule an, doch er drang nicht durch. Joel hatte sich bereits Jane zugewandt und brachte ihr ein theatralisches Ständchen dar. Er deklamierte den Text ebenso stumm wie melodramatisch mit, sein Pferdeschwanz wippte dazu im Takt, und Jane wackelte mit den Schultern … sogar mein Füller klopfte mit. Ich ließ mich entspannt in die Schmalzmusik sinken, bis Mike laut sagte …

»Also, am leichtesten begreift man den Utilitarismus, wenn man an die Pommes in unserer Schulmensa denkt.«

Mein Füller fiel zu Boden, und als ich mit ihm wieder auftauchte, wies Mike gerade auf meinen Teller.

»Also, Lottie hat sich geopfert und den pappigen Pommesrest genommen, weil sie gewusst hat, dass all die, die nach ihr kommen, dann die neuen leckeren Pommes kriegen. Perfektes Beispiel für Utilitarismus, was?« Er grinste in die Runde und lud alle ein, beifällig zu lachen – was sie auch taten.

Alle nickten, während ich den Kopf schüttelte, zu verdattert, um auch nur ein Wort herauszubekommen.

»Super Erklärung, Mike.«

»Ja, hätte nie gedacht, dass es so simpel ist. Aber stimmt, du hast recht.«

»Tut mir leid mit deinen Pommes, Lottie.« Joel salutierte, als wär ich ein Soldat. Dann lachten wieder alle los.

Ich blickte zu Jane, wollte sehen, ob es ihr auch aufgefallen war. Sie zuckte die Schultern und verdrehte die Augen in Mikes Richtung, bestätigte meine Fassungslosigkeit.

Ich lachte nicht. Ich nickte nicht. Ich stimmte den anderen nicht zu.

Ich konnte es nicht glauben.

Das war *meine* Erklärung. Und *mein* Witz!

Und Mike gab ihn schamlos als seinen aus.

Und was noch schlimmer war: Alle hörten ihm zu.

Weil Mike es gesagt hatte.

Nicht ich …

Mike.

Und der einzig ersichtliche Grund, weshalb der Spruch jetzt besser sein sollte als vorhin aus meinem Mund, bestand darin … dass Mike ein Kerl war.

Drei

Als am Ende des Tages die Schulglocke schrillte, war ich völlig in Rage. In der Mittagspause hatte ich gearbeitet, um mich durch all den zusätzlichen Stoff zu lesen, den ich für meine Eins plus in Literatur brauchte. Ohne Ablenkung ließ ich den ganzen Dreck dieses Morgens in mir gären, bis er mich bis in die letzte Pore durchsetzt hatte.

Ich fühlte mich wie abgestorben und zugleich rasend vor Wut und hilflos, falls das psychologisch überhaupt möglich war.

Warum hatten sie MEINER Erklärung erst zugehört, als Mike sie gebracht hatte?

Warum hatte ich mich nicht gegen diese widerlichen Bauarbeiter gewehrt?

Warum passierte solches Zeug immer, immer wieder?

Ich wollte nur noch nach Hause und den Tag vergessen, aber wir hatten noch ein FemAG-Treffen. Diesmal wurde es von Evie geleitet, und ich wusste, wie nervös es sie machte, wenn sie vor Publikum sprechen sollte. Sie brauchte mich zur moralischen Unterstützung. Also räumte ich meine Bücher zusammen und machte mich auf zum Versammlungsraum im Kunst- und Fotografietrakt. Eine weitere *Tut-uns-leid!*-Nachricht meiner Mutter ließ mein Handy aufbrummen. Sie ertrug es einfach nicht, wenn wir stritten. »Negative Energie« irgendwelcher Art passte einfach nicht zu ihrem »Ethos«.

Ihre Worte … nicht meine. Definitiv nicht.

Leider hatte ich keinen Schimmer, um welches Thema es bei der heutigen Versammlung ging. Ich hatte noch nicht mal einen Blick auf die Tagesordnung werfen können, die Evie gestern Abend gemailt hatte. Der Erfolg der FemAG hatte uns völlig kalt erwischt. Letzten Sommer hatten wir uns dafür starkgemacht, dass ein gewaltverherrlichendes Lied von der Schuljukebox entfernt wurde. Wir hatten es geschafft – was toll war. Die halbe Schule hasste uns dafür – was nicht ganz so toll war. Aber danach hatten eine Menge Mädchen angefragt, ob sie mitmachen könnten, und jetzt hatten wir über zwanzig Mitglieder. Dieses Schuljahr hatten wir erst zwei Versammlungen gehabt, aber bei jeder waren mehr Mädchen aufgetaucht. Und Evie, Amber und ich hatten noch unsere eigenen Spinster-Treffen außerhalb der Schule, damit wir auch Zeit zu dritt hatten.

Wenn man mit über zwanzig Leuten seine Käsecracker teilen muss, kommt man leicht zu kurz.

Ich schob mich durch die schwere Doppeltür, mitten hinein ins Stimmengewirr des Versammlungsraums. Ein paar Mädels winkten mir zur Begrüßung zu, als ich nach vorne ging, und ich winkte matt zurück. Immer noch wirbelten in mir die Emotionen, als hätte sich in meinen Eingeweiden ein Strudel gebildet. Das Schlimmste war, dass sich der heutige Tag so wääh anfühlte. Obwohl, war das, was passiert war, überhaupt so besonders?

Evie war ein einziges Nervenbündel und ihr sonst so wohlgekämmtes blondes Haar völlig zerzaust vom Darin-Herumwühlen. Amber hatte den Arm um sie gelegt und redete beruhigend auf sie ein.

Ich setzte ein Lächeln auf. Wollte sie nicht beunruhigen. Nicht in Evies großem Moment. Ich ließ mich auf den Stuhl neben ihnen fallen. »Was macht der Blutdruck?«, fragte ich.

Evie schnappte übertrieben nach Luft. »Warum sind wir noch gleich mit diesem Club an die Öffentlichkeit gegangen?«

Amber zog sie fester an sich. »Weil es sich so gut bei unseren Unibewerbungen macht?«, witzelte sie.

Ich schüttelte den Kopf. »Fragt mal meinen Dad.«

Beide machten mitfühlende »Oh, du Arme«-Gesichter – sie hatten mich schon durch zahlreiche Vatergefechte zu diesem Thema gecoacht.

»Und außerdem ist er öffentlich, weil wir ja die Welt retten wollen. Und das können wir nicht, wenn wir uns immer nur in Evies unnatürlich ordentlichem Zimmer verschanzen, Käsetoast futtern und einander was vorpredigen.«

»Komm mir nicht mit Vernunft!« Evies Augen jagten über die Menschenmenge. »Du weißt, dass das bei mir nicht klappt.«

Ich lächelte betrübt. Ich wusste Bescheid … Evie hatte eine Zwangsstörung – obwohl sie sich momentan ziemlich unter Kontrolle hatte. Im vergangenen Jahr war es richtig schlimm gewesen, bevor Amber und ich überhaupt davon wussten. Ich hatte ein schlechtes Gewissen, sie überhaupt gebeten zu haben, die Sitzung zu leiten. Manchmal war es nicht leicht, Evies Freundin zu sein. Es verlangte ein feines Gespür, nichts von ihr zu fordern, was sie erschrecken und in Selbstzweifel stürzen könnte, und sie doch gelegentlich anzustoßen, über sich hinauszuwachsen.

Ich schlang meinen Arm um sie, eine Dreierumarmung. »Du kriegst das hin. Aber das weißt du selbst, oder?«

Sie lächelte. »Ich kann's nur noch nicht glauben, dass du mal jemand anderen zu Wort kommen lässt.«

»He!«, sagte ich, während sie und Amber in Gelächter ausbrachen. »So schlimm bin ich nun auch nicht … na ja … okay, vielleicht doch.« Ich stand in dem Ruf, ziemlich … nun ja … gesprächig zu sein. Obwohl, heute wollte ich eigentlich nur still in der Ecke sitzen und vor mich hin grübeln. Meine Laune war im Laufe des Tages immer mehr den Bach runtergegangen.

Die letzten Mädchen waren hereingehuscht, und jetzt senkte sich erwartungsvolle Stille über den Raum. Ich zog einen Block und einen Stift hervor und begann, an dessen Ende zu saugen.

Evie ordnete ihre Blätter und stand auf, wappnete sich. Amber rückte zu mir. »Glaubst du, sie schafft das?«, flüsterte sie. »Ich hab gesehen, wie sie sich vorher die Hände gewaschen hat …«

Der Schlechte-Gewissen-Knoten in meinem Magen wuchs zu einem Doppelknoten.

»Sie kriegt das hin«, sagte ich, nicht völlig überzeugt. »Manchmal macht sie das eben noch mit dem Händewaschen. Solange es nicht ständig passiert, ist das schon okay.«

»Hast du ihre Tagesordnung gelesen?«

Ich schüttelte den Kopf. »Nicht die Zeit gehabt.«

Amber rutschte noch näher – eine rote Locke kitzelte mich an der Wange.

»Wo wir gerade von okay sprechen, bist du okay?«, fragte sie. »Wir haben dich beim Essen vermisst. Und, also, dich scheint irgendwas zu beschäftigen.«

Ich seufzte wieder und wollte gerade den Mund aufmachen, um es ihr zu erzählen – da hüstelte Evie, um die Sitzung zu eröffnen.

»Hallo, alle zusammen.« Ihre Stimme war ganz kieksig vor Aufregung. Sie hustete und fing noch mal an. »Hallo, ihr.«

Die Mädchen, die uns alle in Reihen gegenübersaßen, verstummten respektvoll.

»Danke, dass ihr gekommen seid.« Evies Hände zitterten, doch ihre Stimme wurde mit jedem Wort fester. »Also, bei unserer letzten Versammlung haben wir beschlossen, dass wir uns für etwas einsetzen wollen. Ihr habt alle ein paar Ideen gehabt, und ich dachte, wir könnten die heute durchgehen und uns vielleicht auf ein paar davon einigen und darüber abstimmen.

Es gibt reichlich Themen, bei denen wir gefordert wären … Könnte vielleicht dahinten jemand das Licht dimmen?«

Irgendwer huschte zum Schalter und hüllte uns in Dunkelheit. Evie klickte auf einem Laptop herum, bis sich hinter ihr die große Leinwand erhellte.

»Bei Evie sitzt wieder jeder Handgriff«, flüsterte Amber mir zu. »Ich wette um zehn Ocken mit dir, dass sie gleich einen Spezialzeigestock zückt.«

Ich lächelte in die Dunkelheit. »Als ich das letzte Treffen organisiert habe, hat meine einzige Vorbereitung darin bestanden, mir vor dem Spiegel *Eye of the Tiger* vorzusingen«, flüsterte ich zurück.

»Jetzt stell dir mal vor, wir kombinieren den Zeigestock mit *Eye of the Tiger*. Das klingt nach einer Bombenstrategie, wie wir die Weltherrschaft an uns reißen können.«

Gerade als wir loslachen wollten, wies Evie auf die Leinwand hinter sich.

»Gut, Mädels, hier ist der erste Vorschlag. Eingereicht von Sonia.« Sonia, klein und mit unfassbar langen blonden Haaren, nickte lächelnd. »Es handelt sich um eine neue Aftershave-Werbung, von der Sonia meint, dass wir gegen sie protestieren sollten. Moment bitte …« Evie nestelte an der Maus herum und klickte auf *Play*. »Also, los geht's.« Sie deutete auf die Leinwand, und zwar mit dem Griff ihres Regenschirms, der fast genauso gut war wie ein Zeigestock. Ich hätte gekichert, wenn das Video, auf das Evie wies, nicht so erschütternd gewesen wäre.

Zu wummernd-kantiger Musik kugelten ein Mädchen und ein Junge – beide irrsinnig gut aussehend – auf einem Bett herum, vor einer coolen Ziegelwand. Dann warf der Junge sich auf das Mädchen und hielt ihre Arme fest, um sie aggressiver zu küssen. Sie lachte, versuchte aber, ihn abzuwehren. Mein Herz ging schon schneller, und ich merkte, wie sich mir der Magen umdrehte. Das war nicht gut … das war überhaupt nicht gut. Dann griff sich der Junge in die Jeanstasche und zog ein Aftershave hervor, sprühte sich damit ein, und das Mädchen gab jeden Widerstand auf. Sie begann zu stöhnen und zu keuchen, während der Junge ihr den Hals küsste, und dann wurde alles schwarz.

Im Raum herrschte geplättetes Schweigen. Ein vereinzelter Huster betonte noch, wie sehr wir alle verdauen mussten, was wir da gerade gesehen hatten.

»Ähm, Sonia?«, fragte Evie. »Willst du mal aufstehen und erklären, weshalb wir dies zum Ausgangspunkt einer Kampagne wählen sollten?«

Sonia nickte, stand auf und schob sich ein paar Strähnen hinter die Ohren.

»Ja, also … ich hab das gestern Abend im Fernsehen gesehen und, tja, also, ich denke, wir sind uns alle einig, wie bedenklich das ist. Ich meine, im Grunde wird hier Gewalt beim Sex als etwas völlig Normales dargestellt. Eigentlich werden Missbrauch und Vergewaltigung in der Partnerschaft sogar romantisiert …«

Da sah ich Megan, ein neues Mitglied, leise aufstehen und praktisch aus dem Raum rennen. Ihr Gesicht war ganz rot und verzerrt, als versuchte sie krampfhaft, nicht in Tränen auszubrechen.

Schnell stand ich ebenfalls auf. Nicht allzu viele Leute schienen Megans Verschwinden mitbekommen zu haben, denn die meisten hörten Sonia zu.

»Ich meine, ihr wisst ja bestimmt alle, dass Mädchen statistisch gesehen häufiger von jemandem vergewaltigt werden, den sie kennen – also einem Freund oder einem Exfreund. Diese Werbung fördert das geradezu. Die Botschaft ist im Grunde: ›Kauft unser Aftershave, denn es hilft euch, eure Freundin zu missbrauchen – es wird ihr noch nicht mal was ausmachen! Es wird ihr gefallen, wenn ihr sie festhaltet.‹«

Doch, Evie hatte Megans Aufbruch bemerkt und nickte mir stumm zu, ihr hinterherzugehen. Also schob ich mich zum Flur durch und sah mich in beiden Richtungen nach ihr um.

Ich fand sie in der nächsten Mädchentoilette, wo sie sich die Hände wusch. Weinend.

»Ah, hallo, Lottie«, sagte sie, als sei gar nichts vorgefallen. Obwohl ihre Hände schlotterten und ihr die Tränen hinunterliefen. Sie richtete sich auf und wischte sich hastig die Spuren ihrer Verzweiflung von den Wangen.

»Hey. Ich wollte nur mal sehen, wie es dir geht.«

Ich kannte Megan nicht besonders gut. So blöd es klingt, aber ich kannte sie eher als »die Freundin von Max«. Sie war die ganze zwölfte Klasse lang mit diesem Typen zusammen gewesen, Max, aus einer Band namens Die Hochstapler. Sie saß mit Amber und mir in Kunst, aber sie machte selten den Mund auf. Sie und Max hatten immer total verknallt gewirkt – ich hatte sie fast nie ohne ihn gesehen. Also hatten wir alle ziemlich gestaunt, als er letzten Sommer mit ihr Schluss gemacht hatte. Und noch mehr gestaunt hatten wir, als sie zur FemAG gestoßen war, weil sie vorher, als sie noch zusammen gewesen waren, nie Interesse daran gezeigt hatte.

Megan hielt immer noch die Hände unters Wasser, obwohl die Seife längst ab war. Ihr dunkles Haar verdeckte das Gesicht.

Ich trat näher an sie heran, sah, dass sie am ganzen Körper zitterte – nicht nur die Hände.

»Alles okay.«

»Megan?« Ich rückte noch näher. »Hat irgendwas bei der Sitzung dich aufgewühlt? Die Werbung?«

Da richtete sie sich auf, blickte mir fest in die Augen. Ihre

Wangen waren fleckig, die Wimpern mit Mascara verklumpt. Sie stellte den Hahn ab und schüttelte schwach den Kopf.

»Alles okay … okay … Nur … diese Werbung … Max … das hat mich irgendwie an irgendwas erinnert.« Beim Wort »Max« brach ihr die Stimme, sie blieb an seinem Namen hängen. »Er … er …« Sie brach ab, schlotterte noch stärker.

Was?!

»Megan, hat Max irgendwas ge…?«

»'tschuldigung, ich wollte hier nicht so einen Aufstand machen«, unterbrach sie mich jäh, mit entschiedener Stimme. »Ich krieg wohl grad meine Tage oder so.«

Sie zog ein Handtuch aus dem Spender, tupfte sich das Gesicht ab, trocknete sich die Hände damit und schleuderte es in den Mülleimer. Es fiel gleich wieder heraus.

Was hatte sie da gesagt? Was war ihr passiert?

»Megan? Es tut mir leid, wenn bei der Versammlung irgendwas hochgekommen ist … irgendwas, was zwischen dir und Max vorgefallen ist?«

Megan schüttelte den Kopf. »Nein, habt ihr nicht. Ist nicht, mein ich. Alles okay.« Der Zweifel in meinem Blick war wohl nicht zu übersehen. »Echt!«

»Megan?« Irgendwie musste ich ihren Namen immer wiederholen. »Du kannst mir wirklich sagen …«

»Mir wird eh keiner glauben«, murmelte sie, mehr zu sich selbst. Dann sah sie zu mir und lächelte. Sie lächelte doch tatsächlich. »Vielleicht lass ich den Rest des Treffens sausen, wenn das okay ist?«, fragte sie, als bräuchte sie meine Erlaubnis. »Wir sehen uns morgen in Kunst?«

Und bevor ich sie aufhalten oder etwas sagen oder sie umarmen oder irgendwas machen konnte, außer verwirrt und unbehaglich rumzustehen, war sie schon aus der Toilette gehuscht. Sie hinterließ nur den süßen Geruch unserer apfeligen Schulseife.

Vier

Die FemAG-Versammlung war schon fast vorbei, als ich wieder in den Raum schlüpfte. Ich hatte eine Weile mit dem Gesicht in den Händen auf einer der Toiletten gesessen und zu begreifen versucht, was da gerade passiert war.

Evie war dabei, den Sack zuzumachen, während Amber Vorschläge aus dem Publikum an die Tafel schrieb.

»Danke für die guten Ideen«, sagte Evie. »Das klingt, als wären wir uns schon weitaus klarer darüber, was wir machen wollen. Nächste Woche können wir uns die Vorauswahl ansehen und Stimmen abgeben. Ich glaube, das wird richtig gut, Leute!«

Alle fingen an, durcheinanderzureden und zu lachen, und die Luft sirrte vor Kreativität.

Ich stand immer noch hilflos da. Amber blickte vom anderen Ende des Raums herüber und fragte stumm: »Alles okay?«, und ich nickte … und schüttelte dann den Kopf. Amber bat mich mit erhobener Hand um etwas Geduld, und ich lächelte ihr leicht zu. Irgendwas in mir fühlte sich kaputt an. Den ganzen Tag schon war ich innerlich rissig gewesen, und diese Versammlung und Megan hatten die Risse plötzlich zu Abgründen aufgesprengt.

Normalerweise hätte ich hier die lautesten Reden geschwungen, die größte Begeisterung ausgestrahlt, alle anderen mit meinem Enthusiasmus angesteckt. Doch jetzt hatte ich nur Megans zitternde Hände vor Augen und ihre Stimme im Ohr, wie sie am Namen »Max« hängen blieb. Gleichzeitig spukten mir immer noch die beiden Bauarbeiter durch den Kopf – wie sie mich angeschaut hatten und wie ich es einfach hatte geschehen lassen. Und ich wusste: Selbst wenn ich mich gegen sie gewehrt hätte, geändert hätte es nichts.

Nichts ändert irgendwas.

Nicht bei Leuten wie denen …

Also, wozu das Ganze?

Nachdem die letzten Mädchen gegangen waren, ließ sich Evie wie ein nasser Sack auf ihren Tisch fallen, und ich umarmte sie fest.

»Du warst unglaublich«, brachte ich heraus.

»Im Ernst? Meine Hände zittern immer noch!«

»Im Ernst. Total großartig. Du bist eine gute Rednerin, du könntest ganz bestimmt in die Politik gehen oder so.«

Sie entwand sich der Umarmung und lächelte mit besorgter Miene zu mir hoch. Offensichtlich war es zu offensichtlich.

»Ich dachte, du wärst hier diejenige, die Premierministerin werden will?«

Ich lachte ein mir völlig fremdes Lachen.

»Lottie, bist du …?«

Bevor sie ausreden konnte, kam Amber herbeigeschossen. »Lottie, was ist los?« Sie rang die Hände. »Warum ist Megan gegangen? Ich wollte ihr noch nach, aber dann hab ich dich gesehen.«

Ich stieß einen Riesenseufzer aus. Wie sollte ich es nur sagen?

»Sie hat auf der Toilette geweint«, fing ich an. »Ich glaube, diese Werbung ist ihr nahegegangen. Sie hat Max erwähnt. Wisst ihr noch? Ihr Exfreund, aus Ethans Band? Sie …« Ich sog scharf Luft ein. Megans Worte steckten mir im Hals fest, wie Eissplitter. »Sie hat es nicht genau gesagt, aber sie hat angedeutet … dass …«

»Sprich weiter«, ermutigte mich Amber mit großen Augen.

»Sie, also sie hat angedeutet, dass Max ihr vielleicht was angetan hat ... sexuell ... also, ich glaube, dass sie das angedeutet hat. Sie hat es nicht genau gesagt. Aber sie hat geschlottert ... ich glaube, bei dieser Werbung ist definitiv was bei ihr hochgekommen ...«

Evie schossen die Tränen in die Augen. »Verdammt! Ich bin ja so blöd! Ich hab gar nicht dran gedacht, irgendwen vorzuwarnen, worum es bei der Werbung geht ... Ich bin so bescheuert!« Sie knallte die Faust auf den Tisch und der Schlag hallte durch den stillen Raum.

Ich versuchte, mich an alles zu erinnern, was ich über Megan und Max wusste. Sie hatten glücklich gewirkt ... obwohl ich es schon komisch fand, wie sie sich immer an ihn drangehängt und kaum je den Mund aufgemacht hatte. Überall hatten sie Händchen gehalten. Ständig hatte sie seinen Kapuzenpulli angehabt. Und Max ... wirkte nett ... Er spielte mit Ethan, einem Jungen, den wir kannten, Gitarre. Er lächelte alle an. Einmal war er bei einem Bandwettbewerb an unserer Schule auf die Bühne gesprungen und hatte Megan einen Song gewidmet. Alle waren geschockt gewesen, als er in den Sommerferien mit ihr Schluss gemacht hatte ... Ich meine ... *er* hatte mit *ihr* Schluss gemacht ... Aber jetzt hatte Megan angedeutet, dass er ihr etwas Schreckliches angetan hatte ... Also, nicht so richtig angedeutet ... Sie hatte ganz einfach nicht im Raum bleiben können, als Evie diese Werbung abgespielt hatte. Ich stellte hier Mutmaßungen an. Aber ich hatte auch einen schrecklichen Verdacht, den ich nicht einfach ignorieren konnte – aufgrund der Art, wie sie aus der Versammlung geflüchtet war und wie sie seinen Namen gesagt hatte. Den Verdacht, dass er ... ihr etwas angetan hatte.

Amber brach das Schweigen und drückte Evie an sich. »Wir sind hier alle noch Neulinge, Evie. Ich bin auch nicht auf die

Idee gekommen, jemanden zu warnen. Und wir wissen ja auch nicht mit Bestimmtheit, dass zwischen Max und Megan etwas vorgefallen ist.«

»Ist es«, beharrte ich, obwohl ich es im Grunde nur zu mir selber sagte. »Muss es sein. So, wie sie gezittert hat, Mädels … Und gesagt hat, ›mir wird eh keiner glauben‹. Das muss ja wohl etwas zu bedeuten haben, oder?«

Amber blinzelte und schüttelte den Kopf, wie um meine Worte aus ihrem Hirn zu vertreiben. »Wir wissen es nicht mit Sicherheit, aber gut, wir haben jetzt gelernt, dass wir die Mädels bei unseren nächsten Treffen vorher warnen, wenn wir das Thema Missbrauch erwähnen.«

Augenblicklich kehrten meine Gedanken zum Morgen zurück – zu diesen Männern. Wie selbstverständlich sie sich das herausgenommen hatten. Das Recht, meinen Körper zu bewerten.

Und obwohl es im Vergleich zu allem anderen ziemlich lächerlich wirkte, dachte ich auch an Mike, und wie er sich meinen Spruch unter den Nagel gerissen hatte. Wie er vielleicht noch nicht mal kapiert hatte, dass es meiner gewesen war. Und wie er trotzdem damit Beifall geerntet hatte. War das kleinlich? Oder trugen auch solche Dinge dazu bei, dass all die schlimmen Sachen passierten? Hing das alles zusammen? Schufen all die kleinen, schrecklichen Momente, in denen Mädchen wie Dreck behandelt wurden, vielleicht eine Gesellschaft, in der die großen schrecklichen Momente geschehen konnten – wie das, was Megans Stimme in der Schultoilette zum Zittern gebracht hatte?

Ich schloss die Augen und drückte die Daumen hinein, genoss das Druckgefühl.

»Lottie?«

Gott – wenn das stimmte, was ich mir da zusammenreimte, konnte ich mir nicht im Entferntesten ausmalen, wie es in

Megan aussah. So entsetzlich jedenfalls, dass sie es für sich behielt und alle anderen im Glauben ließ, Max sei ein netter Typ in einer Band. Mir dröhnte der Schädel, als hätte ich einen winzigen Affen im Hirn, der es seitlich mit dem Hammer bearbeitete.

»LOTTIE?«

Ich blickte auf.

»Scheiße! Lottie, was ist los? Weinst du?«

Tat ich das? Ich starrte auf meine Hände – sie waren nass. Ich berührte mein Gesicht. Es war tränenüberströmt. Ich stieß einen Schluchzer aus. Keine Ahnung, wo der herkam.

»Lottie? Was ist los?«, fragte Amber. Beide schalteten sofort in den Tröstmodus, schlangen die Arme um mich, machten beruhigende Geräusche, fragten nach, sorgten sich. Die Freundlichkeit in Evies Augen. Ambers fester Griff um meine Schultern. Das war die Erlösung, die ich brauchte.

Ich weinte.

Rotz. Und noch mal Rotz.

»Ich hätte nur … Ich hätte einfach irgendwas sagen sollen … Ich hätte mich gegen diese Bauarbeiter wehren sollen …«, stammelte ich, während sich meine Schultern hoben und senkten. »Und … ich hatte noch nicht mal einen kurzen … Rock an … und Megan … und Megan … und diese verdammte Werbung … diese VERDAMMTE WERBUNG!«

Evie hatte das Begleitposter zur Werbung ausgedruckt. Ich schnappte es mir vom Tisch und versuchte, es zu zerreißen. Aber Evie, ganz Evie, hatte das Scheißding laminiert. Also konnte ich es nur leicht biegen und tat mir dabei auch noch an der Hand weh.

»Seht ihr!«, schrie ich. »Genau das hier verkörpert ALLES, worüber ich hier flenne … Ich versuche, diese SCHEISSWERBUNG zu zerfetzen, und ICH bin diejenige, die sich dabei wehtut. Kämpfen … es versuchen … das ist alles so VERDAMMT SINNLOS, wenn man … wenn man nicht … einfach alles bekämpft. Und wer hat die Kraft für so was?«

»Hey, Lottie. Schon okay. Welche Bauarbeiter? Das wird schon wieder«, sagte Amber. Doch genau, als sie das sagte, blickte ich auf und ertappte sie dabei, wie sie Evie einen panischen Blick zuwarf. Normalerweise war ich nicht die Emotionale von uns dreien. Sie standen wohl unter Schock.

»Amber hat recht«, gurrte Evie. »Lass es einfach raus.«

Sie ließen mich ausheulen. Weil sie wussten, dass ich das brauchte. Weil sie eben so großartig sind.

Meine Schwestern, die gar nicht meine Schwestern sind.

Meine Freundinnen, die ich mir ausgewählt habe.

Meine Wahlschwestern.

Sie warteten, bis ich fertig war. Bis mir so viel Rotz von meinem Spitzenoberteil troff, dass es aussah wie der Schauplatz einer Nacktschneckenorgie.

Schließlich sprach Evie die Worte, die ich hören musste.

»Wir brauchen Käsegebäck. Gehen wir zu mir?«

DER PLAN

Fünf

Nachdem ich drei Tüten Käseflips verschlungen hatte, war mir etwas besser zumute.

Amber starrte mich angeekelt an. »Du hast einen Vollbart aus Neonkäsepampe«, sagte sie. »Hättest du nicht eine ganze Stunde lang hemmungslos geweint, würde ich jetzt ein Foto von dir schießen.«

Ich hob die Hand ans Gesicht und nahm sie orange beklebt wieder herunter. Kurz entschlossen leckte ich sie ab.

»Igitt, das ist widerwärtig«, stöhnte Evie. »Das löst einen Rückfall bei mir aus.«

Ich lächelte, bis ich ihren Gesichtsausdruck sah. »Im Ernst?«

Sie nickte. »Im Ernst.«

Wir brachen beide in Lachen aus, doch ich zog mir trotzdem ein Taschentuch aus dem Spender neben Evies Bett und tupfte mir den Käsebart ab. Dann warf ich es besonders sorgfältig in den Mülleimer.

»Wäre ich bei euch auf ewig untendurch, wenn ich noch eine vierte Tüte äße?«

»Ja«, antworteten sie wie aus einem Mund.

»Aber ich bin aufgewühlt!«

Amber verschränkte die Arme. »Du hast uns immer noch nicht gesagt, warum.«

Ich zuckte die Schultern, weil ich immer noch nicht wusste, wo anfangen. Ich wollte es einfach nicht noch mal durchleben. Hilflos ließ ich den Blick durch Evies Zimmer schweifen. Es war weniger keimfrei-aufgeräumt als früher – aber immer noch viiiiieel ordentlicher als Ambers und meins. Evie hatte mal erklärt, man könne auch ohne Zwangsstörung ein ordentlicher Mensch sein, aber das hatten wir geflissentlich überhört. Ihre monströse Filmsammlung nahm eine ganze Wand ein – die DVD-Regale reichten bis unter die Decke. Evie war der letzte Mensch in meiner Bekanntschaft, der sich noch DVDs kaufte. Ich starrte mit leerem Blick auf die Hüllen, obwohl ich längst alle Filme ausgeborgt hatte, die ich sehen wollte.

»Wie wäre es«, fing Evie an, »wenn du uns verrätst, was dich so verzweifelt macht, und hinterher belohne ich dich mit einer Käseköstlichkeit?«

Ich lächelte ihr schwach zu. »Das müsste schon die Mutter aller Käseköstlichkeiten sein.«

Sie durchbohrte mich mit ihrem tiefblauen Blick. »Ich habe Le Tartare im Kühlschrank.«

Ich schleuderte eines ihrer Kissen in die Luft. »UND DAS SAGST DU ERST JETZT?«

Evie ging nach unten und kehrte mit einem stinkigen, abgepackten Käsekreis und einigen Nobelcrackern zurück. Mein Magen muckte auf. Die Flipwürmchen darin schreckten beim Anblick des Tartare zurück – aus Scham, weil sie kein echter Käse waren. Kein richtig stinkiger, mit Knoblauch und Kräutern gespickter Tartare.

Evie hielt ihn mir zum Schnuppern unter die Nase – wie einer Zeichentrickmaus.

»Okay, ich packe aus!«

Amber warf mir einen Blick tiefster Verachtung zu.

»Was denn?«, protestierte ich.

»Wunschberuf Spionin kannst du schon mal knicken«, sagte sie.

Wir lachten.

Und dann erzählte ich ihnen von den Männern. Ich erzählte ihnen, wie ich weggerannt war, statt mich zu wehren. Ich erzählte ihnen von dem Streit mit meinen Eltern – wie sehr ich mich über Dads Druck wegen Cambridge ärgerte. Über seine Heuchelei, weil er zwar wollte, dass ich eine starke, gebildete und tatkräftige Frau war … aber nicht, dass ich die FemAG leitete. Ich erzählte ihnen, wie Mike meinen Philosophiespruch geklaut hatte und alle erst darauf reagiert hatten, als er aus seinem Mund kam. Von Megan wussten sie ja bereits …

»Im Grunde« – ich gönnte mir bröselsprühend eine dritte Ladung Le Tartare – »hasse ich mich selbst. Und ich hasse die Welt. Ich quäl mich nur gerade mit der Entscheidung, was ich mehr hasse.«

Das klang dramatisch, aber genau so fühlte ich mich.

Amber verzehrte ihre (respektable) erste Käsefliptüte. »Warum hasst du dich?«

Ich schloss die Augen und dachte wieder an den Morgen – an das triumphierende Gelächter der zwei Männer.

»Diese Typen«, sagte ich, und mein Knoblauchmagen drehte sich um. »Ich hätte was sagen sollen …«

»Und was?«, fragte Amber.

»Keine Ahnung … irgendwas … Aber ich hab sie einfach machen lassen … Ich hab mich nicht zur Wehr gesetzt.«

Evie legte mir eine Hand auf die Schulter. »Lottie, so, wie es sich anhört, war das extremer, als nur einmal hupen im Vorbeifahren. Ich hätte mich genauso gefürchtet.«

Ich nickte. »Die kamen mir wirklich noch viel übler vor als die meisten, denen man so begegnet. Ich wusste einfach nicht, zu was die fähig sind. Ich bin total erstarrt.«

»Völlig natürliche Reaktion.«

»Genau«, schaltete Amber sich ein. »Du hast dich nur geschützt.«

»Aber was die getan haben, war falsch.« So viel wusste ich. »Ich hätte mich irgendwie behaupten müssen. Jetzt glauben die, ihr Verhalten war völlig okay. Und machen es auch bei anderen Mädchen.«

»Dafür kannst du nichts.«

»Fühlt sich aber so an.«

»Warum?«

»Weiß nicht. Tut es einfach ...«

Evie drückte mir die Schulter. »Lottie«, sagte sie sanft. »Du musst nicht ständig zurückschlagen.«

Muss ich nicht?

»Manchmal muss man eine Sache auch einfach hinter sich lassen. Sich klarmachen, dass es die Mühe nicht wert ist. Um sich selbst zu schützen.«

Aber wer schützt dann die, die schwächer sind als ich?

Wieder zuckte ich die Schultern. Ich merkte, dass ich mir über meine Gefühle noch nicht im Klaren war, dass ich erst kurz davorstand.

»Was unternehmen wir wegen Megan?«, fragte ich.

Amber schnitt eine Grimasse. »Wie ging es ihr?«

»Ihr ging's ... okay. Hat sie zumindest dauernd gesagt. Ganz offensichtlich wollte sie nicht darüber sprechen. Ich hab gedacht, vielleicht könnten wir anstoßen, dass sie öfter mal was mit uns macht? Damit wir sie besser kennenlernen?«

Evie nickte. »Gute Idee. Wir sollten sie öfter einladen ... Seit Max scheint sie nicht wirklich irgendwo dazuzugehören. Ich kann es aber trotzdem immer noch nicht richtig glauben. Max hat immer so nett gewirkt.«

»Das heißt überhaupt nichts«, sagte Amber. »Man weiß nie, was sich hinter geschlossenen Türen in Beziehungen so alles abspielt. Außerdem können wir hier nicht einfach voreilige Schlüsse ziehen über das, was zwischen ihnen passiert ist. Das muss Megan uns schon selbst erzählen, wenn sie so weit ist. Falls sie das überhaupt je sein wird.«

»Ich *weiß*, dass was Schreckliches passiert sein muss.« Ich schüttelte den Kopf. »Ihre Körpersprache war eindeutig, die ganze Art, wie sie sich gehalten hat.«

Wir saßen still da, jede in ihrer eigenen Traurigkeit gefangen. Mein Hirn spulte in Dauerschleife den Tag ab.

Amber stand auf.

»Amber, du stehst ja auf«, sagte ich.

»So ist es.«

»Wieso?«

»Weil ich jetzt zu Joan Jett tanzen werde.«

»Wieso?«

»Weil wir etwas Aufheiterung brauchen.«

Und bevor ich das verarbeiten konnte, hatte sie *Bad Reputation* auf ihrem Telefon angestellt und wie eine Irre zu tanzen begonnen.

Amber tanzt nicht häufig. Sie ist eins achtzig groß und hat eine gewaltige Mähne, weshalb sie meistens das Gefühl hat, von allen angestarrt zu werden. Doch wenn sie es tut, ist es ein Bild für die Götter. So auch diesmal: Sie schleuderte ihre Gliedmaßen in alle möglichen Richtungen, unternahm Versuche im Shimmy, tanzte den Pogo.

»Macht ihr jetzt mit oder was?«, keuchte sie. »Oder schaut ihr einfach nur zu, wie ich mich zum Affen mache?«

Evie und ich tauschten einen kurzen Blick, standen auf und gesellten uns dazu. Evie – klein und kurvig – wackelte mit den Schultern und wand sich im Kreis. Ich warf die Hände in die Luft und schnappte mir Ambers Hände, damit wir herumwirbeln konnten. Sie lachten, und ich lächelte, und Joan Jetts Beat strömte durch mich hindurch und richtete mich ein klein wenig auf. Aber nicht ganz so, wie ich es gebraucht hätte.

»Na bitte!«, überbrüllte Amber die Musik. »Es gibt Tage, da musst du kämpfen, und es gibt Tage, da kannst du nur so tun, als wäre das alles nicht passiert, und tanzen und lachen und tanzen.«

Ich wirbelte sie unter meinem Arm herum, immer noch lächelnd, doch meine ungewöhnlich üble Laune wollte sich nicht verziehen.

Ich konnte nur eines denken: *Was ist mit all den unaussprechlichen Dingen, die gerade jenseits dieser Blase geschehen, in der wir tanzen?*

Sechs

Meine Eltern warteten schon auf mich, als ich heimkam. Saßen ganz geduldig da, ein Bild des Friedens. Obwohl ich Dads inneren Aufruhr schon zehn Meter gegen den Wind spürte und wusste, dass Mum ihm eine Predigt gehalten haben musste.

Mum stand auf, um mich zu umarmen. »Lottie, Liebling. Da bist du ja.«

Ich trat durch den nervigen Perlenvorhang und rang mir ebenfalls eine Umarmung ab.

»Hi«, sagte ich und wappnete mich innerlich gegen ihre Lieblingsmethode: mich im Sirup der Liebenswürdigkeit zu ertränken.

Dad nippte mit geschürzten Lippen an seinem Kräutertee, doch auf ein Nicken von Mum hin erhob auch er sich, um mich zu umarmen.

Bei uns in der Familie wurde leidenschaftlich umarmt. Also, zumindest von Mums Seite. Dad und ich hatten bei dem Thema nicht viel zu melden.

Dad wies auf den Stuhl neben sich. »Komm, setz dich.«

Es war, als hätten wir nie gestritten – seine übliche Taktik. Wut und Strenge, gefolgt von Nettigkeit und »Ist ja nur zu deinem Besten«.

»Möchtest du auch einen Tee?«

Ich nickte. »Ist noch einer von diesen speziellen von Mum da, die so aufblühen?«

Dad fingerte eine Teerose aus dem besonderen Töpfchen auf dem Teewagen. Er goss heißes Wasser aus unserer uralten Teekanne auf die Jasminblüte, und ich beobachtete, wie sie sich langsam auffaltete. Diesem noblen Blütentee hätte ich ewig zusehen können.

Gemächlich nahm ich einen Schluck … und wartete. Mum spähte mich ängstlich über den Brillenrand hinweg an. Dad fuhr sich unentwegt mit den Fingern über die Krähenfüße. Er wollte auf keinen Fall in die Klischeefalle des überehrgeizigen Vaters tappen; ich glaube, er fand, darüber sei er erhaben. War er aber nicht. Scheinbar konnte er nicht anders, wenn es meine Erziehung betraf. Sogar mit Mum als Gegengewicht. Vermutlich ist das so, wenn man Professor ist. Manchmal fragte ich mich, ob er mich nur nach Cambridge und in die Politik kriegen wollte, weil es sich bei seinen Ellbogenschonerkumpels im Unikollegium gut machen würde.

»Tut mir leid, dass ich mir in den Schritt gelangt und ›Meditiert doch mal darüber‹ gebrüllt habe«, fing ich an und nippte noch einmal. »Bin immer noch überfragt, was mich da geritten hat.«

Beide lächelten leicht.

»Wir haben alle die Beherrschung verloren«, sagte Dad. »Und, ja, ich muss dir zugutehalten, dass es originell war.«

»Ihr seht aber auch ein, wieso ich mich so aufgeregt habe, oder?«

Sie tauschten einen Blick, und ich wusste sofort, dass sie schon geplant hatten, was sie jetzt sagen würden. Sie hatten ein Drehbuch, ich hatte keines. Ich hatte nur ein Gefühlskarussell und keine Lust, mich von ihnen in die Ecke drängen zu lassen.

»Wir machen uns nur Sorgen … wegen deiner Zukunft«, entgegnete Mum.

Ich verschränkte die Arme. »Das haben wir doch alles schon durch. Die Schule sagt, vier Prüfungsfächer reichen dicke, damit ich nach Cambridge komme.«

»Ja. Aber in deinem Auswahlgespräch musst du auch über

deine außerschulischen Aktivitäten sprechen ... und wir befürchten, dass dieser ... Spinster Club möglicherweise ... nun, der scheint nicht recht nach Cambridge zu passen. Wie wäre es, wenn du einfach bei einem Debattierclub mitmachtest oder ... irgend so etwas?« Hinter ihrer Flaschenbodenbrille sahen Mums Augen winzig aus.

Ich suchte ihren Blick. »Ich dachte, ihr hättet mich dazu erzogen, die Welt zu verbessern?«

»Haben wir auch!« Dad übernahm. »Du weißt, dass wir deine Ziele aus vollem Herzen unterstützen. Sie sind auch unsere Ziele ... Deshalb unterhalten wir uns ja jetzt. Damit wir gemeinsam herausfinden, wie du sie am besten erreichst. Und das könnte bedeuten, dass du eher die ... öhm ... etwas konventionellere Laufbahn einschlägst, um hinterher umso mehr zu bewirken.«

Die konventionellere Laufbahn ...

Hier kommt das Peinliche ... Ich möchte Premierministerin werden. Ich weiß, dass das ungefähr so lächerlich ist, wie Primaballerina werden zu wollen oder Profifußballer oder Astronaut und so weiter – aber wenn man mal drüber nachdenkt: Irgendwer muss ja Premierminister sein. Warum also nicht ich? Schlau genug bin ich. Stark genug auch. Und ich möchte wirklich ganz dringend diese beschissene Welt, in der wir leben, anpacken und mit aller mir gegebenen Energie, Geisteskraft und Leidenschaft versuchen, sie ein wenig besser zu hinterlassen, als ich sie vorgefunden habe. Ich möchte nicht nur über den Zustand dieser Welt herumjammern, ich möchte sie verändern.

Das Problem ist: Ich weiß immer noch nicht recht, wie ich es angehen soll, welche Richtung ich einschlagen, wie ich dort hingelangen soll. Ich war bei einer Versammlung der Labourpartei – und war nicht begeistert. Aber seltsamerweise sind meine Eltern auch total überzeugt davon, dass ich Premierministerin werden kann – und haben mir seit jeher eingebläut, dass Premierminister nach Cambridge oder Oxford gehen.

»Warum bedeutet ›konventioneller‹, dass ich etwas aufgeben muss, woran ich glaube?«, fragte ich.

Sie wechselten wieder einen Blick. »Wir sagen ja nicht, dass du etwas aufgeben sollst, woran du glaubst. Vielleicht einfach nur deine Prioritäten überdenken.«

Ich erhob mich. »Meine Prioritäten sind, die Welt zu verbessern.«

»Wofür du viel besser aufgestellt wärst, wenn du weiterhin fünf Prüfungsfächer machen würdest, um sicherzugehen, dass du nach Cambridge kommst«, beharrte Dad. »Wir haben dich schon damals unterstützt, als du beschlossen hast, die Heartly-Schule zu verlassen und dieses unglaubliche Stipendium aufzugeben. Ein Stipendium, wie man es im Leben kein zweites Mal bekommt, wenn mir die Bemerkung gestattet ist.«

Ich verdrehte die Augen. Das schon wieder! »Mir hat's dort nicht gefallen«, sagte ich, zum gefühlt achttrillionsten Mal. »Warum sollte ich irgendwo weitermachen wollen, wo ich nicht hineinpasse?«

»Nicht hineinpassen« war die Beschönigung des Jahrtausends – ich war dort angeeckt, wo es überhaupt nur ging. Besonders, weil ich auf Stipendienkosten dort war und mir deshalb die ganzen Extras nicht leisten konnte, schon gar nicht den Skikurs in der Neunten für zweitausend Pfund.

»Beispielsweise, weil Heartly in der Vergangenheit einen gewaltigen Prozentsatz seiner Schüler nach Oxbridge gebracht hat?«

Ich schüttelte den Kopf – ich war so sauer. Was für Heuchler sie doch waren. Da süffelten sie ihren Kräutertee, und Mum war Buddhistin, und beide wirkten ehrenamtlich in der Suppenküche für Obdachlose mit, und überall im Haus lagen diese verdammten *Kristalle* herum … aber sobald es um mich ging, ihr Kind, ihr Ein und Alles, waren sie sofort bereit, über alles Mögliche hinwegzusehen, solange sie mich nur dahin bekamen, wo sie mich haben wollten.

Ich würde über gar nichts hinwegsehen. Nicht nach heute.

»Ich bin heute sexuell belästigt worden«, sagte ich, um sie zu schockieren. »Ein paar Kerle in einem Lastwagen haben mir heut Morgen den Weg verstellt und mir Beschimpfungen nachgeschrien.«

Mum sprang sofort auf und war an meiner Seite. »Ach, Lottiespätzchen. Das tut mir leid. Geht's dir denn gut?«

Ich schüttelte den Kopf und entwand mich ihrer Umarmung.

»Nein. Mir geht's nicht gut. Und das wird es auch nicht, bis solcher Kram nicht mehr passiert. Deshalb bin ich im Spinster-Club. Deshalb habe ich die FemAG gegründet. Ich kann nicht warten, bis ich mich entschieden habe, welcher Partei ich beitreten möchte, oder bis ich in Cambridge bin oder sonst wo, um irgendwas zu verändern. Ich muss jetzt damit anfangen.«

Mum umarmte mich erneut, Dad wirkte nicht überzeugt.

»Lottie, ich bedaure, was dir da passiert ist, das hört sich furchtbar an.« Er verstummte, scheiterte wie üblich daran, ein Thema fallen zu lassen, in das er sich verbissen hatte. »Aber ich kann nicht erkennen, was das mit Cambridge zu tun hat.«

»AAAARG!« Ich warf die Hände in die Luft. Die Tränen von vorhin drängten schon wieder hinaus. »Siehst du das denn nicht? Das ist alles von Bedeutung! Das hängt alles zusammen!«

Ich presste die Finger auf die Druckpunkte neben meinen Augen und atmete tief durch. Trotz allem, was passiert war, hing ich noch immer im Streit von heute Morgen fest.

Ich holte ein paarmal tief Luft und blickte auf, sah Dad so durchdringend an, wie ich nur konnte. So, wie ich es von ihm gelernt hatte. »Ich habe es dir bereits erklärt«, sagte ich, und meine Stimme klang erstaunlich beherrscht. »Vier Prüfungsfächer reichen, um nach Cambridge zu kommen, das hat mir die Schule gesagt. Und wenn sie mich aufgrund meiner FemAG-Aktivitäten nicht wollen, tja, dann will ich da sowieso nicht hin. Ich muss nicht unbedingt nach Cambridge, um in die Politik zu gehen …«

Dad klappte den Mund auf, um mir ins Wort zu fallen.

»Ja, ich weiß, dass es Vorteile hat. Aber ich bin noch nicht mal irgendwo Parteimitglied. Ich bin erst siebzehn. Ich bin noch nicht so weit – das ist eine wichtige Entscheidung, und die muss ich richtig treffen. Und ich möchte nicht schon meine Überzeugungen opfern, bevor ich überhaupt richtig losgelegt habe.«

Wir stritten noch vierzig Minuten weiter, bis ich meine Hausaufgaben vorschob. Mit diesem Zauberwort schaffte ich sie mir zuverlässig vom Hals. Mum ging ins Zentrum, um ihre Mantras zu absolvieren, und Dad hatte seine »Prost Professor«-Runde im Pub. So nannten sie ihn ungelogen, ihren dienstäglichen Kollegenstammtisch. Obwohl Dad gewöhnlich Orangensaft trank und um elf alle brav nach Hause kutschierte. Ich schleppte mich rauf in mein Zimmer. Nahm dieser Tag denn überhaupt kein Ende?

Ich hatte noch so viel zu tun. Vier Seiten Kunsthausaufgaben, die ganze Pflichtlektüre für Philosophie, ein Politik- und Wirtschaftskundeaufsatz, den ich demnächst abgeben musste. Und es war schon fast neun. Das würde eine lange Nacht werden. Zum Glück bin ich schon immer eine von denen gewesen, die fast ohne Schlaf auskommen – eine Geheimwaffe, ohne die ich verloren wäre.

Nachdem ich eine Stunde lang an einer Art Collage für Kunst herumgeklebt hatte, legte ich mit Philosophie los, denn in der Lerngruppe war ich mit den Gedanken so weit weg gewesen, dass ich gar nichts mitbekommen hatte. Ich schlug mein Lehrbuch auf und sah mir eine der Übungsaufgaben fürs Examen an.

> *Ein führerloser Zug rast auf eine Weiche zu. Die Weiche ist so eingestellt, dass der Zug auf das linke Gleis fahren und fünf Menschen töten wird, die das Gleis nicht verlassen können. Du hast Zugriff auf einen Hebel, mit dem man den Zug auf das rechte Gleis lenken kann, wo lediglich eine einzige Person umkommen würde. Betätigst du den Hebel?*
> *Erkläre, wie Deontologen und wie Utilitaristen aufgrund ihrer jeweiligen Denkgrundsätze entscheiden würden.*

Ich starrte eine ganze Weile lang darauf.

Ich wusste, dass ich mich nicht für eine Handlung entscheiden musste, das war nicht die Aufgabe. Ich wusste, was ich schreiben musste, um die Prüfung zu bestehen (also, um mehr, als nur zu bestehen. Um eine Eins zu kriegen). Die Deontologen würden den Schalter nicht betätigen. Sie würden es Mord nennen; sie würden sagen, es sei niemals gerechtfertigt, einen Menschen zu töten, selbst wenn man damit das Leben von fünf anderen rettete. Während die Utilitaristen den Hebel sofort betätigt hätten – lieber ein Toter als fünf. Was machte es schon, ein paar moralische Opfer zu bringen, wenn das Endergebnis besser war?

Welche Hebel hatte ich in meinem Leben, und was wäre, wenn ich sie betätigte? Ich kam ins Nachdenken.

Genau, wie Dad gesagt hatte: Nach Cambridge zu gehen bedeutete statistisch gesehen eine größere Wahrscheinlichkeit, Premierministerin zu werden oder wenigstens Abgeordnete.

Theoretisch konnte ich Cambridge verwenden, um jemand zu werden, der die Macht hatte, Dinge zu verändern. Dinge auf lange Sicht zu verbessern. War es das wert, die FemAG dafür aufzugeben? Den Hebel zu betätigen? Menschen wie Megan unter die Räder kommen zu lassen, damit ich auf lange Sicht einer größeren Anzahl von Menschen helfen konnte?

Ich stand auf und trat ans Fensterbrett, stemmte mich hinauf, lehnte mich an das Glas – sah auf die schlafende Straße unter mir. Nach einer Weile kehrte Mum zurück und preschte in mein Zimmer, noch völlig high von ihren Buddhistengesängen, um mir zu sagen, dass sie mich liebte. Eine Weile später kam Dad, klopfte sanft an meine Tür und nahm kurz auf meinem Bett Platz.

»Entschuldige, Lottie. Du weißt, wie ungern ich mich mit dir streite. Aber du hast nur eine Zukunft. Und ich lasse ja nur nicht locker, weil du mir wichtig bist.« Ich lächelte ihm vom Fensterbrett aus zu. »Ich vertraue darauf, dass du die richtige Entscheidung triffst«, sagte er bedeutungsvoll. Und nahm damit seine ganze Entschuldigung wieder zurück. Aber es war zu spät, sich noch aufzuregen, also lächelte ich weiter, bis er gegangen war, und machte mich bettfertig.

Mein Magen tat weh, mein Kopf pochte. Und während ich auf das orangefarbene Laternenlicht unseres Sträßchens hinausschaute, wurde mir klar, dass eine Entscheidung bevorstand. Eine große Entscheidung. Eine dieser Entscheidungen, die einen Menschen formen.

Vielleicht schaffen es die meisten, solche Entscheidungen ewig hinauszuzögern. Aber diese Männer heute, und dann noch Megan, alles heute hatte mir klargemacht, dass die Zeit des Zögerns für mich vorbei war.

Was für ein Mensch möchtest du sein, Lottie?

Zu welchen Kompromissen bist du bereit, Lottie?

Wirst du den Hebel betätigen, Lottie? Wirst du abwarten, bis du im großen Stil etwas verändern kannst, und in der Zwischenzeit ein paar Verluste hinnehmen? Oder wirst du jetzt anfangen, die Dinge zu verändern?

Ich war so erschöpft davon, wütend zu sein. Und ich war so wütend darüber, erschöpft zu sein.

Diese Erschöpfung – sie hatte mich daran gehindert, mich gegen die Männer zu wehren.

Und sie hatte mich daran gehindert, Mike darauf hinzuweisen, dass er meinen Witz geklaut hatte.

Tief in meinem Inneren dämmerte mir, dass genau diese winzigen Momente, in denen man ein Unrecht sieht, ohne den Mund aufzumachen, irgendwann zu dem führen, was mit Megan passiert war.

Ich wusste jetzt, was ich zu tun hatte.

Die Entscheidung schwoll in mir an wie ein Ballon, verteilte sich in meinem ganzen Körper. Die Energie, die mit der Erkenntnis einhergeht, durchströmte mich, erfüllte mich mit goldener Leichtigkeit.

Ich stieg von meinem Fensterbrett.

Mit einer Entscheidung.

Einem Plan.

Ich war nicht der Typ Mensch, der den Hebel betätigt.

Sieben

Am nächsten Tag zog ich mich besonders sorgfältig an.

Winzige Shorts, die beim Waschen eingegangen waren, kombiniert mit einer Netzstrumpfhose von der Faschingsparty. Ein kurzes Top, das ich noch höher rollte. Meine scharfen kniehohen Absatzstiefel, die ich sonst nur zu Partys trug. Kein Mantel. Obwohl es eiskalt war. Ich toupierte mein dunkles Haar und knallte mir eine Extraportion Eyeliner um die grünen Augen.

Kurz bevor ich zur Schule aufbrach, legte ich eine zweite rote Lippenstiftschicht auf.

Vorher hatte ich mich durch Mums oberste Schublade gewühlt und mir ihr altes Handy gemopst. Wir hatten ihr zum Geburtstag ein neues geschenkt, doch damit war sie völlig überfordert. Ich bekam nichts als sinnlose Textnachrichten wie DER GARTEN GRÜNT UND BLÜHT und WIRD KALT HEUTE MANTEL.

Es war grau und bewölkt und noch kälter als gestern – ohne Sonne, die einem vorgaukelt, es sei wärmer.

Ich fror erbärmlich in meinem kurzen Top – und das Frühstück ließ meinen Bauch über den Bund der Shorts quellen.

Würde ich damit unnötig Aufmerksamkeit erregen? Ja.

Scherte mich das?

Nein. Heute nicht.

Ich schritt die Straße entlang wie eine, die weiß, wo sie hinwill. Hinter mir flatterte mein Schal im Wind. Es war ein reines Glücksspiel – die Annahme, dass die zwei Bauarbeiter wieder an genau derselben Stelle parkten, wie auch die Annahme, dass nichts aus dem Ruder laufen würde.

Doch ich spielte mit vollem Einsatz.

Ich bog in die Straße ein, in der sie gestern gestanden hatten, und blieb kurz stehen. Dort war der Lkw. Und dieselben Männer saßen im Führerhaus und tranken gemeinsam aus einer Thermoskanne.

Ich wählte schnell die Notrufnummer auf Mums Handy und schob es mir in die Shorts, den Daumen knapp über dem Wählknopf.

Dann schloss ich die Augen, atmete dreimal tief durch und ging auf sie zu. Durch die schmierige Windschutzscheibe sah ich, wie der Jüngere mich entdeckte und seinen Kumpel in die Seite knuffte. Der blickte auf, musterte mich von Kopf bis Fuß, meine Aufmachung, und dann grinsten sie beide gleichzeitig.

Die Tür des Führerhauses ging auf, aber ich lief unbeeindruckt weiter. Direkt auf sie zu.

»Na, wer kommt denn da!«, sagte der Jüngere. Wieder verstellte er mir den Weg, doch heute war mir das egal. Mein Daumen schwebte immer noch über der Notfallnummer, und in der anderen Hand hielt ich mein eigenes Telefon.

»Erdbeermund. Gefällt mir, wie du heute aussiehst.«

»Wow, du hast echt Holz vor der Hütte«, sagte der Ältere, stieg aus und ging um die Motorhaube herum. Als wäre das okay. Als hätten sie mich nicht erst gestern in blanke Panik versetzt.

Ich hielt demonstrativ mein Telefon in die Höhe und schoss ein Foto von ihnen. Der Auslöser klickte laut.

»He, was gibt das?«

Ich antwortete nicht. Stattdessen wählte ich mit zitternden Fingern die Nummer, die groß auf dem Lastwagen klebte, und drückte auf *Wählen.* Dabei betete ich zu Gott – obwohl meine Eltern versucht hatten, mich als Buddhistin zu erziehen –, dass nicht sie die Chefs waren …

Nein, zum Glück war es nicht ihr Telefon, das läutete. Ich spürte einen Hauch von Erleichterung, aber meine Hände schlotterten immer noch.

»Hallo?«, grummelte eine Stimme aus der Leitung.

»Hallo?«, sagte ich und starrte die Bauarbeiter mit aller Verachtung an, die ich aufbringen konnte. »Ist da die U&T Gerüstbau GmbH?«

Bei beiden Typen wurde die doppelte Menge Weiß im Auge sichtbar.

»Was soll das, Erdbeermund?«, fragte der Jüngere.

»Ja«, hallte es aus dem Handy.

Ich trat einen Schritt vor, obwohl alles in mir danach schrie, einen Schritt rückwärtszutun.

»Kann ich bitte den Geschäftsführer sprechen?«

Die Worte waren kaum aus meinem Mund, als der Ältere aus seiner Starre erwachte und die Hände hochwarf.

»He, he, he, warte mal!«, brüllte er. »Was soll das denn jetzt?!«

Die Hand in meiner Tasche zitterte wie wild über dem Notrufknopf, doch meine Stimme blieb ruhig.

»Am Apparat.«

Ich machte noch einen Schritt nach vorn, sodass ich fast Brust an Brust mit den beiden stand. In der eisigen Luft mischte sich unser Atem. Ich wollte schnell sprechen, es hinter mich bringen, doch ich hielt mich zurück. So langsam und selbstbewusst, wie ich konnte, sagte ich: »Zwei Ihrer Angestellten belästigen mich jedes Mal, wenn ich an ihrem Lastwagen vorbeikomme.«

»Jetzt mach aber mal halblang!«, protestierte der Ältere.

Ich überhörte ihn. »Ich will einfach nur zur Schule gehen«, sagte ich. »Aber sie verstellen mir den Weg und belästigen mich auf obszöne Weise. Also, muss ich jetzt die Polizei rufen, oder haben Sie Ihre Angestellten selbst im Griff?«

»Du kleines Miststück«, knurrte der Jüngere, fast zu sich selbst.

Ich schüttelte drohend den Kopf. »Der eine hat mich gerade ein kleines Miststück genannt.«

Aus dem Telefon kam erst nichts, dann ein Seufzen … Aber noch war ich nicht in Sicherheit. Ich war so dermaßen weit entfernt davon, in Sicherheit zu sein.

Dann sagte die Stimme: *»Ich glaube, ich weiß schon, wen du meinst … Wie lautet denn das Kennzeichen? Kannst du das erkennen? Alles okay bei dir, Mädchen? Oder bedrohen sie dich?«*

Ich las ihm das Nummernschild vor, während die beiden Typen einfach nur dastanden und mich mit offenem Mund anstarrten.

Wieder Stille. Dann: *»Sag ihnen, sie sollen heute Nachmittag ins Büro kommen.«*

»Nein, das sagen Sie ihnen selbst«, entgegnete ich. »Und wenn die je wieder wagen, mich anzuquatschen, rufe ich die Polizei.«

Ich legte auf und blickte sie herausfordernd an. Ihre Gesichter waren ganz verknautscht. Sie schüttelten die Köpfe, als wären sie gerade aus einem Traum erwacht. Jetzt war es am allergefährlichsten – genau jetzt.

»Komm schon, Kleine, wir haben doch nur einen Witz gemacht. Kein Grund, gleich so was zu bringen.«

»War nur als Kompliment gemeint«, ergänzte der Ältere. »Ruf noch mal an und sag ihm, war nur ein Kompliment.«

»Ein Kompliment kannst du ja wohl noch annehmen, oder?«

Ich stemmte die Hände in meine tiefgefrorenen Hüften und baute mich auf wie eine Mauer.

»Das war kein Kompliment«, sagte ich. »Das war sexuelle Belästigung. Ich sollte jederzeit eine Straße entlanggehen können, ohne dass mir irgendwelche Kerle mitteilen, ob sie mich attraktiv finden oder nicht. Ich sollte anziehen können, was ich will, und entlanggehen können, wo ich will, ohne dass mich jemand bedroht oder wie ein Objekt behandelt oder einfach nur nervt.«

»Verdammte Hure«, murmelte der Jüngere.

»Vorsicht!«, brüllte ich und hielt ihnen das Handyfoto entgegen. In dem Moment klingelte das Telefon des Älteren. »Und wehe, Sie geben mir oder irgendeinem anderen Mädchen auch nur ein einziges Mal wieder Anlass, sich so zu fühlen, wie ich mich gestern gefühlt habe. Kapiert?« Meine Stimme klang schon fast wie ein Knurren.

Jetzt sah der Ältere aufrichtig erschrocken aus. Herrlich schmeckte er, der Sieg auf meinen Lippen. Endlich fühlte sich der Typ so, wie ich mich gestern gefühlt hatte – verängstigt, hilflos, perplex. Er hob ab.

»John? John?« Er wandte sich ab und bedeutete seinem Kollegen, es ihm nachzutun. »Nein, John! Das ist nur so eine durchgeknallte Schlampe, die mit Komplimenten nicht umgehen kann …«

Ich wich der offenen Wagentür aus und spazierte davon, ließ sie hinter mir zurück.

»Ins Büro? Aber warum denn? Was? Soll das ein Witz sein?«

Jede Faser meines Körpers wollte losrennen, einfach nur weg. So viel Abstand wie möglich zwischen mich und sie und ihre Wut bringen.

Aber ich rannte nicht los.

Ich spazierte.

Und ich lächelte.

Acht

Als Erstes hatte ich Philosophie.

Zwei Minuten vor dem Läuten rauschte ich hinein, und alles starrte mich an. Aber hoch oben auf meiner Wolke scherte mich das nicht.

Normalerweise sitze ich neben Jane und Joel, doch heute schnappte ich mir den Platz neben Mike.

»Hi, Mike«, sagte ich überfreundlich. »Was macht die Kunst?«

»Lottie!« Er blickte von seinem Lehrbuch auf. Es war auf der Seite aufgeschlagen, die ich gestern Abend gelesen hatte – er hatte die Zugunglücksfrage mit Textmarker angestrichen.

Ich bin nicht der Typ Mensch, der den Hebel betätigt.

»Geht so«, sagte er. »Obwohl ich bei dem Thema echt nicht voll durchsteige.« Er fuhr sich durch die blonde »Draco Malfoy«-Frisur und bemerkte erst dann meinen Aufzug. Seine Augenbrauen schossen in die Höhe.

Ungerührt ließ ich mein Zeug auf den Tisch plumpsen.

»Okay, das mag jetzt echt schräg klingen, aber warum hast du gestern meinen Witz geklaut, Mike?«, fragte ich.

Seine Augenbrauen hüpften noch höher. »Hä?«

»Meine philosophische Analogie«, fuhr ich fort. »Du hast sie mir gestern nachgequatscht und so getan, als wär sie von dir. Alle haben gelacht und dir dafür auf die Schulter geklopft. Schon vergessen?«

Er sah mich an, als hätte ich einen kompletten Vogel. Aber das hatte ich nicht. Und wenn ich einen hätte, dann nur wegen seiner Eier.

»Ich hab echt keine Ahnung, wovon du redest!«, sagte Mike, doch statt Verwirrung machte sich jetzt Röte in seinem Gesicht breit, so sehr, dass er unter seinem weißblonden Haar richtig glühte. Er wusste ganz genau, wovon ich redete.

»Ist ja keine große Sache«, fuhr ich fort, beugte mich über den Tisch und merkte, dass das in Anbetracht meines Outfits nicht die beste Idee war. »Ich find's nur seltsam, mehr nicht. Du nicht auch?«

Zu Mikes Ehre muss man sagen, dass sein Blick trotz meines tiefen Ausschnitts nicht abwärtswanderte, sondern meinem standhielt.

»Versteh mich jetzt nicht falsch, Lottie«, stotterte er. »Aber, also, du wirkst gerade irgendwie … ein bisschen gaga.«

Ich warf den Kopf in den Nacken und lachte. Gaga. Dieses Wort hatte ich schon seit Ewigkeiten nicht mehr gehört. Warum wurde es nicht viel öfter benutzt? Ein derart gagagutes Wort. Und außerdem drückte es genau aus, wie ich mich fühlte. Ich WAR gaga. Ich fühlte mich gaga. Auf diese ganz besondere, zweckdienliche Art.

Ich lachte, während Mike mich mauloffen anstarrte, halb neugierig, halb ängstlich, was ich als Nächstes sagen würde. Doch ich hatte nichts mehr zu sagen. Ich hatte die Angelegenheit klargestellt. Eine große Sache war es wirklich nicht, aber es einfach durchgehen lassen – das konnte ich auch nicht. Jetzt nicht mehr.

Ich wickelte mich aus meinem Riesenschal und bereute es sofort. Die Schule hatte die Zentralheizung noch nicht hochgefahren, und mein Bauch verwandelte sich augenblicklich in eine Gänsehautsteppe.

»Wie auch immer, lieber Mike, du kannst gern weiter so tun, als ob du keine Ahnung hättest, wovon ich spreche. Aber nächstes Mal … nächstes Mal … glaub ja nicht, dass ich dich da nicht wieder zur Rede stelle.«

Er gab keine Antwort, sondern hielt den Blick weiterhin entschlossen auf das Buch statt auf meinen Ausschnitt gerichtet. Doch als unser Lehrer hereinkam, hörte ich ihn »Aber so was von gaga« murmeln.

Alle waren beim Mittagessen. Amber, Evie, Evies Nicht-ganz-Freund Oli, Jane, Joel. Zwei Pommesschalen standen in der Tischmitte, mit einem mittelflüssigen Berg Burgersoße. Joel hatte die grausige Angewohnheit, Mayonnaise mit Ketchup zu mischen, wo er auch ging und stand.

»Da bin ich«, verkündete ich statt eines einfachen Hallo. »Und ich habe den Plan der Pläne.«

Alle außer Joel und Jane (die mich schon in Philosophie gesehen hatten) starrten mich schockiert an. Aus Ambers Mund purzelte doch tatsächlich eine Pommes auf den Tisch.

»Öhem, Lottie?«, fragte Evie. »Warum trägst du Jodie Fosters Kostüm aus *Taxi Driver*?«

Ich blickte an meinem Ensemble hinunter. »Hab den Film nicht gesehen.«

Oli, ebenfalls Film-Nerd, führte aus: »Sie fragt, wieso du aussiehst wie eine Kinderprostituierte.«

»Ach so!« Mit einem irren Grinsen tippte ich mir auf die Nase. »Das ist Teil des Plans.« Ich zog mir einen Stuhl heran und pflanzte mich spaßeshalber genau zwischen Oli und Evie. Nach einem Jahr nervös-verstohlener Blicke hatten sie es schon zu einem ganzen Kuss gebracht. Vor zwei Wochen, bei einer Party bei Anna. Doch die beiden waren dermaßen schüchtern, dass sie so taten, als wäre gar nichts passiert. Wie sehnte ich mich nach ihrer Unschuld. Ich hatte soooo viele Jungs geküsst. Und noch viel mehr.

»Ich mache mir Sorgen«, sagte Amber.

»Ich mir auch«, sagte Evie.

»Ihr hättet mal erleben sollen, wie schräg sie sich in Philosophie aufgeführt hat«, fügte Joel hinzu.

»PSST!«, machte ich. »Ich sag doch … Ich hab einen Plan.«

»Na, was denn für einen?«, fragte Amber.

Ich erhob mich wieder, des dramatischen Effekts wegen, und zerrte meine Miniaturshorts zurecht.

»Ich starte jetzt ein Projekt. Entweder für die FemAG oder die Spinster Girls oder vielleicht einfach nur für mich selbst. Laufzeit: ein Monat. Also, einen GANZEN Monat lang werde ich bei JEDEM EINZELNEN SEXISTISCHEN VORFALL, den ich mitbekomme, Krach schlagen.«

Ich wartete auf den Applaus, doch ich erntete nur Blicke. Außer von Joel, der das Gesicht in einem fettigen Hamburger vergraben und überhaupt nicht zugehört hatte.

»ALSO?«, fragte ich herausfordernd.

»Bei jedem einzelnen sexistischen Vorfall, den du mitbekommst?« Evie machte als Erste den Mund auf.

Ich nickte. »Sogar dem sexistischem Kram gegen Jungs.«

Amber hob die Hand.

»Du musst dich nicht jedes Mal vor dem Sprechen melden«, sagte ich.

»Doch, muss ich«, grinste sie. Ich habe die Angewohnheit, das Gespräch etwas zu … beherrschen, wenn ich mich hineinsteigere.

»Bitte, Amber?«

»Warum?«

Ich zeigte mit dem Finger auf sie. »Zehn Punkte für Gryffindor. Ja, warum sollte ich so etwas tun? Warum nur?«

Ich zog sie von ihrem Stuhl hoch, auf ein Tänzchen. Zögerlich quetschte sie sich hinter dem Tisch hervor und ließ sich unter meinem Arm herumwirbeln.

»Nach all den Schauerlichkeiten des gestrigen Tages bin ich

zu dem Schluss gekommen, dass es gar nicht so sehr die sexuelle Belästigung war, die mich so aufgeregt hat. Es war die Tatsache, dass ich mich nicht gewehrt habe.«

»Aber die Typen hätten gefährlich sein können«, funkte Evie dazwischen.

»Waren sie nicht«, sagte ich. »Ich hab sie mir heute früh vorgeknöpft und sie bei ihrem Chef gemeldet.« Ich wirbelte Amber schneller herum, doch sie machte sich los und wandte sich taumelnd zu mir um.

»Du hast was?«

Alle starrten mich an, als würden sie an meinem Verstand zweifeln.

»Hab ich doch gerade gesagt: Ich hab sie gemeldet. Ich hab sie sogar absichtlich in die Falle tappen lassen.« Ich wies auf meinen gänsehautüberzogenen Bauch.

»Ah, das erklärt, warum sie angezogen ist wie eine Kinderprostituierte«, flüsterte Oli lautstark Evie zu, die in Kichern ausbrach.

»Ruhe!«, rief ich. »Ich kann mich anziehen, WIE ICH WILL, nur damit das klar ist. Ja, im Magen- und Schenkelbereich mag ich Frostbeulen haben, aber das ist MEINE ENTSCHEIDUNG.«

»Jetzt stürz dich nicht gleich auf Oli.« Evie warf ihm einen verhuschten Blick zu und wurde sofort knallrot. Gott, mit den beiden ging echt gar nichts. »Es besteht ein Unterschied zwischen Entscheidungsfreiheit und der Entscheidung, wie ein Lockvogel rumzulaufen.«

»Evie hat recht!«, sagte Amber. »Erstens, das mit dem Lockvogel scheint ja wohl unnötig gewesen zu sein, denn die haben dich ja gestern selbst im Wintermantel schon belästigt. Und zweitens, Lottie, das war gefährlich! Es ist etwas anderes, in Gefahr zu geraten, als sich mutwillig in Gefahr zu begeben!«

Ich schnitt eine Grimasse. »Aber du kennst doch meinen Hang zum Dramatischen.«

»Ja, den kennen wir«, betonte Evie lächelnd.

»Und wie schon gesagt«, fuhr ich fort, »es ging mir schlecht, weil ich ihnen das gestern habe durchgehen lassen. Und dann habe ich an all die anderen Dinge gedacht, über die ich andauernd hinwegsehe. Und dann ist mir klar geworden … Was, wenn das alles zusammenhängt?«

»Was, wenn *was* alles zusammenhängt?«, fragte Jane. Wow, sogar Jane hörte mir zu. Wahrscheinlich, weil Joel noch immer voll im Bann seines Burgers stand.

»Sexismus. Nun, im Grunde allgemeine Schlechtigkeit, aber ich konzentriere mich hauptsächlich auf Sexismus. Was, wenn all die winzige sexistische Scheiße zusammengenommen der kleineren sexistischen Scheiße den Boden bereitet, und wenn dann die kleine sexistische Scheiße zusammengenommen die mittlere ermöglicht und die mittlere Scheiße …«

»Wir haben's kapiert«, grinste Amber. Sie unterbrach mich am liebsten, wenn ich gerade voll in Fahrt war.

»Nun ja.« Wieder zerrte ich an meiner Shorts. Warum war die so versessen drauf, mir in die Arschritze zu kriechen? Jetzt wurde ich schon von meiner eigenen Kleidung sexuell belästigt. »Deshalb habe ich beschlossen, einen Monat lang über NICHTS hinwegzusehen. Und man weiß ja nie – vielleicht verändere ich ja sogar die Welt damit!«

Stille. Na ja, abgesehen von Joels mahlenden Kiefern.

Evie brach als Erste das Schweigen. »Ich find's gut, Lottie. Ich glaube zwar, du bist völlig durchgeknallt, wie immer, aber es gefällt mir.«

Amber nickte mit ihrem sommersprossigen Gesicht. »Ich find's auch gut. Obwohl ich glaube, dass du dir vorher noch ein paar Gedanken machen solltest.«

»Über was?«

»Über die Regeln zum Beispiel. Was genau soll das heißen, bei Sexismus ›Krach schlagen‹? Woran erkennst du, wenn etwas sexistisch ist?« Sie zählte die Punkte an den Fingern auf.

Ich nickte. »Klingt plausibel.«

»Wir könnten dir helfen«, bot Evie an. »Vielleicht können wir daraus sogar eine FemAG-Kampagne machen? Mal schauen, ob die anderen Mitglieder einverstanden sind?«

Ich nickte noch wilder. »Ja, ja, ja, ja, JA!« Ich boxte in die Luft. Und dann packte mich plötzlich die Erschöpfung, und ich ließ mich auf den Stuhl plumpsen. »Dann heute Abend um neun bei mir?«

Evie und Amber nickten. »Aber Käse kann ich keinen mehr mitbringen«, sagte Evie. »Den hast du gestern bis auf den letzten Krümel aufgegessen.«

»Ich glaub, mehr Käse schaff ich eh nicht«, sagte ich. »Können wir stattdessen Schokolade nehmen?«

»Ja bitte«, sagte Amber. »Ich hab die ganze Nacht Le Tartare gerülpst.«

»Sexy.« Ich zwinkerte ihr zu.

»Wem sagst du das. Ich hab's Kyle schon geschildert. Er war entsprechend angewidert.«

»Der liebt dich trotzdem. Der Kerl ist doch BESESSEN von dir.« Kyle war Ambers transatlantischer Freund. Er war von geradezu besorgniserregender Perfektion, abgesehen von der Tatsache, dass er Tausende von Kilometer entfernt wohnte.

Wir sahen die anderen an. Joel hatte seinen Burger vernichtet, sich jedoch die Stöpsel in die Ohren geschoben. Jane hatte einen davon abgekommen und ihr übliches Halblächeln aufgesetzt, wie immer, wenn sie nur halb unter uns weilte. Man hätte annehmen können, dass bei Jane und Joel nach einem Jahr Paarsamkeit etwas die Luft raus sein sollte. Doch sie klebten aneinander wie eh und je, wenn nicht sogar noch mehr als früher. Nur Oli passte noch auf, mit seinen erschreckend grünen Augen. Ich wusste genau, was Evie an ihm fand. Obwohl ich diese tödliche Schüchternheit nie ertragen würde … auch wenn er ziemlich gute Gründe dafür hatte.

»Was sagst du dazu, Oli?« Ich griff mir eine erkaltete Pommes und verzehrte sie. »Eine männliche Meinung wäre nützlich … solange sie positiv ist.« Ich durchbohrte ihn mit einem pseudo-drohenden Blick.

Er lachte und hob verteidigend die Hände. »Ich finde, es hört sich interessant an«, sagte er. »Aber weißt du, was du noch machen solltest?«

»Was?«

»Dir jemanden suchen, der dich dabei filmt. Eine Online-Videokampagne draus machen. Damit es ein größeres Publikum erreicht.«

Ich verstummte und verdaute, was für eine ausgezeichnete Idee das doch war.

»Was für eine ausgezeichnete Idee das doch ist«, sagte ich.

Oli wurde knallrot. Evie sah ihn an und er Evie, und dann wurde sie ebenfalls knallrot.

»Aber niemand von uns kann mit einer Kamera umgehen«, erinnerte mich Amber.

»Bei uns in Filmtheorie gibt's ein paar Möchtegernfilmemacher, oder, Evie?«

Sie nickte, immer noch knallrot. »Da könnten wir mal rumfragen, oder?«

»Das wär grandios!«

Ich platzte fast vor Kampfeslust und Bedeutsamkeit und Freundschaft und kalten Pommes. Ich war auf dem richtigen Weg … das spürte ich.

Bis Amber murmelte. »Auweia, Teddy-Alarm. Teddy-Alarm!«

Mein Magen wurde zu Knetmasse. »Ach du Scheiße, wo?«

»Auf sechs Uhr.«

Wie ein Trottel verrenkte ich mir den Hals. »Amber, wo zum Henker ist sechs? Ach … da ist er ja.«

Teddy kam mit seinem Tablett direkt auf uns zu. Das Haar hing ihm in die Augen, aber nicht hinreichend, um den giftigsten aller Giftpfeilblicke zu verbergen, den er bei meinem Anblick in meine Richtung abschoss. Er sagte wohl nur deshalb nichts, weil er heute nicht den Rudelschutz seiner Hyänenkumpel genoss.

Wieder drehte sich mir der Magen um. Teddy war ein behaarter Rugbykerl, mit dem ich letztes Jahr was gehabt hatte und der erst ganz vielversprechend gewesen und dann viel zu schnell viel zu fordernd geworden war. Als er mir bei unserer dritten Verabredung seine Liebe gestanden hatte, hatte mich die Panik gepackt, und ich hatte der Sache so dezent wie möglich ein Ende gemacht. Er hatte es allerdings nicht gerade mit Fassung getragen. Und er trug es noch immer nicht mit Fassung. Er und seine Rugbytypen waren auf die Barrikaden gegangen, als die Mädels und ich uns für die Entfernung eines Vergewaltigungs-Songs von der Schuljukebox eingesetzt hatten, und hatten uns das Leben zur Hölle gemacht.

»Noch nie hab ich in einem Blick so viel Hass gelesen«, staunte Evie.

»Pscht«, machte ich, bevor ich ihm zulächelte.

Er sah es, er sah es hundertprozentig. Doch er blieb einfach nur stehen und bedachte mich mit einem höhnischen Grinsen, ganz langsam, ganz auffällig. Anschließend stakste er in die Gegenrichtung davon.

»Wow«, sagte Amber. »Meinst du, der ist extra rübergekommen, um dich höhnisch anzugrinsen?«

Evie kicherte. »Das kommt davon, wenn man einen empfindsamen Menschen erst entjungfert und dann abschießt.«

»Hey!« Ich verkniff mir das Grinsen. Monatelang hatte ich Teddys wegen ein schlechtes Gewissen gehabt, aber trotz meiner diversen Entschuldigungen gab er sich immer noch alle Mühe, mich wie eine nuttige Wölfin fühlen zu lassen. »Woher sollte ich wissen, dass er noch Jungfrau ist? Und ein rachsüchtiger Armleuchter noch dazu. In dem ganzen Brusthaar hab ich völlig die Orientierung verloren.«

Zum ersten Mal während dieses Mittagessens zeigte Joel schwaches Interesse am Tischgespräch.

»Also haben Jungfrauen kein Brusthaar?«, fragte Amber.

Ich zuckte die Achseln. »Nun, man stellt es sich zumindest nicht so vor, oder? Buaah. Was macht er überhaupt noch hier an der Schule?«

»Der muss sein Examen wiederholen. Ein paar Fächer hat er versiebt.« Sie lächelte. »Und daran bist du schuld.«

Ich schnappte mir eine fettstarre Pommes und schleuderte sie nach ihr. »Ich bin überhaupt nicht dran schuld! Der ist schon durchgefallen, bevor ich überhaupt auf der Bildfläche erschienen bin, weil er ständig auf dem Rugbyplatz war, statt zu lernen. Und mach mich heute nicht von der Seite an, ich habe einen Plan.«

»Den hast du allerdings, du böses Genie.«

Ich erwiderte ihr Grinsen, fläzte mich in meinen Stuhl und war glücklich – solange ich es vermied, in Teddys Richtung zu schauen. Ich fühlte mich stark, ich fühlte mich unaufhaltbar, ich fühlte mich wie jemand, der Feuer gefangen hat. Mit jedem Herzschlag pulsierte es durch meinen Körper.

Da sah ich, wie Megan ihren Tisch verließ und ihr Tablett zum Mülleimer trug. Hastig stand ich auf.

»Wo willst du hin?«, fragte Evie.

»Ich muss noch mit wem reden. Treffen wir uns nach Schulschluss am Tor?«

Amber und Evie nickten.

Ich wandte mich an Jane. Amber und ich hatten uns gebessert und schlossen sie nicht mehr dauernd aus – obwohl das manchmal ganz schön anstrengend war.

»Magst du auch kommen, Jane?«, fragte ich sie.

»Hm?« Sie hatte noch den Ohrstecker drin.

»Zu mir? Heut Abend? Um mein überschallgeniales feministisches Sozialexperiment zu planen?«

»Oh.« Sie war sichtlich von Panik gepackt. »Danke, aber …« Sie drehte sich zu Joel, der sofort wieder abgeschaltet hatte, nachdem das Thema Jungfräulichkeit vom Tisch war. »Ich geh heut Abend mit zu Joels Bandprobe.«

»Ach, na dann.« Ich widerstand dem Drang, die Augen zu verdrehen. Joel und seine Kumpels hatten eine Heavy-Metal-Band namens Bone Road – die Verkörperung all dessen, was an Nachwuchsbands schieflaufen kann. Außerdem hatte ihr Frontmann Guy letztes Jahr mit Evie ein übles Ding abgezogen, weshalb ich die Band noch weniger ausstehen konnte. »Gut, dann geh ich mal.« Ich sauste davon und versuchte, im Gewusel Megans Hinterkopf im Blick zu behalten.

Ich wand mich durch die Menge, immer in Sichtweite ihres langen braunen Haars. Kaum hatte ich es aus der Stauzone Mensaeingang geschafft, legte ich einen kleinen Sprint ein, um sie einzuholen.

»Megan!«, rief ich. Sie blieb stehen und drehte sich um. Sie hatte drei bunte Ordner in der Hand und trug einen quietschroten Pullover, doch ihr Gesicht war … trüber … als ich es in Erinnerung hatte. Oder vielleicht hatte es schon seit dem Sommer so ausgesehen, und ich hatte es aus Mangel an Interesse nur nicht bemerkt.

Sie lächelte. »Hallo, Lottie. Was gibt's?«

»Hey …« Plötzlich wusste ich gar nicht genau, was ich sagen wollte. Alle gestern Abend zurechtgelegten Worte blieben mir im Hals stecken. War das richtig, was ich hier tat? Ging es mich etwas an? Auf der anderen Seite: Bei dem, was ich zu wissen glaubte, konnte ich doch nicht einfach untätig bleiben … »Also, wegen gestern …«, fing ich an.

Megans Gesichtsausdruck wurde noch betrübter.

»Was ist damit?«

Ich merkte, dass sie es wie nebenbei klingen lassen wollte, doch ihr Ton war scharf. Ich kaute auf meiner Lippe herum und wählte jedes Wort mit Bedacht.

»Öhm … tja … ich hab mir gedacht … das war ja ein ziemlich emotionales Thema … für viele Leute … aus vielen Gründen … und … ähm … tja … es tut mir leid, dass wir es nicht anständig organisiert haben und dass dann niemand gewusst hat, was jetzt kommt … das war blöd.«

Megan zuckte die Achseln. »Schon okay«, sagte sie mit Singsangstimme.

Aber du hast den Raum verlassen und in der Toilette geweint …

»Ja, gut. Das ist gut.« Eine Gruppe Fußballtypen preschte an uns vorbei und rammte mich an der Schulter. »Aber, öhm, ich wollte dir sagen, dass ich ein Projekt plane, vielleicht für die FemAG. Ich bin mir noch unsicher. Ich dachte, vielleicht interessiert es dich.«

»Ach ja?« Megan verlagerte ihre Ordner von einem Arm in den anderen.

»Ja. Das ist eine Aktion, wo ich wirklich jeden sexistischen Vorfall anprangern werde, den ich mitbekomme, und zwar in dem Moment, in dem ich ihn sehe, einen ganzen Monat lang.«

Megan runzelte die Stirn, doch sie lächelte dabei. Ihre Züge heiterten sich ein winziges bisschen auf, jetzt, wo wir das Thema gewechselt hatten. »Aber kriegt man das überhaupt hin?«

»Ich weiß noch nicht. Es geht darum, es zu versuchen … Aber, also, du bist ja bei mir in Kunst.«

Sie nickte.

»Ich hab gesehen, wie toll deine grafischen Arbeiten sind, und meine sind Schrott. Ich kann nur gegenständlich zeichnen, deshalb könnte ich deine Hilfe echt gut brauchen.«

Sie biss sich auf die Lippe. »Inwiefern?«

»Weiß ich noch nicht genau. Mir ist die Idee erst gestern gekommen. Es gibt noch nicht mal einen Titel. Amber und Evie wollen mir heute Abend helfen, etwas mehr Substanz reinzubringen. Aber ich hab mir gedacht, was ich mit Sicherheit für die Kampagne brauche, sind Anstecker und Aufkleber und so weiter. Ich dachte, dein Grafikstil wär dafür perfekt.«

Megan lächelte, obwohl ich geradezu sehen konnte, wie acht Millionen Abwehrmechanismen sie umschwirrten wie ein Fliegergeschwader. Ich hatte solches Mitgefühl, dass es wehtat. Warum machte sie nicht ein bisschen auf?

»Klingt cool«, sagte sie. »Ich mach mit. Ich brauch eh noch ein bisschen Material für meine Unimappe.«

»Juppi!« Ich umarmte sie ohne Vorwarnung. Erst wurde sie steif, doch dann wieder lockerer. »Du bist die Rettung.«

Sie lächelte breiter. »Diese Kampagne klingt völlig gaga, das weißt du schon, oder?«

»Gott, ich liebe das Wort gaga!«, sagte ich. »Aber Sexismus ist auch völlig gaga. Ich hoffe, dass der Gagaismus der Kampagne den sexistischen Gagaismus erst richtig sichtbar macht. Gagaismus kann nur durch besseren Gagaismus ausgetrieben werden, das ist meine Meinung. Also, treffen wir uns irgendwann die Woche, um unsere Pläne zu besprechen?«

»Auf jeden Fall.«

»Hurra und nochmals Hurra.« Ich gab ihr fünf.

Alles, was ungesagt geblieben war, hing schwer zwischen uns in der Luft. Aber ich sagte nichts, weil sie es nicht tat.

Alles, was ich sagte, war: »Dann sehen wir uns in Kunst.«

Und alles, was sie sagte, war: »Klar, und … äh, Lottie? Warum läufst du heute rum wie eine … öhm … Kinderprostituierte?«

Neun

Bewundernd betrachtete ich Ambers Schöpfung. Turmgleich ragte sie vor ihrem Mund auf, schwankte sanft im Luftzug meines Zimmerfensters.

»Du bist wirklich die Meisterin des Käsesnacks«, versicherte ich ihr ehrfürchtig. »Du solltest ein Käsesnackguru werden und einen Käsesnackashram gründen. Ich komme und huldige dir, bis ich durch dich zur Käseerleuchtung gelange.«

»Jetzt warten wir erst mal ab, ob's schmeckt«, sagte Evie, stets die Stimme der Vernunft.

Auf dem Schulheimweg hatten wir beim Supermarkt haltgemacht, um unsere Vorräte aufzustocken. Bei mir angekommen, hatten wir meine Mutter kaum eines Grußes gewürdigt und waren sofort durch die Perlenvorhänge in mein Zimmer hinaufgestapft. Amber hatte gerade eine Viertelstunde damit verbracht, mittels Schmelzkäsemörtel ein Bauwerk aus Schogetten zu errichten.

Vor dem Zubeißen zögerte sie kurz.

»Ich hab immer noch Bedenken, ob ich mir damit nicht zwei meiner liebsten Dinge verhunze«, sagte sie und beäugte ihre Kreation.

»JETZT BEISS SCHON REIN«, kreischten Evie und ich.

Amber tat es. Das meiste landete tatsächlich in ihrem Mund, aber eine beträchtliche Menge verteilte sich auch auf ihrem Gesicht. Sie kaute, wobei ihre Augenbrauen alle möglichen Tanzmoves hinlegten.

»Und …?«, wollte ich wissen und rückte ihr auf die Pelle, um ihren Gesichtsausdruck zu analysieren.

»I… isch … muschnokaun …« Eine Spritzladung kam aus ihrem Mund, und Evie wich sichtlich angeekelt zurück.

»Mach hin … ich will auch mal probieren!«

Sie kaute und kaute, ihr Gesicht wurde ganz rot vor Anstrengung. Endlich schluckte sie.

»Uuuund?«

Abwarten. Neutraler Gesichtsausdruck. Dann hob sie begeistert den Daumen.

»OGOTTLEUTE, DAS IST DER WAHNSINN. DAS MÜSST IHR PROBIEREN.«

Das brauchte sie mir nicht zweimal zu sagen. Hastig tunkte ich ein Stück Rosine-Nuss in den restlichen Schmelzkäse und stopfte es mir in den Mund.

Ich kaute … ich verzog das Gesicht … ich schnappte mir ein Taschentuch vom Nachttisch und spuckte es aus.

»AMBER!«

Sie lachte wie eine Irre, wies mit einer Hand auf mich und hielt sich mit der anderen den Bauch.

»Ha, voll drauf reingefallen!«

»BÄH! Ist das widerlich!« Ich schnappte mir ihre Colaflasche, und während sie noch »He!« schrie, hatte ich sie mir schon zur Hälfte hineingeschüttet, um den Geschmack wegzuspülen. Evie hingegen starrte in vollkommenem Grausen auf meinen ausgespuckten Klumpen.

»Scheiße, Evie, entschuldige. Ich werf's gleich unten in den Müll.«

Evie zuckte die Schultern, als wäre das kein Problem. Aber sie starrte immer noch auf das Taschentuch.

»Beschwer dich bei Amber.« Ich hob es auf und raste hinunter. Als ich wieder heraufgetrampelt kam, saß Amber neben Evie und hatte ihr den Arm um die Schultern gelegt. Oh nein. Ich hatte sie getriggert mit meiner Ekelhaftigkeit.

»Evie, Evie, alles okay? Tut mir echt leid«, sagte ich. »Ich hab's in den Müll getan und mir die Hände gewaschen und alles.«

Beide blickten lächelnd auf.

»Entspann dich, Lottie«, sagte Evie. »Ich hab keinen Anfall. Ich zeig Amber nur gerade meine letzte Nachricht von Oli. Die kapier ich einfach nicht.«

»Und ich dachte, mein Spuckbrocken hätte dich fertiggemacht.«

»Hätte er letztes Jahr vielleicht.« Sie lächelte wieder. »Aber heute mache ich mir mehr Gedanken über Jungs … also, nicht über Jungs … über Oli.« Sie wies auf ihr Telefon. »Was soll das heißen?«

Ich kauerte mich sofort eilfertig neben sie.

»Ihr habt beide übel riechenden Atem«, beschwerte sich Evie und hielt mir ihr Display hin.

»Übel riechend?«, entgegnete Amber. »Wieder so ein Evie-Spezialwort, das ich seit dem Jahr 1992 nicht mehr gehört habe. Und damals war ich noch nicht mal ein Embryo.«

Ich prustete los. Evie hatte das großmütterlichste Vokabular aller Zeiten.

»Schnauze!« Evie schlug nach uns. »Und jetzt helft mir endlich, diese vermaledeite Nachricht zu entschlüsseln.«

Ich ließ ihr das »vermaledeit« durchgehen und beugte mich weiter vor, wobei ich versuchte, sie nicht anzuhauchen.

Hey – dieser Filmaufsatz ist der Horror. War lustig letztes Wochenende. Oli x.

Ich warf entnervt den Kopf in den Nacken. »Ihr zwei! Ich fass es einfach nicht, dass euer Austausch sich in einem ganzen JAHR nicht von der Stelle bewegt hat.«

Amber nickte. »Das ist mal eine blödsinnige Nachricht. Was soll das überhaupt heißen?«

»Weiß ich doch nicht! Deshalb frag ich euch ja. Er ist schüchtern, schon vergessen?«

Ich rümpfte die Nase. »Ich dachte, da wär er drüber hinweg?«

Evie drehte sich um und klopfte mir auf die Hand. »He! Nur weil seine Agoraphobie besser ist, heißt das ja noch nicht, dass er nicht mehr schüchtern sein muss.«

»Ja, ja, egal. Ihr Psychos mit euren Ausreden.«

Noch ein Schlag.

»Gut, den hab ich verdient.«

Gerechterweise muss ich hinzufügen, dass Evie und Oli allen Grund hatten, es langsam angehen zu lassen. Sie hatte ihre Zwangsstörung, und letztes Jahr hatten wir herausgefunden, dass Oli Agoraphobie hat. Im Grunde hatten sie beide absolutes Dating-Verbot und sollten sich nur darauf konzentrieren, dass es ihnen besser ging. Sie waren lange Zeit eher wie ein Lerntandem für seelische Gesundheit gewesen als wie Freund und Freundin – hatten über ihre Therapie geplaudert oder gemeinsam irgendwelche Achtsamkeitsseminare besucht. Aber jetzt waren sie beide »in einer guten Phase«, wie Evie es nannte, und durften ihren Regungen folgen. Und Oli hat tatsächlich äußerst grüne Augen und äußerst wangenknochige Wangenknochen – er erregte in einem Mädchen definitiv Regungen … Nachdem Evie, Amber und ich ein gemeinsames Jahr des Singledaseins verbracht hatten, waren meine beiden Mit-Spinsterinnen jetzt drauf und dran, sich zu verkuppeln und mich zurückzulassen.

Amber schnappte sich das Handy. »Er sagt, er fand's lustig letztes Wochenende. Bezieht er sich damit auf den Kuss?«

»Ja«, verkündete ich. »Ist doch wohl klar.«

Evie holte sich trübsinnig ihr Telefon zurück. »Aber wie sollen wir das wissen? Vielleicht war er … keine Ahnung … am Sonntag noch Kajakfahren. Und dann meint er das.«

Amber schüttelte den Kopf. »Nein. Das würde er nie im Leben meinen. Kajakfahren ist der absolute Höllensport. Vertrau einer, die es den ganzen Sommer hindurch in einem amerikanischen Ferienlager hat tun müssen.«

Wir lachten. Ambers E-Mails vom letzten Sommer mit ihren Schilderungen, wie sie im Kanu festgesteckt hatte, waren immer noch ein Höhepunkt meines Lebens.

»Wie läuft's eigentlich mit Kyle?«, fragte Evie. »Fehlt er dir?«

Amber wurde feuerrot – immer ein schöner Anblick. Sie wird rot wie keine Zweite.

»Vielleicht kommt er über Weihnachten zu Besuch …«, rückte sie heraus mit der Sprache, und wir quietschten alle auf.

Während Amber ihren langen Körper in ein Kanu gequetscht hatte, hatte sie sich wie blöd in einen amerikanischen ADONIS verknallt und war mit ihm durchgebrannt und quer durch Amerika gefahren. Es war das Romantischste, was ich je erlebt hatte … und ich hatte es noch nicht mal selbst erlebt. Ich war gleichermaßen eifersüchtig wie glücklich für sie.

»Ich freu mich schon so, ihn kennenzulernen«, sagte Evie.

»Kann er nicht ein paar schicke amerikanische Kumpel mitbringen?«, fragte ich, und Amber boxte mich.

»Noch ist nicht wirklich etwas geplant. Ich will mir keine falschen Hoffnungen machen.«

»Deine Lenden sich auch nicht …«

Sie schlug noch mal zu.

»WIE DEM AUCH SEI«, sagte ich und richtete mir die Frisur, die unter Ambers Schlägen herb gelitten hatte. »Das hier sollte eigentlich mein überschallgeniales feministisches Treffen sein, und wir reden mal wieder nur über Jungs.«

Evie seufzte. »Wie wahr, wie wahr. Okay. Gib mir fünf Minuten, um mich wegen dieser Nachricht verrückt zu machen, und danach bin ich voll bei euch.«

Um die Sache zu beschleunigen, lasen wir sie noch ein zweites und ein drittes Mal und kamen zu dem Schluss, dass

a) Oli schüchtern war (und dafür gar nichts konnte);

b) dies seine Art war, Evie zu sagen, wie gut ihm der Kuss bei der Party gefallen hatte.

Und dann erstellten wir gemeinsam folgende Antwort:

Ich hatte auch ein tolles Wochenende. Und echt, der Aufsatz ist der Horror. x

Dann nötigte ich Evie, sie abzuschicken und den Rest des Abends das Handy auszuschalten. »Ich will nicht, dass du die ganze Zeit draufschaust, ob er schon geantwortet hat, während du eigentlich meinem Mono…«

»Ich werde mir keinen deiner Monologe anhören«, unterbrach sie mich. »Du musst lernen, dass du nicht jedes Mal, wenn du mit Sprechen drankommst, in einen endlosen Vortrag ausbrechen kannst.«

»Aber da bin ich doch so gut drin«, winselte ich und brach mir eine weitere Schokoladenrippe ab.

»Erklär uns noch mal genau dein Projekt.« Amber nahm mir die Schokoladentafel ab, um sich auch ein Stück abzubrechen. »Und bereite dich mental darauf vor, dass wir dir zwischendurch Fragen stellen.«

»Darf ich dabei wenigstens auf und ab schreiten?«

Evie seufzte. »Wenn's sein muss …«

Ich kaute fertig und schluckte, stand auf und begann, mein Zimmer auf und ab zu tigern – erzählte ihnen, was mir gestern durch den Kopf gegangen war. Von der Philosophiefrage mit dem Zug, und dass ich keinen Hebel betätigen wollte, der dafür sorgte, dass die weniger schlimme Sache passierte, während immer noch genug Schlimmes geschah. Und wie vielleicht der ganze Sexismus, alles Böse zusammenhing. Und dass man, wenn man eine scheinbar kleine sexistische Sache durchgehen ließ, möglicherweise den Boden für größere, beschissenere Dinge bereitete.

»Wie ein patriarchaler Schmetterlingseffekt?«, fragte Amber.

Ich richtete meinen Zeigefinger auf sie. »Ja! Genau! Obwohl, ich hab mir eher eine Pyramide dabei vorgestellt. Eine große feministische Pyramide. Schließt die Augen und stellt euch mal eine Pyramide vor.« Ich machte meine zu, dann wieder auf und sah, dass Evie die Gelegenheit nutzte, sich noch einen Cracker zu nehmen. »He, Evie, Augen zu!«

»Okay, okay, ich mach sie ja schon zu ...«, sagte sie, wobei ihr der Cracker halb aus dem Mund hing.

»Jetzt stell dir eine Pyramide vor ... Hast du ...?«

»Ja«, fauchte sie. »Ich stell mir die vermaledeite Pyramide vor. Und du bist obendrauf aufgespießt!«

Amber schnaubte mit geschlossenen Augen.

Ich strafte sie beide mit Nichtbeachtung. »Also, unter der Pyramidenspitze ist ein riesiger Pyramidenunterbauch, hab ich recht? Unten ist die unterste Steinquaderschicht, dann die darüber, und alles läuft auf die Spitze zu.«

Amber schlug die Augen auf. »Lottie, ich liebe dich. Und mir ist klar, dass du klüger bist als ich. Aber ich weiß, wie eine Pyramide aussieht.«

»Aber auf diese Art ist es viel dramatischer«, klagte ich.

Auch Evies Augen gingen auf. »Lass sie einfach weitermachen. Dann dauert's nicht so lang.«

Ich nickte dankbar. »Nun, stellt euch vor, die allerschlimmsten Sachen, die Frauen passieren, sind die Spitze der Pyramide.

Wie das, was wahrscheinlich Megan passiert ist. Wie Ehrenmorde und weibliche Genitalverstümmelung und Todesfälle durch illegale Abtreibungen und die weltweite strukturelle Ungleichheit … Ich weiß, es ist schwierig, zugefügten Schaden zu vergleichen, aber trotzdem, wenn diese grauenhaften Dinge … wenn die die Spitze der Pyramide bilden – was stützt sie dann von unten? Und je mehr ich darüber nachgedacht habe, desto klarer ist mir geworden, dass sie Schicht für Schicht von den kleineren, ›lächerlichen‹ Sexismen gestützt wird! Von diesen Schichten aus Quadern – scheinbar unbedeutenden Steinklötzen, wie wenn ein Mädchen im Minirock als Schlampe bezeichnet wird, oder, hm, sogar Rap mit frauenfeindlichen Texten … Man meint, gegen so was anzugehen, würde sich nicht so ›lohnen‹ wie bei den richtig schrecklichen Sachen. Dass es vielleicht nicht so viel ausmacht oder sinnlos ist und Energieverschwendung. Aber eigentlich bin ich der Meinung, dass es genau diese winzigen Bausteine sind, auf denen die ganze Struktur beruht, die in Summe die wirklich schlimmen Sachen erlauben.« Ich atmete wieder tief durch; wusste, dass das alles noch reichlich wirr klang. »ALSO, der Plan für meine Aktion sieht so aus: Einen Monat lang geh ich einfach auf ALLES los. Ich glaube, wenn ich den Leuten vor Augen führe, wie viel Sexismus es eigentlich gibt, dann können wir neue Mitstreiterinnen und Mitstreiter für unser Anliegen finden. Und das könnte heißen, dass wir in kürzerer Zeit mehr erreichen und dass wir vielleicht sogar, als genialer Nebeneffekt, zunehmend dafür sorgen, dass schlimme Dinge gar nicht erst passieren.«

Beide waren einen Moment lang still.

»Und …?«, fragte ich.

»Oh, bist du fertig?«, fragte Evie. »Ich frag nur nach.«

»Ja, ich bin fertig! Aber ihr müsst mir helfen, das irgendwie griffig zu machen!«

Amber schleifte ihre Schultasche herbei und grub darin herum. »Das schreit nach meinen Malsachen.« Sie kramte ihren Skizzenblock und haufenweise bunte Filzstifte heraus. »Ich glaube, du brauchst ein paar Regeln.« Sie zog einem Stift den Deckel ab. »Wie schon in der Mensa gesagt, du musst konkreter werden. Also, was genau zählt zu den sexistischen Dingen, die du aufzeigen willst?«

Ich dachte darüber nach, was tatsächlich ein Kopfkratzen verlangte. »Hm, ich möchte, dass es um Gleichheit geht, also werde ich auch bei sexistischem Zeug Alarm schlagen, das sich gegen Jungs richtet …«

Evie schob sich aufs Bett und sah zu, wie Amber es aufschrieb.

Regel Nr. 1: Schlag Alarm, wenn du etwas siehst,
was einem Geschlecht gegenüber ungerecht oder ungleich ist.

»Ja, das ist gut«, stimmte sie zu. »Aber, Gott, da kommst du ja gar nicht mehr raus aus dem Aufschreien. Da kriegst du so was wie unheilbaren feministischen Schluckauf.«

Ich grinste. »Darum geht's ja …« Ich brach ab und runzelte die Stirn. »Werde ich irgendwann noch zum Schlafen kommen?«

»Eben«, sagte Amber. »Wie wär's, wenn du auf alles nur einmal hinweisen musst? Damit du dir nicht immer wieder ein und dasselbe vornehmen musst?«

»Super Idee.« Ich schnappte mir ihren Stift und schrieb es auf.

Regel Nr. 2: Schlag nie beim gleichen Ding zweimal Alarm,
damit du noch schlafen und atmen kannst.

Evie nahm sich den Stift und sah mich an. »Du musst es aber auf lustige Weise machen«, sagte sie ernst. »Sonst sieht das ganz schnell aus wie eine endlose feministische Jammerorgie. Da schalten die Leute ab.«

Ich verschränkte die Arme vor der Brust. »Sollen sie aber nicht …«

»Werden sie aber.« Amber ergriff Partei für Evie. »Und das weißt du auch.«

»Meinetwegen«, lenkte ich ein. Und Evie schrieb auf:

Regel Nr. 3: Immer lustig bleiben.

Wieder kratzte ich mich am Kopf. »Aber wie soll ich das lustig rüberbringen?«

Einen Moment lang schwiegen wir.

Dann sagte Evie mit erhobener Hand: »Was, wenn wir dir so eine riesige Clownshupe beschaffen, mit der du trötest, sobald du was siehst?«

Ambers Gesicht leuchtete auf. »Oh, so eine aus Messing, mit langem Hals und einem schwarzen Gummiball?«

Evie nickte. »Ja, so eine.«

»Du hast Geschmack, was Hupen betrifft.«

»Allerherzlichsten Dank!«

Ich nickte. »Gefällt mir.«

Wir klatschten uns begeistert ab.

»Und du brauchst Merchandising«, schlug Amber vor. »Mach's markentauglich, Süße!«

»Ja, ja und nochmals ja. Ich hab schon Megan gefragt, ob sie uns beim Kunstkram hilft. Dachte, das ist eine gute Möglichkeit, sie mehr zu beteiligen und besser kennenzulernen.«

»Super! Ihre Grafiksachen sind der Hammer.«

Evie reckte die Hände hinter den Hals, bis es knackste.

»Geht's dir nur um Genderfragen? Oder willst du auch auf all die Gründe eingehen, wegen denen man als Mädchen gleich doppelt angeschissen sein kann? Wenn man zum Beispiel obendrein nicht weiß ist? Oder nicht hetero?«

Ich zeigte auf sie. »Zehn Punkte für Hufflepuff! Ich HAB mir darüber meine Gedanken gemacht. Ausgiebig. Und das ist echt HEIKEL. Es gibt ja so viele verschiedene Scheißgründe, wegen denen Mädchen fertiggemacht werden, und sie sind alle *so* wichtig … aber ich kann wahrscheinlich kaum für die individuellen Erfahrungen aller Mädchen sprechen, oder? Also muss ich hoffen, dass diese Kampagne andere ermutigt, ihre eigenen Kampagnen zu starten und ihre eigenen Erfahrungen ins Licht zu rücken, und dann können wir gemeinsam eine wunderbare Bettdecke aus unseren verschiedenen Stimmen nähen und sie über die Welt ausbreiten und sagen: ›SCHAUT EUCH DIESE VERDAMMTE BETTDECKE AN, DIE WELT MUSS SICH ÄNDERN – SOFORT!‹«

»Ich glaube, du meinst eine Patchworkdecke«, korrigierte Amber. »Keine Bettdecke.«

Ich zeigte ihr den Mittelfinger.

»Ich bin voll dafür«, sagte Evie. »Vielleicht fang ich dann an, jedes Mal die Hupe zu drücken, wenn jemand den Begriff ›Zwangsstörung‹ verwendet, obwohl er eigentlich Ordentlichkeit meint. Oder wenn die Worte ›verrückt‹ und ›Psychoschlampe‹ fallen, nur weil eine weibliche Person völlig legitime Gefühle hat.«

»JA! Seht ihr, diese Bettdecke nimmt bereits Form an!«

Evie salutierte. Dann sprach sie aus, worüber ich mir schon den ganzen Tag den Kopf zerbrochen hatte. »Du brauchst einen guten Namen dafür, Lottie. Irgendwas, das ins Ohr geht.«

»Ich such schon den ganzen Tag, aber mir fällt nichts Zündendes ein.«

»Oh, ich weiß!« Ambers Hand schoss empor, so begeistert war sie von ihrer eigenen Idee. »O Gott, das ist gut, Leute. Ihr werdet mich lieben. Ihr werdet mich ANBETEN.«

»Was? Was ist es denn?«

Sie machte eine extradramatische Pause. »Wie wär's mit ... Die Vulvavengers? Wie die Avengers, nur mit hupender Monstervulva?«

Ich sprang auf. »GENIAL!«

Sie winkte ab. »Warte, ich bin noch nicht fertig. Ernsthaft, ich glaube, ich bin wirklich ein Genie. Dieser Moment ist meine ganze Bestimmung. Ich bin so überwältigt von mir selbst, ich ...«

»Amber«, drohten Evie und ich im Chor. »Mach hin!«

»Schon gut, schon gut. Also, der Slogan sollte lauten: Vulvavengers – die frauen sich was!«

Ich stürzte mich auf sie und warf dabei meinen Nachttisch um, auf dem die restliche Schokolade lag.

»Was für eine Spitzenidee! O Gott, ich liebe es. ICH LIEBE DICH!« Ich umarmte sie noch mal und reckte dann den Kopf gen Himmel, um zu brüllen: »KYLE, HÖRST DU MICH DA DRÜBEN IN AMERIKA? ICH KLAU DIR DEINE SAGENHAFTE ROSTROTE FREUNDIN UND IHR ROSTROTES SUPERHIRN.«

Amber lachte unter mir, bemühte sich aber zugleich nach Kräften, mich abzuwerfen.

»He, Lottie, hör auf, auf mir zu planken!«

»Niemals! Genau *so* will ich dir meine Dankbarkeit zeigen.« Ich kletterte noch weiter auf sie drauf.

»Evie, rette mich!«

Und Evie, die bei uns so langsam die Mutterrolle einnahm, kam herbei und zerrte mich herunter. Da lagen wir auf einem Haufen, alle Köpfe nebeneinander, und lachten, bis es nicht mehr ging.

Evie rollte zur Seite.

»Du wirkst viel glücklicher als gestern«, sagte sie. »Das freut mich.«

Gestern schien eine Ewigkeit her zu sein. Die Hilflosigkeit, die ich gefühlt hatte, die Wut … das alles war jetzt verschwunden. Vielleicht war alles, was man im Leben brauchte, der Glaube daran, dass man etwas verändern konnte. Irgendwie. Auf irgendeine Art.

Wir schmiedeten Pläne und feilten daran herum, bis Dad heraufkam und verkündete, ich müsse mich an die Hausaufgaben machen. *»Schon der zweite Abend hintereinander mit deinen Freundinnen, mitten in der Schulwoche. Ist das dein Ernst, Lottie?«* Als wär ich nicht praktisch volljährig oder so.

Aber immerhin hatten wir noch beschlossen, jemanden aus Evies Filmkurs anzuheuern. Wir wollten es beim nächsten Treffen als neue FemAG-Kampagne vorschlagen, in der Hoffnung, dass alle dahinterstehen würden, da ja eigentlich alle vorgeschlagenen Themen darin vereint waren. Und wir hatten beschlossen, uns noch zwei Wochen Vorbereitungszeit zu geben, bevor wir loslegten. Beim Zücken des Kalenders hatte ich mir auf die Lippe gebissen. Cambridge hatte sich noch nicht zurückgemeldet. Und falls sie mich zum Gespräch einluden, wäre der Termin dem Zeitraum der Vulvavengers-Aktion bedenklich nahe.

Ich mochte gar nicht dran denken …

Würde ich die Aktion während des Bewerbungsgesprächs weiterlaufen lassen?

Würde ich wohl müssen.

Mir drehte sich der Magen um. Ich meine, wenn ich dort auf etwas Sexistisches hinweisen müsste, käme das wahrscheinlich nicht besonders gut an, oder? Aber was, wenn sie mich gar nicht nähmen und meine Eltern recht behielten und ich mir ohne

Cambridge meine politische Karriere versaute und deshalb nie die Chance hätte, so richtig etwas zu verändern?

Wäre es auch eine Art Hebelbetätigung, wenn ich dort nicht den Mund aufmachte?

Langsam senkte ich meinen Kopf auf den Tisch.

Zehn

Zwei Tage später grub mich Evie aus der Bibliothek aus.

»Lottie!«, flüsterte sie so laut, dass es kaum mehr als Flüstern durchgehen konnte. »Ich habe aufregende, wenn auch nicht perfekte Neuigkeiten.«

An die zehn ärgerlich dreinschauende Köpfe fuhren herum und schossen Giftblicke ab. Ich war in der Ruhezone, in einer dieser seltsamen Arbeitswaben, die es dort gibt, und versuchte, irgendwie durch meine Wirtschaftshausaufgaben durchzusteigen.

Ich wies auf die Tür, Evie nickte, und gemeinsam gingen wir hinaus. Sie tänzelte noch mehr herum als gewöhnlich – offensichtlich stand sie wegen irgendwas unter Strom. Seltsam, dass sie solche Kurven hatte, wo sie doch tagtäglich so viele Kalorien mit ihrer nervösen Energie verbrannte. Aber, wie sie einst gesagt hatte: *»Selbst als sie mich wegen Fehldiagnose Essstörung in die Geschlossene gesteckt haben, hatte ich noch diese verdammten Titten.«*

Der normale Bereich der Bibliothek kam mir besonders laut vor, nachdem ich so lange im Schweigeland gehaust hatte. Meine Ohren mussten sich erst an den Schülerlärm gewöhnen – Plaudern, Hausaufgabenvergleichen, gegenseitiges Videovorführen auf den Smartphones.

»Was ist, o Quell der Unruhe?«, fragte ich. »Du weckst in mir den Drang nach einem Kosakentanz.«

»Ich hab jemanden für dein Filmprojekt gefunden«, sagte sie. »Hab schon für später ein Treffen für euch ausgemacht.«

»Hast du?! O Gott, das ist ja der Wahnsinn! Vielleicht sollten wir tatsächlich einen Kosakentanz machen.« Ich ging schon in die Hocke, doch Evie zerrte mich wieder empor.

»Warte! Einen Haken hat die Sache.«

»Oh.« Ich zog meinen Rock nach unten. Er war kurz, eng und aus Spitze – wie ich darin hätte kosakentanzen sollen, war mir selbst nicht ganz klar. »Was für einen denn?«

»Hm. Schwer, es nett auszudrücken …«

»Evie!«

»Okay. Er ist ein Arschloch.«

»Boah, echt?« Ich fuhr zurück vor lauter Schock, aus Evies Mund so ein Kraftwort zu hören. »Wenn *du* ihn schon Arschloch nennst, dann muss er ja wirklich ein Arschloch sein.«

Sie nickte, dass ihr das blonde Haar ums Gesicht flog. »Er heißt Will und er ist wirklich eines. Oli und ich haben jeden im Kurs gefragt, aber bei uns steht jetzt dieses Pflichtprojekt an, und alle haben total viel zu tun. Aber Will wär dabei. Und er macht gute Filme. Ein paar Kurzfilme von ihm gibt es schon.«

»Und warum ist er ein Arschloch?«

»Nun … ähm …«

»Evie, spuck's aus.«

»Also, er ist ein ziemlicher Chauvinist, finde ich …«

»Was? Ernsthaft?«

Sie nickte wieder. »Er ist TOTAL arrogant. Ich glaube, er findet es so richtig geil, Debatten loszutreten … Oli sagt, er wär schon in Ordnung, aber ich kann ihn nicht ab. Und ich glaube kaum, dass es dir anders gehen wird. Wir geraten uns im Unterricht dauernd in die Haare, weil er so Zeug sagt wie, männliche Regisseure seien weiblichen überlegen.«

Ich spürte, wie sich heiße, juckende Wut in meinem Körper verteilte, mir den Kiefer verkrampfte.

»Warum zum Henker will er uns dann helfen?«, fragte ich

und schob mir das Haar aus dem Gesicht. »Will der mich einfach auf die Palme bringen?«

»Das hab ich ihn auch gefragt, und er hat's verneint.« Sie lächelte. »Ich hab extra mehrmals nachgebohrt.«

»Dann kapier ich's nicht. Was verspricht er sich davon?«

Sie zuckte die Schultern. »Er sagt, er betrachtet es als eine Art Übung für sich im Dokumentarfilmen. Er sieht sich als der neue Werner Herzog, und er sagt, er braucht mehr Erfahrung darin, Leute zu interviewen, die Sachen machen, an die er nicht glaubt.«

»Ich hab keine Ahnung, wovon du da redest … Welcher Herzog? Moment … Sachen, an die er nicht glaubt? Dann glaubt er also nicht an, sagen wir, Feminismus?«

Evie schüttelte betrübt den Kopf. »Nö.«

Ich schob noch mehr Haar zurück. »Heiliger Bimbam, gibt's denn gar keine Alternative?«

»Hast du da gerade ›Heiliger Bimbam‹ gesagt? Noch nicht mal ich sage ›Heiliger Bimbam‹.«

»Dieser Moment schreit geradezu nach dem Heiligen Bimbam.«

»Warum triffst du ihn nicht einfach mal?« Sie trat einen Schritt beiseite, um eine Schülergruppe durchzulassen. »Und schaust, wie es danach aussieht?«

Elf

Vom ersten Blick an stand ich auf Will.

Er hatte alles, was ein von sich selbst überzeugter Möchtegernregisseur haben sollte. Schwarze Riesenbrille, etwas zu großer Ringelpulli mit engerer Jeans und die Art von Mund, die ständig überheblich grinst, kombiniert mit einem winzigen Bartdingsda in der Kinnmitte. Unfassbar, wie ich ihn bisher auf dem Schulgelände hatte übersehen können. Weil er voll und ganz der Typ war, auf den ich automatisch stehe.

Obwohl ich, um ehrlich zu sein, auf sehr viele Typen automatisch stehe.

Trotzdem kam es überraschend, weil ich schon den ganzen Hinweg damit verbracht hatte, in Gedanken mit ihm zu streiten – dank Evies Vorarbeit. Er hatte zwei Stühle in der Mensa belegt, einen, auf dem er sich zurücklehnte, und einen für seine Füße – um mit seinen schicken Lederschuhen anzugeben. Vor ihm stand ein Kaffee aus dem italienischen Delikatessengeschäft um die Ecke, als wäre der Nescafé aus dem Schulautomaten unter seiner Würde. Daneben lag irgendein Edelciabatta, flankiert von winzigen Öl- und Balsamicoschälchen. Also bitte!

Bei meinem Erscheinen hob er die Augenbrauen.

»Lottie, darf ich annehmen?«, sagte er.

Mal im Ernst, wer redet bitte so? Also sagte ich: »Wer redet bitte so?«

Wieder hob er die Augenbrauen. Dann griff er zu seinem Kaffee und schlürfte ihn aus, beobachtete, wie ich mir ihm gegenüber einen Stuhl hervorzog.

»Also, Evie sagt, du möchtest mir bei meiner Aktion helfen?«, fragte ich und ahmte seine Körperhaltung nach. Er hatte sich noch weiter auf seinem Stuhl zurückgefläzt, also tat ich das auch.

»Ja, scheint ganz interessant zu sein.« Das sagte er in einem Ton, als könnte er sich nichts Langweiligeres vorstellen.

»Mach dir nur nicht in die Hose vor Begeisterung.«

Er lächelte nicht, sondern feixte nur.

»Das mach ich nie.«

»Kann ich mir vorstellen.«

Ich kann es nicht ab, wenn sich Leute vor mir aufspielen, als wären sie was Besseres. Ich war mit Stipendium auf einer Privatschule gewesen, dort war mir das ständig passiert. Und es gefällt mir nicht besser, nur weil ich auf jemanden stehe. Zum Glück hatte ich gelernt, niemanden in dem Glauben zu lassen, er sei mir überlegen. Weil gewöhnlich allein dieser Glaube beweist, dass er es nicht ist. Also beschloss ich, Will gleich mal auf seinen Platz zu verweisen. Ich streckte den Arm aus, riss mir ein Stück von seinem Brot ab, tunkte es in den Essig und schob es mir in den Mund.

Seine Angeberbraue sprang sofort vor Schreck in die Höhe. Ha, dachte ich, das hast du jetzt nicht erwartet.

»Hast du da gerade mein Essen gegessen?«, fragte er, aufrichtig fassungslos.

Ich zuckte die Schultern. »Welcher Siebzehnjährige bringt sich schon Essig- und Ölschälchen mit in die Schule?«, fragte ich. »Also, hilfst du uns jetzt oder nicht?«

Sein Gesicht – ha! – sein Gesicht! Er war wirklich völlig überfordert.

»Du kannst doch nicht einfach daherkommen und anderer Leute Sachen essen.«

»Nun ja. Bei der ganzen Aktion geht's ja darum, dass ich auf all das hinweise, was Leute eigentlich nicht tun sollten, aber eben trotzdem machen.«

Er klappte den Mund auf und wieder zu.

»Also …«, fuhr ich ungerührt fort. »Evie sagt, du bist nicht unbedingt ein Feminist.«

Da war das Feixen gleich wieder da. »Ich bin Egalitarist.« Das verkündete er derart überheblich, dass seine Attraktivität gleich mal um mindestens zehn Punkte zusammenschnurrte.

»Das ist dasselbe«, hielt ich dagegen.

»Nun, ich ziehe das Wort Egalitarist aber vor.« Seine Lippe hob sich höhnisch, und ich schüttelte ungläubig den Kopf.

»Ich meine, da werden Millionen von Frauen in aller Welt unterdrückt, gefoltert, untergebuttert und massakriert, und dir geht's in erster Linie um die Marke?«

»Tja, wenn dem so sein sollte, warum bestehst du denn dann so krampfhaft auf dem Wort ›Feminismus‹?«

»WEIL …« Meine Fäuste waren geballt. »Weil, logisch, Gleichheit für alle wichtig ist, aber die Verwendung des Worts ›Feminist‹ stellt gleich mal von Anfang an klar, dass einer der Hauptübeltäter in dieser Scheißuniversumsolympiade das Geschlecht ist. Mit dem Wort ›Feminismus‹ wird anerkannt, dass die Gesellschaft die Menschen seit Anbeginn der Zeiten in zwei Kategorien unterteilt – männlich und weiblich – und dass es der einen Kategorie Mensch möglich war und ist, völlig unkontrolliert auf die andere zu scheißen …«

Will schien meine Tirade zu langweilen – so richtig zu langweilen. Er hob zur Unterbrechung die Hand, und ich war so fassungslos von seiner Unhöflichkeit, dass ich es auch noch zuließ.

»Seit Anbeginn der Zeiten?« Die Lippe kräuselte sich schon wieder. »Dann hat also Herr Dinosaurier bereits Frau Dinosaurier unterdrückt?«

Ich warf die Hände in die Luft. »Ach ja, bitte, ignorier alles Wichtige, was ich gesagt habe, und stürz dich auf die eine winzige Winzigkeit, die nicht wasserdicht war. Das ist ja so konstruktiv!«

»Ich hab nur einen Witz gemacht.«

»Und ich hab nur soeben beschlossen, dass ich gehe. Das Letzte, was ich jetzt brauche, ist die Unterstützung eines Menschen wie dir.« Ich erhob mich.

Er hielt mich nicht auf, also ging ich einfach weg – und spürte, wie in meinem Bauch wieder diese Wut brodelte. Genau wie neulich, bevor ich mir die Aktion ausgedacht hatte, fühlte ich mich wie eine Verliererin, obwohl ich die Siegerin markierte.

»Warte!«, rief er, gerade als ich die Tür erreichte. Ich blieb stehen und sah, wie er hinter mir herkam. Stehend sah er kleiner aus als gedacht. Ich richtete mich auf.

»Was ist?«

»So leicht lässt du dich auf die Palme bringen? Wie willst du das einen ganzen Monat lang durchhalten?«

Ich seufzte tief auf. »Du warst echt unhöflich.«

»Du warst noch unhöflicher.«

»Du hast mich verarscht.«

»Indem ich dir höflich widersprochen habe? Und da rauschst du gleich davon? Bei Evie hat es sich so angehört, als ging's bei dieser Aktion darum, für sich einzustehen, nicht abzurauschen.«

Gott, fand der sich geil. Und er wusste genau, wo er den Finger drauflegte. Sein schiefes Grinsen war so breit, dass es schon wehtun musste. Seine Augen legten hinter der Brille einen Triumphtanz hin.

Ich lächelte schmallippig. »Nun, die Aktion läuft ja noch nicht.«

»Vielleicht gut so.«

»Brauchst du diese Brille überhaupt?«

Jetzt war er mit Lächeln dran. »Ja, die brauch ich tatsächlich.«

»Ich weiß nicht, ob ich mit dir arbeiten kann«, gab ich zu. »Ich weiß nicht, ob ich das mit jemandem durchziehen kann, der nicht an das glaubt, was ich tue.«

Eine Gruppe Schüler, die patschnass durch die Türen gedrängt kam, rempelte uns an. Ich sah aus dem Fenster – draußen hatte es plötzlich losgeschüttet. Will griff sich meinen Arm und führte mich beiseite, und wieder wirkte sein Selbstbewusstsein ziemlich anziehend auf mich. Ich verachtete mich dafür.

Er senkte die Stimme so, dass sie ruhiger, fast schon beruhigend wirkte. »Meinst du nicht, dass du dich sehr bald daran gewöhnen musst, dass Leute dir widersprechen?«

Ich sagte nichts.

»Schau mal …«, fuhr er fort. »Nur, weil ich mich nicht Feminist nenne, heißt das ja noch nicht, dass ich das Projekt nicht generell interessant finde.«

»Du verhältst dich aber nicht wie jemand, der es interessant findet. Du verhältst dich herablassend.«

»Weil du es auch tust! Du hast mich noch nicht mal begrüßt!«

Hatte ich nicht? Hm, nach Evies Kurzeinführung war ich so kampfeslustig gewesen, dass ich vielleicht tatsächlich im vollen Streitmodus auf ihn zugegangen war.

»Das wird für dich ziemlich zeitintensiv werden.« Ich wechselte das Thema, entschuldigte mich nicht.

»Ja. Aber genau so was brauch ich für mein Portfolio.«

»Wie kann ich darauf vertrauen, dass du nicht irgendeinen Stuss zusammenschneidest, damit ich wie eine Idiotin aussehe?«

Er verdrehte tatsächlich die Augen. »Ich lass dich nicht auflaufen. Ich bin kein totales Arschloch.«

Jetzt wackelte ich selbst herausfordernd mit den Augenbrauen.

»Bin ich nicht …«

»Evie sagt, du streitest in Filmtheorie ständig mit ihr.«

»Sie streitet mit mir.«

Meine Evie …

Wir standen uns gegenüber – taxierten einander. Er hatte mir vorher einen Link zu seinem eigenen Videokanal geschickt, und der war frustrierend gut. Ich brauchte ihn. Und so, wie es sich anhörte, brauchte er mich auch.

Ich streckte die Hand aus. »Versprichst du mir, völlig objektiv zu sein?«

Er streckte seine aus. »Versprichst du mir, dass du bei der Arbeit nicht immer so anstrengend bist?«

Ich lächelte. »Versprichst du mir, dass du diese Brille wirklich brauchst?«

»Versprichst du mir, dass ich nicht deine unrasierte Bikinizone filmen muss?«

»Wäääh«, stammelte ich, und wir beide brachen in Gelächter aus.

Okay – er war ein eingebildeter Depp, der lieber »Egalitarist« als Feminist sein wollte. Aber wenigstens nannte er sich nicht »Manninist«, war begabt und bereit.

Für mich immer eine fatale Kombination.

»Du wirst aber schon alle Körperhaare sprießen lassen müssen, oder?«, fragte er und richtete sich die Brille. Er setzte eine Quietschstimme auf. »Ich meine, ist Haarentfernung nicht voll dasselbe wie die kapitalistische Unterdrückung der Frau?«

Mir klappte der Mund auf. »Das mit der Körperbehaarung haben wir noch nicht geklärt.«

»Tja, nun, wie auch immer deine Entscheidung ausfällt, diese Abschnitte kannst du selbst filmen.«

Ich lachte wieder, und endlich schüttelten wir uns die Hand – musterten uns trotz der vereinigten Handflächen aber immer noch prüfend.

Verdammt, dachte ich. Ich steh so richtig auf dich …

Zwölf

Die letzten Tage vor Beginn der Aktion waren Hektik pur. Beim Treffen der FemAG hatten alle einstimmig beschlossen, die Kampagne zu unterstützen. Ich stand auf und berichtete von den zwei Bauarbeitern und was sie mir nachgerufen hatten und wie es damit angefangen hatte. Die Reaktion war überwältigend – alle klatschten und jubelten – so sehr, dass ich eine Verbeugung angezeigt fand.

»Lottie, hör auf, dich zu verbeugen«, zischte Evie mir zu.

Megan und ich ließen einen ganzen Tag den Unterricht sausen, um das Bildmaterial für die Kampagne vorzubereiten. Wir verschanzten uns in einem der kleineren Kunsträume, in denen Schüler außerhalb des Unterrichts an ihren Aufgaben arbeiten konnten – aber wir machten keine Aufgaben. Und aus offensichtlichen Gründen erzählte ich auch meinen Eltern nicht, dass ich einen Tag schwänzte.

Megan hatte ein großartiges Logo entworfen, das mich im Superheldinnen-Outfit zeigte, umgeben von haufenweise »Spinster Club«-Katzen mit Superheldinnen-Capes. Es war absolut Spitze, und ich versuchte gerade, es abzumalen.

»Ich bin so neidisch, wie du mit schwarzem Fineliner umgehen kannst«, sagte ich, das Gesicht quasi auf der Tischplatte, damit die Linien nicht schief wurden.

»Tja, dafür bin ich neidisch darauf, was du mit Acrylfarben hinkriegst.«

Wir hatten das Radio in der Ecke leise aufgedreht und malten in einträchtigem Schweigen, was ziemlich cool war, wenn man bedachte, dass wir uns gar nicht so gut kannten. Megan war total angenehme Gesellschaft, wenn ich mal aufhörte, sie auf Traumasymptome hin zu beäugen. Was nicht immer ganz leicht war. Mir fiel auf, dass sie ständig weite Klamotten trug. Die einzigen Gelegenheiten, zu denen ich sie nicht mit bis über die Handgelenke runtergezogenen Kapuzenpulliärmeln und verschränkten Armen sah, waren die, wenn sie zeichnete.

»Konnte Amber nicht kommen?«, fragte Megan und langte nach der Schere, um noch ein paar Katzen auszuschneiden.

Ich schüttelte den Kopf. »Die hat gleich zu Beginn des Schuljahrs eine üble Mandelentzündung gehabt und so viele Fehlstunden, dass sie sich Schwänzen nicht mehr leisten kann. Sie meint, sie hat sich's auf dem Rückflug von Amerika geholt.«

»Solltest du nicht auch auf deine Fehlstunden aufpassen? Hab ich das vom letzten Jahr richtig in Erinnerung, dass du dich für Cambridge bewirbst?«

Ich sah nicht auf. Ich hatte noch nichts von dort gehört, und so langsam machte mich das nervös. »Tu ich auch.«

»Himmel, musst du schlau sein.«

Da sah ich auf und lächelte. »Ich weiß noch nicht mal, ob die mich zum Gespräch einladen … und außerdem, selbst wenn ich eine Einladung kriege, frage ich mich, was sie von dem hier halten …« Unsere Kunstwerke bedeckten mittlerweile fast sämtliche Tische im Raum. »Was machst du nächstes Jahr?«

Jetzt war es an Megan, Blickkontakt zu vermeiden. Sie sah wieder herab auf ihr Poster. »Weiß noch nicht genau. Ich hab meine Prüfungen letzten Sommer irgendwie in den Sand gesetzt, wegen … so Zeugs.«

Was für Zeugs? Max-Zeugs?

»Megan …«, fing ich an, doch sie schnitt mir das Wort ab.

»Also, was versprichst du dir hiervon?« Sie sah mir in die Augen, und ihr angespannter Kiefer verriet mir, dass sie mich gerade bewusst unterbrochen hatte. Ich ignorierte meinen Knoten im Magen und ging auf den Themenwechsel ein.

»Was meinst du?«

»Also … was wäre das Idealergebnis? Versuchst du, die Gesetze zu ändern? Oder geht's dir nur um Sichtbarkeit?«

»Tja«, lächelte ich, »eigentlich sollte ich darauf wohl eine Antwort parat haben …«

Megan lächelte auch und das Eis zwischen uns schmolz wieder. Ich ließ mir ihre Frage durch den Kopf gehen, während ich eine weitere Katze zeichnete. Meine letzte war nicht so gut geworden wie ihre.

»Ich glaube, es geht nur darum, das Bewusstsein zu schärfen«, sagte ich. »Mir kommt es vor, als müssten die Leute erst mal wissen, dass das Problem überhaupt existiert, bevor sie den Wunsch entwickeln, es zu beseitigen. Meine Hoffnung ist: Wenn ich mich wie eine Besessene aufführe, weil es so viele Anlässe zum Krachschlagen gibt, wird das in den Leuten was verändern … sie offener machen.«

»Tja, ein paar Wahnsinnsposter als Unterstützung hast du ja schon.«

»Die hab ich allerdings.« Wieder senkte sich ein langes Schweigen über uns herab, aber diesmal war es wieder angenehm. »Ich weiß auch nicht, Megan«, sagte ich schließlich. Weil ich sonst nichts zu sagen wusste. »Ich hoffe nur, dass es irgendwas verändert.«

Eine Woche bevor es losging, während der freien Tage, fand ich bei der Rückkehr von der Bibliothek einen Brief auf unserer Buddha-Fußmatte vor. Er steckte in einem dieser noblen, steifen Briefumschläge, und schon beim Anblick blieb mir die Luft weg.

Cambridge …

Ich hob ihn auf, wendete ihn in den Händen und genoss den Moment der Ungewissheit. In dem Augenblick, wo ich ihn öffnete, würde ich einen neuen Abschnitt meines Lebens betreten. Einen Abschnitt, in dem ich wusste, ob Cambridge mich wollte oder nicht. Wenn sie mich wollten, konnte das wohl wirklich mein Leben verändern.

Ich pulte einen winzigen Teil des Umschlags auf, schnüffelte daran – ohne so recht zu wissen, wieso. Dann seufzte ich und nahm ihn mit in die Küche. Mum und Dad würden mich umbringen, wenn ich ihn ohne sie öffnete. Kacke. Heute Abend wollte ich ihnen eigentlich von der Aktion Vulvavengers erzählen. Wenn der Brief gute Neuigkeiten enthielt, würde das vielleicht den Schlag etwas mildern?

Am Ofen hing ein von Mum gekritzelter Zettel.

Hier Auflauf drinnen – stell den Ofen gegen 17.30 Uhr an – gegen 18 Uhr da.

Ich riss den Schaltknopf des Ofens nach rechts, schenkte mir ein Glas Wasser ein und ging hinauf in mein Zimmer, um ein bisschen zu arbeiten. Mum hatte sich im städtischen Naturheilzentrum einen Raum gemietet. Sie machte alles Mögliche – Shiatsumassagen, Reflexzonenmassagen, Aromatherapie. Ich glaube kaum, dass sie besonders viel damit verdiente. Es war wohl eher eine Art Taschengeld, Unabhängigkeit vom Einkommen meines Vaters. Aber es machte sie glücklich – und sorgte dafür, dass es in unserem Haus ziemlich seltsam roch. Mein Vater lehrte hier an der Universität, daher auch der ganze Druck mit Cambridge. Außerdem tönte er ständig herum, was für großartige Möglichkeiten mir doch offenstünden, im Vergleich zu ihm damals als Kind.

Ich konnte nicht arbeiten – nicht mit dem Brief, der unten

auf mich wartete. Ich stellte mir vor, er hätte einen Herzschlag, und sah ihn auf dem Küchentisch vor sich hin pochen – *wumm, wumm, wumm* …

Die Haustür ging auf und kalte Luft brachte den Perlenvorhang zum Erzittern.

»Lottie?«, rief meine Mutter die Treppe hinauf. »Da bin ich wieder. Hast du die Kartoffeln angestellt, Liebling?«

»Hab ich.«

Ich lauschte ihren Ankunftsgeräuschen – wie sie in die Küche klapperte, um den Wasserkocher für ihren feierabendlichen Kräutertee anzustellen. Ich hörte sie innehalten.

»Lottie? Ist dieser Brief etwa von …?«

»Cambridge?«, brüllte ich die Treppe hinunter. »Ja, glaube schon.«

Ein Scheppern, ein dumpfer Aufschlag, ein Poltern, und schon stürzte Mum mit knallrotem Gesicht in mein Zimmer.

»OOOOOOOOOOGOOOOOOOOTTT!«, röchelte sie und zerknüllte den Brief schon fast in der Hand. Sie tanzte in meinem Zimmer herum, sprang auf mein Bett und wieder herunter, wie ein Kind, das sich über einen Disneylandbesuch freut.

Ich musste lachen. »Mum, beruhig dich. Kann ja auch eine Ablehnung sein. Vielleicht ist es gar keine Einladung zum Gespräch.«

»Wird es sein, muss es sein. Ach, wo steckt denn bloß dein Vater? Ich will, dass wir ihn JETZT aufmachen. Ich ruf ihn an, warte kurz …« Sie rumpelte hinaus und ich hörte sie im Flur telefonieren. »Wir haben hier einen Brief aus Cambridge … ja … wir warten … aber mach schnell …« Mit einem Klonk knallte sie das Gerät auf die Festnetzstation. »Er ist unterwegs!«, rief sie. »Komm, wir beruhigen uns jetzt erst mal mit einem schönen Tee.«

Eine Viertelstunde später saß ich vor meinem Becher mit frischem Pfefferminztee, als Dad noch in Mantel und Schal durch die Küchentür geprescht kam.

»Tee?«, bot Mum an, doch er brachte sie mit einer Handbewegung zum Schweigen. Autsch.

»Lottie, danke fürs Warten.« Er trat zu mir und küsste mich auf die Stirn. »Ist er das?« Sein Blick wanderte zu dem Umschlag, der einen Ehrenplatz mitten auf dem Tisch bekommen hatte, zwischen Mums schrägen Orchideen.

Dad zog sich einen Stuhl heran und Mum schleifte ihren herum, bis wir alle nebeneinanderkauerten. Ich nahm den gefütterten Umschlag und schälte die Lasche ab, schob meinen Finger darunter, um sie aufzureißen.

»Achtung!«, sagte Dad. »Sonst zerreißt du noch den Inhalt.«

Ich verdrehte die Augen und rupfte den Brief heraus. Er war dreifach gefaltet. Ich breitete ihn aus, überflog ihn, hatte ihn schneller gelesen als Dad, der ihn laut vortrug.

»Liebe Charlotte Thomas«, murmelte er leise vor sich hin. »Wir freuen uns, Sie zu einem Gespräch am King's College für Human-, Sozial- und Politikwissenschaft einzuladen … Fantastisch, du bist zum Gespräch geladen, Charlotte! Du hast es geschafft! Du hast ein Gespräch!«

Meine Hände auf dem Papier zitterten … Ein Auswahlgespräch. Obwohl ich mein zusätzliches Prüfungsfach hatte sausen lassen und das Stipendium für die Angeberschule in den Wind geschossen hatte. Ich hatte es geschafft. Ich gestattete mir ein Lächeln und schluckte den Knoten in meinem Hals hinunter, den ich bisher gar nicht bemerkt hatte. Es war ein seltsames Gefühl … So viele Jahre hatte ich auf diesen Moment hingearbeitet – es war schon surreal, ihn jetzt in Wirklichkeit zu erleben. Als spielte ich in einem Theaterstück mit und hätte meinen Text vergessen.

Mum und Dad umarmten mich – Mums Gequietsche fügte meinen Trommelfellen vermutlich nachhaltigen Schaden zu. Cambridge …

Moment, wann war noch gleich der Gesprächstermin?

Mein Herz machte einen seltsamen Sprung, als ich das Blatt nach Datum und Uhrzeit absuchte. *Bitte nicht während meiner Aktion, bitte nicht während meiner Aktion.* Ich seufzte einen unwillkürlich aufgestauten Seufzer. Der Termin war eine Woche nach dem geplanten Ende meiner Aktion.

»Lottie, ich bin so stolz. Wir sind beide so stolz.«

»Wir müssen feiern. Sollen wir ein Curry bestellen?«

»Ja, Lottie, hättest du gern ein Curry?«

»Und was zum Anstoßen. Haben wir noch die Flasche, die John und Anne mitgebracht haben?«

»Glaub schon, aber kalt ist sie nicht. Lottie, Schampus?«

Sie hatten mich losgelassen und wirbelten jetzt herum, bestellten beim Restaurant, schaufelten haufenweise Eis in die Spüle und legten die Champagnerflasche hinein. Mum und Dad tranken so selten, dass sich unter der Spüle ein ganzes Flaschenarsenal angesammelt hatte.

Ich fühlte so viel auf einmal … Ich war erleichtert, hatte Angst … und ein schlechtes Gewissen. Und wenn der Gesprächstermin sich nun doch mit der Vulvavengers-Aktion überschnitten hätte? Hätte ich die Aktion dann auch während des Gesprächs weitergeführt?

Dad ging das Essen abholen, während Mum sich beim Tischdecken einen abbrach, ohne mich helfen zu lassen. Sie gurgelte regelrecht vor Vergnügen, als sie die Gabeln auslegte und das alte Glas mit Mango Chutney aus dem Kühlschrank holte, und plötzlich packte mich eine Welle der Abneigung. Gegen sie beide. Was für eine Riesensache das für sie war. War es mein Traum? Oder ihrer? Manchmal verschwammen da die Grenzen.

»Ach, Lottie. Wie aufregend das doch ist. Ich meine, da kommt natürlich viel Arbeit auf dich zu. Aber die Schule wird dich aufs Gespräch vorbereiten, und die erforderlichen Noten wirst du ja ganz bestimmt haben. Nachdem du Geschichte aufgegeben hast, gibt's da keine Ausreden mehr …«

Bei meinem Gespräch in Cambridge würde es doch bestimmt ohnehin keinen Sexismus geben, bei dem ich würde Krach schlagen müssen, oder? Schließlich war das Cambridge! Eine … eine alte, tief in Tradition und Historie verwurzelte Institution … öhm … Sexismus gab's an solchen Orten nicht. Und außerdem hatte ich mich am King's beworben. Das galt als eines der fortschrittlichsten Colleges überhaupt. Dort würde ich jede Menge total liberale, engagierte Freunde kennenlernen, und dann würden wir gemeinsam die Führung der Welt übernehmen, auf besonders nette Art.

Dad stürzte wieder herein, am Handgelenk baumelnd eine Tüte, aus der köstliche Gerüche in die Küche waberten.

»Das Triumphmahl ist da!«, verkündete er, öffnete die Alubehälter, füllte die Köstlichkeiten mit der roten Soße in Schälchen um und steckte Löffel hinein. Dann setzten wir uns alle an den Tisch. Mum ließ mich den Champagner köpfen, und ich schaffte es, nachdem ich den Großteil an die Wand gespritzt hatte, einen kleinen Teil auf unsere drei Gläser zu verteilen.

»Ein Toast. Auf Lottie und Cambridge.« Dad hielt seine Sektflöte hoch. »Noch einen Schritt, und dann zieh dich warm an, Unterhaus!«

Wir stießen alle miteinander an.

»Ein paar Schritte mehr sind's schon noch«, sagte ich, obwohl ich wusste, dass es ein Witz gewesen war. Ich schnappte mir zwei Papadam und zerbrach sie in mundgerechte Stücke. »Ich muss mir noch eine Partei aussuchen und dort eintreten, dann zur Abgeordneten gewählt werden, dann die Wahl zur Parteichefin gewinnen … tja, und dann die Parlamentswahl.«

Mum zuckte die Schultern, als sei das alles schon gegessen, und lächelte Dad verschwörerisch zu. Als hätte ich gesagt: *Ich muss noch schnell rauf und mir einen Pulli holen.*

»Pah«, meinte sie. »Was ist das schon. Ich bin so stolz auf dich, Lottie.«

»Weißt du, ich muss nicht unbedingt nach Cambridge, um Premierministerin zu werden.«

»Richtig.« Dad nahm sich von den gehackten Zwiebeln, die in einem kleinen Schälchen beigelegen waren. »Aber es kann dir nur nützen. Besonders, wenn es Human-, Sozial- und Politikwissenschaft ist.«

Wir aßen in einträchtiger Stille, meine Eltern kommunizierten ausschließlich durch verzückte Blicke. Das Essen war großartig wie immer. Und obwohl mein Magen völlig verknotet war, nahm ich noch eine zweite Ladung.

Ich hatte ihnen noch immer nichts von meiner Aktion erzählt. Während ich an einem weiteren Papadam kaute, erwog ich, endlich damit rauszurücken. Jetzt, wo ihre Mägen voll, ihre Launen rosig, ihre Sorgen erst mal beiseitegeschoben waren.

»Wisst ihr, nächste Woche fang ich mit einem außerschulischen Projekt an«, verkündete ich und zerkrümelte mein Papadam. »Ich finde es ganz toll.«

Mum und Dad blickten auf.

»Was denn für eins?«, fragte Mum.

Dad war schon jetzt sichtlich nervös, die Lachfalten um seine Augen waren verschwunden.

Ich schluckte und schenkte mir noch Champagner nach.

»Eine Videoaktion namens Vulvavengers …« Ich machte eine Kunstpause. »›Vulvavengers – die frauen sich was!‹. Was Feministisches …« Meine Eltern wechselten einen bedeutungsvollen Blick, als ich ihnen das Konzept erklärte – wie die FemAG mich unterstützte, wie ich einen professionellen (Quasi-)Filmemacher mit an Bord geholt hatte.

Ihre Reaktion war die erwartete.

»Das ist, öhem …« Dad hüstelte. »Ganz toll, Charlotte. Wirklich toll. Aber bist du dir sicher, dass dich das nicht von deinem Lernstoff ablenkt?«

»Dad hat recht.« Mum legte ihre Hand auf seine. »Auf dieses Gespräch musst du dich sehr gut vorbereiten. Meinst du wirklich, dass du dir da noch zusätzliche Verpflichtungen aufhalsen solltest?«

Ich schubste ein paar ungegessene Reiskörner auf meinem sonst leeren Teller umher.

»Immer sagt ihr, ich soll Großartiges vollbringen«, sagte ich. »Und sobald ich das dann versuche, regt ihr euch auf.«

Wieder sahen sie einander an. Dad nahm einen Schluck aus seinem Glas und setzte es ab.

»Wir sind stolz auf dich, Lottie. Es ist nur … Wir wissen, dass du Großartiges vollbringen wirst, sobald du in Cambridge bist. Ist es das nicht wert, noch ein wenig zu warten?«

»Noch ein wenig zu heucheln, meinst du?«

»Ich kann nur nicht recht begreifen, wieso du so etwas gerade jetzt anfangen willst. Zu so einem entscheidenden Zeitpunkt.«

»Könnt ihr nicht einfach begeistert davon sein? Wie alle anderen auch?«

Dad überhörte das. »Hast du der Schule davon erzählt?«

Ich schüttelte den Kopf.

»Also, wie, glaubst du, werden die reagieren, wenn du nächsten Montag dort aufkreuzt, mit einer Riesenhupe rumtrötest und alles und jeden einen Sexisten nennst?«

Darüber hatte ich tatsächlich noch nicht nachgedacht.

»Sie werden denken: *Was haben wir doch für ein Glück, so eine tolle Schülerin zu haben?*«, sagte ich.

Mum schüttelte den Kopf. Das Briefleuchten in ihrem Gesicht hatte sich ausgeleuchtet. »Der Zeitpunkt ist nicht so prima, Schätzchen, das ist alles. Die Idee ist schon toll …«

»Ich weiß. Deshalb mach ich's ja. Jetzt.«

Wieder sahen sie einander an.

»Können wir irgendwas tun, um dich davon abzubringen?«

»Habt ihr es je geschafft, mich von irgendwas abzubringen?«

Darauf sagten sie nichts. Denn das hatten sie nicht.

Dreizehn

Zwei Tage vor Aktionsbeginn schickte mir Will eine Nachricht, ob ich ihn im College-Fotostudio treffen könnte. Er hatte Sondererlaubnis, während der freien Tage dort zu drehen. Beim Empfang der Nachricht bildete sich eine höchst unwillkommene Aufregungsblase oberhalb meines Magens – doch ich drückte sie schön nach unten. Gerade jetzt hatte ich keine Zeit, für unpassende Jungen zu schwärmen – besonders nicht für solche, die die klassische »Ich bin Egalitarist, kein Feminist«-Nummer abzogen.

Als ich im Studio ankam, blieb ich vor Schreck wie angewurzelt in der Tür stehen. Er hatte den schäbigen Raum in einen leuchtenden weißen Lichtwürfel verwandelt. Ein richtig professioneller Hintergrund und mindestens vier gigantische Lampen mit riesigen Birnen und sogar einer von diesen reflektierenden silbernen Schirmen waren aufgebaut. Vor dem kahlen weißen Hintergrund stand ein Stuhl und davor eine wuchtige Kamera.

»Boah.« Ich trat ein. »Hast du das alles selbst gemacht?«

Will beugte sich gerade vornüber, um seine Kamera einzustellen. Ich konnte eben noch einen Blick auf seine Boxershorts erhaschen, die aus dem Bund seiner Jeans herausragte. Die war von einer Nobelmarke. Bei dem Anblick wurde mir ganz anders.

Er sah auf, wie zur Begrüßung, doch dann spähte er schon wieder durch den Sucher.

»Ja, hab ich«, sprach er in die Kamera. Seine kalkuliert emotionale Distanz nahm mich noch mehr für ihn ein. Was zweifellos seine Absicht war. Zum Glück beherrschte ich dieses Spiel. Beherrschen im Sinne von: Ich lasse mich nicht drauf ein. Nie. Ich schickte meinem Hirn ein paar zusätzliche Signale mit dem Auftrag, nicht mehr auf ihn zu stehen.

»Sehr schick, das alles.« Ich spazierte hinüber und kippte ganz bewusst seine Kamera zur Seite. Er fuhr hoch und warf die Hände in die Luft.

»He!«

»Uppsi!« Lächelnd zuckte ich die Schultern.

»Das hab ich alles nur für dich gemacht – warum streust du mir Sand ins Getriebe?«

Wieder lächelte ich. »Weil's Spaß macht.« Ich betrat die weißen Planen, spürte seine Augen auf mir. »Was machen wir hier überhaupt?«

Ich drehte mich auf dem Absatz um, und er nestelte schon wieder an seiner Kamera. Sein bebrilltes Auge klemmte hinter dem Sucher. Vielleicht hatte er mich doch nicht beobachtet?

»Setz dich auf den Hocker«, antwortete er.

Ich blieb stehen. »Schön ›bitte‹ sagen.«

»Gott, Lottie. Ich tu dir hier einen Gefallen. Kannst du dich bitte auch entsprechend verhalten?«

Ich seufzte und setzte mich quer auf den Hocker – äußerst breitbeinig.

»Sehr züchtig«, giftete er, doch ich sah den Anflug eines Lächelns.

»Darauf bilde ich mir einiges ein. Also, was machen wir hier?«

Eine letzte Drehung am Objektiv, und er richtete sich auf – sah mir direkt in die Augen. Er war DERMASSEN ernst. Er strahlte die Ernsthaftigkeit regelrecht aus – gepaart mit Überlegenheitsgefühl und Selbstzufriedenheit.

»Ich hab mir gedacht, es wär nicht schlecht, ein Eröffnungsinterview zu haben«, sagte er. »Du weißt schon, um festzuhalten, was du dir von dieser Aktion erhoffst. Was deiner Meinung nach dabei am schwersten sein wird. Was du erreichen möchtest usw. usw. Das wird später, wenn die Aktion vorbei ist, eine interessante Sache.«

Ich nickte und schob mir die Haare hinter die Ohren. »Okay, cool.«

»Moment, ich muss dir ein Mikro anstecken.« Er kam mit einem kleinen Ansteckmikrofon zu mir und hielt es meiner Brust entgegen. »Normalerweise würde ich es dir einfach anstecken, aber weil du so ein Feminazi bist, würdest du mich wahrscheinlich gleich der sexuellen Belästigung bezichtigen, oder?«

Ich entriss ihm das Mikro und klemmte es mir an der Bluse fest. Es war meine Lieblingsbluse, weiß und mit roten Herzchen übersät.

»Findest du es wirklich angemessen«, sagte ich, »jemanden, der gleiche Rechte für alle möchte, mit Leuten zu vergleichen, die Massenvölkermord begangen haben?«

»Trotzdem wärst du völlig ausgeflippt, wenn ich deine Brust berührt hätte.«

Ich schüttelte den Kopf. »Das hat damit nichts zu tun. Und tja, das wär ich, aber das hätte aus mir noch keinen Nazi gemacht, sondern nur eine Frau, die selber darüber entscheiden möchte, wer ihre Brust berühren darf und wer nicht.«

Obwohl, vielleicht hätte ich Will meine Brüste sogar anfassen lassen …

Moment – BÖSE LOTTIE – UNGEZOGENE LOTTIE. Gott, es war ein Kreuz, sich ständig zu Hinz und Kunz hingezogen zu fühlen. Es konnte einen fertigmachen, solch einen heißen Draht zu seinen Lenden zu haben.

»Bringen wir's einfach hinter uns«, sagte Will und drückte auf etwas, das ein rotes Licht aufleuchten ließ.

»Filmen wir schon?«

»Ja.«

»Ich bin noch nicht bereit. Wo wird das gezeigt?«

»Auf dem Videokanal, den ich für dich eingerichtet habe. Und du musst nicht bereit sein. Du musst nur ein paar Fragen beantworten.«

»Moment, ich brauch noch Lippenstift.«

Mal wieder ein schiefes Grinsen. »He, du bist doch Feministin, wozu brauchst du da Lippenstift?«

»Weil ich gern Lippenstift trage.« Ich sprach extra langsam und deutlich, wie zu einem kleinen Kind.

»Ist das nicht ziemliche Heuchelei? Erst sagst du, du möchtest nicht wie ein Objekt behandelt werden, und dann schminkst du dir die Lippen rot?«

»Ist das für das Video? Oder willst du mir nur einfach so eins reinwürgen?«

»Ich versuch nur ...« Wieder schraubte Will an seinem Objektiv herum. »Ich versuch nur, mir über die Grundregeln deiner Weltsicht klar zu werden, da sie mir nicht gerade stimmig vorkommen.«

Ich legte den Kopf schief. »Bist du tatsächlich an meiner wohlbegründeten Meinung interessiert, warum Feministinnen Lippenstift tragen dürfen? Könnte ich dir jederzeit liefern. Aber mein Eindruck ist, dass du nur versuchst, rumzustänkern, statt mir wirklich zuzuhören.«

Will zuckte die Schultern. »Könnt ich mir schon anhören. Obwohl es mir vorkommt, als wär das ein reichlich unwichtiger Punkt, angesichts des Welthungers und der Seuchen und so weiter.«

Ich hielt die Hände in die Luft. »Moment ... Erst stellst du meine Lippenstift-Entscheidung infrage, und wenn ich darauf etwas entgegne, versuchst du, mir Gewissensbisse zu machen, weil ich meine Zeit dafür vergeude, mit dir zu diskutieren, statt den armen Waisenkindern zu helfen?« Ungläubig stieß ich Luft aus. »Wie vielen Waisen hast du denn heute schon geholfen, Will? Hast du heute schon gespendet?«

Seine Ohren färbten sich langsam rot. »Nein«, gab er zu.

Und damit war schon gut die Hälfte seiner Speicherkarte mit einem Film voll, der uns beim Streiten zeigte.

Die erste Woche

Vierzehn

Ich legte meine Kriegsbemalung auf.

Nach meinen üblichen Eyelinerschichten zog ich einen lila Lippenstift hervor, den ich mir mal als Experiment angeschafft und dann als jämmerlich misslungenes Experiment abgelegt hatte, und tupfte mir Linien über die Wangen.

In meiner Tasche befanden sich: eine riesige Clownshupe (online bestellt, weil ich gewöhnlich eher selten riesige Clownshupen verwende), Hunderte von Ansteckern und Postern, ein paar Pappteller, zwei Flaschen Sprühsahne und unzählige Minihupen.

Ich musterte mein Spiegelbild – ich sah völlig durchgeknallt aus. Aber andererseits auch wild. Ich musste wilder aussehen als mir zumute war.

Ich war bereit.

»Was ist das da in deinem Gesicht?«, fragte mich Mum beim Frühstück. Dad war glücklicherweise schon früh aufgebrochen, um sich auf eine Morgenvorlesung vorzubereiten.

»Kriegsbemalung.« Ich schenkte mir Orangensaft ein. »Heute geht meine Aktion los.«

»Oje«, war alles, was Mum herausbrachte.

Kaum hatte ich meinen Toast aufgegessen, klingelte es an der Tür. »Das ist für mich.« Ich warf mir die Tasche über die Schulter und ging rasch aufmachen. Es waren Amber, Evie und Will – Letzterer hinter laufender Kamera.

»FROHEN VULVAVENGERS-TAG!«, jubelten die Mädels und zerrten mich aus dem Haus, um mich zu umarmen.

»Klasse Kriegsbemalung«, sagte Evie. »Solche will ich auch.«

»Der Lippenstift ist in der Tasche, warte kurz.«

Gerade als ich ihr meinen lila Lippenstift reichte, schob mir Will die Kamera vors Gesicht.

»Wie fühlt es sich an, Lottie?«, fragte er wie der Superprofi.

Ich grinste ins Objektiv und wies auf mein Gesicht. »Diese Feministin ist bereit, dem Patriarchat den Krieg zu erklären.« Dann tauchte ich wieder in meine Tasche ab. »Moment, ich hab für jeden eine Hupe dabei.«

»HUPEN!« Amber schnappte sich gleich eine. Ich merkte, dass sie schon reichlich überdreht war. »Mein ganzes Leben lang hab ich mich nach einer Entschuldigung gesehnt, einfach loszuhupen.«

Sie hupte mir direkt ins Gesicht. Aua! »Autsch, Amber! Wir hupen nur, wenn uns Sexismus begegnet, schon vergessen?«

»Ach, entschuldige.« Sie hupte gleich noch mal.

Will ging rückwärts, um uns alle gleichzeitig ins Bild zu kriegen. »Also, du hast gerade das Haus verlassen, Lottie. Schon was Sexistisches gesehen?«

»Nein, aber es sind ja auch erst fünf Sekunden vergangen.«

Er linste ein wenig über seine Kamera, und ich sah, wie seine Augenwinkel leuchteten – falls Augenwinkel überhaupt leuchten können.

»Du hast also beschlossen, weiterhin Make-up zu tragen?«, kommentierte er, gerade so laut, dass wir es hören mussten. Sofort hupten ihm drei Hupen mitten ins Gesicht.

»ERSTER SEXISMUS DES TAGES – ERSTER SEXISMUS DES TAGES«, brüllte ich, erfreut, dass Will persönlich mir den ersten Anlass gab. Der Typ musste wirklich gewaltig in seine Schranken verwiesen werden.

»Warum ist diese Frage sexistisch?«, fragte er mit ungebrochener Professionalität, als wir zur Schule aufbrachen.

Ich sah ihn verächtlich an. »Erstens«, sagte ich, »hatten wir diesen Streit schon neulich, also keine Ahnung, weshalb du schon wieder damit ankommst. Zweitens, du maßt dir damit ein Urteil über meine persönlichen Entscheidungen als Frau an.«

»Boah, Moment!« Er legte kurz die Hand vors Objektiv. »Ich maße mir kein Urteil über deine Entscheidungen als ›Frau‹ an.« Beim Wort Frau machte er Luftanführungszeichen, was mich etwas irritierte. »Ich stelle dich als Frau infrage, die gegen Sexismus auf die Barrikaden geht, aber sich gleichzeitig das ganze Gesicht mit Make-up zuknallt.«

Evie verdrehte die Augen. »Will, jetzt film endlich. Hör auf rumzunerven.«

Amber trötete ihm direkt ins Ohr, und er verzog das Gesicht. »Ja, WILL. FALLS das überhaupt dein richtiger Name ist.«

Will rieb sich das Ohr. »Was? Warum sollte das nicht mein richtiger Name sein?«

»Ich sag ja nur.« Amber tippte sich mit dem Finger an die Stirn, was uns alle verwirrte.

Ich hielt eine bremsende Hand in die Höhe. »Leute, kommt schon! Die Aktion läuft keine drei Minuten, und schon greifen wir einen Jungen an.«

»Aber er hat angefangen!«, brüllten Evie und Amber.

Ich nickte und warf Will einen noch böseren Blick zu. »Hat er, und das weiß er auch. Aber trotzdem: keine feministischen Wutreden. Da schalten die Leute ab. Schon vergessen?«

»Danke, Lottie«, sagte Will. Er sah mich mit erhobenen Augenbrauen an, fast kokett. Wäh! Er nervte schon jetzt so dermaßen!

»Also«, fuhr ich fort, »ich werde dir *noch mal* erklären, warum ich Make-up trage, und zwar heute Nachmittag beim großen FemAG-TREFFEN ZUM THEMA. Wenn du also einfach ein bisschen ABWARTEN könntest – ich hab eine ganze REDE über meine verdammte Schminke vorbereitet. So, und jetzt hör bitte auf, auf mir rumzuhacken, bevor es überhaupt losgegangen ist, Herr Kameramann, der mich eigentlich UNTERSTÜTZEN sollte.«

»Schongutschongutschongut.«

»Danke sehr.«

Meine erste offizielle Einsatzgelegenheit ergab sich, als wir auf eine Bushaltestelle zusteuerten.

»Ein Fall für die Clownshupe!«, rief ich, zog sie hervor und rannte auf die Haltestelle zu.

»Sie hat was, sie hat was!« Amber eilte mir nach – verströmte Aufregung wie ein Kind, das gerade in vollem Lauf das Tor zu Disneyland hinter sich gelassen hat. Ich hielt auf das Wartehäuschen zu, wo vier Leute warteten, und deutete wild trötend auf das seitlich angebrachte Werbeplakat.

»Aufgepasst, aufgepasst!« Ich hob die Stimme. »Ich muss Sie informieren, dass diese Werbung VÖLLIG SEXISTISCH ist.«

Will und Evie waren mir mit der Kamera gefolgt. Dahinten kam schon der Bus. Lange hatte ich nicht, um diese Leute zu bekehren.

Ich wies auf das Plakat. Es warb für einen neuen Hollywoodfilm, und das Foto war zwischen den Beinen einer Frau hindurchgeschossen. Man sah weder ihr Gesicht noch irgendeinen anderen Teil ihres Körpers. Lediglich die perfekten Beine, die normalsterbliche Frauen nur hinbekämen, wenn sie ihre Zeit mit Kniebeugen statt mit Atmen verbrächten und obendrein einen Photoshop-Spezialisten heirateten. Der männliche Hauptdarsteller hingegen war in seiner ganzen Leibespracht abgebildet und durfte zwischen den leiblosen Beinen posieren. Ihm wurden fürs Poster ein Gesicht, ein Kopf, Schultern, Arme und sämtliche andere Körperteile zugestanden.

»Dieses Plakat ist sexistisch«, wiederholte ich, nur leicht entmutigt von der Tatsache, dass die Leute gar nicht auf mich achteten, sondern auf den eintreffenden Bus starrten und in ihren Taschen nach den Fahrscheinen wühlten. »Warum ein Paar wahllose Frauenbeine? Wäre dieses Plakat andersrum überhaupt vorstellbar? Wo Körperteile des Mannes einfach willkürlich abgeschnitten und hübsch um eine Ganzkörperfrau drapiert sind?« Das laute Zischen des einfahrenden Busses übertönte mich. Alles stieg ein, als wäre ich gar nicht da. Abgesehen von einer ältlichen Dame, die sagte: »Du siehst genauso aus wie Michael, mein Sohn«, und dann die Bustreppe hochwackelte.

Damit fuhr der Bus davon und hüllte uns in eine Wolke von Abgasen.

Amber klatschte ganz langsam. »Wow, Lottie. Denen hast du's aber so richtig gezeigt.«

Ich hüstelte und spürte, wie ich rot wurde. »Die Hauptsache ist doch, dass ich drauf hingewiesen habe«, sagte ich, halb an sie, halb an die Kamera gerichtet. Dann fiel mir ein, was ich eingepackt hatte, und feixte. »Und … mit diesem Plakat bin ich noch lange nicht durch.« Ich kniete mich hin, öffnete meine Tasche und zog einen Pappteller und die Sprühsahne raus.

»Äh, was zum Henker hast du da?« Evie spähte mir über die Schulter.

»Psscht.« Ich zog einen Edding hervor und schrieb *Das ist sexistisch* auf die Tellerrückseite. »Das wird eine Sahnetorte.«

Amber, Will und Evie drängten sich um mich.

»Du … du … machst hier einen auf *Bugsy Malone*?«, staunte Evie.

Ich nickte. »Du hast gesagt, es soll lustig sein.«

Amber hob die Hand, während Will mich heranzoomte. »Ähm, wie macht man einen auf Bugsy Malone?«

Ich war so ausgelastet mit Tellerbesprühen, dass Evie die Erklärung übernahm.

»Kennst du den Film nicht? Die tragen alle solche Dinger, die sie ›Frostkanonen‹ nennen, aber sie schießen mit Sahne statt mit Kugeln. Und damit sprühen sie sich voll, statt sich umzubringen, weil ausschließlich Kinder mitspielen.«

Ich stand auf und präsentierte den Teller auf meiner Handfläche. »Will? Pass auf, dass du das draufkriegst.« Ich wirbelte auf dem Absatz herum und schleuderte den Kuchen aufs Plakat. Es spritzte fulminant, genau zwischen die Pobacken der Frau, und tropfte auf ihre nachbearbeiteten Beine. Genau dort kleisterte die Sahne den Teller fest – mit »Das ist sexistisch« als Botschaft an alle. Es gibt keine Worte für die Euphorie, die mich beim Tortenwurf erfasste, und auch nicht dafür, wie sie sich vervierfachte, als die Sahne übers ganze Plakat spritzte – doch sicher ist, dass ich mich schon lange nicht mehr so glücklich gefühlt hatte.

Wenn ihr mich fragt, es werden einfach viel zu wenig Sahnetorten geworfen.

Es wird einfach an zu vielen Scheißplakaten vorbeigegangen, ohne dass Sahnetorten geworfen werden.

Evie, Amber und Will sahen zu, völlig geplättet, wie immer mehr geschmolzene Sahnebäche übers Plakat liefen. Hinter uns zischte es. Der nächste Bus näherte sich.

»Und jetzt?«, fragte Will und schwenkte die Kamera vom Plakat zurück auf mein Gesicht.

»Jetzt?« Ich starrte voll zurück. »Jetzt rennen wir.«

Fünfzehn

Eine Traube von FemAG-Mädchen erwartete uns schon am Schultor. Als sie uns in unserer Lippenstiftkriegsbemalung herbeirennen sahen, brachen sie in Jubel aus. Ich raste direkt auf sie zu, rempelte mindestens vier Leute an, fühlte mich großartig.

»Autsch, hallo, Lottie«, sagte Megan.

Sie hatte sich selbst übertroffen. Sie hatte selbst entworfene Ballons und Anstecker verteilt und offensichtlich sogar eine Thermoskanne Kaffee mitgebracht.

»Danke fürs Organisieren, Megan.« Ich umarmte sie. Als ich sie wieder freigab, musterte ich sie flüchtig. Hinter ihrem Haarvorhang schien ihr Gesicht von innen zu leuchten. »Und danke, dass ihr alle gekommen seid!« Ich wandte mich an die umstehenden Mädchen. »Tag eins der Aktion Vulvavengers hat offiziell BEGONNEN. Vulvavengers – die frauen sich was!«

Alles jubelte wieder los. Evie zückte meinen Lippenstift und begann, weitere Gesichter anzumalen.

»Wir haben heute Nachmittag ein einmaliges Sondertreffen, wo ich ein paar Sachen erklären werde. Und danke, dass ihr hier seid. Eure Unterstützung bedeutet mir alles.«

Noch mehr Jubel, noch mehr Applaus. Ich konnte nicht fassen, dass ich das hier tat. Nichts fühlte sich echt an. Aber ich war so froh – so froh, dass ich Evie und Amber kennengelernt und die Spinster Girls auf die Beine gestellt hatte, und jetzt die FemAG und ALL DIESE GUTEN DINGE. Auf Wills Bitte stellten wir uns alle nebeneinander, für Fotos oder »Kampagnen-Beifang«, wie er es nannte. Ich beobachtete, wie er uns platzierte und dabei forsch Befehle herumbrüllte. Eine Strähne fiel ihm beharrlich ins Gesicht und er schob sie beharrlich zurück – der einzige Hinweis, dass er nicht so selbstsicher war, wie er vorgab.

Aber niemand ist je so selbstsicher, wie er vorgibt.

Wieder fragte ich mich, wieso er das hier tat. Ständig wiederholte er, es sei für seine Mappe. Und in Anbetracht unserer bisherigen Gefechte war ich geneigt, ihm zu glauben. Aber unwillkürlich hoffte ich doch, dass er irgendwo tief unter diesem Überlegenheitskomplex auch daran glaubte, was ich tat ... vielleicht.

Die Schüler, die an uns vorbeigingen, schauten uns schräg von der Seite an. Ein paar von den Rugbytypen, inklusive Teddy, stießen einander an. Teddy fixierte mich und brüllte »SCHLAMPEN!«, worauf sie alle in heiseres Rudelgelächter ausbrachen und ihm auf den Rücken klopften.

Wir verstummten. Alle starrten mich an. Teddy und seine Kumpels zogen weiter, auf das Hauptgebäude zu.

Will hielt mir die Kamera direkt ins Gesicht.

»Was wirst du tun, Lottie?«, fragte er. »Lässt du das auf sich beruhen?«

Ich verdrehte meine Augen direkt in die Kamera. »Was glaubst du?«

»Die würden sagen, war doch bloß ein Witz«, behauptete er, um mich weiter aufzustacheln.

Ich spähte in den Wintersonnenschein. Nach uns umsehen taten sie sich schon mal nicht.

»Evie!« Ich bellte ihren Namen wie ein Armeegeneral. »Bitte hilf mir, eine Torte zu basteln.«

Evie kam herangehastet und holte die Sahne hervor, während ich einen weiteren Teller herauszog. Die Mädchen sahen uns zu und jubelten lauter.

»Willst du das wirklich machen?«, flüsterte Evie, während

sie die Sahne heraussprühte. »Weil, Lottie, das gibt Ärger. Ich bezweifle, dass man Leute außerhalb von *Bugsy Malone* wirklich torten darf!«

Da hatte sie recht, das würde gewaltigen Ärger geben. Zumal ich den Rat meiner Eltern nicht befolgt und die Schule nicht über meine Aktion informiert hatte. Hauptsächlich, weil mir klar gewesen war, dass sie es zu verbieten versucht hätten, bevor es überhaupt begonnen hätte.

»Ja, will ich«, sagte ich tortenschwingend. »Schon allein, damit Teddy endlich mal Ruhe gibt.« Ich hielt die Torte in die Höhe, und die FemAG drehte völlig durch, ganz high vor lauter Gruppeneuphorie. Wieder sah ich zu den Jungen – sie waren der Schultür inzwischen so nahe, dass sie mir gleich durch die Lappen gehen würden.

Jetzt oder nie. Es auf sich beruhen lassen oder den Teufel mit der Sahnetorte austreiben.

Amber spürte mein Zaudern und schlug mir auf den Rücken.

»Geh, schnapp sie dir, Lottie«, ermutigte sie mich.

Also rannte ich los und tat es.

Sechzehn

Lippenstiftbeschmiert und allein kam ich mir in meiner Englischstunde schon deutlich bescheuerter vor. Niemand aus der Fem-AG war in meinem Kurs. Und Will hatte in der ersten Stunde Filmtheorie mit Evie und Oli, also blieb mir noch nicht mal er.

Ich saß alleine da, in einem Raum voller Leute, eine Hupe in der Hand, das ganze Gesicht voller Lippenstift.

Der Fairness halber muss ich sagen, dass sich das Gestarre in Grenzen hielt. Die Leute am College waren … mich gewöhnt. Seit der Sache mit der Schuljukebox letztes Jahr hatten Evie, Amber und ich den Stempel der »durchgeknallten Feministinnen« weg, was wir als großes Kompliment betrachteten … solange wir nicht gerade ohne Verstärkung im Unterricht saßen.

Um die Zeit bis zum Eintreffen unserer Lehrerin, Mrs Roslyn, zu überbrücken, holte ich mein Heft heraus und las meine Notizen für den Aufsatz durch. Wenn es ein Fach gab, in dem ich vielleicht keine Eins bekommen würde, dann war es Englische Literatur. Ich war einfach nicht besonders gut darin, Texte anderer Leute auseinanderzunehmen, ohne meine eigenen Themen zu reiten. Aber Dad hatte gesagt, in Cambridge komme es gut an, wenn man »traditionelle« Fächer wähle, also hatte ich in den sauren Apfel gebissen. Und es gleich als Argument benutzt, um mich aus meinem zusätzlichen Prüfungsfach freizukaufen. Kunst hatte ich gerade eben so durchdrücken können – mit der Verteidigungsstrategie, ich bräuchte ein »Ventil für meine Kreativität«.

Ein Mädchen namens Jenny, das ich nur flüchtig kannte und bei dem ich den starken Verdacht hatte, dass es mich nicht ausstehen konnte, beugte sich zu mir herüber und fragte: »Öh, Lottie, warum hast du das ganze Gesicht voller Lippenstift?«

»Hab ich das?« Ich lachte los, während sie mich anstarrte, als sei ich tatsächlich verrückt. Das ganze Adrenalin vom Tortenwurf durchprickelte mich und machte mich ganz schummerig. Ich hatte noch nicht mal angehalten, um Teddys Reaktion mitzubekommen. Ich hatte einfach in seine Richtung gefeuert und war ins Klassenzimmer gerannt – mit Evie im Windschatten, die *We Could Have Been Anything That We Wanted To Be* aus *Bugsy Malone* sang.

»Pardon.« Mühsam erholte ich mich von meinem Lachflash. »Das ist für eine Aktion, die ich mache. Für die FemAG.«

Jenny nickte, als wäre damit alles erklärt. »Klaaaar.«

Ich strahlte sie an. »Du kannst jederzeit mitmachen. Das weißt du, oder?«

Vielleicht war es Einbildung, aber sie rückte ein wenig von mir ab.

»Ja. Weiß ich.«

Ich hatte sie schon häufig eingeladen, bei uns mitzumachen, aber Jenny war … tja, schwierig, sie zu beschreiben, ohne mich selbst behupen zu müssen … aber sie war ein Mädchen-Mädchen. Rosa und Make-up und Disney-Kram auf ihren Profilbildern. Nicht, dass solche Mädchen nicht auch Feministinnen sein können, aber … also, Jenny hatte auf der Schultoilette nicht unbedingt Nettes über mich verbreitet. Einmal hatte ich beim Pinkeln lauschen dürfen, wie sie mich eine »Selbstdarstellerin« genannt hatte.

Ich lehnte mich auf meinem Stuhl zurück und gab meinem Atem die Chance, mich einzuholen. Dafür versuchte ich mich an einer Technik, die Evie mir mal gezeigt hatte und die ihr half, wenn ihre Zwangsgedanken zum »Spielen vorbeikamen«, wie sie sich ausdrückte. Beim Einatmen bis fünf, beim Ausatmen bis sieben zählen … fünf … sieben … Ich fragte mich, ob die Torte Teddy wohl erwischt hatte. Fünf … sieben … Hoffentlich schon … fünf … sieben … fünf … sieben … Mein Herz hatte gerade wieder den Normalbetrieb aufgenommen, als Mrs Roslyn hereingeschritten kam, beladen mit einem wackligen Turm aus Lyriksammlungen.

»Hallo, alle zusammen, entschuldigt die Verspätung.« Sie verteilte die Bücher. »Ich musste dafür zweimal ins Bücherlager.«

Ich musterte den Buchdeckel. Letzte Woche hatten wir Philip Larkin bekommen. Und zwei Wochen davor Walt Whitman.

Ich war allein in der Klasse. Alle würden mich anstarren. Ich wollte nicht hupen, aber … oh nein … das würde so dermaßen peinlich werden.

Das laute Quaktröten meiner Faschingshupe hallte von den Wänden des Englischraums wider.

Ich spürte, wie ich knallrot wurde.

Mrs Roslyn wirbelte herum, suchte die Lärmquelle. Genau wie die zwanzig anderen im Zimmer. Alles drehte sich zu mir. Verlegen winkte ich mit meiner Hupe.

»Lottie, was in aller Welt soll das?«

Ich musste sprechen. Ich musste jetzt sprechen, bevor ich die Nerven verlor. Komm schon, Lottie, es ist in Ordnung. Das hier ist die erste Hürde. Das erste Mal, dass du dabei alleine bist. Die Leute werden sich daran gewöhnen. Werden sie müssen … Vergiss nicht, wohin die Männerherrschaft uns führt … Denk an Megan … Denk an die Typen im Lastwagen …

»Äh, warum nehmen wir eigentlich nie Dichter*innen* durch?«, fragte ich, und meine Stimme verriet mich durch ein leichtes Zittern.

»Was? Was redest du da? Was soll diese Hupe?«

»Das ist jetzt ohne Belang«, hörte ich mich sagen, obwohl ich diese Wendung vorher noch nie benutzt hatte. »Aber ich bin unsere Leseliste für den ganzen A-Level-Kurs durchgegangen, und über achtzig Prozent der Romane, Stücke oder Gedichte, die wir durchnehmen, stammen von Männern. Über achtzig Prozent … Finden Sie nicht, dass das ein bisschen … na ja, sexistisch ist?«

Beim Wort »sexistisch« hörte ich drei verschiedene Stöhner, einen davon aus Jennys Mund. Wie gesagt, seit vergangenem Jahr hatte ich einen gewissen Ruf.

»Lottie, du kannst nicht einfach daherkommen und meinen Unterricht stören.« Mrs Roslyn ignorierte einfach den Inhalt meiner Frage und stürzte sich auf mein Verhalten. Nur dieses einzige Mal sehnte ich mich ein wenig nach meiner alten Nobelschule. Dort hatten sie uns immer ermutigt, den Mund aufzumachen – zu hinterfragen, was man uns vorsetzte. Damals hatte ich zum ersten Mal überlegt, vielleicht nach Cambridge zu wollen.

»Ich mache eine Aktion, für die FemAG«, sagte ich und hielt mit der einen Hand die Hupe hoch, während ich mit der anderen auf mein kriegsbemaltes Gesicht zeigte. »Bei der ich immer hupe und noch andere Dinge tue, wenn mir Sexismus auffällt.«

Mrs Roslyn sah aus, als müsse sie sich schwer beherrschen, um nicht mit den Augen zu rollen. »Und siehst du gerade welchen?«

»Ja. Ich weiß natürlich, dass es nicht Ihre Schuld ist, aber diese Lektüreliste ist der totale Scheiß.«

Mein Kraftausdruck trat ein Raunen los. Das war nicht meine Absicht gewesen. Aber achtzig Prozent. Mal im Ernst! Das war der landesweite Lehrplan! Was stimmte denn nicht mit den Werken von Frauen? Es war ja nicht so, dass sie nichts geschrieben hätten. War es nicht klug genug? Warum mussten Frauen mindestens zweihundert Jahre unter der Erde liegen, damit man ihre Texte las? Waren Bücher nicht aufsatzwürdig, wenn unter dem Schreibtisch eine Vagina gesessen hatte? Waren weibliche Stimmen und ihre Botschaften nur zu zwanzig Prozent wichtig?

Ich merkte gar nicht, dass ich das laut sagte. Sehr laut. Und ich merkte auch nicht, dass ich dafür aufgestanden war, bis Mrs Roslyn mir befahl, mich zu setzen.

»Finden Sie nicht auch, dass das falsch ist?« Ich zog mir meinen Stuhl heran – wollte, dass sie es verstand, dass sie auf meiner Seite war. Denn sonst stünde ich als komplett durchgeknallt da, als »Ab in die Zwangsjacke und schnell in die Gummizelle«-durchgeknallt, jenseits von Gut und Böse. Die Gesichter um mich herum sprachen jedenfalls Bände.

Mrs Roslyn wirkte völlig überfordert – ihr Mund klappte auf und zu wie bei einem Karpfen.

»Nun?« Mein Herz wummerte in meiner Brust, jeder Quadratzentimeter in mir war verkrampft.

Sie schüttelte den Kopf und klappte ihr Buch auf, als wäre nichts passiert. »Nun, wenn wir alle mal Seite zwölf aufschlagen, dann sehen wir …«

Ich konnte es nicht fassen! War ich denn unsichtbar? Nein, ich konnte nicht unsichtbar sein. Alle warfen mir ja noch schräge Blicke zu. Und ich hatte überall Lippenstift im Gesicht, verdammt noch mal! Meine innere Superscham verwandelte sich in Wut. Ich sah Mrs Roslyn zu, wie sie das blöde Gedicht vortrug, das ein Mann geschrieben hatte, mit seinem blöden Poesiepenis, und kochte und brodelte vor mich hin. GENAU AUS DIESEM GRUND machte ich die Aktion. Ja, es war peinlich, ja, ich kam mir bescheuert vor – aber gerade hatte ich einen völlig berechtigten Einwand gebracht (*einen, der bei genauerer Betrachtung schon seit Monaten in mir geschwelt hatte, nämlich seit wir die erweiterte Lektüreliste bekommen hatten*), und statt darüber zu diskutieren, hatte man mich nur ignoriert und mundtot gemacht.

Ich blickte wütend in mein Buch und wartete auf den richtigen Augenblick. Wartete … und wartete …

Schließlich hob Jenny, die gute alte Jenny, die von ihrem Glück natürlich noch nichts wusste, die Hand.

»Mrs Roslyn?«, fragte sie, und bevor sie überhaupt ihre Frage stellen konnte, war ich schon aufgesprungen und hatte die Hupe gedrückt, lauter als je zuvor. Ich hatte keine Wahl.

»LOTTIE, WAS SOLL DAS?«

Ich hupte länger als notwendig. Es war tatsächlich sagenhaft befriedigend. Alles drehte sich zu mir, bleiern vor Schreck.

»Ihre Anrede«, sagte ich … im Wissen, dass ich hochkant aus der Klasse fliegen würde, sobald ich ausgeredet hatte. Vielleicht hätte ich die Schule doch vorwarnen sollen. »Das ist sexistisch«, stellte ich klar und hörte, wie der gesamte Raum scharf Luft holte. Mrs Roslyns Gesicht fiel in sich zusammen. »Warum ›Mrs‹?«, fuhr ich fort. »Ihr Mann wird als ›Mr‹ geboren und bleibt sein ganzes Leben ein ›Mr‹. Aber Sie nicht. Nein, Sie müssen jedermann erklären, ob Sie verheiratet sind oder nicht. Die Gesellschaft schreibt Ihnen vor, dass Sie jetzt eine MRS sind und keine Miss mehr. Wir schreiben das einundzwanzigste Jahrhundert, und trotzdem werden Frauen von jedem idiotischen Formular zuallererst nach ihrem Familienstand gefragt.«

Ruhe. Die Ruhe vor dem Sturm.

Mrs Roslyns Gesicht lief rot an. Die Klasse war stiller als zur Gebetszeit in der Kirche. Und weil ich immer noch so in Rage war, zuckte ich die Schultern, lächelte und drückte einfach so zum Spaß noch mal die Hupe.

Dieses letzte Tröten wirkte …

Wut sickerte in jeden Winkel von Mrs Roslyns Körper, das konnte man sehen. Sie zitterte … sie machte den Mund auf … um mich anzubrüllen … um mich rauszuschmeißen … um was weiß ich …

Sie holte tief Luft. »Lottie!«

Ich wappnete mich.

Da klopfte es an der Tür. Wir wandten uns um. Eine der Schulsekretärinnen kam herein und strich unsicher ihre Strickjacke glatt wie jemand, der vom ganzen Raum angestarrt wird.

»Verzeihen Sie die Störung, Mrs Roslyn … Aber Charlotte Thomas wird im Rektorat verlangt.« Sie machte eine Kunstpause, oder vielleicht bildete ich mir das auch nur ein. »Und zwar sofort.«

Siebzehn

Teddy hatte mich verpfiffen. Klar hatte er das. Da lehnte er, grinsend, an der Wand vor dem Büro des Rektors. Ein winziger Sahneklecks an seinem Hals stach mir ins Auge, den er offensichtlich bei seiner Säuberungsaktion übersehen hatte. Gut.

Nachdem man uns fast eine Stunde lang hatte schmoren und zusehen lassen, wie Mrs Roslyn ins Büro hinein- und wieder hinausging, um sich über mich zu beschweren, dauerte unser gemeinsames Treffen mit Mr Packson nicht sehr lange. Jede Schwierigkeit, in der ich gesteckt haben mochte, löste sich rasch in Luft auf, als ich erklärte, dass Teddy uns Schlampen genannt hatte. Und dann bekamen wir wieder die gleiche »Oje, sind wir wieder so weit«-Predigt, die wir schon letztes Jahr so oft gehört hatten.

»Ich fass es einfach nicht, dass Sie sie nicht der Schule verweisen!« Teddy stellte sich den Kragen zwecks Selbstbestätigung noch weiter auf. »Ich meine, sie hat mich getortet!«

Mr Packson lehnte sich in seinem Stuhl zurück und legte die Fingerspitzen aneinander. »Ja. Aber du hast sie verbal angegriffen. Wenn ich hier anfange, Leute der Schule zu verweisen, dann muss ich euch beide verweisen.«

Ich hielt den Atem an, versuchte, mich nicht zu verraten. In mir legten meine Eingeweide einen Aufregungsflashmob hin – ein Schulverweis wäre mein Ende. Das Ende meiner Chancen auf Cambridge. Dad würde durchdrehen.

Bei Teddy dagegen wäre ein Schulverweis wohl kaum das Ende. Soweit ich wusste, war sein einziges bevorstehendes Lebensziel ein Auslandsjahr in Thailand zwecks Jagd auf »enge Thaibüchsen«, wie er vor einiger Zeit in der Schulcafeteria getönt hatte. Der Teddy, den ich gekannt hatte, hätte die Wendung »enge Thaibüchsen« niemals verwendet, obwohl, vielleicht hatte ich ihn ja gar nicht so gut gekannt. Sonst hätte mich seine derart massive Reaktion auf unsere Trennung wohl auch nicht so überrascht.

»Sir!«, sagte ich und stopfte in diese Silbe so viel Verzweiflung, wie ich nur konnte.

Teddy sah mich aus den Augenwinkeln an und feixte. Mr Packson brachte mich mit der erhobenen Hand zum Schweigen, und ich biss mir auf die Lippe. Wie hatte sich das Ganze in nur einem Vormittag auf so beängstigende Weise zuspitzen können? Und ich hatte noch einen ganzen Monat vor mir ... Ich sah Mr Packson beim Abwägen zu und schickte ein Stoßgebet zu Buddha, obwohl der eigentlich kein Gott ist und für Gebete nicht so zu haben. Meine einzige Hoffnung war, dass Mr Packson mich ebenso sehr brauchte wie ich ihn. Schüler, die sie nach Oxbridge brachten, waren das Aushängeschild der Schule. Und ich war eine von nur fünf in unserem Jahrgang, die überhaupt Aussicht darauf hatten.

Endlich sagte er: »Ich werde keinen von euch beiden der Schule verweisen.«

Ich klappte fast zusammen vor Erleichterung.

»Aber ihr müsst mit dieser Privatfehde aufhören ...«

Teddy und ich wechselten einen Blick. Das würde nie passieren. Aus irgendeinem Grund würde er mir nicht verzeihen, dass ich mit ihm Schluss gemacht hatte ...

»Und, Lottie, Gewalt ist keine Antwort. Nie!«

»Das war keine Gewalt, das war eine Sahnetorte!«, platzte ich heraus.

»Und sie hat mein Hemd ruiniert!«

»Du hast noch acht Millionen identische Lacoste-Polohemden daheim.«

»SCHLUSS JETZT!«, brüllte Mr Packson. »Sollte es ein zweites Mal nötig werden, euch gemeinsam in diesen Raum zu bestellen, dann schmeiße ich euch wirklich raus, alle beide. Teddy, in den Unterricht. Lottie ...« Oje, mit mir war er noch nicht fertig. »Du bleibst.«

Teddy grinste mich selbstzufrieden an und schlenderte hinaus. Ich starrte ihm wütend hinterher und stellte mich dann Mr Packson zuliebe noch aufrechter hin. Jetzt hatte ich nicht mehr solche Angst ... Mr Packson fraß mir aus der Hand. Er war derjenige, der uns die Gründung der FemAG erlaubt und den ganzen Kram mit meinem zusätzlichen Prüfungsfach organisiert hatte. Er war sogar derjenige, der mich ermutigt hatte, Geschichte wieder abzuwählen.

Aber gerade jetzt durchbohrte er mich mit seinem Blick.

»Was spielt sich hier ab, Lottie? Eine Sahnetorte? Dafür fehlt mir jedes Verständnis. Fängst du jetzt mit diesem Fastmobbing an, oder wie das heißt?«

»Meinen Sie ›Flashmob‹?«

»Egal. Und Mrs Roslyn war hier, um zu sagen, dass du im Unterricht persönliche Kommentare über sie abgegeben hast. Über ihren Familienstand oder so?«

»Das kann ich erklären.«

Er lehnte sich zurück, und seine Mundwinkel lupften sich ein ganz klein wenig. »Ach, das dachte ich mir doch.«

Also wand ich die Hände und erklärte ihm meine Aktion – die Regeln, die ich mir ausgedacht hatte, warum ich damit angefangen hatte, wie lange sie laufen würde. Sein Gesichtsausdruck wandelte sich allmählich von einem trockenen Lächeln über Unglauben zu Entsetzen. Sein graues Haar ergraute noch mehr, sofern das möglich war. Als ich schließlich bei Teddys

Tortung und der Behupung von Mrs Roslyn ankam, war er tatsächlich aufgestanden.

»Lottie, dergleichen kann ich dir in der Schule nicht gestatten.«

Ich atmete scharf ein. »Was wollen Sie damit sagen?«

»Ich will sagen … Lottie …« Er stolperte über seine eigenen Worte, und da wurde mir klar, was für eine Panik er hatte. »Die FemAG war eine Sache. Und es war schon schwer genug, das vom Schulrat genehmigt zu kriegen.«

Ich verschränkte die Arme. »Sollte es aber nicht sein.«

»Charlotte, unterbrich mich nicht.«

Auweia, er hatte mich Charlotte genannt. Jetzt wurde es wirklich ernst. Ich nickte unterwürfig. Ich durfte nicht von der Schule fliegen …

»Charlotte, du musst zugeben, dass unsere Schule sehr …« – er hüstelte – »entgegenkommend gewesen ist, was deine Aktionen außerhalb des Lehrplans angeht.«

Ich wollte wieder einhaken, ahnte aber, dass das unklug gewesen wäre. Dass ich damit meine Chance verspielen würde, ihn von der Aktion und meinen guten Absichten zu überzeugen. Okay, ich würde es ohnehin machen, mit oder ohne seinen Segen, aber es würde meinem weiteren Leben wirklich ungemein helfen, wenn ich jetzt nicht von der Schule flog.

»Du kannst andere Schüler nicht einfach körperlich angreifen. Besonders nicht mit … mal ehrlich … Sahnetorten? Wir sind hier nicht bei *Bugsy Malone*!« Ich versuchte, mir das Lächeln zu verkneifen. »Es tut mir leid. Diese Aktion bedeutet dir bestimmt sehr viel, aber ich kann dir absolut nicht gestatten, sie auf dem Schulgelände durchzuführen.«

»Und wenn ich mit dem Torten aufhöre?«

»Charlotte, es geht nicht nur um die Torten!« Er wurde lauter, und ich stellte mir vor, wie mein Haar zurückwehte. »Ich meine, es versteht sich ja wohl von selbst, dass die Torten gegen die Schulordnung verstoßen. Aber darum geht's ja nicht. Merkst du denn gar nicht, dass es vielleicht … Leute verstört, wenn du so … pedantisch bist?«

Ich klappte den Mund auf und wieder zu – von Panik gepackt.

»Schau dir beispielsweise die arme Mrs Roslyn an. Du hast kein Recht, einfach so Leute anzugreifen … weder die Lehrer noch die Schüler!«

»Aber ich … ich greife sie doch gar nicht an. Ich greife den Sexismus an!« Ich war völlig baff. Entgeistert. Aus allen Wolken gefallen und geplättet. Er saß da, auf eine Art, die signalisierte, dass das Gespräch beendet war. Aber es konnte nicht vorbei sein. Er hatte nicht mal versucht, mich zu verstehen. Dabei hatte mich doch all der Mist, der sich an seinem College abspielte, überhaupt erst zu der Aktion veranlasst. »Ich …«, stammelte ich.

Er blickte auf, als wäre er überrascht, dass ich noch da war. »Das ist alles, Charlotte.«

Ich hatte es vergeigt. Ich hatte meine Chance vergeigt. Ich musste mich hier durchsetzen, aber ich hatte schon so viel Energie verbraucht – bei der Demütigung in Englisch, bei meiner Wut auf Teddy und als ich an der Bushaltestelle so völlig ignoriert worden war. Mein Kampfgeist ließ mich zum schlechtmöglichsten Zeitpunkt im Stich …

Ein lautes Klopfen an der Tür.

»Herein!«, bellte der Direktor. Die Tür schwang auf und wir drehten uns beide um.

Da stand Will – seine Augen funkelten hinter der Brille, seine Arme waren verschränkt. Er walzte herein und schob sich an der Sekretärin vorbei, die versuchte, seine Ankunft anzukündigen.

»Was jetzt?« Mr Packson reagierte mit scharfer Stimme auf Wills Selbstgefälligkeit.

»Will«, staunte ich, während die Sekretärin verkündete: »William Chaplain, er sagt, er sei Charlottes Partner bei dieser Aktion.«

Will sah Mr Packson noch nicht mal in die Augen – er trat direkt an dessen Schreibtisch.

»Sie können unsere Aktion nicht verbieten«, sagte er. »Okay, Sie können es versuchen. Aber Sie würden es bereuen.«

Mr Packson spähte durch die Brillengläser auf seine Nase hinunter. »Bitte?«

Will machte einen weiteren Schritt nach vorne. »Ich hab unsere Zeitung angerufen. Die bringen einen Artikel über Lottie. Eine ganze Seite. Sie wird noch im Laufe dieser Woche interviewt. Bedenken Sie nur, was die daraus stricken, wenn die Schule sich gegen eine Kampagne für menschliche Gleichberechtigung stellt.«

Ich war so überrascht, dass ich ihn nur anstarren konnte. Unsere Zeitung? Was? Seit wann? Und woher wusste er überhaupt, dass ich hier war?

Will sprach weiter, ohne Mr Packson Zeit zum Antworten zu lassen. »Denken Sie mal drüber nach. Was geht in Lottie vor, dass sie solch ein Unternehmen startet? Was muss ihr zugestoßen sein, einer Schülerin unter Ihrer Obhut, dass sie sich zu solch drastischen Maßnahmen gezwungen sieht? Heute ist sie verbal angegriffen worden. Am helllichten Tag, auf Ihrem Grund und Boden, und was machen Sie? Sie wackeln mit dem Finger und glauben, damit ändert sich was? Ich habe den ganzen Vorfall auf Film. Wir laden ihn heute Abend auf unserem Videokanal hoch …«

Meine Güte – Will wirkte so gar nicht wie ein Antifeminist. Seine Stimme war völlig frei von seinem üblichen Sarkasmus, seiner Überheblichkeit. Da war nur Leidenschaft und Feuer – mmmm, lecker, sehr lecker –, aber davon durfte ich mich jetzt auf keinen Fall ablenken lassen.

»Sie haben die Wahl, Sir. Entweder Sie sichern Lottie Ihre Unterstützung zu und kommen rüber als College, das Sexismus nicht toleriert und Schüler in ihrem Einsatz für Gleichberechtigung bestärkt … oder Sie stehen da als Rektor, der es zulässt, dass Mädchen auf dem Schulgelände sexistisch beschimpft werden, und sie dann tadelt, wenn sie sich darüber beschweren.«

Obwohl er mich gar nicht angeschaut hatte, machte ich einen Schritt nach vorne, bis wir nebeneinanderstanden.

Mr Packson wirkte entgeistert. Aus allen Wolken gefallen und geplättet. Ich wagte nicht zu sprechen. Ich wagte nicht mal zu atmen.

»Könnt ihr zwei mich bitte kurz allein lassen?« Er scheuchte uns mit der Hand hinaus.

Das brauchte er mir nicht zweimal zu sagen. Ich rannte schon fast aus dem Raum. Mein Körper war viel zu adrenalingeladen, und das schon den ganzen Tag. Ich sackte in die gemütliche Couch im Eingangsbereich und streckte die Beine aus. Ich fühlte, wie Will ins Polster neben mir sank.

Ich drehte mich nicht nach ihm um, weil so viele widersprüchliche Dinge in mir vorgingen. Aber ich sagte: »Wow, du kamst wirklich rüber wie jemand, dem das wichtig ist. Wüsste ich's nicht besser, würde ich sagen, du bist ein lupenreiner Feminist.«

»Gut, dass du's besser weißt, oder?«

Ich konnte sein Lächeln spüren. »Und? Was hat dich zu dem Auftritt bewogen?«

»Ich hab in diese Doku schon echt viel Arbeit investiert. Ich denke, ich kann sie als Eintrittskarte für die Filmakademie verwenden. Ich will nicht, dass sie gleich am ersten Tag vor die Hunde geht.«

Ich verdrehte die Augen, obwohl er es nicht mal sehen konnte. »Also nichts von wegen übergeordnetes Wohl oder so? Du willst einfach nur Karriere machen?«

Jetzt drehte er sich doch zu mir um, und unsere Kniespitzen berührten sich. Ich bezwang meine Triebe und bewegte meine Knie weg.

»Ich hab doch nie behauptet, dass ich gegen Feminismus bin. Ich glaube einfach an Gleichheit für alle, und, na ja, an Logik und Vernunft. Muss ich ja, als Dokumentarfilmer! Ich glaube daran, die Wahrheit rauszufinden. Und du kommst immer mit deinem ›Und dann ist diese sexistische Sache passiert und dann ist jene sexistische Sache passiert‹, aber das sind nichts als Behauptungen! Ich bin mehr daran interessiert, handfeste Beweise zu sehen!«

Ich verschränkte die Arme. »Wenn ich dir was sage, ist das also kein Beweis? Wenn so viele Frauen regelmäßig berichten, dass ihnen immer wieder die gleichen schrecklichen Sachen zustoßen, dann ist das kein Beweis?«

»Nein, kein wissenschaftlicher und objektiver Beweis.«

»Wenn ich dir also sage, dass ich heute Morgen geduscht habe, dann gehst du davon aus, dass ich lüge? Du würdest fotografisches Beweismaterial verlangen?«

Will grinste. »Fotografisches Beweismaterial von dir unter der Dusche? Klar, würde ich sofort verlangen.«

Da rutschte mir die Hand aus.

»Aua! Hallo? Du hast mir doch eine Steilvorlage geliefert!«

»Du hast gerade zugegeben, den Erfahrungen eines ganzen Geschlechts keinen Glauben zu schenken«, sagte ich fassungslos.

»Ich sag ja nicht, dass ich dir nicht glaube!« Er fuhr sich

durch die Haare »Ich sag nur, ich bin ein vernünftiger Typ … und auf Vernunft reagiere ich besser. Auf Fakten. Nicht auf … Wut.«

Ich schüttelte den Kopf. »Ach, das tut mir leid. Reagiere ich nach lebenslanger Unterdrückung nicht angemessen auf dich?« Meine Stimme troff vor Sarkasmus. »Verzeih, wie ungehobelt von mir. Nächstes Mal, wenn ich mich zu sehr vor dem Alleingehen fürchte, weil ich verdammt noch mal vergewaltigt werden könnte, dann teile ich dir das angemessen höflich mit, um dich nicht aufzuregen, und dann lass ich mich von dir an einen Scheißlügendetektor anschließen, damit du nachprüfen kannst, dass ich mich nicht einfach nur wichtigmachen will. PARDON, WENN MEINE ANGSTREAKTION DICH VERSTÖRT!«

Ich brüllte so laut, dass die Sekretärin um die Ecke schaute und uns um Ruhe bat.

»Hey«, sagte Will und lief rot an. »Ich hab dir da drinnen gerade den Arsch gerettet.«

Ich verzog das Gesicht. »Hast du nicht.«

»Hab ich wohl. Du warst total am Einknicken.«

»Es ist ja auch ermüdend, tagein, tagaus mit diesem sexistischen Geschwätz leben zu müssen. Ich weiß, du denkst, das sind alles meine WAHNVORSTELLUNGEN oder so – aber Sexismus gibt's da draußen WIRKLICH.« Ich zog meine Hupe aus der Tasche und trötete ihm direkt ins Gesicht. Er hielt sich die Ohren zu.

»Wofür war das jetzt?«

»Für dich«, sagte ich. »Weil du denkst, du wärst zu meiner ›Rettung‹ gekommen.« Ich lächelte. »Dabei hab ich mich sehr gut allein geschlagen.«

Was nicht ganz stimmte, aber egal. Eine Sekunde später hatte er mir die Hupe weggeschnappt.

»He, gib mir meine Sexismushupe zurück!«

Er hielt sie sich hinter den Rücken. »Dann hör auf, mich anzuhupen! Ich gehöre zum Team!«

Ich wollte sie mir zurückschnappen, doch er wich aus. Ich klammerte mich an ihm fest, zerrte an seinem Pulli, doch er entwand sich. Wir beide kicherten, völlig atemlos … Gott, machte das Spaß, mit jemandem zu flirten, der derart gut aussah. Aber ich durfte nicht, besonders nicht nach all den ultranervigen Statements, die er gerade von sich gegeben hatte … Ich tat, als streckte ich die Waffen, und ließ mich wieder in die Knautschcouch sinken.

»Es ist meine Aktion, Will. Ich schlage bei allem Alarm, was ich sehe. Auch wenn ich deinen Beitrag heute zu schätzen weiß …«

»Beitrag? Ich hab gerade verhindert, dass alles den Bach runtergeht!«

Das überhörte ich. »Ich werde nicht zulassen, dass du dich in diesem Kampf zur neutralen Schweiz deklarierst. Sobald du einen auf männlich-überlegen machst, hupe ich. Und wenn du mir meine Hupe noch lange vorenthältst, werde ich dich torten!«

Will sah mich belustigt an und erstattete mir dann ganz langsam meine Hupe zurück.

»Na ja, einen Versuch war's wert.«

»Hast du schon mal erwogen, ob du – keine Ahnung – vielleicht auch emotional hinter dem stehen könntest, was du hier tust? Zuhören, was ich sage, und darüber nachdenken, warum ich es sage, statt aus allem eine intellektuelle Diskussion zu stricken, die du vielleicht gewinnen könntest? Auf unserer Seite stehen, anstatt mir einfach die Kamera ins Gesicht zu schieben und mit fiesen Kommentaren querzuschießen?«

Er riss die Arme hoch, wobei sich der Saum seines Streifenpullis hob.

»Warum bist du so versessen darauf, mich auf deine Seite zu ziehen? Was schert es dich, wenn ich nicht hundertprozentig dahinterstehe?«

Ich schleuderte ebenfalls meine Arme hoch. »Was weiß ich. Vielleicht, weil ich versuche, DIE WELT ZU VERÄNDERN, und das ist verdammt harte Arbeit, und es wäre nett, wenn die Leute sich wenigstens über die unbestreitbare TATSACHE einig wären, dass man in diesem Universum als Mädchen deutlich angeschissener ist denn als Junge – statt mit mir herumzustreiten. Und vielleicht, ganz vielleicht, könnten wir GEMEINSAM daran arbeiten, alles für ALLE besser zu machen, wenn du mal aufhörst, dich wie eine pedantische Arschgeige aufzuführen.«

Ich fuchtelte so aggressiv mit den Händen herum, dass die Hupe quer durch den Wartebereich flog. Mit einem Seufzer erhob ich mich.

»Du musst dich einfach nur ein bisschen abregen.« Das sagte er derart herablassend, dass ich ihn hätte erwürgen können.

Stattdessen hob ich die Hupe auf, rannte zurück, hielt sie ihm so nah ans Ohr wie möglich und hupte, und zwar doppelt. Wieder kam die Sekretärin angerauscht und verschoss Giftblicke.

»AUTSCH! Hör auf! Wofür war das jetzt?«

»Du hast gerade gesagt, ich soll mich abregen. Ich hab mich nicht aufgeregt! Ich war einfach nur ein Mädchen, das seine Meinung gesagt hat – das ist NICHT SICH AUFREGEN …« Okay, vielleicht regte ich mich jetzt ein bisschen auf … »Wär ich ein Junge, hättest du das nie zu mir gesagt. Wär ich ein Junge und hätte über was gesprochen, das mir wichtig ist, nur etwas lauter als gewöhnlich, dann hättest du mir gegenüber nie die Worte ›Reg dich ab‹ verwendet. Jungs sagt man nur, sie sollen sich abregen, wenn sie stockbesoffen sind und einem eine reinhauen wollen und alle aus der Kneipe fliegen würden, aber nein … wir Mädchen müssen einfach nur minimal unsere Stimme erheben und eine Meinung äußern, und schon heißt es, REG DICH AB, DU DURCHGEKNALLTE ZIEGE.« Wieder jagte mein Adrenalinpegel hoch. Gerade als ich gedacht hatte, diese Aktion sei albern oder übertrieben oder würde mich womöglich meine Zukunftspläne kosten … da fing ich wieder Feuer. Wie eine dieser unauspustbaren Geburtstagskerzen.

Will blieb keine Gelegenheit zum Antworten – obwohl es aussah, als machte er sich zum Kampf bereit: Seine eine Mundhälfte hing offen herunter, starr, ungläubig, die andere wollte sich fletschen. Doch da flog plötzlich Mr Packsons Tür auf und er kam händeringend heraus.

»Charlotte? William?«

Wir wechselten noch einen erbosten Blick und folgten ihm dann wieder in sein Büro. Er stellte sich hinter seinen Tisch, jedoch ohne sich zu setzen. Jede Wette, dass er das bei irgendeinem Rektoren-Seminar gelernt hatte.

»Ich hab mir die Sache durch den Kopf gehen lassen.« Sein Blick wanderte über unsere Köpfe hinweg. Kein gutes Zeichen. »Und ich bin zu dem Schluss gekommen, Charlotte, dass du dein Projekt fortführen darfst …«

Jetzt war ich an der Reihe mit dem offenen Mund. »Wirklich? Danke, Sir …«

Er hielt die Hand hoch, er war noch nicht fertig. »Mit einigen Anpassungen natürlich.«

Will und ich sahen uns an.

»Erstens«, fuhr er fort, »und ich kann nicht glauben, dass ich das überhaupt sagen muss: Keine Tortenwürfe!«

»Aber …!«

»Keinen einzigen, nicht auf dem Schulgelände. Sollte mir

irgendwo auf dem Collegegrundstück auch nur das winzigste Häubchen Sprühsahne begegnen, dann verweise ich dich umgehend der Schule. Und du weißt, was das bedeutet.«

Ich senkte den Blick, wollte etwas einwenden, wusste aber, dass ich das nicht konnte. Weil dann … kein Cambridge … Dad würde ausflippen.

»Und das betrifft nicht nur die Torten. Du darfst im Laufe dieses Monats überhaupt keinen Schüler auf aggressive Art körperlich berühren … Ich meine, das solltest du ohnehin nicht. Ich werde dich unterstützen, soweit es in meiner Macht steht, Charlotte. Und ich möchte, dass du für die Collegezeitung etwas darüber schreibst …« Er wandte sich an Will. »Das kannst du der Lokalzeitung erzählen. Und, William? Du darfst jetzt gehen. Ich muss noch ein paar Dinge mit Charlotte unter vier Augen besprechen.«

Will stolzierte hinaus. Zweifellos gratulierte er sich innerlich – überzeugt, der Retter der Aktion zu sein. Aber meine Erleichterung überwog meinen Ärger.

Die Tür fiel hinter ihm zu, und Mr Packson bedeutete mir, Platz zu nehmen.

»Setz dich, Lottie.«

Nun, zumindest war ich jetzt wieder Lottie.

Er setzte sich ebenfalls und musterte mich über seinen Stiftebecher und das gerahmte Bild eines Kleinkinds hinweg.

»Was ist hier los, Lottie?«, fragte er. »Du hast noch einen Monat bis zu deinem Cambridge-Gespräch. Warum stürzt du dich da auf etwas so …« Er fuhr sich mit der Zunge über die Unterlippe. »Zeitaufwendiges?«

»Weil es das Richtige ist«, wiederholte ich. Zum ungefähr millionsten Mal in meinem Leben.

»Wissen deine Eltern davon? Was sich hier abspielt, meine ich?«

Ich nickte.

»Und ich kann mir denken, wie sie das wohl finden …«

Ich nickte. Mr Packson und meine Eltern hatten sich ein paarmal getroffen, jedes Mal, um meine »leuchtende Zukunft« zu besprechen. Dad hatte sich ihm gegenüber immer reichlich bullterriermäßig aufgeführt. Er war es nicht gewöhnt, wie er hier behandelt wurde, verglichen mit meiner alten Schule – wo die Eltern wie Konzernbosse hofiert und die Kinder nur als »Assets« betrachtet wurden.

»Bist du sicher, dass deine schulischen Pflichten darunter nicht leiden werden?«

Ich nickte. »Außerdem gibt es noch Wichtigeres im Leben als Lernen.«

»Pass auf, Lottie. Du spielst hier mit deiner Zukunft. Ich weiß, wie viel es dir und deiner Familie bedeutet, dass du nach Cambridge kommst.«

Ich seufzte. »Ja, tut es. Aber die Aktion überschneidet sich nicht mit meinem Gesprächstermin. Und wissen Sie was?« Wieder musste ich an Megan denken. »Manchmal muss man sich im Spiegel anschauen können. Ich möchte keine Heuchlerin sein.«

Wieder lächelte er ein wenig. Ich war SO WAS von seine Lieblingsschülerin – wenn auch seine anstrengendste.

»Wir müssen allerdings ein paar grundsätzliche Regeln aufstellen. Ich kann nicht zulassen, dass du die Lehrer persönlich angreifst.«

Jetzt war es an mir, den Kopf zu schütteln. »So funktioniert das aber nicht. Ich kann nicht einfach mal so, mal so handeln.«

Er ließ sich nicht aus der Ruhe bringen. Er lehnte sich im Stuhl zurück, als wartete er auf seine Gutenachtgeschichte. »Wie funktioniert es denn dann?«

Und so erklärte ich es ihm – das zugrunde liegende Konzept,

sämtliche Regeln, ich erzählte ihm sogar von den zwei Bauarbeitern und wie ich überhaupt auf die Idee gekommen war.

»Himmelherrgott, Lottie!«, rief er aus, in diesem ätzend ungläubigen Ton, den Männer gern bemühen, wenn man ihnen so etwas erzählt.

»Schon okay«, sagte ich. »Ich nehme diesen Weg immer noch und der Lastwagen ist fort. Ich hoffe ja, die sind vielleicht wirklich gefeuert worden oder bestraft oder was auch immer.«

Nachdem ich fertig war, lehnte er sich noch weiter zurück und grübelte darüber nach. Ich versuchte, nicht allzu offensichtlich die glatzige Stelle auf seinem Kopf anzuschauen – doch schulweit hieß es, sie habe die Form einer Kidneybohne, und die hatte sie tatsächlich, aber so was von.

»Also …«, sagte er. »Du musst auf irgendeine Weise jede Art von Sexismus anprangern, die dir begegnet, aber jede Variante nicht mehr als einmal?«

Ich nickte und beäugte immer noch die Kahlstelle. »Ich würde es beim zweiten Mal nicht mehr gesondert herausstellen … aber wenn mir jetzt ein anderer Typ etwas Ähnliches nachruft, dann würde ich es tun – einfach, weil es eine andere Person ist. Und wenn dieselbe Person dann noch mal etwas anderes Sexistisches tut, würde ich auch brüllen. Aber davon abgesehen – wenn es schon mal so passiert ist und ich bereits gebrüllt habe, dann ist der Fall abgehakt.« Ganz klar war mir nicht, woher plötzlich das Wort »brüllen« kam, aber es hörte sich gut an – als hätte ich Schneid. »Schneid«, auch so ein seltsam männliches Wort, aber es passte zu mir.

»Also sollten sich Teddy und seine Kumpel immer noch hüten?«

»Nicht vor Sahnetorten. Ich hab ja mein Wort gegeben, auf dem Collegegelände auf Sahnetorten zu verzichten.«

»Äußerst großmütig von dir.«

»Ich weiß.«

»Ich kann aber trotzdem nicht zulassen, dass du die Lehrer persönlich angreifst …« Er dachte noch mal nach. »Dieses Alarmschlagen, Anprangern – wie genau sieht das aus?«

Ich zuckte die Schultern. »Von Fall zu Fall unterschiedlich, alles relativ spontan, um ehrlich zu sein. Aber ganz generell muss ich der Gesellschaft oder wem auch immer vor Augen führen, dass etwas sexistisch ist.«

Mr Packson grinste. »Wäre es hinreichend vor Augen geführt, wenn du es dem Rektor deiner Schule berichtest? Wenn er verspricht, zuzuhören und es zu beherzigen?«

Mir war schon klar, wohin der Hase lief … Ich sah ihn misstrauisch an. Ganz schön clever von ihm. Obwohl ich wohl irgendwo Abstriche machen musste. Ich durfte nicht von der Schule fliegen – das war uns beiden klar.

»Vermutlich schon …«

Er lehnte sich so weit in seinem Stuhl zurück, dass er die Füße auf den Tisch legen konnte, und faltete die Hände hinter dem Kopf.

»Nun, dann mal los, Lottie. Du hast meine volle Aufmerksamkeit. Nenne mir jedes einzelne sexistische Vergehen unseres Lehrkörpers – tu dir keinen Zwang an. Ich bin der Schulleiter und ich bin ganz Ohr.«

Ich kaute auf meiner Lippe herum und wünschte, Will wäre hier, um uns zu filmen – obwohl Mr Packson sich niemals zu diesem Gespräch bereit erklärt hätte, wenn es auf unserem Kanal landen würde.

Besiegt warf ich den Kopf in den Nacken.

»Das wird sehr lange dauern.«

»Ich habe sehr lange Zeit.«

»Na gut, meinetwegen. Also, mein Philosophielehrer, der

nimmt immer die Jungs dran, wenn er eine Frage beantwortet haben will. Ich habe mal mitgezählt: Das Verhältnis ist mindestens 70:30 für die Jungen …«

Achtzehn

Es gab keinen erhebenderen Anblick als den von zwanzig FemAG-Mitgliedern, die in der Collegecafeteria mit ihren Hupen hupten.

Als schon wieder ein sexistischer Song aus der Jukebox blökte, unterbrachen wir unser Treffen, sprangen auf die Stühle und tröteten aus Leibeskräften. Amber schien es mehr zu genießen als alle anderen. Sie hüpfte auf den Tisch, das Gesicht rot vor Aufregung, und brüllte: »FRAUEN SIND KEINE BITCHES!«

Drei Viertel der Mensa (Teddys Kumpel) buhte uns aus und suchte absichtlich sexistische Jukeboxlieder aus, um uns auf die Palme zu bringen, fünfzehn Prozent der Leute ignorierten uns und zehn Prozent kamen herüber und fragten, was wir da täten, lauschten unseren Erklärungen und sagten dann: »Cool!«

Um diese zehn Prozent ging es mir.

Teddy saß direkt neben der Jukebox und hasste mich aus der Ferne. Alles wie immer also. Ich spürte, wie der Frust in mir hochstieg. Ich hatte ihm nun wirklich NICHTS GETAN. Wir hatten was miteinander gehabt, mir war klar geworden, dass es für mich nicht passte. Ich hatte es ihm freundlich mitgeteilt, sobald ich es gewusst hatte. Warum war er immer noch DERART in Rage?

Will filmte alles – wenn auch mit finsterem Blick hinter der Brille. Wir hatten uns schon wieder gestritten, kaum dass ich triumphierend Mr Packsons Büro verlassen hatte.

»Du hättest mich Mr Packson filmen lassen sollen«, sagte er. »Ich fass es einfach nicht, dass du uns all dieses Material hast durch die Lappen gehen lassen!«

»Ich werd es heute Abend im Videotagebuch erklären«, versuchte ich, ihn zu beschwichtigen. »Außerdem, wie gesagt, er hätte sich nie und nimmer drauf eingelassen, wenn du ihm dabei die Kamera ins Gesicht gehalten hättest.«

Nachdem wir die aktuelle Musikauswahl lautstark abgewehrt hatten, stiegen wir zurück auf unsere unbequemen Metallstühle und fuhren mit der Sitzung fort.

Evie riss eine Packung Käse-Tortilla-Chips auf und ließ sie herumgehen. Ich sah, wie sie sich vor dem Weiterreichen ein kleines Häufchen beiseitelegte, und spürte, wie sich mein Magen vor Mitgefühl verkrampfte. Wenn die Packung mal gekreist war, konnte sie nichts mehr daraus essen. Das machte mich traurig, auch wenn es ihr schon viel besser ging als früher.

Megan saß neben mir und zeichnete, während ich sprach.

»Also, du hast gerade erklärt, weshalb du dich immer noch schminkst«, erinnerte mich eines unser Mitglieder, Georgina.

Ich nickte und versuchte, den verlorenen Gedankenfaden wiederaufzunehmen – die frauenfeindliche Rockmusik hatte ihn weggeblasen.

»Ja, hab ich. Weil ich dachte, IRGENDJEMAND …« Ich bedachte Will mit einem giftigen Blick, der ihn erwiderte, ohne die Kamera abzusetzen. »Irgendjemand würde vielleicht danach fragen. Und so war es auch. Also, ich habe mich dafür entschieden, mich während der Aktion ganz normal weiterzuschminken – aber es war keine leichte Entscheidung«, sagte ich, während die anderen zu tuscheln begannen. »Ich wollte heute über kognitive Dissonanz sprechen – hat das jemand schon mal gehört?«

Alles schüttelte den Kopf. Evie schüttelte ihren besonders heftig. »Die schwierigen Wörter sind wie ein Zwang bei dir«, rief sie über den Tisch, und alle lachten.

»Ich weiß, ich weiß, ich weiß … Ich versuch, es so kurz wie möglich zu machen. Im Grunde ist kognitive Dissonanz nur ein aufgeblasener Begriff dafür, wenn man zur gleichen Zeit zwei einander widersprechende Überzeugungen hat.«

Schweigen. Der letzte Songrefrain war gerade am Verhallen, also wusste ich, dass mir nicht viel Zeit blieb. Besonders, da Teddy und der Rest seiner Mannen sich um die Jukebox drängten, Zwanzigermünzen hineinwarfen und mit diebischer Freude herüberschauten. Ich fuhr fort.

»Also, ein Beispiel wäre, wenn man Bilder von niedlichen Ferkelchen auf Instagram postet und trotzdem weiter Speck in sich reinfrisst, oder … öhm … was weiß ich, sich einen abhechtet und rumstresst, um noch rechtzeitig zum Yogakurs zu kommen.«

Amber hakte ein. »Also im Grunde Heuchelei?«

Ich nickte. »Ja … eigentlich schon. Und mal ehrlich, jeder macht das. Keiner ist perfekt. Aber ich hab mal drüber nachgedacht, wie kognitive Dissonanz im Feminismus so läuft …«

Der Song war vorbei und fast sofort begann der neue, *Pimp My Hoes*. Also … jetzt mal ernsthaft? Mir war nicht mal klar gewesen, dass dieser Song schon auf der Scheißjukebox gelandet war, der lief ja gerade erst frisch im Radio.

Teddy und seine Kumpel johlten.

»Für euch, ihr Kampflesben«, rief Teddy durchs Handmegafon und kassierte dafür zwölf anerkennende Schulterklopfer von seinem Gefolge.

Mein Blick traf den von Amber und Evie für ein vereintes Augenverdrehen, bevor wir uns wieder auf die Stühle begaben. Die übrige FemAG folgte uns und gemeinsam hupten wir los. Das schien Teddy und seine Kumpels sogar noch mehr zu erfreuen.

So hatte ich das wirklich nicht vorgesehen – dass Jungs wie Teddy sich darüber amüsierten und es als Waffe gegen mich einsetzten. Aber was hatte ich anderes erwartet?

Ich stieg unbeholfen hinunter und steuerte auf ihn zu. Teddy sah mich kommen und warf sich noch mehr in die Brust. Die anderen fingen an, mich mit Bauarbeiterpfiffen einzudecken. Meine Haut prickelte … die Hupe in meiner Hand … alles in mir schrie danach, sie ihm an die dicke, arrogante Birne zu knallen … Aber ich hatte Mr Packson versprochen, der Gewalt abzuschwören.

»Du weißt schon, dass das Wort ›Kampflesben‹ als Beleidigung so ziemlich die zurückgebliebenste und hirnrissigste aller Beleidigungen ist?«, sagte ich, vom Zorn gepackt. Auf sie. Und auf mich selbst, dass ich so drauf ansprang.

Teddy zuckte die Schultern. »Ich sag einfach, was ich sehe.«

Meine Augen wurden schmal. »Ich auch. Und du bist ein abstoßender, verbohrter KNILCH. Also, warum geht ihr nicht einfach spielen, oder soll ich Mr Packson von eurer ekelhaften Homophobie erzählen?«

Ich stürmte zu meinem Tisch zurück, gefolgt von Rufen wie »Ooooh, sie verpetzt uns« und »Ooooh, da hat wer seine Tage«. Ich hörte auch weibliches Gelächter und sah Jenny und einige ihrer Freundinnen, die von der Randlinie aus kicherten. Ich zeigte Teddy im Gehen den Mittelfinger. Die FemAG baute sich um mich auf und rief mir Aufmunterndes zu.

»Hast du wirklich Knilch zu ihm gesagt?« Evie tätschelte mir den Rücken. »Das wird meine neue Beleidigung Nummer eins.«

Will spähte über seine Kamera hinweg. »Ich hab alles im Kasten.«

Ich lächelte in die Runde und nahm ihre Beileidsbekundungen entgegen, oder was auch immer es war. Sie richteten mich ein wenig auf, aber mein Magen war immer noch zu einem dicken Knäuel verwurschtelt, und meine Wut war teils nur schiere Erschöpfung. Was machte ich eigentlich hier? Warum tat ich mir das an?

Und das war erst mein erster Tag …

Ich setzte mich, stopfte mir eine Handvoll Chips in den Mund und spülte sie mit einer halben Flasche Cola Light herunter. »Also …« Ich klatschte in die Hände, als sei gar nichts passiert. »Kognitive Dissonanz.« Die anderen verstummten, nur noch Chipsgeknurpse war zu hören. »Wie gesagt, ich hab nachgedacht, wie das mit Feminismus zusammenhängt und wie es sich auf meine Aktion auswirken wird. Meiner Meinung nach ist die kognitive Dissonanz genau das, was am Feministinsein das Schwerste ist. Selbst wenn wir es im Herzen besser wissen – wir sind derart in eine Richtung gehirngewaschen, dass es fast unmöglich ist, KEINE Heuchlerin zu sein. Wir wissen beispielsweise, dass Körpergewicht keine Rolle spielen sollte, aber zugleich wollen wir unbedingt dünn sein, möglichst noch dünner als unsere Freundinnen. Oder, anderes Beispiel: Ich weiß natürlich, dass all diese Märchengeschichten über Märchenprinzen, die unsere Herzen im Sturm erobern, verantwortungsloser Quatsch sind. Ich möchte eine starke, unabhängige Frau mit einem guten Job sein und keinesfalls darauf warten, dass mich irgendein Kerl auf seinem Pony retten kommt.«

»Das wär aber grandios«, unterbrach Amber. »Jedenfalls, wenn es wirklich ein Pony wäre. Wie bekloppt sähe bitte so ein Prinz auf einem Pony aus? So mit Füßen, die über den Boden schleifen?«

Evie kicherte. »Ein Shetlandpony?«

»Noch besser!«

Ich wartete, bis sich alle ausgekichert hatten, und trank noch einen Schluck Cola.

»Aber …«, fuhr ich fort, »ich schau mir diese Art von Filmen liebend gern an. Paradebeispiel für kognitive Dissonanz! AUSSERDEM: Manchmal, also gelegentlich – also mehr als gelegentlich – träume ich sogar davon, dass mir selbst so was passiert. Dass irgendein umwerfender Kerl aufkreuzt und ich mich voll in ihn verliebe und glücklich bin bis an mein Lebensende …«

Ich blickte zu Will hinüber, der IMMER NOCH filmte. Er musste an die zehn Ersatzbatterien dabeihaben. Unsere Blicke trafen sich, er hob die Augenbrauen, und schon wurde ich rot. Gott, es war VIEL schwieriger, solches Zeug in Jungsanwesenheit zu besprechen. Es hemmte mich in meiner schonungslosen Ehrlichkeit. Hatte wohl doch seinen Sinn, diese Gespräche im weiblichen Zirkel zu belassen. Na ja, es hatte ja ohnehin kein einziger Junge Interesse daran gezeigt, sich der FemAG anzuschließen, all unseren Rekrutierungsoffensiven zum Trotz …

»Ich weiß, dass es völliger Schwachsinn ist, und doch stell ich's mir irgendwie vor …« Wieder hob Will die Augenbrauen, doch ich blendete ihn aus. »Also, ihr seht, ich bin die totale Heuchlerin, genau, wie Amber sagt.«

Amber grinste – als mache es ihr gar nichts aus, was für eine Megaheuchlerin ich doch war. Megan hatte neben mir vor sich hin gekritzelt, und ich erhaschte einen Blick auf die Zeichnung einer Disney-Prinzessin mit Aktenkoffer und Powerbrille. »Das ist so richtig, richtig gut«, murmelte ich.

Sie wurde rot. »Danke.«

Ein weiteres FemAG-Mitglied, Jess, hob die Hand. »Also darfst du einen Monat lang keine Romantikkomödien sehen?«

Ich schüttelte den Kopf. »Mittlerweile gibt's natürlich bessere, mit starken Heldinnen, die vielleicht den Bechdel-Test bestehen würden. Aber nein, ich werde mir definitiv nichts ansehen, wo irgendein Klischeeweibchen sich neunzig Minuten lang die Frage stellt, ob sie jetzt die große Liebe findet oder nicht.«

Ein weiteres Mitglied hob die Hand. »Warum ist Make-up dann okay? Nicht böse gemeint, aber du trägst ja jede Menge davon.«

Ich lächelte. Denn das tat ich. Und wie ich das tat. Mein Gesicht bestand im Grunde immer zur Hälfte aus Eyeliner. Das Mädchen, das gefragt hatte, Sylvia, spielte eine wichtige Rolle in der FemAG, da sie wirklich starke Überzeugungen hatte, aber ganz anders war als Evie, Amber und ich. Hardcore-Feminismus der alten Schule. Gelegentlich mussten wir uns ihren flammenden »Alle Männer sind Arschlöcher und gehören auf den Scheiterhaufen«-Brandreden mit dem Feuerlöscher nähern, und sie hatte bereits des Öfteren die Geduld mit uns verloren und gedroht, ihre eigene Gruppe zu gründen, weil wir ihr zu waschlappig waren.

»Also … Make-up, ja.« Ich nickte ihr zu. »Ich hab schwer drüber nachgedacht, ob ich Feministin sein und mich trotzdem schminken kann. Denn man könnte ja anführen, dass wir es nur machen, um den Jungs zu gefallen.«

Sylvia nickte heftig.

»Also, ich trag's wirklich gern, und wenn es tatsächlich nur zu unserer Unterdrückung existieren würde, dann wäre ich wahrscheinlich eine Heuchlerin … Aber irgendwann ist mir klar geworden, dass ich mich *nicht* unterdrückt fühle, wenn ich Make-up trage. Ich finde es sogar ziemlich befreiend. Es ist eine Art, mich auszudrücken, kreativ zu sein. Eigentlich tun mir die Jungs sogar leid, die meinen, sich nicht schminken zu dürfen. Und, der wichtigste Punkt: Wenn alle Jungen morgen tot wären …«

»Das bleibt zu hoffen«, sagte Sylvia. Ein paar aus der Gruppe lachten. Ich nicht.

»He, Sylvia, pass auf, dass ich dich nicht anhupen muss«, verwarnte ich sie, und sie schmollte. »Aber … ja, wenn sie morgen alle tot wären, wisst ihr, was dann? Ich würde mich immer noch schminken! Mag sein, dass Make-up ursprünglich mal aus irgendeinem hirnverbrannten Grund erfunden wurde, aber heute kann ich es für mich neu besetzen. Das ist genau wie mit Röcken und Kleidern – auch da tun mir Jungs leid, die meinen, sie können nur Hosen tragen …«

»Ich denke, ihre gesellschaftlichen Vorteile machen das ganz gut wett«, fiel mir Sylvia wieder ins Wort. »Du weißt schon … mehr Gehalt, Führungspositionen in Politik und Industrie … mit Privilegien überhäuft, kaum dass sie aus dem Bauch gekrochen sind.«

Ich sah, wie vereinzelt die Augen verdreht wurden, und wusste, dass ich zum Punkt kommen musste. »Ich fühle mich jedenfalls nicht wie eine Heuchlerin, wenn ich mich schminke«, fuhr ich fort. »Deshalb werde ich es auch weiterhin tun.« Ich hielt kurz inne … wünschte mir dringend, Will wäre bei dem, was jetzt käme, nicht im Raum. »Was jedoch die Haarentfernung angeht …«

Alle Mädchen brachen in Gelächter aus.

»Nee, Lottie, oder? Du hörst auf, dich zu rasieren?«

Ich nickte und spürte mich rot aufleuchten. »Ich bestätige hiermit, dass ich aufhören werde, mir das Körperhaar zu entfernen.«

»Überall?«, erscholl Wills Stimme über das Kameragehäuse hinweg. Dieses einzige Wort strotzte nur so vor Zweideutigkeit, und er wusste es genau – starrte mich direkt an und lächelte verschmitzt. Was für ein Ferkel. Leider ein sexy Ferkel.

Ich nickte erneut. »Überall.« Und dann nahm ich ihn mit meinem speziellen Lottie-Starren derart ins Visier, dass er mit Rotwerden dran war.

»Ich glaube, davor hab ich fast am meisten Angst, besonders wegen meines Damenbarts.«

Der ganze Tisch lachte.

»Aber, Lottie, du hast doch gar keinen Damenbart!«, warfen mindestens zwei Mädchen ein.

»Na klar hab ich keinen«, lachte ich. »Weil ich ihn mit Wachs entferne! Aber wenn ich ihn entferne, dann empfinde ich das nicht als Befreiung, anders als beim Schminken. Ich entferne ihn nicht, um mich auszudrücken – genauso wenig wie bei der Beinbehaarung oder beim Achselhaar. Ich mach's aus schierer Angst. Weil ich weiß, dass ich im Grunde aussätzig bin, wenn ich da nicht mitmache. Daran ist absolut nichts Befreiendes. Stellt euch vor, ich würde jetzt die Arme heben und euch zwei riesige Achselhaarbüschel präsentieren!«

Mindestens drei Mädchen erschauerten. Sogar Amber sagte »Igitt!«

»Seht ihr! Ich finde es auch widerlich. Aber ich weiß, dass weibliche Körperbehaarung völlig natürlich ist. Nur hat eben die Gesellschaft beschlossen, es sei abstoßend und wir alle sollten rumlaufen wie präpubertäre haarlose Plastikbarbies. Und wenn man sich mal die Wucherpreise für Ersatzklingen ansieht, steckt da wahrscheinlich auch eine kapitalistische Agenda dahinter.«

»Bitte was?«, fragte jemand. Ich unterdrückte ein Seufzen.

»Damit ist Geld zu machen«, erklärte ich. »Jedenfalls habe ich bezüglich meiner Körperbehaarung die totale kognitive Dissonanz, also werde ich das richtig angehen. Ich muss das Rasieren sein lassen …« Bei dem Gedanken wurde mir immer noch anders. »Weil wir ja glücklicherweise gerade Winter haben, werdet ihr von meinen Beinhaaren nicht viel mitkriegen. Aber in anderthalb Wochen könnt ihr alle damit loslegen, Lotties Schnurrbart zu dokumentieren …«

Und gerade als sie sich alle unbewusst etwas vorbeugten, um meine Mutantenoberlippe zu inspizieren, erlöste mich die Jukebox. Unter wildem Triumphgeheul von Teddy und seinen Mannen erscholl einer von Rihannas weniger frauenbewegten Songs aus den Mensalautsprechern.

Fast gleichzeitig stiegen wir auf die Stühle.

Neunzehn

Nach Hause kroch ich auf dem Zahnfleisch. Philosophie war ein Albtraum gewesen – weil es keinen Philosophen ohne äußere primäre Geschlechtsorgane gab. Und das war mir bei meinem »Schaffen wir's aus der Welt«-Gespräch mit Mr Packson leider entfallen. Ein ebensolches Fiasko in Kunst – obwohl ich da wenigstens Amber und Megan im Kurs hatte. Die ganze Schule wusste schon, was ich tat.

»Die Männerhasserin«, hörte ich ein Mädchen flüstern, als ich meine Farben zusammenmischte.

»Wieder mal: Willkommen in der Lottie-Show«, kicherte ihre Freundin, bevor Amber aufstand, sich hinter ihnen aufbaute und fragte: »Braucht ihr vielleicht Hilfe?«

Dass es aus Mädchenmund kam, machte es nur noch schlimmer.

Ich ließ meinen Schlüssel in unserer Haustür herumklappern und zog den Wackeltanz ab, den ich immer veranstalten musste, damit er sich nicht verklemmte. Kaum trat ich ein, hüllte mich eine Wolke aus Küchengerüchen ein, und ich befreite mich aus den Fängen des Perlenvorhangs.

»Lottie, bist du's?«

Ich bahnte mir einen Weg durch die Wäscheberge, die Mum auf dem Wohnzimmerboden gefaltet hatte, und ging in die Küche. Sie rührte in einem Topf, aus dem es fantastisch duftete. Mum machte gerade eine vegane »Phase« durch – wie meist, wenn jemand im Zentrum einen Vortrag über etwas hielt. Ich persönlich hatte kein Problem damit, Stücke toter Tiere zu verzehren, aber veganes Essen war auch ziemlich toll.

Besonders, wenn Mum die Gewürze selbst in ihrem Mörser zerstößelte.

»Hallo«, hauchte ich und lehnte mich gegen den Türrahmen, um nicht umzukippen. Am liebsten hätte ich mich einfach oben ins Bett geworfen, aber in meiner Familie wird schwer darauf geachtet, dass man sich beim Heimkommen anständig begrüßt.

Sie rührte noch einmal in ihrem Topf und klonkte dann den Deckel drauf. »Hallo, Spätzchen. Wie war dein Tag? Du bist nicht über die Wäsche gestolpert, oder? Ich wollte sie gerade rauftragen.«

»War gut.« Ich betrachtete die Wäsche und den Topf und die blitzenden Küchenoberflächen, die immer so aussahen, weil Mum sie ständig polierte. Und seufzte wieder auf … Ich war so erschöpft, und trotzdem … selbst hier ließ mich die Realität nicht los. »Ich habe heute mit meiner Aktion begonnen.«

Mum wischte sich die Hände an der Schürze ab und verzog besorgt das Gesicht. »Wie ist es gelaufen?«

Ich nickte. »Ganz gut, denk ich mal … Mr Packson hat mir grünes Licht gegeben.«

»Da fällt mir ein Stein vom Herzen. Unterricht war auch okay?«

Ich dachte an die Erniedrigung, als ich aus Englisch herausgeschleift worden war, und an all die anderen Grauslichkeiten des heutigen Tages.

»Ja, ging gut.«

»Hast du Hausaufgaben?«

»Na klar.«

»Nun, solange diese Sache dir da nicht in die Quere kommt …«

Ich hatte es eigentlich erst später ansprechen wollen, auch wenn ich damit meine eigenen Regeln gebrochen hätte. Aber als sie das sagte, sträubte sich alles in mir, und ich platzte sofort damit heraus. »Warum kochst eigentlich immer nur du?«

Mum blickte verwirrt von ihrem blubbernden Topf auf. »Was meinst du damit?«

Darauf ließ ich mich nicht ein. »Und die Wäsche und fast das ganze Putzen. Warum machst das immer nur du?«

Darüber hatte ich noch nie wirklich nachgedacht. Aber heute, wo mein ultimativer feministischer Scheinwerferblick mit voller Leistung brannte, entging mir nichts und niemand. Mum erledigte im Grunde sämtliche Arbeiten im Haushalt. Na ja, zumindest die, zu denen ich nicht zwangsverpflichtet wurde – normalerweise den Müll rausbringen und den Geschirrspüler einräumen. Sie kochte fast alle Gerichte, sie wusch die Wäsche, sie saugte Staub, sie versprühte den Reiniger in unseren beiden Badezimmern, sie spülte sämtliche Gläser aus, die in die grünen Altglas-Spezialcontainer am Ende der Straße gebracht werden mussten, sie sammelte all die verirrten Becher und verbröselten Teller auf, die sich unweigerlich im ganzen Haus verteilten, und trug sie in die Küche zurück. Sie machte alles. Dad mähte im Grunde nur den Rasen. Und das musste man nur ungefähr zweimal im Jahr machen, oder? Das war mir vorher nie aufgefallen. Jetzt war es geradezu schreiend offensichtlich.

Mum schaltete in den Verteidigungsmodus, obwohl ich doch eigentlich auf ihrer Seite war. »Nun, dein Dad hat ja zu arbeiten.« Sie rührte im Topf, der gerade nicht gerührt werden musste.

»Aber du arbeitest doch auch!«

»Schon, aber mein Job ist ja eher so ein Nebenjob.«

War er das? Meine Mum arbeitete hart. Sie musste samstags arbeiten, weil da die meisten ihrer Kunden freihatten. Und ich erinnerte mich genau, dass ihr Job uns vor ein paar Jahren finanziell über Wasser gehalten hatte, als Dad entlassen worden war.

Es hatte sechs Monate gedauert, bis er die Professorenstelle bekommen hatte. An diese Zeit denke ich ungern zurück. Dad wurde … finster. Er saß viel zu viel zu Hause herum. Er fing sogar an, in Jogginghosen alte *University Challenge*-Wiederholungen im Fernsehen zu sehen, obwohl er doch sonst nur fette Hardcoverbücher in seinem Spezialsessel konsumierte.

»Ich find's nur ungerecht«, fuhr ich schulterzuckend fort.

Mum ließ den Kochlöffel so lautstark plumpsen, dass ich vor Schreck zusammenzuckte.

»Himmeldonnerwetter, Charlotte. Fang jetzt nicht an, mich in dieses Projekt von dir reinzuziehen. Wir haben schon weiß Gott genug Verständnis aufgebracht.«

Mir fiel die Kinnlade runter. »Aber es *ist* ungerecht. Dad sollte viel mehr im Haushalt machen!«

»Ach ja? Und wie sieht's mit dir aus? Statt hier rumzutun, könntest du mir vielleicht helfen, die Wäsche in dein Zimmer hochzutragen? DEINE Wäsche, wenn ich darauf hinweisen darf?«

Ich schüttelte den Kopf. »Darum geht's hier gar nicht.« Obwohl ich schon ein schlechtes Gewissen hatte, dass ich die Wäsche nicht hochgetragen hatte. Oder sie, besser gesagt, noch nie hochgetragen hatte.

»Dein Vater macht hier JEDE MENGE«, beharrte Mum. »Bitte zieh uns nicht rein in diese … Sache, die du da tust.«

»Ich kann nicht anders«, sagte ich aufrichtig.

»Nun, dann streng dich eben an.« Sie griff wieder zum Kochlöffel und wandte sich ab. Ich verstand die Botschaft und verdrückte mich. Meinen Stoß sauberer Wäsche nahm ich mit rauf in mein Zimmer.

Für die Hausaufgaben hatte ich keinen Kopf. Ich stellte laute Musik an in der Hoffnung, sie würde vielleicht das Schwirren des Gedankenkarussells übertönen.

Die demütigende Englischstunde … die Wut auf Teddy und die Typen, mit denen er sich umgab … die zwei Mädchen aus Kunst … diese ärgerlichen Regungen, wenn ich an den Blickkontakt mit Will in der Cafeteria dachte … Mums Gesicht … Mums Zorn. Ich sollte eigentlich für Kunst ein Stillleben zeichnen, und ich hatte mir das Obst als Modell schon bereitgestellt. Aber zum Zeichnen war ich bisher noch nicht gekommen, und so langsam wirkte es schon etwas faulig. Das sah mir gar nicht ähnlich. Ich nahm meine Hausaufgaben normalerweise sehr ernst – und erledigte sie immer sofort. Der übersüße Geruch, den die sorgfältig arrangierte Orangenschale verströmte, legte anderes nahe.

Es gefiel mir nicht, wenn ich moralische Mängel bei meinen Eltern entdeckte …

Ich war in dem Glauben aufgewachsen, sie seien die Klügsten. Den größten Teil meiner Kindheitssommer hatten wir damit verbracht, dass wir – meist unter Mums Führung – die unglaublichsten Länder durchwandert hatten, uns über Ausgewogenheit, Atmung und vor allem »Energie« (in Anführungszeichen) hatten belehren lassen, und was sonst noch so an privilegierter Lebenssinnsuche auf dem Markt war. Aber so langsam war der Lack ab. Heuchelei, das war es. Kognitive Dissonanzen vermutlich. Ich war ein Einzelkind. Ihr Ein und Alles, und eben alles, was sie hatten. Ihre einzige Chance, einen Menschen aufzuziehen – Zeugs wie »Ausgewogenheit« und »Werte« wurden da zunehmend auf dem ethischen Dachboden entsorgt. Feminismus war für mich kein Thema gewesen, und erst recht nicht im Zusammenhang mit ihnen … bis heute. Jetzt sah ich meine Kindheit vor meinem inneren Auge im Schnelldurchgang vorbeirasen, und daraus erhoben sich Erinnerungen, die mir auf den Kopf tippten und brüllten: *Lottie, komm schon, weißt du noch damals? Komm, das gibt deinem Tag den Rest, und genau das willst du doch!*

Wenn zum Beispiel Cricket lief, was sehr oft der Fall war, ließ Dad uns im ganzen Haus kein Wort sagen – und Mum, die ohnehin schon völlig fertig davon war, ihren Beruf um meine Betreuung herumzuplanen, musste mit mir schwimmen gehen. »So ist das nun mal mit deinem Vater und seinem Cricket«, sagte sie dann, als wäre es dadurch entschuldigt. Und immer wenn sie Freunde zu Besuch hatten, sogar angeblich »erleuchtete« Freunde aus dem Zentrum, war Mum diejenige, die sich völlig aufrieb und herumrannte und die Leute fragte, was sie trinken wollten, und die dafür sorgte, dass das Essen rechtzeitig auf dem Tisch stand, und sich einen abstrampelte, während Dad nur mit allen plauderte und lachte und sich weder bedankte noch hinterher mit dem Abwasch half, sondern sich als erschöpft bezeichnete und mich ins Bett brachte. Und wenn wir gemeinsam am Tisch saßen, sprachen wir ständig über Dads Job und alles, was damit zusammenhing, und eigentlich nie über Mums. Und wenn sie mal den Mund aufmachte, um eine Geschichte über einen interessanten Kunden zu erzählen, konnte ich sehen, wie Dads Blick glasig und abwesend wurde. Außerdem hatte ich noch nicht ein einziges Mal erlebt, dass er die Toilette geputzt hätte …

Konnte es sein, dass meine progressiv denkenden Eltern, die mir sagten, ich solle nach den Sternen greifen und die Welt retten, die Eltern, die tatsächlich eine Münze geworfen hatten, um zu entscheiden, wessen Nachnamen ich tragen sollte, damit es auch ja gerecht zuging … dass diese Eltern eine ungleiche Beziehung führten?

Mein Handy piepste, und ich stürzte mich darauf – dankbar für die Abwechslung, für jede Abwechslung, die mich aus diesem Gedankensirup riss.

Es war Evie.

Geht's dir gut, Lottie-Bottie? Du warst ein richtiger Hammer heute. Aber das heißt gewöhnlich, dass es ein schwerer Tag war. Kannst mich jederzeit anrufen. E xx

Der Hauch eines Lächelns zeichnete sich auf meinem Gesicht ab. Es wurde breiter, als das Telefon wieder piepste. Amber.

Ich glaub, ich hab mir einen Tennisarm getrötet. Du bist meine Heldin, Lottie. Kommst du jetzt bitte rüber und massierst mir die schmerzende Hand?

Während vor meinem Fenster die Dunkelheit aufzog, schrieb ich mit ihnen hin und her. Ich hörte, wie Dad heimkam. Mum rief mich zum Essen. Ich aß schweigend, lauschte Dads Geschwalle über irgendeinen wissenschaftlichen Aufsatz, den er irgendwo unterbringen wollte, und starrte auf meinen Teller.

Ich war noch keine vierundzwanzig Stunden dabei, und schon verließ mich der Elan.

Zurück in meinem Zimmer versuchte ich, die Arbeit nachzuholen, die ich an meinem Schwänztag mit Megan verpasst hatte. Irgendwann hörte ich die Zubettgehgeräusche meiner Eltern – das Klicken des Badezimmer-Lichtschalters, das dumpfe Schließen ihrer Schlafzimmertür, gedämpftes Murmeln, dann Stille.

Ich hatte gerade mal eine halbe Orange gezeichnet.

Mit einem derart schweren Herzen, dass es mir eigentlich auf die Blase hätte drücken und Harndrang auslösen müssen, nahm ich die kleine Taschenkamera, die Will mir geliehen hatte, richtete das Objektiv auf mich und begann zu reden.

Zwanzig

Es war Shoppingtag.

Ich hatte ganze fünf Schultage überstanden. Ich war aus einer Philosophiestunde geworfen, zweimal verbal angegriffen und dreimal in Mr Packsons Büro zitiert worden (»Lottie, ich dachte, du machst im Unterricht keinen Ärger mehr? Dein Philosophielehrer kann nichts dafür, dass Gott in den Lehrbüchern als ›Er‹ bezeichnet wird«) und hinter meinem Rücken hatte man mich vermutlich an die viertausendmal beleidigt. Wo ich auch ging und stand, ich wurde angestarrt – ob ich Pommes kaufte, von Klassenzimmer zu Klassenzimmer zog oder mit Amber in den Kunstsaal. Wo ich auch auftauchte, es wurde still, als hätten sie gerade über mich geredet.

Und für mein Stillleben hatte ich eine Zwei bekommen. Noch nie seit Anbeginn allen Anbeginns hatte ich je irgendwo eine Zwei bekommen. Ich kriegte fast einen Herzkasper. Mit Zweien kommt man nicht nach Cambridge. Da kann man genauso gut durchfallen.

»Nicht deine beste Arbeit« hatte meine Lehrerin unten mit Rotstift hingekritzelt. Gefolgt von drei riesigen Fragezeichen. Als ich das sah, knallte ich meinen Skizzenblock sofort wieder zu, wie um die Zwei einzubremsen, damit sie sich nicht noch ausbreitete.

Wären Amber, Evie, Megan und die übrige FemAG nicht gewesen, um mir zur Seite zu stehen, mich anzuspornen, jedes abgerissene Poster gleich wieder aufzuhängen – keine Ahnung, was ich getan hätte.

Aber jetzt war Samstag – der herrliche, geruhsame Samstag –, und ich musste shoppen gehen. Aber nicht, bevor Will und ich nicht alle Videoschnittfassungen der ersten Woche gesichtet hatten.

Er sah reichlich verschreckt aus, als er reinkam, wie alle. Mums Gewohnheit, anderen die »Aura zu reinigen«, wirkt auf Besucher gewöhnlich etwas verstörend.

»Lottie!«, rief sie. »Dein Besuch ist da!«

Ich schob mich durch den Perlenvorhang und winkte ihn rauf – ohne mit Mum zu sprechen. Wir hatten uns am Vorabend wieder gestritten: über die Zwei, von der ich ihnen blöderweise erzählt hatte. Dad hatte mich richtig angebrüllt.

Es war äußerst eigenartig, Will bei mir zu Hause zu sehen. Er kontrastierte dermaßen mit der Umgebung – seine Hipster-coolness zwischen all den Windspielen und Kristallen, die jede verfügbare Fläche schmückten. Amber und Evie waren es mittlerweile gewöhnt, weshalb es schon fast wieder eine neue Erfahrung war, jemanden auf die Seltsamkeit unseres Hauses reagieren zu sehen.

Tatsächlich rutschten Wills Augenbrauen mächtig nach oben, genau wie die selbstzufriedenen Mundwinkel.

Ich bot ihm weder eine Begrüßung noch ein Getränk an – ich drehte mich einfach auf der Treppe um, im Wissen, dass er mir wohl oder übel folgen musste.

Will nahm mein Zimmer genauestens unter die Lupe, bevor er sich setzte. Er stand da, ließ alles auf sich wirken und ging dann zu meiner Kommode hinüber, um meine gerahmten Fotos zu inspizieren. Mein Lieblingsbild war das von Anfang letzten Jahres, von diesem Konzert des Grauens im Gemeindesaal, zu dem die Mädels und ich gegangen waren. Wir trugen alle Schwarz und stützten einander lachend, und keine von uns schaute richtig in die Kamera. Genau dieses Foto hob Will hoch und beäugte es durch seine dicken Brillengläser.

Ich ließ mich aufs Bett fallen und wartete, bis er sich ausgeschnüffelt hatte. Schließlich kauerte er sich neben mich – ohne das Flattern, das einige Jungs befällt, wenn man mit ihnen auf einem Bett sitzt.

»Deine Mutter ist interessant«, sagte er und sah sich immer noch um.

»Hat sie dir die Aura gereinigt?«

»Ach, das war es? Ja, dann wohl schon.«

»Keine Ahnung, ob das jetzt so viel bringt bei dir«, sagte ich. »Manche Auren werden einfach nicht sauber …«

Darüber musste er lachen – kurz und heftig, als wäre es ihm rausgerutscht. »Ich habe eine unheilbare Aura?«

Ich kicherte auch. »Eine Herpes-Aura.«

»Das ist widerlich.«

»Wem sagst du das.«

Das Gelächter zerstäubte die Spannung im Raum. Die Spannung, die ich nicht erklären konnte. Na ja, konnte ich schon … Es war sexuelle Spannung. Ich hatte sie schon oft genug mit anderen Menschen erlebt, um sie als solche zu erkennen. Aber es war die schlimmste ihrer Art – nämlich die unterdrückte. Weil Will so ein streithanseliger Arsch war.

»Also, ich hab die erste Schnittfassung. Willst du sie sehen?«

Ich hüpfte auf dem Bett. »Ja!«

Er langte in seine Tasche und zog einen richtig noblen Laptop raus – den neuesten iIrgendwas, wie's schien. Ich fragte mich, wie er sich den leisten konnte. Er klappte den Bildschirm hoch und rief eine Seite auf. Ich drehte mich auf den Bauch, um besser sehen zu können, und meine Füße ragten in die Luft.

»Wow, du hast ja den ganzen Kanal auf unser Design hingetrimmt!« Ich zog den Laptop ungeschickt an mich heran, worauf er fast auf mich draufgesprungen wäre, weil ich so grob damit umging. Die ganze Seite war mit Megans Zeichnungen übersät – es sah einfach richtig, richtig genial aus.

»Also, hier kommt der Rohschnitt.« Er schnappte sich seinen Computer zurück, als müsste er ihn beschützen. Ich lächelte in mich hinein. »Ich hab's auf privat gestellt. Ich wollte erst mal deine Zustimmung, bevor ich's öffentlich schalte.«

Will drückte auf Play und ich stützte erwartungsvoll das Kinn in die Hände. Er war mit einem kleinen Ausschnitt aus meinem ersten Interview eingestiegen – wie ich erklärte, warum ich das alles tat und was ich mir davon erhoffte. Mir wurde ganz anders. Mein Haar! Sah es wirklich so aus? Und meine Nase war doch sonst nicht so spitz! Und meine Stimme! Auweia, war die tief! Und bevor ich Premierministerin wurde, brauchte ich dringend eine Sprechausbildung. Doch als das Interview in Wills Montage meiner ersten Kampagnenwoche überging, schmolz meine Selbstkritik dahin. Wow! Ich sah seine Aufnahmen davon, wie ich an der Bushaltestelle die Torte warf, mir die Mitglieder der FemAG schnappte und ihnen lachend Lippenstift ins Gesicht malte. Er hatte mein Gesicht herangezoomt, genau in dem Moment, als Teddy und seine Kumpel vorbeigegangen waren und uns »Schlampen« genannt hatten. Er hatte die Aufnahme verlangsamt – und mein Gesichtsausdruck war so viel aussagekräftiger als jeder Gedanke, den ich in dem Moment gehabt hatte. Die nächste Einstellung war eine Totale von mir, wie ich Teddy mit der Torte verfolgte. Augenblicklich verwandelte sich großes Gefühlskino in völligen Quatsch, und ich brüllte auf vor Lachen. Eine Torte! Ich hatte tatsächlich eine Torte geworfen! Der Rest der Woche floss dahin in perfekt geschnittener Montage, und ich musste einfach lächeln. Jetzt, wo ich mich außerhalb meines eigenen Gehirns befand und all die Demütigungen und das Grauen nicht mehr durchmachen musste und all die Tuscheleien hinter meinem Rücken herausgeschnitten waren, haute diese Aktion so richtig rein. Ich haute richtig rein! Und, am allerwichtigsten, auch meine Botschaft. Hauptsächlich sah man mich und die Mädchen beim Lachen. Ich wirkte weder verbittert noch verquer noch unvernünftig. Dank Wills Edellinse und seinem Triumph-Soundtrack hatte das Ganze mit meiner persönlichen Scheißwoche nichts mehr zu tun.

Als es schwarz wurde, drehte ich mich zu ihm. »Du bist von einer geradezu nervtötenden Begabung.«

Er grinste sein Wolfsgrinsen. »Ich ignoriere das Wort nervtötend und nehme das Kompliment an.«

Ich rollte mich in seine Richtung und fixierte ihn, mein Gesicht … glühte regelrecht vor Begeisterung.

»Mal ehrlich … wie … wie hast du es hingekriegt, dass es so superspannend wirkt? Wie hast du's geschafft, dass ich so absolut cool rüberkomme?«

»Tja, das war das Schwerste daran.«

Ich versetzte ihm einen Faustschlag.

Dann streckte ich den Arm aus und drückte wieder auf Play, sah es mir noch mal von vorn an. Fand es beim zweiten Mal sogar noch besser. Nachdem diese Woche mir mein ganzes Selbstvertrauen geraubt hatte, gab dieses Video es mir wieder, und zwar kübelweise. Ich fühlte mich wieder stark, als sei ich an etwas Großem dran … an etwas, bei dem die Leute wirklich aufmerksam und nachdenklich würden …

Nach dem dritten Durchgang rollte ich mich wieder zu Will hin. Jetzt lagen wir beide auf dem Bauch, unsere Fußspitzen berührten sich leicht. Dabei kribbelten mir die Zehen auf ganz herrliche Weise, so stark, dass ich mich nicht rühren wollte.

»Du weißt aber schon, was du da getan hast?«, sagte ich. »Du hast ein brillantes feministisches Propagandawerk geschaffen. Vorsicht, sonst denken die Leute womöglich noch, ich hätte dich überzeugt.«

Er fuhr sich mit der Hand durchs Haar und stieß ein entnervtes Geräusch aus. »Ich hab einfach nur einen guten Film gemacht. Ich hab versucht, ihn so objektiv wie möglich zu halten.«

»Du liebst den Feminismus.« Unwillkürlich stupste ich ihn mit dem Finger an. Was nicht sehr klug war, weil mir dabei auf bauchzerwühlende Art die Fingerkuppe prickelte.

»Tu ich nicht. Ich hab dir gesagt, ich bin ein …«

»Jajajaja, blablablabla, Señor ›Ich brauche einen wissenschaftlichen Beweis für jeden sexistischen Vorfall, bevor ich mich zu einer Gemütsregung herablasse‹.« Ich machte eine Plappergeste mit der Hand. »Gott bewahre, gib um Himmels willen nicht zu, diese Aktion könnte bei dir was bewegen. Womöglich an deinen Überzeugungen rütteln.«

Er sah mich direkt an. »Die Leute haben es nicht gern, dass jemand dauernd versucht, an ihren Überzeugungen zu rütteln, ist dir das klar?« Bei diesem Gestarre wurde ich ganz rot, doch ich verdrehte einfach die Augen.

»Jupp. Ist mir klar. Aber was soll ich machen? Einfach sagen, nun ja, die Leute mögen's halt nicht, wenn man ihre Meinungen hinterfragt, dann wart ich einfach weiter dahinten in meiner Ecke, bis sie irgendwann wunderbarerweise von selbst draufkommen? Ich muss es doch versuchen.«

Wills Blick wurde kurz eindringlicher, seine Augenbrauen hoben sich zu einem … was auch immer … und dann war es auch schon wieder vorbei, und er grinste schief. »Ja, versuchen tust du's allerdings.«

»Ich hoffe, dass ich wenigstens die Unentschiedenen überzeugen kann«, sagte ich. »Hat ja keinen Sinn, meine Energie auf Leute wie dich zu verschwenden, die einfach nur rumstreiten wollen …«

Will machte den Mund auf, um dagegenzuhalten, doch ich wedelte ihn weg.

»Ich weiß, dass es da draußen jede Menge Leute gibt, die so ein prickelndes Gefühl haben, dass was nicht stimmt. Sie fühlen sich verwirrt … verkehrt … und verwirrt vom Verkehrten … und dann BAMM, sehen sie mein krasses Video und rufen ›FEMINISMUS – GENAU DAS BRAUCHE ICH!‹«

»Du weißt schon, dass du dich anhörst wie jemand, der Terroristen anwirbt?«

Da bohrte ich ihm meinen Finger in die Seite. Und zwar nicht, weil ich auf ihn stand, sondern schlicht, weil er die bohrendste aller Bohrungen VERDIENTE.

»Weißt du, was ich glaube?«, fragte ich. »Ich glaube, du spielst nur die ganze Zeit den Advocatus Diaboli, weil du dich dadurch unfehlbar machst.« Noch eine Fingerbohrung – diesmal versuchte er, mein Handgelenk zu erwischen, immer noch mit diesem Grinsen, doch ich war schneller. »Aber es ist nicht besonders tiefsinnig, mein tiefsinniger Herr Regisseur, an gar nichts zu glauben. Und es ist viel leichter, die Überzeugungen anderer zu zerlegen, als sich mit etwas zu identifizieren und dafür zu kämpfen.«

Seine Antwort war trocken, um mir zu zeigen, dass keines meiner Worte auch nur die geringste Wirkung gehabt hatte. »Bist du fertig?«

»Ich bin nie fertig.«

»Das wird mir langsam klar. Wann kommen überhaupt die anderen? Alle Vorbereitungen erledigt?«

Ich seufzte und rollte mich vom Bett auf die Füße, um meinen riesigen Operation-Vulvavengers-Rucksack zu richten. »So ziemlich. Sie müssten in ein paar Minuten da sein.«

»Gut. Dann kann das jetzt auf Sendung, oder? Ist dir das recht?«

Ich sah von meinem Rucksack auf und strahlte ihn an. »Das ist mir sogar sehr recht.«

Fünf Minuten lang herrschte quasizufriedene Stille – ich kruschtelte, er tippte auf seinem Nobellaptop herum. Noch immer keine Türklingel. Ich war etwas angespannt, denn ich würde in den kommenden zwei Stunden jede Menge Beinahe-Rechtsverstöße begehen. Genau genommen waren es zwar »nur« gesellschaftliche Normen, gegen die ich verstoßen würde … aber ich hatte trotzdem grässliche Angst davor, von einem Ladendetektiv gestellt zu werden oder so. Außerdem hatte ich Megan mit eingeladen, und ich tat mich schwer damit, sie ins Allerheiligste des »Spinster Girl«-Daseins vorzulassen. Würde es funktionieren? Würde es flutschen mit uns?

»Alles klar, ist online.« Will klappte den Laptop zu und ließ sich rücklings aufs Bett fallen. Als ich ihn so daliegen sah, auf meinem Bett, wo Dinge geschahen, für die man sich hinlegen musste, da wurde mir ganz anders – weshalb ich mich in meinem Schreibtischstuhl besonders aufrecht hinsetzte.

Nachdem er eine Weile an die Decke gestarrt hatte, ließ er noch einmal den Blick durch mein Zimmer schweifen und raunte vielsagend: »Das also ist das Schlafzimmer von Lottie Thomas?«

Sofort spürte ich, wie sich mir Igelstacheln aufstellten. Ich langte in meinen Rucksack, griff nach der größten Hupe und riss sie blitzschnell heraus, um genau vor seinem rechten Ohr laut und lange zu tröten.

»HIMMEL, LOTTIE, AUA, WASSOLLLDIESCHEISSE?«

Befriedigt ließ ich die Hupe wieder in den Tiefen meines feministischen Instrumentenkoffers verschwinden. Will umkrampfte seinen Kopf.

»Ich hab dich gewarnt. Nur weil du mein Kameramann bist, bist du noch lange nicht immun!«

»Das hat sch…wehgetan, du …«

Wieder riss ich die Hupe heraus. »Pass auf, Will.«

»Du gestörte …«, moserte er und wich einer zweiten Dröhnung aus.

»Du bist so ein Schwanzgesicht!« Ich stand auf, Wut pochte durch meine Adern. »Aber das weißt du selbst, oder? Warum muss alles an dir nach komplettem Schwanzgesicht schreien?«

»Gott, ich hab doch überhaupt nichts gesagt!«

Ich nagelte ihn mit meinem Blick fest. »Du hast genug gesagt.«

Er hatte es *durchblicken* lassen. Dass mein Schlafzimmer bekannt war. Dass hier schon Jungs gewesen waren … Dabei war es nicht so, dass ich mich schämte oder verlegen war oder was auch immer Mädchen sein sollten, wenn Jungs sich eine Meinung anmaßten darüber, dass man – SCHOCK HORROR – Sex mit anderen hatte und daran auch noch Spaß. Nein, ich war sauer. Sauer, dass er es angesprochen hatte. Weil es vollkommen unbemerkenswert war und ihn überhaupt nichts anging.

Er reckte die Hände in die Luft, wie als Friedensangebot. »Schau, es tut mir leid. Ich hab's nicht so gemeint, wie du glaubst.« Er wirkte aufrichtig, fast sogar ein bisschen sauer auf sich selbst …

»Hast du nicht?«

»Also … ich …« Er brach ab und sah jetzt tatsächlich reichlich beschämt aus. »War bloß ein Witz.«

»Ein Witz, der mein Sexualleben anprangern sollte.«

»Nein! Lottie, ist mir doch egal, was du tust und mit wem du ins Bett gehst. Echt, es ist dein Leben. Das mein ich wirklich so.«

Ich verschränkte die Arme. »Warum dann der Kommentar?« DU SCHWANZGESICHT, ergänzte ich im Kopf.

»Ich weiß es wirklich nicht. Um das Schweigen zu brechen, vielleicht.«

»Weil du ein Schwanzgesicht bist.«

Diesmal lächelte er und nahm die Hand von seinem malträtierten Ohr.

»Weißt du was? Vielleicht bin ich das. Als ich das gesagt habe, war ich eins. Tut mir leid. Ernsthaft, tut mir leid.«

Ich lächelte auch. »Sprich mir nach, dann darfst du mich vielleicht auf meinem feministischen Shoppingtrip begleiten.«

»Du musst an deinen Bestechungsmethoden arbeiten.«

»Sprich mir nach!«

»Okay, okay!« Wieder hob er die Hände.

»Ich, William«, sprach ich vor.

Er biss sich auf die Lippe, gab aber nach. »Ich, William.«

»Erkläre hiermit.«

»Erkläre hiermit.«

»Dass ich ein gewaltiges Schwanzgesicht bin.«

Schweigen. Grinsen. Dann, nach einer Weile: »Dass ich ein gewaltiges Schwanzgesicht bin.«

»Was etwas ganz anderes ist, als einen gewaltigen Schwanz zu haben.«

Längeres Schweigen. »Was etwas ganz anderes ist, als einen gewaltigen Schwanz zu haben.«

»Tatsächlich habe ich Lotties sexuelle Vergangenheit wahrscheinlich nur aufs Tapet gebracht, weil ich aufgrund der Tatsache, dass ich selbst keinen gewaltigen Schwanz habe, so unsicher bin.«

»Tatsächlich habe ich … Moment mal! Und, hey, sind Witze über die Größe eines männlichen Geschlechtsteils nicht etwas … kaum wag ich es zu sagen … sexistisch?«

Jetzt lachten wir beide. Ich hielt mir die Hupe über den Kopf und trötete gleich mehrfach. Er sah mich an und ich sah zurück. Und das war für gewöhnlich der Zeitpunkt, wo ich jemanden küsste, der mich so ansah, weil ich ziemlich gut darin bin, Leute zu küssen, wenn mir danach ist. Aber ich wäre die heuchlerischste Heuchlerin aller Zeiten gewesen, wenn ich jemand so Überheblichen wie Will in den Genuss hätte kommen lassen, mich während meines feministischen Kreuzzugs zu küssen.

Es läutete an der Tür und wir blickten beide auf.

»Das sind die Mädels.«

Ich raste nach unten, um Mum an der Tür zuvorzukommen, und da standen Evie und Amber auf der Schwelle. Evie sah relativ normal aus – obwohl sie völlig in Grau gekleidet war. Amber jedoch trug eine riesige Pappnase samt fahrradlenkergroßem Schnurrbart, einen Regenmantel und eine Zeitung, die sie sich beim Türöffnen vors Gesicht hielt, um mir die reingeschnittenen Löcher vorzuführen.

»*Unauffällig*, hab ich gesagt«, rief ich statt eines Grußes.

»Bin ich doch.« Amber spähte durch die Gucklöcher. »Ich meine, schau doch mal. Ich les einfach nur meine Zeitung – ganz normal!«

Hinter mir polterte es auf der Treppe und Will kam hinzu.

»Was zum Teufel hast du da an?« Er richtete die Kamera auf Ambers Aufmachung.

Amber faltete die Zeitung zusammen und grinste unter ihrem Schnurrbart hervor. »Lottie hat gesagt, wir dürfen nicht auffallen.«

Evie und ich tauschten ein Lächeln. »Ich glaube, du bist so unauffällig, dass du schon wieder höchst auffällig bist«, sagte ich.

Amber nickte heftig. »Eben. Der perfekte Doppel-Bluff.«

Ich musste lachen. »Das ziehst du aber aus, oder?«

Sie verschränkte die Arme und verknitterte dabei ihre Zeitung. »Vielleicht. Vielleicht auch nicht.«

»Wir dürfen heute tatsächlich keinerlei Aufmerksamkeit auf uns ziehen«, fuhr ich fort. »Was wir vorhaben, ist heftigster ziviler Ungehorsam. Was, wenn die Polizei Zeugen befragt, und dann heißt es: ›Sie war einsachtzig, feuerrote Haare, mit Monsternase und Schnurrbart.‹?«

Amber grinste breiter. »Genau das meine ich! Ich rupfe mir die Nase und den Schnurrbart runter und bin auf ewig sicher vor dem Arm des Gesetzes!«

»Zieh's aus, ja?«

Sie schmollte. »Okay, meinetwegen.« Sie riss sich ihre Gesichtsanhängsel ab und öffnete ihren Regenmantel … um ein Neon-T-Shirt zu enthüllen, auf dem in grellen Lettern *GIRLS JUST WANT TO HAVE FUN…DAMENTAL HUMAN RIGHTS* prangte. Sie aalte sich in unseren erstaunten Luftschnappern. »Auf diesen Moment warte ich schon den ganzen Morgen. Ich war so aufgeregt, dass ich das Frühstück vergessen habe.«

Ich betrachtete ihr T-Shirt in sprachloser Ehrfurcht. »Ich betrachte dein T-Shirt in sprachloser Ehrfurcht.«

»Ist das nicht der Wahnsinn? Hat mir Kyle aus Amerika geschickt.«

Evie streichelte Ambers Bauch. »Im Ernst? Können wir uns abwechseln mit deinem Freund? Das ist echt das Tollste, was je jemand getan hat, das ist dir klar, oder?«

Will drängte sich an mir vorbei, um sie zu filmen, sagte jedoch: »Das kannst du aber nicht anziehen. Das ist zu auffällig.«

»Jetzt gönn mir doch mal meinen großen Moment!«, blaffte Amber. »Ich zieh mir ja einen Pulli drüber.«

Will zog sich zurück, woran sich wieder mal zeigte, was für eine Wucht Ambers Wut hatte.

Ich war so damit ausgelastet, Amber nach Kyles Bezugsquelle

zu löchern, dass ich gar nicht hörte, wie Megan dazukam. Nicht, bis sie die Klingel betätigte. Und das, obwohl die Tür weit offen stand und wir alle direkt auf der Schwelle rumstanden.

»Äh, Leute? Da wär ich.«

»Megan!« Ich drehte mich um und nahm sie zur Begrüßung in den Arm. »Sorry, wir waren gerade von Ambers T-Shirt abgelenkt.«

Amber riss schon wieder prahlend ihren Regenmantel auf.

»Oh, wow. Ja, das ist super.« Megan schob sich in einem fort die Haare hinters Ohr. »Ich hab mitgebracht, was du wolltest, Lottie.« Sie hielt mir eine Plastiktüte hin.

»Hast du? Oh, du bist sagenhaft.« Ich schaute hinein, und mein Herz ging auf. »Megan, die sind der WAHNSINN, danke!« Ich zog das ganze Zubehör heraus und führte es den anderen vor.

»Megan«, sagte Amber. »Ich glaube, ich bin in dich verliebt.« Und wir lachten alle los. Megans Augen leuchteten vor Licht und Feuer. Sie wurde puterrot.

Evie sah auf ihre Armbanduhr. »Sind wir so weit? Nach dem Mittagessen ist in der Shoppingzone die Hölle los.«

Ich nickte. »Ich bin fertig. Will, hast du deine Wechselbatterien und deine unpopulären Ansichten?«

Ich sah, wie er sich das Lachen verkniff. »Beides dabei.«

»Na gut«, sagte ich. »AB IN DIE STADT!«

Einundzwanzig

Ich zwang Will, seine elektronischen Geräte auszustellen, damit wir unterwegs ungestört tratschen konnten.

»Also, was läuft momentan zwischen dir und Oli?«, fragte ich und hakte mich bei Evie unter. »Ich hab gesehen, wie ihr euch Donnerstag beim Mittagessen über den Tisch hinweg angestarrt habt, mit lustbebenden Lippen.«

»Lottie!«, protestierte sie. »Niemandes Lippen haben je vor Lust gebebt.«

»Meine schon!«, brüllte ich – und kam mir gleich seltsam vor, weil Will zuhörte. Besonders nach seinem Schlafzimmerkommentar vorhin. Und als könnte er Gedanken lesen, verkündete er: »Ich geh mal ein bisschen vor. Ich … also … ich bin ein bisschen in der Unterzahl.«

»Wie ich's gesagt habe«, flüsterte ich vernehmlich. »Mädchen machen ihm Angst.«

Will zeigte mir den Mittelfinger und schritt voran. Das Spielerische an unserem Austausch weckte bei mir ungelegene Regungen.

Evie musste seherische Fähigkeiten haben, denn sie raunte mir zu: »Ich könnte dich dasselbe fragen. Was geht da ab zwischen euch beiden? Du bist ganz gemein und frech, so, wie wenn du auf jemanden stehst.«

Ich machte ein angewidertes Gesicht. »Soll das ein Witz sein? Hast du nicht mitgekriegt, wie er gesagt hat, Feminismus sei nur mein persönliches Hirngespinst?«

»Hmm«, knurrte sie. Aber sie gab Ruhe, als Amber und Megan sich bei uns einhängten.

Wir gingen noch einige Minuten weiter und besprachen langweilige Schulangelegenheiten, bis Evie sagte: »Ach, das wollte ich euch ja noch sagen. Oli macht zu seinem Achtzehnten eine Geburtstagsparty. Nächstes Wochenende – im Admiral. Er sagt, ihr seid alle eingeladen.« Die Aufregung in ihrer Stimme war sehr schlecht getarnt.

Amber stupste ihr gegen die Hüfte. »Klingt alles wie ein ausgebuffter Plan, dich klarzumachen.«

»Ja.« Ich schwenkte ihren Arm. »Wetten, er hat noch nicht mal Geburtstag?«

»Kerle!«, wandte sie ein. »Kann genauso gut ein ausgebuffter Plan sein, um irgendeine andere zu küssen.«

»Keine Chance«, sagte ich. »Ich sehe doch, wie seine Basilikumaugen dich ganz basilikal anschmachten.«

»Ihr zwei seid so was von füreinander geschaffen«, fügte Amber hinzu.

Evie streckte die Zunge raus. »Herrgott, Amber, Kyle hat dich echt völlig ruiniert, was? Seit wann bist du so eine Romantikerin?«

»Ich hab selbst Angst um mich. Bitte sag's niemandem weiter.«

Ich fragte mich, was es wohl brauchte, um sie endlich zusammenzukriegen – vielleicht sollte ich irgendwas in die Wege leiten? Mich vielleicht als Amor verkleiden und sie mit Pfeilchen beschießen?

»Was laberst du da in deinen Bart?«, fragte Amber.

»Ach – denke ich wieder laut vor mich hin?« Ich langte mir an die Kehle.

Jupp – tat ich.

Megan war still, und ich hatte ein schlechtes Gewissen, dass wir sie außen vor ließen.

»Kommst du auch?«, fragte ich und musterte ihr Gesicht, das plötzlich entschlossen zu Boden blickte.

»Öh, ja … vielleicht …« Wieder Schweigen. Sie blickte auf. »Wer kommt denn noch so?«, fragte sie Evie.

»Äh, Jane, Joel, Will wohl auch …« Evie schnitt eine Grimasse hinter seinem Rücken, doch er hatte Kopfhörer auf. »Weil die ja zusammen in Filmtheorie sind. Also, wahrscheinlich die meisten aus Film, denk ich mal. Und dann die ganzen Leute von der Musiktechnik. Ethan …«

»Der Sexsüchtige«, schoss Amber dazwischen, und wir kicherten. Evie hatte Anfang letzten Schuljahres ein Date mit Ethan gehabt, bei dem er mit einer anderen im Bett gelandet war, woraufhin er Evie erzählt hatte, das liege an seiner Sexsucht.

»Ethan ist jetzt ganz okay«, widersprach sie. »Er hat mir gesagt, er versucht, ohne Freundin auszukommen, bis er zweiundzwanzig ist.«

»Warum gerade zweiundzwanzig?«

Evie zuckte die Schultern. »Keine Ahnung. Er ist halt etwas speziell. Egal, er kommt auf jeden Fall, und die anderen Bandmitglieder von den Hochstaplern auch …« Evie verstummte, und gleichzeitig wurde Megan steif.

Alle gaben vor, nichts zu merken, aber sie verkrampfte sich, als drücke sie jemand mit aller Kraft zu Boden. Max, ihr Ex, spielte bei den Hochstaplern mit.

»Ich meine … vielleicht kommen sie nicht *alle* …«, stotterte Evie verzweifelt und sah richtig schuldbewusst drein. Megan schluckte, sah unsere Mienen und rang sich ein Lächeln ab.

»Ich schau mal, ob ich Zeit hab«, sagte sie leichthin und schickte ein »Alles bestens«-Lächeln in die Runde. Zum achtmillionsten Mal fragte ich mich, was genau ihr zugestoßen war und wieso sie, wenn es das war, was wir alle glaubten, nicht zur Polizei ging? Warum bloß redete sie nicht darüber? Das musste sie. Sie konnte es nicht einfach in sich gären lassen.

Verlegenes Schweigen senkte sich über uns, und wir alle taten, als wüssten wir nicht, warum. Glücklicherweise erlöste uns Will, indem er die Kopfhörer abnahm und sich umdrehte. Er schaltete die Kamera ein und richtete sie auf mein Gesicht.

Ach ja, die Aktion – die immerwährende Aktion.

»Wir sind da«, sagte er.

Und ja, da standen wir schon am Rande unserer hiesigen Shoppingmeile. Es war mehr los als gewöhnlich um diese Zeit am Samstag – die vorweihnachtliche Einkaufspanik setzte Jahr für Jahr früher ein.

»Bereit, Lottie?«

Ich starrte auf das verkehrsberuhigte Betonrechteck, Sinnbild der banalen Vorortbeschissenheit unserer Heimatstadt, auf die übliche Ansammlung von Eltern mit Kleinkindern, die die Bänke gegenüber Primark belagerten, die Edelmütter, die ihre Silberlöffelbrut in Maclaren-Buggys herumchauffierten, die Arme behängt mit Einkaufstüten, die Dame mit der Obdachlosenzeitung, die jeder an der Schule nachmachen konnte, den umdrängten Eingang des relativ neuen Einkaufszentrums, wo es jetzt auch einen Nando's gab. Ich betrachtete die Schaufenster, die ausgestellten Artikel. Ich betrachtete alles.

Ich erblickte mindestens acht sexistische Dinge.

Ich seufzte. Bereits erschöpft, aber auch bereits mitgerissen von der Schlacht, die ich gleich schlagen würde. Wobei – wenn wir heute nicht verhaftet würden, dann wäre das ein echter Gnadenakt der Feminismusgöttinnen. Was auch immer geschah, hoffentlich, hoffentlich versaute es mir nicht meine Zukunft.

»Ich bin bereit.«

Zweiundzwanzig

Amber zückte ihre selbst gebastelte Karte.

»Mensch«, sagte Evie. »Die sieht ja genauso aus wie die Karte in *Kevin allein zu Haus*.«

»Ich weiß. Ich bin hochtalentiert.«

Ich wies mit dem Finger zum Ende der Fußgängerzone. »Also«, befahl ich im Kasernenton. »Wir arbeiten uns im Zickzackmuster durch die Einkaufsmeile, damit wir nicht von Unerwünschten aufgegriffen werden. Wir müssen unsere Aufgaben rasch und effizient erledigen – sonst werden wir garantiert erwischt.«

Evie schluckte vernehmlich – Regelbrechen war nicht ihre größte Stärke. Obwohl eine Verhaftung dank ihrer auf akribischer Recherche beruhenden Anpassungen unseres Plans sehr unwahrscheinlich war. Jeder Kriminelle sollte sich jemanden mit Zwangsstörung an Bord holen – die sind gut darin, das Schlimmstmögliche zu bedenken.

Megan beugte sich über die Karte. »Also, wohin zuerst?«

Amber pikste mit dem Finger auf einen großen roten Fleck, wodurch wir alle ihren abgeblätterten lila Nagellack bewundern durften. »Wie mein amerikanischer Traumtyp so schön sagt« – sie setzte einen Akzent auf –, »*Erst mal in den drugstore*. Also, auf in die Apotheke, Mädels.«

Evie schnappte sich eine Hupe, trötete und raste dann in die Einkaufszone. Manchmal überraschte sie uns – immer so wohlerzogen und dann, KAWUMM, so sagenhaft durchgedreht. Wir rannten ihr hinterher an den Samstagsshoppern vorbei, Will im Windschatten. Vor dem Eingang blieben wir stehen und atmeten durch. Ich blickte durch das riesige Schaufenster der roten Fassade. Drinnen war ganz schön viel los. Die Schlange am Medikamentenschalter reichte durch den ganzen Laden.

»Also«, flüsterte ich. »Wir teilen uns besser auf und gehen in zwei Gruppen rein. Die Läden hassen es, wenn junge Leute in Pulks reinkommen.« Ich grinste. »Die glauben immer, wir führen was im Schilde.«

Darauf runzelten wir alle die Augenbrauen.

»Also – jede kennt ihre Mission?« Sie nickten. »Amber, du lenkst die Aufmerksamkeit auf dich. Bist du damit noch einverstanden?«

Sie nickte. »Ich bin eins achtzig groß und hab rote Haare. Ich bin dazu BESTIMMT, Aufmerksamkeit zu erregen.«

»Megan? Will kann uns nicht beide gleichzeitig filmen, ist es also okay für dich, wenn du Amber mit dem Handy filmst?«

»Öh … okay.« Sie wirkte verunsichert, harkte sich wieder durchs Haar.

»Du musst es nicht auffällig tun«, versicherte ich ihr. »Sie wird an der Theke den Laden aufhalten. Tu nur so, als würdest du vorne einfach rumschauen, und halt dabei diskret die Kamera auf sie.«

Wills Augenbrauen tanzten vor Besorgnis. »Hast du schon mal irgendwas gefilmt?«, fragte er.

»Äh … nö.«

»Keinen Stress!«, unterbrach ich. »Will, du kannst nicht an zwei Orten gleichzeitig sein. Und es wird cool aussehen, auch ein bisschen mit Smartphone gefilmtes Material zu haben. Das gibt dem Ganzen noch was von Gonzojournalismus.«

»Hä?«, machten alle.

Ich seufzte. »Egal. Auf geht's!« Ich zerrte Will und Evie an den Armen mit. »Gehen wir.«

Wir schlenderten so unauffällig rein, wie wir konnten, nur dass ich gerade vergessen hatte, wie man als normale Person so geht.

»Du gehst wie ein Gockel«, flüsterte Will mir aus dem Mundwinkel zu und hielt die Kamera unauffällig niedrig.

»Tu ich nicht.«

»Wohl.«

»Gar nicht.«

»Wohl.«

»Gar nicht.«

»Leute?«, unterbrach uns Evie. »Amber wird sie jetzt ablenken. Wir müssen mal loslegen.«

Ich lugte über ein Regal hinweg und sah, wie Amber auf das Mädchen hinter dem Schalter zusteuerte. Sie trug eine rosa Packung Ibuprofen – die gegen Regelschmerzen.

»Verzeihung«, hörte ich Amber sagen, mit viel lauterer Stimme als sonst (und die war ohnehin schon ziemlich laut). »Ich verstehe da was mit diesen Ibuprofen nicht.«

Das Mädchen sah Amber von oben bis unten an, was Amber ziemlich häufig passiert. »Was denn?«, fragte sie.

»Also« – Amber hielt ihr die Schachtel unter die Nase – »hier steht, das wäre ganz speziell für Regelkrämpfe. Jetzt hab ich aber gelesen, was hinten draufsteht – und bei den Inhaltsstoffen steht, das sind einfach zweihundert Milligramm Ibuprofen … genau wie in den ganzen anderen Ibuprofen dahinten. Aber die Packung hier ist teurer und hat weniger Inhalt. Warum?«

GOTT, ICH LIEBTE SIE SO. Ich wäre so gern stehen geblieben und hätte ihr zugeschaut. Die Apothekengehilfin wirkte völlig überrascht und las jetzt selbst, was auf der Schachtel stand. Stimmte zu. Dann griff sie zum Ladentelefon und rief jemanden zu Hilfe. Wir sahen, wie eine andere Apothekengehilfin die Vaselinedöschen ablegte, die sie gerade ordnete, und sich zum Tresen aufmachte. Um Amber herum hatte sich bereits eine Schlange gebildet, doch sie schien das gar nicht zu bemerken. Nur wir wussten, dass sie es sehr wohl registrierte.

Ich wollte zuschauen. Hören, was sie sagte. Weil sie Amber war und ich wusste, wie lustig es sein würde. Doch diesmal packte mich Will beim Arm – seine Berührung riss mich zurück zu meiner Mission.

»Lottie, mach schon.« Zögerlich wandte ich mich ab und huschte ihm und Evie nach zum Bikinikörper-Regal.

Es war ziemlich verwaist, von wegen Winter und so. Ich lehnte mich genau in Wills Objektiv und stieß ein richtiges Löwengebrüll aus – was, so wurde mir gesagt, überraschend realistisch klang.

»Fein – Cellulite-Creme«, fauchte ich. »Jetzt geht's dir an den Kragen!«

Evie und ich sahen uns noch einmal nach Zeugen um und zogen dann zahlreiche Flaschen mit unterschiedlichsten Anti-Cellulite-Mitteln heraus, die wir uns unter die Arme klemmten.

»Was machst du gerade, Lottie?«, fragte Will im Dokumentarfilmerton.

»Ich verstecke die Cellulite-Cremes.«

»Hinter den Durchfall-Medikamenten«, kicherte Evie hinter mir.

Wir machten uns auf zur Bauchwehabteilung – die auch ziemlich leer war.

»Warum versteckt ihr die Cellulite-Cremes?«, fragte Will.

Ich zog ein paar Darmflora-Regeneriertütchen heraus, um hinten Platz zu schaffen, und versteckte vier Creme-Packungen dahinter. Man konnte sie kaum noch sehen – es war grandios.

Ich warf der Kamera einen Blick zu – voll in Aktion. »Weil«, erklärte ich, »fast alle Frauen Cellulite haben. Das hat biologische Ursachen. Wir Frauen speichern aufgrund unserer Hormone in dieser Weise Fett. Trotzdem hat irgendein Klugscheißer beschlossen, dem einen Stempel aufzudrücken und uns einzureden, Cellulite wäre eklig, und wir müssten sie loswerden. Wenn man neunzig Prozent aller Frauen Unsicherheit über ihre NORMALEN Körper einimpft, ist das im Grunde nur eine weitere Methode, uns zu kontrollieren – dafür zu sorgen, dass wir uns über unsere Schenkel den Kopf zerbrechen statt über die wirklich wichtigen Probleme dieser Welt. Dass wir uns scheiße fühlen, damit wir auch ja Geld für Sachen ausgeben, die wir nicht brauchen, um das kapitalistische System am Laufen zu halten und die herrschenden Machtverhältnisse zu bewahren.«

Evie tauchte neben mir auf. Sie hatte bereits all ihre Cremes hinter den Rennie-Magenaufräum-Tabletten verstaut.

»Jetzt noch mal auf verständlich, Lottie!«, forderte sie.

»Öh …« Ich nahm noch einen Anlauf. »Die Erfindung der Cellulite als etwas Ekelhaftes, das schleunigst beseitigt gehört, möglichst mit teuren Mitteln, ist nur ein weiterer Trick, damit wir Mädchen uns schlecht in unserer Haut fühlen.«

»Besser«, sagten Evie und Will wie aus einem Mund.

Ich schob noch ein paar weitere Flaschen hinter Anti-Sodbrenn-Mittel, rief »Nächste Mission!«, und schon wuselten wir in die Rasiererabteilung. Wieder spähte ich über die Regale in Ambers Richtung. Die Schlange war jetzt GEWALTIG und Amber am Rotieren. Ihr Haar war in den letzten zwei Minuten deutlich voluminöser geworden, ein verlässliches Stressbarometer. Megan, so bemerkte ich, hatte ihre Kapuze hochgezogen und eine Sonnenbrille aufgesetzt. Ich unterdrückte ein Lächeln – sie passte perfekt zu uns.

»Beeilung«, sagte Will. »Wir haben nicht mehr viel Zeit.«

Ich warf einen letzten Blick auf Amber.

»Können Sie nicht einfach anrufen und nachfragen?«, brüllte sie. »Ich meine, das ergibt doch überhaupt KEINEN SINN, dass etwas von derselben Marke mit den gleichen Inhaltsstoffen mehr kosten soll, nur weil die Schachtel rosa ist!«

Vor den Rasierern bremsten wir ab. Hier waren Kunden – ein jüngeres Paar. Beide starrten gebannt auf die Männerrasierer, als wäre seine Rasur ein wichtiges gemeinsames Projekt oder so was.

Evie und ich sahen einander hilflos an. »Was machen wir jetzt?«, flüsterte sie.

Da hörte ich, wie Amber noch stärker auf die Tube drückte. »NEIN, ICH TRETE SICHER NICHT ZUR SEITE. SIE KÖNNEN NICHT FÜR EINE SACHE ZWEI PFUND MEHR VERLANGEN, NUR WEIL SIE ROSA IST!«

Uns lief die Zeit davon. Aber der Sexismus! Dieser Rasiersexismus! Da war er – und die Regeln meiner Aktion besagten, dass ich darauf reagieren musste. Ich langte in meinen Rucksack und zog die Poster heraus, die Megan gemacht hatte.

»Fangen wir in der Damenabteilung an und sehen, wie weit wir kommen«, flüsterte ich.

Wir hasteten den Gang hinunter, und um uns herum explodierte ein pinkes, feuchtigkeitsspendendes Feuerwerk, aus dem das Wort »GÖTTIN« herabregnete. Die Rasierer selbst baumelten von den Regalen – umgeben von Fotos von schlanken, gebräunten Bratwurstbeinen an exotischen Stränden. Und das, obwohl der real erzielte Effekt meist in gepunkteten Beinen bestand, da der Selbstbräuner einfach in die Haarlöcher einsickerte, und diese Pünktchenbeine ragten dann unter einem Rock hervor, der einem das Pinkeln schwer machte, bei einem beschissenen, verregneten Grillfest im Park, wo keiner der Jungs einen auch nur eine Sekunde an den Grill ließ. Ich dachte an meine eigenen Beine, verborgen unter besonders blickdichten Strumpfhosen. Sie hatten die Stoppelphase bereits hinter sich gelassen … aber niemand konnte sie sehen … zum Glück … uppsi … kognitive Dissonanz!

Das Pärchen lungerte immer noch herum, legte ein geradezu unnatürliches Rasierer-Interesse an den Tag. Es half nichts, wir mussten handeln.

»Bereit?«, fragte Evie.

»Bereit.«

Ich drückte etwas Sekundenkleber auf das laminierte Poster und auf meine Finger, wo er wohl auf ewig bleiben würde.

Eilig brachte ich das Poster so an, dass es die größtmögliche Anzahl von Rasierern bedeckte. Darauf war ein riesiger Pfeil, der nach links wies, in die Herrenabteilung.

IDENTISCHE, ABER BILLIGERE RASIERER DORT DRÜBEN – SEI EINFACH EIN MANN.

Megan hatte auch einen monströsen Comicschwanz gezeichnet (samt behaartem Sack), der vor einem Comicrasierer flüchtete und per Sprechblase verkündete: *Meine Schamhaare sind billiger als deine!*

Evie lachte, als ich es anbrachte.

»Eklig und ergibt nicht viel Sinn, aber cool ist es«, sagte sie.

»Völlig sinnentleert«, moserte Will.

Da hörte ich plötzlich Amber rufen: »Mission abbrechen. Abbruch, Abbruch.«

Und schon sah ich ihr rotes Haar an uns vorbeifegen, dem Ausgang zu. Ich erstarrte und blickte mich um. Das Pärchen war verschwunden, und die Verkäuferin kam in unsere Richtung. Das Pärchen musste uns verpetzt haben! Diese Petzen! Ich war so platt, dass ich zum ersten Mal seit der Grundschule das Wort »Petzen« verwendete!

»WEG!«, brüllte ich – viel zu laut und viel zu auffällig. Will und Evie brauchten keine Einladung – sie waren bereits auf der Flucht. Ich sah Megans Kopf am Regal vorbeifliegen.

»WARTET!«, rief eine Stimme.

Aber wir warteten nicht. Binnen Sekunden waren wir aus dem Geschäft, umfädelten langsamere Kunden. Meine Zehen stießen vorn gegen meine Schuhe, wir liefen zu dem schäbigen Notausgang, den Evie als erste Zuflucht gewählt hatte. Ich fühlte Panik, ich fühlte mich stark, ich fühlte mich lebendig … ich kämpfte. Wieder. Die Woche war hart gewesen, doch ich kämpfte immer noch …

Dreiundzwanzig

Amber hielt ihr übervolles Weinglas hoch und brüllte: »Lasst uns anstoßen!«

Evie und ich wechselten einen Blick. Amber war besoffen. Sie hatte ein Rotweinlächeln, und ihr Haar machte schlapp.

»Auf was?«, fragte ich, lauter als geplant. Vielleicht war ich auch ein wenig angesäuselt.

»Darauf, dass uns heute keiner erwischt hat.«

Wills Weinglas schwenkte in mein vernebeltes Blickfeld. »Darauf trinke ich«, sagte er. »Und außerdem hab ich jetzt genug Beweismaterial auf Band, um euch alle hinter Gitter zu bringen. Ihr müsst nett zu mir sein bis in alle Ewigkeit.«

»Darauf stoß ich an«, sagte ich.

»Ich auch«, sagte Evie.

»Ich auch auch«, lallte Megan. Sie war so klein und zierlich, dass der Wein bei ihr zehnmal so reingehauen haben musste wie bei uns.

»Na gut.« Ambers Glas schwankte in der Luft, Wein tropfte auf ihre Hand. »Also dann: Darauf, dass WIR HEUTE NICHT VERHAFTET WORDEN SIND!«

»DARAUF, DASS WIR HEUTE NICHT VERHAFTET WORDEN SIND!« Unsere Gläser trafen sich in der Mitte, und als ich den Toast mitbrüllte, spürte ich meine Erleichterung.

Ich sank in den großen Ledersessel zurück und ließ die Weinwärme durch mich hindurchsickern – all die Körperteile wiederbeleben, die heute dem Adrenalin zum Opfer gefallen waren. Wir hatten es tatsächlich geschafft, das ganze feministische Shoppingspektakel reibungslos durchzuziehen! Im Klamottenladen hatte Amber eine Heulattacke in der Umkleidekabine markiert und geplärrt: »ICH KRIEG NOCH NICHT MAL MEINEN UNTERSCHENKEL IN DIESE JEANS, OBWOHL SIE IN 38 IST! ICH BIN SO EINE FETTE KUH!« Eigentlich ein Moment von erlesener Schönheit. Sämtliche weibliche Kundinnen hatten sich um sie versammelt und ihr versichert, sie sei doch nicht dick, diese Jeans hätten einfach einen seltsamen Schnitt, sie sei doch wirklich, wirklich schön. »IN DIESEN SPIEGELN SEHE ICH IMMER CELLULITE, VON DER ICH GAR NICHTS GEWUSST HAB«, flennte Amber weiter, während Megan und Evie alles auf ihren Handys mitfilmten.

Inzwischen hatte ich die speziellen T-Shirts herausgezogen, die Megan gemacht hatte, und Will und ich waren von einer mageren Kleiderpuppe zur nächsten gesaust und hatten sie ihnen über den Kopf gezogen. Sie trugen das #Vulvavengers-Logo und sagten Sachen wie: *Ich bin zu dünn zum Menstruieren.* Gerade als man auf uns aufmerksam wurde, waren wir schon unterwegs zum Spielzeugladen. Umgeben von Dudel- und Leuchtkram aus Neonplastik, hatten wir das Schild zur »Spielzeug für Jungen«-Abteilung mit dem zur »Spielzeug für Mädchen«-Abteilung vertauscht, weshalb die Jungenabteilung jetzt voller Puppen und die Mädchenabteilung voller Lego und Piraten war. Und dann – endlich! – hatten wir im Buchladen unser Tagwerk vollendet, indem wir Post-its in jene Bücher geklebt hatten, die wir als besonders widerlich empfanden. Ich hatte einige Zettelchen in den neuesten Roman eines gefeierten Autors geschoben, der für seine »klugen Romantikkomödien« bekannt war und immer kübelweise Preise gewann. Auf den Zetteln stand: *Hätte eine Frau das geschrieben, hieße es Chick Lit und hätte nie einen Preis gewonnen.* Dann schlugen wir bei den Kinderbüchern zu, besonders bei den Bastelbüchern. Dort waren Ausmalbücher ausgestellt, beispielsweise *Mein wunderschönes Mädchenmalbuch* und *Das Abenteuermalbuch für mutige Jungs.* Wir garnierten sie mit reichlich Post-its (*Auch Jungs können wunderschön sein! Auch mutige Mädchen wollen Abenteuer!* Und zur Sicherheit noch mit einem Klassiker: *Geschlecht ist ein soziales Konstrukt*). Anschließend waren wir total geschafft gewesen und hatten eine Kneipe gestürmt, von der Will wusste, dass sie dort nie den Perso sehen wollten. Es war ein richtiger Altherren-Pub – offener Kamin in der Ecke, alte Ledersessel und Zottelhunde, die mit dem Kopf zwischen den Pfoten herumlagen.

Dann hatte Will uns erst mal alle in Verwirrung gestürzt, indem er zwei Flaschen Merlot bestellt hatte.

»In unserem Alter trinkt keiner Merlot«, sagte Evie. »Ich weiß noch nicht mal, was Merlot ist. Aber ich weiß, dass ich zu jung bin, um ihn zu trinken.«

Doch aus den zwei Flaschen waren vier geworden, und wir waren warm geworden mit dem Rotweingeschmack. Draußen war es kalt und es wurde so früh dunkel. Der Wein fühlte sich in meinem Magen genau richtig an, und ich starrte in die Finsternis hinaus und fragte mich, wie wir es fertiggebracht hatten, das wirklich durchzuziehen.

»Also, Will«, sagte Amber mit alkolauter Stimme. »Wie fandest du deine Woche unter feministischen Freiheitskämpferinnen?«

Er beäugte sie über das Glas hinweg, sah ihr Rotweinlächeln. Er wirkte sehr nüchtern, obwohl er nicht weniger getrunken hatte als wir.

»Ich hab heute genug anständiges Material zusammengekriegt, alles andere ist mir egal.«

»Ja, aber …« Amber ließ ihr Glas in der Luft kreisen. »Geben wir dir nicht auch was zum Nachdenken? Bewegen irgendwas bei dir? Nur ein klein bisschen?«

»Nein«, entgegnete er knapp.

»Wie kann das sein? Bei all dem, worauf Lottie hinweist?«

»Vergebliche Liebesmüh«, rief ich über den Tisch.

Will warf mir einen undurchdringlichen Blick zu. Er nahm sein Glas, ganz kennerhaft, nippte daran wie ein echter Erwachsener und wandte sich wieder an Amber.

»Warum hängt ihr euch so daran auf, dass ich nicht eurer Meinung bin? Warum seid ihr so besessen davon, mich auf eure Seite zu ziehen?«

»Warum beantwortest du meine Frage nicht?«

Er zuckte die Schultern – nippte noch einmal.

Evie nahm ihm die Antwort ab. »Er hat nicht gerne die gleichen Überzeugungen wie andere, oder, Will?«

Er hob eine Augenbraue, gab aber extra keine Antwort. Wir funkelten ihn böse an, bis uns Megans Kopf ablenkte, der auf die Tischplatte knallte.

»Ich hasse Männer«, erklärte sie verwaschen. »Ihr seid alle so scheiße, weißt du das? Ihr seid alle TOTALE SCHEISSE.« Sie lehnte sich zurück, und ich sah, wie sich ihre Augen nach oben drehten.

Ach du Schande – sie war völlig hinüber.

Amber schlang den Arm um sie, versuchte, sie zum Schweigen zu bringen, damit wir keine Aufmerksamkeit erregten. Megan barg das Gesicht an Ambers Schulter und überraschte uns alle damit, dass sie laut aufheulte. Ihre Schluchzer kamen tief aus ihrem Inneren – die Art von hohlem Schluchzen, das zu lange unterdrückt worden war. Wir waren alle völlig überfragt, was wir tun sollten. Amber zog Megan sanft auf die Füße, und gemeinsam verschwanden sie auf der Damentoilette.

Einige der ältlichen Stammgäste starrten uns an.

Will rümpfte die Nase. »Was sollte das denn jetzt?«

»Weiß nicht«, log ich.

Will ging in Mauerhaltung. »Mit solchen Verallgemeinerungen um sich werfen geht ja wohl gar nicht! Das ist mal was für deine Hupe! Ist doch sexistisch, wenn sie sagt, alle Männer sind scheiße.«

»SEI STILL, WILL«, riefen Evie und ich wie aus einem Mund.

Er verschränkte die Arme fester vor der Brust und lehnte sich in seinem Sessel zurück. »Aha, jetzt verstehe ich. Eine Regel für Jungs, eine ganz andere Regel für Mädchen.«

»SEI STILL, WILL«, wiederholten wir.

»Himmel«, sagte ich. »Könntest du einmal aufhören, die Debattenolympiade gewinnen zu wollen? Hast du überhaupt schon mal nachgedacht, was Megan dazu gebracht haben könnte, so was zu sagen?«

»Heuchelei? Umgekehrter Sexismus?« An der Art, wie er dabei den Kopf schief legte, las ich ab, dass der Wein ihm vielleicht doch zugesetzt hatte, aber das war mir wurscht.

»Nicht jetzt, okay?« Damit stand ich auf und folgte Amber und Megan auf die Toilette – überließ es Evie, sein armes Ego zu verarzten.

Ich hörte das Heulen schon durch die geschlossene Tür. Innen sah ich Amber auf der Toilette kauern, Megan weinend an ihrer Brust, den Kopf schlaff an ihrer Schulter. Amber streichelte ihr übers Haar, machte ihr gluckende Geräusche ins Ohr, versuchte, sie zu beruhigen. Als ich hereinplatzte, sah sie auf und nickte mir zu.

»Megan?«, sagte ich sanft und kniete mich auf den schmierigen Boden. »Megan, was ist los, Süße?«

Sie schüttelte den in Amber gepressten Kopf. »Nichts. Alles okay.«

Ein weiterer Schluchzer bestätigte genau das Gegenteil.

»Megan, was ist los? Du kannst es uns sagen. Wir sind für dich da.« Ich streichelte ihr den Rücken, während Amber ihr das Haar streichelte.

»Alles ist so kaputt«, krächzte sie. »Ich bin so kaputt. Ich weiß nicht mal mehr, wer ich bin, ich … ich …«

»Ist es wegen …?« Ich wollte gerade nach Max fragen, doch Ambers warnender Blick hielt mich zurück. »Dem Wein?«, änderte ich die Stoßrichtung und zuckte wild fragend mit den Augenbrauen in Ambers Richtung. Warum sollten wir sie nicht ermutigen, mit uns darüber zu sprechen?

Megan schob ihre Mähne zurück, und ich wäre um ein Haar vor Schreck zusammengezuckt. Ihre Augen waren rot geweint, ihre Schminke war überall verteilt. Sie sah so … verloren aus. Als wäre ihre ganze Existenz ein Puzzle, dessen Teile sie nicht mehr zusammensetzen konnte.

»Tut mir leid«, sagte sie. »Ich versau hier alles. Es tut mir leid. Ich bin so eine Idiotin, eine solche verdammte Idiotin …«

»Es gibt nichts, wofür du dich entschuldigen müsstest«, sagte ich beruhigend.

»Doch, gibt es. Ich hab euch den Tag ruiniert … ich hab alles ruiniert … ich mache alles kaputt. Keiner wird mir glauben, wenn ich … wenn …«

Mein Herz begann zu rasen. »Wenn was?« Wieder warf ich Amber einen Blick zu.

Megan sah mir mitten ins Gesicht, tränenüberströmt. Sie machte den Mund auf, und da wusste ich … sie würde es uns erzählen, und wir würden ihr versichern können, dass es okay war, dass wir ihr glaubten, dass wir ihr helfen würden, zur Polizei zu gehen, dass wir verstanden.

»Ich … Ich … Ich muss kotzen.«

Wie ein Vollprofi schwang Amber Megan herum, sodass sie kopfüber über dem Klo hing. Keine Sekunde zu früh. Wir saßen auf dem Boden und rieben ihr den Rücken, während sie würgte und würgte.

»Wie viel Wein hat sie getrunken?«, fragte ich Amber. »Sie ist ja völlig hinüber.«

»Weiß nicht genau. Aber bevor du reingekommen bist, hat sie gesagt, dass sie weder gefrühstückt noch zu Mittag gegessen hat. Sie hat gesagt, sie ›verdient‹ es nicht, was zu essen.«

»Das ist übel.«

»Das ist sehr übel.«

Noch ein lautes Würgen und ein Platschen.

»Sie muss mit jemandem sprechen«, flüsterte ich dringlicher. Doch Amber warf mir wieder einen Blick zu, bei dem mir die Haare zu Berge standen.

»Sie muss genau das machen, was sie machen muss, in ihrem eigenen Tempo.«

»Sie sollte zur Polizei gehen!«

Darauf verdrehte Amber tatsächlich die Augen, dolchte mitten in meine Gefühle. »Jetzt mal ohne Scheiß, Lottie. Wir wissen noch nicht mal, ob es eine Polizeisache ist. Und was du tun willst, ist nicht immer das Richtige für alle anderen, weißt du?«

Mein Gesicht glühte auf, mein Hals schnürte sich zu. Amber wies mich sonst nie zurecht! Wir schnauzten einander niemals an. Und es tat so weh, dass ich fast schon Megans Kopf aus der Kloschüssel ziehen wollte, um selbst reinzukotzen.

Ich entgegnete nichts. Ich war zu geplättet. Zu verwundet.

Wir blieben bei Megan, ohne zu sprechen. Ich war zu aufgebracht, um zu reden – aufgebracht wegen Amber, wegen dem, was Megan passiert war. Ich hatte gedacht, dass der heutige Tag, ihr Dabeisein, vielleicht helfen würde …

Evie kam herein, um nach uns zu sehen. »Will entschuldigt sich. Obwohl er vorausgeschickt hat, dass er gar nicht weiß, wofür er sich entschuldigt.« Sie rümpfte die Nase. »Egal, er hat jedenfalls angeboten, dass er uns hilft, sie heimzubringen.«

Megan hatte aufgehört, sich zu erbrechen, und heulte jetzt nur noch in die Toilettenschüssel. »Es tut mir so leid, so leid«, stammelte sie, immer wieder, immer wieder.

»Megan?«, fragte Amber mit ganz sanfter Stimme. »Glaubst du, du kannst aufstehen?«

»Es tut mir so leid. Ich wollte nicht ... tut mir so leid ... alles kaputt gemacht ...«

»Alles okay, mach dir da überhaupt keine Gedanken. Kannst du aufstehen?«

Mit unserer Hilfe stolperte Megan auf die Beine. Ihre Jeans waren voller Toilettenspülungswasser und weiß der Himmel noch was.

»Ich sag Will, dass wir gehen«, sagte Evie, als Amber und ich Megan zwischen uns stützten.

»Weißt du, wo sie wohnt?«, fragte ich Amber und brach das unbehagliche Schweigen.

»Bei mir in der Nähe, glaub ich«, murmelte Amber, ohne mich anzusehen. »Manchmal begegnen wir uns auf dem Schulweg. Aber genau weiß ich es nicht.«

»Megan?« Ich verlagerte mein Gewicht, um sie besser stützen zu können. »Kannst du uns deine Adresse sagen?«

»Beech Drive«, murmelte sie in ihre Brust, den Haarvorhang vor dem Gesicht.

»Jupp, bei mir um die Ecke«, sagte Amber. »Auf, auf, Megs, wir gehen.«

Evie drückte sich wieder durch die Tür, um uns mitzuteilen, dass Will einen Hinterausgang geortet hatte. »Dort sieht uns vielleicht keiner.« Im Kopf sprach ich Will meinen Dank aus.

Er kam zur Toilettentür und nahm uns Megan ab, schlang sich ihren Arm um den Hals und redete auf sie ein. »Hey, Megan, ich bin's, Will. Ja ... ich weiß ... ich bin ein Arschloch ... jupp ... ein Megaarschloch. Sollen wir einfach kurz raus an die Luft? Weiß nicht, wie's dir geht, aber ich fang hier drinnen noch an zu kochen.«

»Sorrysorrysorry, tut mir so leid ...«

»Dir muss nichts leidtun. Schau mal, da ist die Tür, da gehen wir jetzt einfach durch.«

Ich bestaunte gerade seine totale Persönlichkeitsmutation zum »Freund und Beschützer«, als Evie mich anstupste. »Wir müssen die Taschen noch holen.«

»An was du immer alles denkst«, staunte ich.

Sie tippte sich seitlich an den Kopf und lächelte. »Ein praktischer Nebeneffekt.«

Wir überließen Will und Amber die Aufgabe, Megan unbemerkt hinauszubugsieren, und kehrten an unseren Tisch zurück, um die Rucksäcke, Jacken, Schals und all das andere Zubehör einzusammeln, das man so braucht, wenn man sich zur Winterzeit aktivistisch betätigt. Beim Anblick des Tisches fühlte ich mich richtig traurig und ernüchtert. Er war unser Feiertisch gewesen – unser Triumphtisch. Doch die Euphorie war völlig verpufft. Ich fing an, alles zusammenzupacken und mir drei Rucksäcke auf die Schultern zu hieven.

Hast du echt geglaubt, es hilft Megan, ein paar lustige T-Shirts über untergewichtige Schaufensterpuppen zu ziehen?, fragte ich mich. Hast du echt geglaubt, wenn du ein paar Post-its in Bücher schiebst, verhinderst du irgendwelche Schrecklichkeiten? Du machst dir was vor, Lottie.

»Geht's dir gut?«, fragte Evie. Ich war mitten im Aufräumen erstarrt.

»Ja, tut's«, sagte ich.

»Tut's aber nicht«, sagte sie. An Evie konnte man einfach kein unterdrücktes Gefühl vorbeischmuggeln, sie erschnüffelte es wie ein Gefühltrüffelschwein.

Ich lächelte sie müde an. »Wird's aber.«

Evie schnappte sich die Gläser und trug sie zum Tresen, wo der Barkeeper dankbar nickte. Ich konnte nur staunen – sie hielt sie zwischen die Finger geklemmt und wusch sich hinterher noch nicht mal die Hände. Was so ein Jahr (plus Medikamente und Intensivtherapie) doch ausmachen konnte.

»Evie?«, fragte ich, als wir die letzten um die Lehnen drapierten Schals abzupften.

»Ja?«

»Als du … krank geworden bist … weißt du noch? Letztes Jahr?«

»Bin ich das?« Sie lachte und ich fiel ein. Sie war so unleugbar krank gewesen, dass es … nun ja … nicht zu leugnen gewesen war. Sie war sogar in der Psychiatrie gelandet.

»Du erinnerst dich vielleicht.« Ich lächelte. »Ein winziger Aussetzer.«

»Ach ja, der. Was ist damit?«

Einen Moment lang entglitt mir mein Lächeln. »Wenn du da an alles gedacht hast, was du noch vor dir hast, damit … also, damit es dir wieder gut geht … kam dir das nicht alles viel zu viel vor?«

Evie ließ sich plötzlich auf den Stuhl sinken und faltete den Schal, den sie gehalten hatte. Ich hoffte, es war okay, sie danach zu fragen.

»O ja«, sagte sie, ohne zu zögern. »Das hat sich definitiv so angefühlt, als wär es viel zu viel. Deshalb auch die Sache mit dem … sich dem Wahnsinn völlig ergeben.«

Ich lächelte traurig. »Aber wie kam es, dass du das Gefühl hattest, es wär die Mühe wert?«, fragte ich, die Worte sorgsam wählend. »Woher kam das Gefühl, dass es … Sinn ergab, um's mal so zu sagen?«

Sie faltete den Schal noch kleiner, sodass ich mich schon fragte, ob ich es geschafft hatte, meine besten Freundinnen gleich beide auf einmal zu vergrätzen. »Das Gefühl hatte ich nicht«, entgegnete sie schlicht. »Lange Zeit hatte ich nicht das Gefühl, dass es überhaupt einen Sinn ergab, wieder gesünder werden zu wollen. Ich war so überzeugt davon, dass es mir nie wieder besser gehen würde. Das schien so ein Riesenberg, so unüberwindbar. Aber dann hat Sarah – Sarah hast du ja kennengelernt, oder?«

Ich nickte. Sarah war Evies Verhaltenstherapeutin und diejenige, die Amber und mich ins Krankenhaus eingeladen hatte, um Evie zu besuchen.

»Also, eines Tages hat Sarah was gesagt. Sie hat gesagt: ›Du kannst es genauso gut versuchen, Evie. Es kann nicht schaden.‹ Und da ist mir aufgegangen, dass sie ja recht hat. Ja, dieses Versuchen war anstrengend und hat bedeutet, dass ich lauter Sachen machen musste, die ich nicht wollte, und es kam mir so sinnlos vor, dass ich mir all das zumuten musste, wo ich doch eh nicht geglaubt habe, dass es was bringt. Aber das konnte ich ja wieder nicht mit Sicherheit wissen, wenn ich's nicht ausprobiert hatte. Also hab ich's versucht. Und klar, ewig kam es mir so vor, als wäre es sinnlos. Aber dann hab ich plötzlich gemerkt, wie sich Tag für Tag ein bisschen was getan hat …«

Ich kauerte neben ihr auf dem Sesselrand. Ich wusste, dass uns nicht viel Zeit blieb. Draußen war es kalt, und Amber und Will schienen Megan erfolgreich aus dem Pub gewuchtet zu haben.

»Kriegst du gerade die Krise oder so was?«, fragte Evie und stupste mich mit dem Po an. »Hat Lottie, die Übermächtige einen Aussetzer?«

Ich zuckte die Schultern. »Vielleicht. Ich weiß es einfach nicht. Nur – was Megan durchmacht, ist so gewaltig und so grauenhaft, und sie spricht noch nicht mal drüber. Und ich hab gedacht, das heute würde ihr vielleicht helfen, aber … was sind schon ein paar versteckte Cellulite-Cremetuben gegen so was?« Ich merkte, wie mir die Stimme versagte, und wurde noch wütender auf mich. Es war einfach nicht angemessen, hier zu weinen, hier ging es nicht um mich. Hier ging es um Megan, und ich kam mir vor, als würde ich ihre persönliche Tragödie an mich reißen. Aber ich kam nicht dagegen an. Angesichts dessen, was sie durchmachte, fühlte ich mich hilflos und verzweifelt. Angesichts der Tatsache, dass so vielen Mädchen beschissene Dinge zugefügt werden und sie keiner Menschenseele etwas davon verraten.

»Weißt du noch, als du uns vor ein paar Monaten genötigt hast, für die Spinster Girls *Der Weibliche Eunuch* zu lesen?«, fragte Evie.

Ich nickte.

»Nun, ich muss zugeben, ich hab's nicht ganz durchgeschafft. Es war SCHWER, Lottie. Ich hab nicht ganz so viele Prüfungsfächer gemacht wie du, klar? Aber egal, die Teile, die ich gelesen und verstanden habe, waren richtig gut. Und da gab es ein Zitat, an das ich immer wieder denken muss. Besonders, seit Teddy und seine Kumpels bei dieser Jukeboxaktion so ätzend zu uns waren. Ich weiß es nicht mehr wörtlich, aber es ging ungefähr so, dass eine Gesellschaft sich nicht im Laufe einer Generation ändern kann. Dass die meisten, die für das Richtige kämpfen, nicht mehr miterleben, was sie bewirkt haben.«

»Super – danke, welch aufmunternder Gedanke«, lachte ich.

»Ich war noch nicht fertig«, sagte Evie. »Aber es hieß, man muss trotzdem dran glauben, dass man etwas verändert, und seine Hoffnung darauf richten. Und denk doch mal – denk an all unsere großen Freiheitskämpfer, die bis zu ihrem Tod nicht wussten, was sie mal für Denkmäler sein würden. Martin Luther King, Mary Wollstonecraft, Emmeline Pankhurst … Die wären begeistert, wenn sie wüssten, wie es heute um uns steht. Wie sehr sich die Flammen ausgebreitet haben, die sie entzündet haben.«

»Die wären auch deprimiert, wenn sie wüssten, was noch alles zu tun ist.«

»Gott, bist du heute muffig!« Evie stand auf. »Das auch, klar. Aber sie haben was verändert. Sie hatten die Hoffnung und den Glauben, dass sie etwas bewegen würden, und das haben sie auch. Und wenn wir – Leute wie du und ich, die FemAG und all die anderen FemAGs im ganzen Land –, wenn wir heute gegen etwas kämpfen, dann erleben wir den Wandel vielleicht auch erst viel später, vielleicht sogar nie. Aber wir werden eine winzige Welle in Bewegung gesetzt haben, und irgendwann in der Zukunft werden ein paar Leute für diese Welle dankbar sein und sie vielleicht zum Vorbild nehmen, um ihre eigenen Wellen loszutreten.«

Zum ersten Mal, seit Megan den Tisch verlassen hatte, wurde mir wieder warm.

»Warum bist du so weise?«, fragte ich und blickte voller Ehrfurcht zu Evie auf.

»Endlose Jahre Therapie.«

Vierundzwanzig

Es dauerte ein ganzes Weilchen, bis wir Megan nach Hause gebracht hatten. Sie war außerordentlich betrunken, sogar noch nach all dem Gekotze. Ich war immer noch völlig fassungslos, wie sie das geschafft hatte, ohne dass ein Mensch es mitbekam.

»Tut mir leid, tut mir so leid«, wiederholte sie in Wills Schulter.

Will – Ehre, wem Ehre gebührt – hatte sie im Grunde nach Hause getragen, ihr gesagt, dass alles gut sei, es sogar geschafft, sie zwischen den Schluchzern noch zum Lachen zu bringen.

Amber und ich wechselten den ganzen Rückweg über kein Wort. Zwischen uns herrschte dicke Luft, und nach meiner anfänglichen Verunsicherung war ich mittlerweile nur noch sauer. Warum führte sie sich so auf?

Es war Amber, die bei Megan an der Tür läutete und ihren Eltern alles erklärte, während wir anderen uns schlotternd hinter der Hecke verborgen hielten. Ich beobachtete durch die Zweige, wie die Tür aufging und die Eingangstreppe zu Megans Haus mit orangenem Licht geflutet wurde. Ambers rotes Haar leuchtete noch röter auf. Megans Mutter wirkte – soweit von hier erkennbar – noch nicht mal geschockt. Sie nickte nur zu Ambers Erklärungen, langte dann sanft nach Megans Hand und zog sie sich in die Arme. Amber winkte noch einmal, dann schloss sich die Tür, und sie kam zu uns herüber.

»Wie ist es gelaufen?«, fragte ich.

Amber brachte mich noch mehr auf die Palme, indem sie nur knapp nickte. »Gut.« Keine weiteren Erklärungen. Nun, darum betteln würde ich bestimmt nicht.

Evies Kopf tennisballte von mir zu ihr, von ihr zu mir, und sie kaute sich auf der Lippe herum – etwas war faul, das war ihr klar.

»Also, ich bieg dann hier ab.« Amber reckte die Arme zum Abschied. »Wir sehen uns Montag?«

Ich nickte, Evie auch. Will hüstelte, um uns in Erinnerung zu rufen, dass eventuell auch er da sein würde.

»Du hast Montag nach der Schule dein Interview mit der Lokalzeitung«, erinnerte er mich.

»Das ist so cool!« Evies heitere Stimme verriet etwas zu viel von ihrer Bemühung, die dunklen Gewitterwolken zu durchbrechen.

»Hoffentlich ...«, sagte ich. Amber sagte gar nichts. Ernsthaft – was hatte ich denn verbrochen?

»Tja, gute Arbeit heute, Leute«, sagte Evie – immer noch im angestrengten Fröhlichkeitsmodus. »Ich geh dann mal besser. Ihr wisst ja, wie meine Mutter ist ...«

Wir winkten und gingen auseinander. Will wohnte eigentlich gar nicht weit von mir und spazierte deshalb in meine Richtung, doch mir war mehr nach Alleinsein, weshalb ich einen Umweg machte. Das Gespräch mit Evie hatte mich etwas aufgeheitert, aber ich fühlte mich immer noch seltsam und verloren und völlig verwirrt wegen Amber.

Ich wusste, ich sollte ihr schreiben. Es rauslassen. Besser machen. Aber ich war zu erschöpft. Das, was wir heute getan hatten – das Adrenalin, die Woche, die hinter mir lag –, irgendwie hatte mich das alles unter sich begraben, mir die Kraft für jede Art von Konflikt geraubt. Selbst für den gesunden Raus-damit-schaffen-wir's-aus-der-Welt-Konflikt.

Ich ging mit vor der Brust verschränkten Armen – blickte zu Boden, um auch ja keinen Sexismus entdecken zu müssen. Auch dafür hatte ich keine Energie.

Mum und Dad waren nicht da, als ich hereinkam. Ein Zettel von Mum teilte mir mit, sie sei im Zentrum und Dad mit Freunden einen trinken. Es war erst früher Abend, aber es fühlte sich später an. Es war schon nachtschwarz, alle Vorhänge waren zugezogen.

Ich hatte so viele Hausaufgaben, aber ich machte keine einzige davon.

Ich hätte Amber dringend eine Nachricht schicken sollen, aber ich ließ es sein.

Ich schickte Megan eine.

Hey, du warst heute eine Riesenhilfe, danke! Hoffe, du hast morgen kein Kopfweh. x

Trostlosigkeit durchsickerte mich – eine Trostlosigkeit, die ich gar nicht kannte. Ich bin kein betrübter Mensch. Gewöhnlich bin ich forsch und heiter. Aber diese neue Trostlosigkeit hatte mich gefunden, war in mich eingedrungen, hatte sich in mir breit- und die Schotten dichtgemacht.

War das alles heute die Mühe wert gewesen? Würde es etwas bewirken? Warum hatte ich nicht die Energie, mich mit Amber auszusprechen? Und dahinter lauerte schon die größte, hartnäckigste Sorge. Nahm ich die Aktion wichtiger als den Rest meines Lebens? Und wenn ja – was bedeutete das? Cambridge und die Zulassung dafür fühlten sich gerade so weit weg an – ein winziges Fleckchen an einem Horizont, der völlig von dieser Aktion verstellt war. Dieser Aktion, die mir so viel bedeutete und mir so viel Energie absaugte. Energie, die ich mir, wie ich wusste, idealerweise für Cambridge hätte aufsparen sollen, für meine Zukunft, damit ich mich überhaupt in die Position bringen konnte, etwas von innen heraus zu verändern.

Als mein Handy brummte, stürzte ich mich regelrecht darauf. Hoffte, es sei Amber – hoffte, dass sie den ersten Schritt machte, hoffte, dass sie die Energie hatte, die mir abging.

Aber es war nicht Amber.

Es war Will.

Das Material von heute ist der Wahnsinn!

Und damit erhellte ein winziges Fünkchen Gold die Dunkelheit.

Ich grinste und drückte auf Antworten.

Die zweite Woche

Fünfundzwanzig

Der Lokalreporter war ganz anders als erwartet.

Keine Ahnung, was ich mir vorgestellt hatte – doch als dieser junge Typ mit seiner Dornröschenprinzfrisur und dem billig glänzenden Anzug aufkreuzte, war ich doch reichlich überrascht.

»Hi, du bist die Charlie, oder?« Er hatte einen aggressiven Händedruck, so fest, dass die Venen ein wenig hervortraten.

»Äh, Lottie.«

»Ach ja, klar.« Er mied meinen Blick, was mich nicht gerade in der Hoffnung bestärkte, dass er die Verbesserung mitbekommen hatte. Er sah über meinen Kopf hinweg zu Will. »Und das ist wohl dein Mitstreiter, was?«

Will streckte ihm die Hand zum Schütteln entgegen. »Will«, stellte er sich vor. »Danke fürs Kommen.«

Wir führten ihn zu den Tischen, die wir in der Bibliothek aufgestellt hatten. Mit Mr Packson war alles abgesprochen. Das Interview würde am College stattfinden, weil das für die Fotos am meisten hergab. Außerdem hatte »Dan, ich bin Dan, toll, dich kennenzulernen« so auch die Gelegenheit, ein paar O-Töne aus der Schule zu sammeln. Die Bücherei war verwaist, ein harter Schultag war vorbei. Megan hatte so getan, als sei nie etwas passiert, was auch nur im Entferntesten mit Wein oder gar Weinen zu tun hatte. Immer, wenn ich es ansprechen wollte, hatte sie das Gesprächsthema abrupt in eine andere Richtung gedreht oder eine neue Designidee aus dem Hut gezaubert. Amber hatte mir gegenüber immer noch den Eisberg gespielt, was mich umgekehrt genauso eisig werden ließ. Warum musste sie sich unbedingt den schwersten Monat meines Lebens aussuchen, um irgendwas an meiner Persönlichkeit zu kritisieren? Evie – in der Mitte gefangen – hatte den ganzen Tag damit zugebracht, zwischen uns die Vermittlerin zu spielen. Unentwegt hatte sie sinnloses Zeug geredet und uns beim Mittagessen zu Jane und Joel an den Tisch gesetzt, deren zusätzliche Gesellschaft die Spannung aus der aufgeladenen Atmosphäre nehmen sollte. Es hatte tatsächlich geholfen. Aber insgeheim hatte ich mir von ihr nichts mehr gewünscht, als dass sie mir ins Ohr flüsterte: »Amber führt sich gerade auf wie die letzte hirnlose Ziege, aber keine Sorge, ich hab dich am liebsten.«

Doch das hatte sie nicht getan.

Was mich auch nicht gerade heiterer gestimmt hatte, waren die *MANNINIST*-T-Shirts gewesen, die Teddy und seine Kumpels bei ihrem Einzug in die Mensa getragen hatten. Oder das laute Gelächter, mit dem einige Mädchen sie dort begrüßt hatten, und ihre grässlichen Blicke bei meinem Hupen oder ihr lautes Murren: »Gott, ist die peinlich.«

So weit zum heutigen Tag. Jetzt machte es sich der Reporter mir gegenüber am Tisch gemütlich. Sein Atem roch kaffeesauer. Er zog ein altmodisches Ringbuch heraus, schlug es auf, holte sich den Kuli hinter dem Ohr hervor und nagelte mich mit einem Lächeln fest, in dem eine ganze Menge mitschwang …

»Also, Charlie.«

»Lottie.«

»Ja, klar, pardon. Also, Lottie, wie bist du auf die Idee gekommen, eine so … interessante Kampagne zu starten?«

Plötzlich war ich sehr nervös. Alles, was ich sagte, würde aufgezeichnet und verwendet werden, umgeben von Text, auf den ich keinen Einfluss hatte. Jedes Wort zählte.

Ich fuhr mir durchs Haar, erwiderte seinen Blick mit meinem

besten Lottie-Starren – das, wonach mir die Leute zuverlässig aus der Hand fraßen – und sagte: »Weil ich es nicht mehr ertragen konnte.«

Sein Stift begann über das Notizbuch zu huschen. »Was ertragen?«

»Alles. Einfach alles.«

»Ach so … aber alles was?«

Ich atmete tief durch und begann, ihm alles zu erzählen. Von Anfang an. Aber nicht vom Lastwagenmänneranfang an – vom richtigen Anfang an. Ich erzählte ihm, wie meine Tante väterlicherseits mir immer Kleidchen zum Geburtstag geschenkt hatte, obwohl ich die als Kind nicht hatte ausstehen können. Wie man mich gezwungen hatte, sie höflichkeitshalber zu tragen, und wie ich nicht hatte herumrennen und mit meinen Cousins Fußball spielen dürfen. Wie die Familie meines Vaters noch immer nicht den Schock überwunden hatte, dass Mum und ich nicht seinen Nachnamen trugen, und glaubten, Mum hätte ihn da irgendwie reintheatert, wo es doch ihre gemeinsame Entscheidung gewesen war. Ich erzählte ihm, wie schon auf dem kurzen Heimweg von der Grundschule die Lkws hinter mir hergehupt hatten, weil ich so früh eine Brust bekommen hatte. Ich erzählte ihm, wie sehr ich mich geschämt hatte, als meine Körperbehaarung anfing zu sprießen – wie mir sofort, ohne dass ich je mit jemandem darüber gesprochen hätte, klar gewesen war, dass ich sie loswerden musste. Ich erzählte ihm, dass mir buchstäblich jeden Sommer schlecht wird beim Gedanken, meinen Körper zeigen zu müssen, da er ja nie gut genug sein wird. Ich erzählte ihm, dass an meiner alten Schule die Jungs einmal bei einem verregneten Mittagessen sämtliche Mädchen in einer Reihe aufgestellt und nach dem schönsten Hintern sortiert hatten, und keiner von uns war es auch nur eingefallen, sich zu beschweren. Dass alle sich darüber wunderten, wie schlau ich doch war, weil ich ja hübsch war, und dass die Kombination aus beidem die Leute misstrauisch machte. Ich erzählte ihm, wie ich mit schöner Regelmäßigkeit als Schlampe und als Hure beschimpft wurde, weil ich schon mehr als einen Freund gehabt hatte – während ich, wäre ich ein Junge, dafür als Held oder Superchecker gefeiert würde. Ich erzählte ihm, wie ich es jedes Mal mit der Angst zu tun bekam, wenn ich allein unterwegs war. Und dass ich mindestens einmal am Tag ein Gespräch führte, bei dem die Augen eines Jungen zu meiner Brust abwanderten, und wie schmutzig ich mich dabei fühlte. Ich redete und redete und redete, und er kritzelte und kritzelte und kritzelte.

Schließlich hatte ich ausgeredet und schloss: »Und ich habe noch Glück, dass ich in diesem Land lebe. Ich hatte eine relativ undramatische Jugend. Denken Sie nur mal dran, wie viel schlimmer es für andere Mädchen ist … Also, eines Tages habe ich jedenfalls beschlossen, dass es jetzt reicht. Dass ich irgendwas unternehmen muss. Und wenn ich all diese Sachen … sichtbarer mache, damit alle, die immer wegsehen, nicht mehr wegsehen können, dann ist das schon etwas.«

Es dauerte eine Weile, bis er mit seinen Steno-Notizen aufgeholt hatte – sein ganzer Block war mit seltsamen Zeichen gefüllt.

»Ja, gut … Wunderbar …«, murmelte er und schrieb noch ein wenig. Dann blickte er auf und grinste. »Das war große Klasse, Charlie!«

»Lottie«, korrigierte ihn diesmal Will.

»Ja … erstklassig … also, ich hab leider nur so dreihundertfünfzig Wörter Spielraum, aber das war sehr … bunt.«

Da spürte ich, dass er nichts kapiert hatte, und wurde von Panik gepackt. Er war Journalist und er kapierte gar nichts. Aber er musste es begreifen … ich musste irgendwie zu ihm durchdringen.

»Wie ist das denn so als Journalist?«, fragte ich, und er blickte überrascht auf.

»Bin ich hier nicht derjenige, der die Fragen stellen sollte?«, fragte er mit einem reichlich schleimigen Grinsen.

»Vermutlich. Ich hab mich nur gefragt, weil es so ein cooler Job zu sein scheint ...«

Will hob fragend die Augenbrauen, wohl weil er glaubte, ich verlöre den Faden. Tat ich aber nicht. Ich wollte den Typen nur für mich gewinnen – ich war gut darin, Leute für mich zu gewinnen. Und bei diesem desinteressierten Journalisten war es besonders entscheidend.

»Manchmal ist es cool. Aber manchmal auch ganz schön hart.«

»Was ist Ihr Karriereziel?« Ich schlug meine Beine übereinander und wieder zurück – beugte mich scheinbar interessiert nach vorne. »Ich meine, wollen Sie für immer bei der *Gazette* bleiben?« Ich rümpfte die Nase, um zu zeigen, wie sehr sie mir zuwider war – obwohl ich insgeheim immer eine Schwäche für unsere Lokalzeitung gehabt hatte. Sie hatte ihren eigenen Charme. Ich blätterte sie immer beim Frühstück durch, wenn Mum und Dad sie herumliegen ließen – lachte über die armseligen Geschichten von Katzen, die aus brennenden Imbissbuden gerettet wurden, und von gepeinigten Anwohnern, die mit dramatisch ausgebreiteten Armen zeigten, wie sehr sie unter den Schlaglöchern litten. Dass wir in so einer sicheren und ruhigen Gegend wohnten, erfüllte mich mit Erleichterung, klar, aber es war auch ziemlich erdrückend und schal, denn es passierte buchstäblich nichts.

»Öh, nein. Nicht für immer«, gab Dan zu und spiegelte meine Körpersprache, was bekanntlich bedeutet, dass man auf der Siegerstraße ist. »Ich will zu einer Überregionalen.«

Ein Ziel. Damit konnte ich arbeiten.

Ich zuckte die Schultern. »Und, warum tun Sie das nicht?«

Da lachte er. »So leicht ist das ja wohl nicht.«

»Wieso nicht?«

Er lehnte sich in seinem Stuhl zurück und faltete die Arme hinter dem Kopf, wobei er kleine Schweißflecke enthüllte. Offensichtlich war ihm recht schnell entfallen, dass eigentlich er mich hätte interviewen sollen. War auch bestimmt öde, immer nur derjenige zu sein, der fragt, und nie derjenige, der mal eine Antwort geben darf.

»Na ja, der Konkurrenzdruck ist sehr hart«, sagte er. »Die wollen nur Leute für den Schichtdienst. Und die Bezahlung ist unterirdisch, und zu Anfang drücken sie einem die Nachtschichten auf. Aber nach London kommt man nur mit dem Zug, und der fährt natürlich nicht die Nacht durch. Also müsste man eigentlich nach London ziehen.« Er schniefte vernehmlich. »Und, tja, London kann ich mir nicht leisten bei der unterirdischen Bezahlung … Ich hab mal vor ein, zwei Monaten ein paar Schichten bei einer Überregionalen gemacht. Ich hab bei einem Kumpel auf dem Boden übernachtet, unter dem Esstisch. Und meinen Jahresurlaub bei der *Gazette* geopfert … Ich hab mir den Arsch aufgerissen … Und als dort eine Stelle frei wurde, war ich mir sicher, die geht an mich, aber …«

»Aber …?« Ich beugte mich ein wenig vor und öffnete den Mund ein ganz kleines bisschen, ohne Will zu beachten, der ebenso befremdet wie genervt wirkte.

»Aber, tja, bekommen hat sie dieser Kerl, der schon einen Onkel in der Redaktion hatte. Ist das zu glauben? Also, ich glaub's sofort. Der ist so was von elitär, der ganze Journalismusbetrieb. Die fördern alle nur ihresgleichen, Leute, die so sind wie sie selbst. Der Typ, der die Stelle gekriegt hat, hat dort vorher sieben Monate lang umsonst gearbeitet. Sieben Monate!

Der hat sich das leisten können, so lange kein Geld zu sehen. Hat im Haus seines Onkels gewohnt, umsonst natürlich.«

Ich pustete gegen meine Stirnfransen. »Das ist so was von unfair.« Ich klang ziemlich erbost. Und, ehrlich gesagt, ich *war* auch ziemlich erbost. Obwohl ich mir den bitteren Gedanken nicht verkneifen konnte, dass es – jede Wette – als Frau noch viel schwerer war, einen Job bei einer überregionalen Tageszeitung zu bekommen.

»Ja. Total unfair. Aber was soll man machen?« Von Sekunde zu Sekunde sah er weniger schleimig, sondern nur trauriger aus. Das war meine Chance ... ihm klarzumachen, dass wir im Grunde im selben Boot saßen ... nur mit unterschiedlichen Zielen.

»Sie könnten sich wehren«, sagte ich. »Sie könnten dem die Stirn bieten, es anprangern. Sagen, dass es falsch ist.«

Dan schien der Gedanke aufrichtig zu verwirren. »Was? Unmöglich. Das wär beruflicher Selbstmord. Mit so was würde ich mir meine ganze Zukunft verbauen.«

Jetzt rückte ich nach hinten ab – spielte mit dem Raum, der zwischen uns lag. Ich blickte aus dem Fenster, schob die Unterlippe vor. »Ich hab Angst, dass ich mir durch diese Aktion jetzt schon die Zukunft verbaue. Ich hab keine Zeit für Hausaufgaben. Meine Noten schwächeln.« Taten sie ... taten sie wirklich, wirklich sehr ... Ich konnte noch nicht mal dran denken, weil mir gleich übel wurde. Heute Morgen hatte ich schon wieder eine Zwei bekommen. Klar, nur eine Note schlechter als Eins, aber trotzdem ... »Viele meiner Mitschüler machen sich über mich lustig. Eigentlich müsste ich mich auf mein Auswahlgespräch für Cambridge vorbereiten, nur hab ich dafür auch keine Zeit ... Aber wenn in der Welt was falsch läuft, dann muss man dagegen kämpfen. Was bleibt einem denn sonst? Sonst sagt man einfach, es ist okay, dass es passiert ...« Ich sah ihm ins

Gesicht, direkt in seine müden, feuchten Augen. »Das war wirklich falsch, wie die Sie behandelt haben«, sagte ich, so herzlich wie möglich. »Es tut mir aufrichtig leid.«

Sechsundzwanzig

»Himmel, Lottie. Den hattest du buchstäblich so weit, dass er dir aus der Hand frisst«, sagte Will. »Also, buchstäblich nicht, aber trotzdem.«

Völlig high vom Adrenalin und unserem Triumph, schlenderten wir Richtung Innenstadt. Der Rest des Interviews war ein Zuckerschlecken gewesen. Und als Will erwähnt hatte, dass unser erstes Video schon über zweitausendmal angeklickt worden war, da hatte Dan so richtig Feuer gefangen.

»Wow, da lässt sich ja richtig was draus stricken!« Er scrollte durch Wills Laptop.

»Sie klingen so überrascht.« Ich lachte. Er musste ja nicht wissen, dass die meisten Zugriffe wahrscheinlich von Leuten aus der Schule stammten, die es nur anschauten, um mich zu verarschen oder blöde Kommentare zu hinterlassen. Einen hatte ich bereits melden müssen.

Lottie lässt sich in den Arsch ficken. Ein Gerücht, das Teddy letztes Jahr in die Welt gesetzt hatte und das sich seitdem hartnäckig hielt. Vielleicht hatte er den Spruch sogar selbst gepostet.

»Es war toll, dich kennenzulernen, Lottie. Wirklich toll.« Dan hatte mir die Hand geschüttelt und meinen Namen richtig gesagt und tatsächlich aufrichtig begeistert gewirkt von der Geschichte.

Der würde wohl keine Charlie mehr aus mir machen …

»Wie hast du das hingekriegt?«, fragte Will, noch immer von Ehrfurcht erfüllt. Ich glaube, so langsam schwante ihm, dass er mich unterschätzt haben könnte.

Ich zuckte die Schultern, als sei es nicht der Rede wert, obwohl meine Innereien den Ententanz tanzten.

»Beim Aktivismus kommt es darauf an, die Leute auf emotionaler Ebene anzusprechen – man muss ihnen das Gefühl geben, dass wir alle im selben Boot sitzen. Ich hab ihm einfach nur bewusst gemacht, dass er die gleichen Gefühle hat wie ich, nur vielleicht in Bezug auf andere Dinge ...«

Ich blickte zu Will auf, der mich immer noch fassungslos anstierte. So sehr, dass er über einen abgebrochenen Ast stolperte.

Ich grinste. »Deshalb scheitere ich auch an dir«, sagte ich. »Du bist in deiner Denkweise zu logisch und wissenschaftlich. Dir fehlt die emotionale Ebene, auf der ich mich mit dir verbünden könnte.«

»He!«

»Stimmt doch! Die einzige Möglichkeit, jemanden wie dich von der Wichtigkeit des Feminismus zu überzeugen, wäre ein völlig unwiderlegbares logisches Argument ... und sogar dann ... sogar dann würdest du irgendeine Unsauberkeit bei der Datenerhebung finden oder so und dich daran festbeißen, damit du von deinem hohen Ross aus meine Bemühungen kritisieren kannst, statt dich auf die Gefühle zu konzentrieren – die Verzweiflung, die Gewalt, die Hilflosigkeit, die ... schiere Falschheit des Ganzen.«

Will wurde still, wirbelte ein paar Blätter auf, mied meinen Blick. Er murmelte etwas.

»Was war das? Der Rest der Klasse kann dich nicht hören.«

Gegen seinen Willen musste er lächeln, obwohl er mich immer noch nicht ansah.

»Ich habe gesagt«, wiederholte er lauter, »dass an Logik nichts falsch ist.«

»Nein, nicht immer.« Ich hielt inne. »Aber ich glaube, dir ist nicht klar, wie verstörend es ist, wenn man das Gefühl hat, der andere spricht dir deine Erfahrungen ab. Schau dir doch an, wie sehr du Evie, Amber und mich aufregst. Fragst du dich denn nie, warum? Stellst du dir jemals vor, wie es sich wohl anfühlt, wenn jemand die schrecklichen Dinge, die man gesehen oder erlebt hat, einfach so bewertet oder bezweifelt? Als wär es unsere Pflicht, dich davon zu überzeugen, dass wir nicht lügen, statt deine, uns einfach zu glauben. Außerdem« – Zeit zum Luftholen – »erreicht man, wenn man gesellschaftlich etwas verändern will, mit Logik absolut null. Klimawandel, nur mal als Beispiel. Es gibt so viele wissenschaftliche Beweise dafür, dass wir den Planeten zerstören – aber keiner schert sich einen Scheißdreck darum. Erst wenn man den Leuten einen traurig glotzenden Eisbären auf einer winzigen Eisscholle mit SMS-Spendennummer vor die Nase hält, bewegt sich was. Oder stell dir mal vor, Martin Luther King wäre aufgestanden und hätte seine Rede so begonnen: ›Ich hab hier … richtig gutes Zahlenmaterial, das beweist, dass Rassismus existiert.‹«

Will schwieg, und ich ließ zu, dass mein Triumphgefühl vom Interview sich mit dem Triumphgefühl vermischte, sein Schweigen verheiße möglicherweise, dass ich zu ihm durchgedrungen war … Gott, manchmal war ich so was von klug. Ich weiß, Eigenlob stinkt, aber ich bin tatsächlich ganz schön oft von verdammt grandioser Klugheit.

»Ich will euch mit meinen Fragen ja nicht aufregen«, sagte Will nach einer Weile und hielt dabei das Kinn auf eine Weise an die Brust gedrückt, die ich als Kapitulationserklärung zu deuten beschloss. »Ich hab dir ja gesagt, ich bin Dokumentarfilmer. Kommt dir eigentlich nie der Gedanke, dass es mein Job ist, ins Wespennest zu stochern? Um eine gute Reaktion von dir zu bekommen?«

»Aber du tust es mit einem solchen Genuss!«

Da lachte er. »Das kann ich nicht abstreiten.«

»Wo gehen wir überhaupt hin?«, fragte ich, weil mir aufging, dass ich nicht mal auf den Weg geachtet hatte.

Will grinste mich wieder zögerlich an. »Ich dachte, ich lad dich zum Essen ein. Zur Feier des Tages. Aber jetzt, wo du so schwierig bist, kommen mir Zweifel.«

»Du lädst mich zum Essen ein?«

»Entspann dich. Nur zum Pizza Express.«

»Wie soll ich mich entspannen, wenn Pizzabrotstangen im Raum stehen?«

Er lächelte weiter. »Du magst Pizzabrotstangen?«

»Falls da eine Doppeldeutigkeit mitschwingen soll, ist sie superschlecht und superpeinlich.«

»Das war eine völlig harmlose Frage, Lottie. Du musst nicht überall Doppeldeutigkeiten wittern.«

Wir waren mittlerweile vor dem Pizza Express angekommen, und wann immer die Tür aufging, um eine gestresst wirkende Familie herauszulassen, wehte uns das Aroma von Basilikumpizza entgegen. Unsere Blicke trafen sich und wir lachten. Er zog mich auf und ich ihn … Und mit einem Handstreich hatte er das Machtgefälle von eben wieder eingeebnet. Dafür musste ich ihm Respekt zollen, wenn auch widerwillig.

»Ich kann dich aber nicht zahlen lassen«, sagte ich. »Die Aktion …«

»Lottie, das ist kein Date.« Das sagte er ganz schlicht, aber es fühlte sich trotzdem unfreundlich an.

Warum ist es kein Date?, dachte ich sofort. Möchtest du denn nicht, dass es ein Date ist? Sanft trat ich mir auf einen Fuß, um mich aus meiner peinlichen Mädchenspirale rauszureißen.

»Wir sind zwei Kollegen, die gemeinsam einen erfolgreichen Arbeitstag feiern«, erklärte er. »Und wär's ein Date, dann würd ich übrigens bestimmt nicht zahlen. Das ist ein solcher

Blödsinn! Wie oft bin ich mit Mädchen was essen gegangen, und sobald die Rechnung kommt, werde ich einfach nur leer angestarrt.«

Ich nickte. Da musste ich voll zustimmen. Das war wirklich das Letzte. Man kann nicht hergehen und dauernd Geschlechtergleichheit verlangen und gleichzeitig erwarten, dass Jungs für alles zahlen. Meine Faustregel beim Ausgehen war, es immer, immer anzubieten und es dann untereinander auszumachen. Du zahlst diesmal, ich zahl nächstes Mal. Sogar als ich vergangenes Jahr was mit Schnösel-Tim hatte, der so unendlich viel reicher war als ich.

»Schön«, sagte ich, »wenn es kein Date ist, dann kannst du aber SO WAS von zahlen. Ich krieg eine Doppelladung Pizzastangen.«

Will biss sich auf die Lippe, verkniff sich einen weiteren Scheißwitz.

»Ich könnte nie was mit einer Frau haben, die sich eine Doppelladung Pizzastangen wünscht.«

»Tja, und ich könnte niemals was mit einem Mann haben, der so ein verkrampftes Verhältnis zu seinem Schwanz hat, dass er sich schon von doppelten Pizzastangen bedroht fühlt.«

Ich hielt ihm die Tür auf wie ein Gentleman und bedeutete ihm, sie zu durchschreiten. Er kapierte den Witz und machte einen Knicks.

»He! Ich hab kein verkrampftes Verhältnis zu meinem Schwanz!«

Und dann gingen wir essen.

Siebenundzwanzig

»Ich kann immer noch nicht fassen, dass du zwei Portionen von diesen Pizzastangen verdrückt hast.« Will beäugte die Ansammlung leerer Teller zwischen uns.

»Vergiss nicht die zwei Extraschalen Knoblauchbutter«, fügte ich hinzu, streckte den Bauch vor und streichelte ihn wie eine Schwangere. Ich drehte mich seitwärts auf meinem Stuhl, um Will mein Fressbaby vorzuführen. »Es ist von dir«, verkündete ich dramatisch. »Und ich werde es Quentin nennen.«

Will betrachtete meinen aufquellenden Bauch mit erhobenen Augenbrauen.

»Ganz schöne Leistung!«

Ich streckte den Bauch noch weiter raus. »Ich weiß. Von all meinen Freundinnen wachsen mir die besten Fressbabys.«

Seine Augenbrauen wölbten sich noch höher.

»Ihr habt das echt per Wettbewerb ermittelt?«

Ich dachte zurück an vergangenen Februar, als es zwanzig Tage lang durchgeregnet hatte. Evie, Amber und ich hatten uns so todgelangweilt, dass wir einen Wettbewerb veranstaltet hatten, bei dem wir je einen gebackenen Camembert gegessen und dann unseren Bauchumfang verglichen hatten.

»Oh ja. Evie und Amber haben mir sogar eine Medaille gebastelt.« Aus einem Babybel, den ich auch noch in mich reingestopft hatte. Und dann war mir übel geworden …

Er rümpfte die Nase. »Wie attraktiv!«

»Mir doch egal, ob ich attraktiv bin.«

»Das ist keinem Mädchen völlig egal, nicht mal Feministinnen. Kognitive Dissonanz eben …«

Ich dachte über seine Worte nach, während ich den Blick durchs Restaurant schweifen ließ, ganz berührt, dass er sich an meinen Vortrag erinnerte. Durch den hohen Raum hallte Besteckgeklapper, untermalt vom Gebrüll eines trotzenden Kleinkinds uns gegenüber.

»Gut, vielleicht mache ich mir schon Gedanken darüber«, räumte ich ein. »Aber nicht so, dass ich an mir was ändern würde. Wie anstrengend muss das bitte sein? Die ganze Zeit über so zu tun, als wär man jemand anderes – eine Fassade. Das muss so anstrengend sein … Ich meine, schau dich mal an …«

»Klar.« Will nickte gelangweilt, obwohl mir langsam dämmerte, dass der gelangweilte Ausdruck einfach nur sein normales Gesicht war. Plötzlich richtete er sich auf. »Moment mal! Ich tu gar nicht so, als wär ich wer, der ich nicht bin.«

Ich hob mein Weinglas und nahm einen tiefen Schluck. »Tust du nicht?«

»Natürlich nicht!«

»Aber es muss doch sehr viel Zeit fressen, dein Gesichtshaar so hinzumodellieren, oder?«

Wills Hand flog zu seinem tadellosen Minibartdingsda.

»Und dir ist auch nie danach, dir einen schrottigen Film reinzuziehen, nur hin und wieder? Einfach zur Entspannung?«

Er verschränkte die Arme. »Definiere, was einen schrottigen Film ausmacht.«

»Keine Ahnung. Eine von diesen Komödien, bei denen sich alle bei einem Junggesellenabschied anscheißen. Oder wo zehn Autos ineinanderrasen.«

»Lieber sterben.«

»Okay, und was schaust du dir stattdessen an? Mit voller und ehrlicher Begeisterung? Bedeutende oscargekrönte Filme mit endlosem, langweiligem Geschwafel?«

»Ja, Lottie, das tu ich.«

»Aber du bist nicht wirklich so superselbstbewusst, wie du dich gibst, oder? Darunter versteckt sich schon eine tiefe Unsicherheit, und du klammerst dich an dein Mäntelchen der Arroganz wie an eine Kuscheldecke, weil du Angst hast, keiner würde dich mögen, wenn du dein wahres Ich entblößt?«

Er lachte los. »Ich fühl mich NICHT arrogant!«

»Bist du aber. DERMASSEN.« Ich leerte mein Weinglas und ließ mich von der warmen Flauschigkeit des Weins innen ganz warm und flauschig machen ... und wohlig ... Zwei große Gläser hatte ich getrunken. Will zahlte ja. »Egal, um wen oder was es geht, du hältst dich für überlegen. Genauso, wie du dich dem Feminismus überlegen fühlst.« Über den Glasrand warf ich ihm das Starstück aus meinem Blickarsenal zu.

»Nur weil Leute deine Meinung anzweifeln, heißt das noch lange nicht, dass sie sich dir überlegen fühlen.«

Ich stellte mein Glas ab, einen Tick zu energisch. »Aber ich verstehe immer noch nicht, wie du den Feminismus anzweifeln kannst. Nach allem, was du mich letzte Woche hast veranstalten sehen.«

Er fuhr sich durch das Haar. »Wollen wir jetzt ernsthaft diese Diskussion aufwärmen?«

Ich zerknüllte meine Serviette in der Hand. »Ich kapier's nur einfach nicht. Ich kapier dich nicht. Du wirkst so schlau ...« Ich sprach nicht weiter. Und da wurde mir klar, dass Will tatsächlich schlau war. Nicht nur war er ein unglaublicher Dokumentarfilmer, man merkte auch deutlich, dass er sich ernsthaft Gedanken machte, und er war witzig und schlagfertig und einer von denen, die bestimmt nur Einsen und Zweien in ihren Prüfungen kriegen. Wie konnte jemand derart Kluges anderer Meinung sein als ich? Über etwas so fraglos Richtiges? Besonders, wenn er so gut aussah? Mir ging auf, dass auch ich diesen Streit nicht aufwärmen wollte. Ich genoss das Essen, den Wein und das Glühen in meinem Bauch, weil das Interview so gut gelaufen war. Und die Tatsache, dass ich genug Wein getrunken hatte, um mir keine Sorgen mehr über Ambers unerklärlichen Zorn auf mich zu machen. Auch keine Sorgen mehr um Megan, darüber, wie verloren sie schien. Und keine Sorgen mehr über meine Aktion – obwohl ich da eigentlich nie lockerlassen durfte. Also kapitulierte ich und wechselte das Thema.

»Wie kam denn das mit dir und den Filmen?«, fragte ich und dachte daran, dass ich ihn eigentlich nie etwas Privates gefragt hatte. Es war immer nur er gewesen, der mir Fragen gestellt und mir dabei die verdammte Kamera ins Gesicht gehalten hatte. »Evie sagt, bei ihr war es Tim Burton, der sie angefixt hat.«

Will erschauerte sichtlich. »Puh, das ist typisch Evie.«

»Du bist SO WAS von arrogant.«

Er grinste wölfisch. Wie ein sexy Wolf. Gott, Wölfe sind wirklich ganz schön sexy, wenn man mal drüber nachdenkt, oder? Oder ist das ein befremdlicher Gedanke?

»Nein, diesmal war's gespielt«, sagte er. »Ich mag Tim Burton auch.«

»O Gott, der Junge kann einen Witz machen.«

Er lächelte wieder.

»Also, wie ging's bei dir los mit den Filmen?«

Beim Reden lehnte er sich auf seinem Stuhl zurück – erzählte mir, wie er schon früh seine erste Kamera bekommen hatte. (»Gott, weißt du noch, als man echt was in einen DVD-Player reinschieben musste?«). Wie er sich zum Geburtstag immer nur die neueste Ausrüstung gewünscht hatte. Er erzählte, wie er sich einfach jede Fernsehdokumentation angesehen hatte (»Alle Tierdokus, alle Länderporträts, sogar diese grauenhaften Teile, wo sie Kameramänner mit Teenagern losschicken, die ihren ersten Ballermann-Urlaub machen«). Sein Lieblingsregisseur war dieser deutsche Typ, der einen Dokumentarfilm über einen Mann gedreht hat, der unter Grizzlybären lebt, bis einer davon ihn auffrisst.

»Nenn ihn bitte nicht ›diesen deutschen Typen‹«, sagte Will, als ich erklärte, dass Evie den auch mochte.

»Arrogant!«

Und er lachte.

Wenn er über Filme sprach, wurde Will lockerer. Langsam verlor seine Stimme ihre herrische Note und wurde leidenschaftlich. Richtig jungenhaft sah er aus, seine Augen blitzten hinter der Brille. Seine Stirn entspannte sich und musste sich nicht mehr ständig runzeln wegen all der Geschmacklosigkeit um ihn herum.

Wir hatten es wirklich nett miteinander – bis die Rechnung kam.

Der junge Kellner legte sie auf den Tisch, direkt vor Will, ohne mich überhaupt eines Blickes zu würdigen. Will streckte die Hand danach aus, doch ich schnappte mir seine Hand und bremste ihn.

»Verzeihung«, sagte ich laut, um den Kellner zu stoppen, der bereits abmarschierte.

Will schaltete sofort. »Lottie, nein. Komm schon, wir haben Feierabend.«

»Das Patriarchat hat niemals Feierabend.«

Der Kellner machte auf dem Absatz kehrt. »Gibt es ein Problem?«, fragte er lächelnd, als könne es kein Problem geben, wenn er einfach so weiterlächelte.

Ich wies auf das Silbertellerchen vor Will. »Ich bin genauso fähig, eine Rechnung zu begleichen«, sagte ich. »Meine Vagina hindert mich nicht dran, meine Pizzastangen selbst zu zahlen.«

Es war nicht unbedingt nötig gewesen, das Wort »Vagina« zu verwenden – und ich zuckte noch in dem Moment zusammen, als ich es aussprach. Will war knallrot geworden, sein Hals ging im gestärkten Hemdkragen auf Tauchstation.

»Verzeihen Sie, die Dame«, sagte der Kellner. »Wenn Sie zahlen wollen …« Er schob mir das Tellerchen herüber.

»Ich zahle nicht. Er zahlt«, sagte ich und wies auf den vor Scham sterbenden Will.

Das Gesicht des Kellners verknautschte sich. »Dann sehe ich das Problem nicht.«

Ich knirschte mit den Zähnen – hatte Mitleid mit Will, doch Aktion war Aktion. Ein Versprechen war ein Versprechen.

»Das Problem ist …« Ich hasste mich dafür, wie ich das sagte. Gott, es klang so kleinkariert … es *war* kleinkariert … aber es war immer noch Sexismus. »Das Problem ist, dass sie nicht einfach davon ausgehen sollten, dass der Mann die Rechnung zahlt. Und außerdem, wenn Sie schon hier sind …« Warum redete ich immer noch? Ich redete tatsächlich immer noch. »Als Sie den Wein zum Probieren gebracht haben, warum haben Sie den nur ihm angeboten? Und nicht mir? Wissen siebzehnjährige Jungen besser über Wein Bescheid als siebzehnjährige Mädchen? Ach, ja, stimmt …« Ich spürte mein irres Lächeln. Will war inzwischen puterrot – kein einziges Fleckchen seines Gesichts, das nicht totale Tomate gewesen wäre. »Wir sind keine achtzehn … sorry.« Ich zuckte die Schultern und behielt das irre Grinsen im Gesicht.

»Ich … öhm …« Der Kellner wirkte am Boden zerstört. Also, nicht emotional am Boden zerstört … eher verwirrt am Boden zerstört. »Ich hole mal den Geschäftsführer.«

Ich merkte, wie ich ihm mit dem Finger drohte – gut, also, zwei Gläser Wein waren bei mir definitiv die Grenze. »Fein, machen Sie das.«

Kaum war er Richtung Küche abgezogen, immer noch ungläubig den Kopf schüttelnd, beugte ich mich über den Tisch.

»Wir machen uns dünn. Jetzt.«

Will schüttelte den Kopf, das ganze Gesicht in Scham gebadet. »Lottie … geht's noch?« Seine Stimme bebte. »Das war völlig unnötig. Das war nur eine Rechnung. Er stand einfach näher an mir dran …«

»Es WAR nötig. Aber brüll bitte erst, wenn wir draußen sind. Komm schon, LOS.«

Ich sah mich um – viel Zeit blieb uns nicht. Keine Ahnung, ob man verhaftet werden konnte, wenn man als Minderjährige Alkohol trank, oder ob einfach nur das Restaurant Ärger bekam. Aber unbedingt herausfinden wollte ich es auch nicht.

Wills Augen waren groß wie Untertassen, als er mit seinen tausend Kamerataschen herumfummelte.

»Will, knall einfach das Geld auf den Tisch und hau ab.«

Er wühlte in seiner Tasche, rupfte ein paar Scheine heraus, klatschte sie panisch auf den verfluchten Silberteller und ergriff noch vor mir die Flucht. Ich zerrte mir meine Tasche über die Schulter und rannte ihm hinterher, ignorierte die Tische voller Menschen, die uns anstarrten und ihre Pizzastücke auf halbem Weg zum Mund hängen ließen. Gerade als ich mich durch die große Glastür stemmte, sah ich bei einem Blick über die Schulter den Kellner und einen Anzugtypen aus der Küche schreiten. Sie entdeckten den leeren Tisch – und dann mich.

»Hey«, brüllte der Kellner und beschleunigte den Schritt.

»Will – lauf!« Und während mein Herz mir davongaloppierte, stürzte ich Will nach und knallte die Tür hinter mir zu. Die kalte Winterluft traf meine Lunge, meine Stiefel klatschten laut auf den Asphalt. Wir sprinteten an weiteren Restaurants vorbei, dann am riesigen Starbucks, und dann bog Will links in eine kleine Gasse ein, die uns zum Parkplatz des Waitrose-Supermarkts führte. Hier war nicht viel los – Montagabend –, doch es gab noch genug Autos, hinter denen man in Deckung gehen konnte. Wir rannten quer über den Platz, meine Lunge ächzte nach Luft. Schließlich duckte sich Will hinter einen geparkten Range Rover und zog mich zu sich hinunter.

Schweigen, bis auf unser lautes Gekeuche. Wir hielten spähend Ausschau, warteten auf die Polizei oder einen aufgebrachten Mob mit Fackeln und Mistgabeln. Sie blieben aus.

Nach fünf Minuten lehnten wir uns beide gegen das Auto und atmeten etwas regelmäßiger. Sogar meine Lunge pfiffelte nicht mehr. Was gut war. Denn die hatte noch nie zuvor gepfiffelt.

Ich drehte mich zu Will, der sich immer noch platt gegen das Auto drückte, als würde er gleich erschossen.

»Tja …« Ich versuchte, möglichst fröhlich zu klingen, weil ich wusste, wie sauer er war. »Öfter mal was Neues. Gehen wir nächste Woche wieder zusammen essen?«

Seine Augenbrauen verformten sich, und seine Stimme klang mehr als gequält.

»Das war so was von unnötig«, quetschte er heraus.

»Ach, komm schon. Das war lustig.«

Er streifte mich mit einem Blick. Einem Blick, der besagte: *Das war kein bisschen lustig.*

»Was hatte ich denn für eine Wahl? Die Regeln meiner Aktion ignorieren, nur weil du für die Doppelportion Pizzastangen zahlst?«

Abrupt stand er auf, seine Kamerataschen knallten gegeneinander, und schon marschierte er davon. Ich sah ihm eine Sekunde lang nach – fassungslos – und sauste ihm dann hinterher.

»He, was ist jetzt dein Problem?«

Er antwortete nicht – ging einfach mit großen Schritten weiter.

»Komm schon, Will. Was wolltest du denn, dass ich tu? Es einfach lassen?«

Er blieb stehen und wirbelte herum. »Ja! Ganz genau! Es einfach lassen!«

»Aber … die Aktion …« Ich kapierte es einfach nicht. Es war ja nicht so, dass die Regeln neu für ihn waren. Er hatte sie die ganze Woche über mitgefilmt.

»Es war nur eine blöde Kleinigkeit«, sagte er. »Ich meine, es war nur eine Rechnung. Jemand, der wahrscheinlich den Mindestlohn kriegt, legt eine Rechnung ein bisschen näher vor mich hin als vor dich. Das war absolut unnötig. UNNÖTIG … Argh! Gott, das war so was von peinlich. DU bist so was von peinlich.«

Ich blieb stehen, und sofort piksten die Tränen in meinen Augen. Ich blinzelte sie zurück, nutzte sie, verwandelte sie in Wut … darin hatte ich Übung.

»Nein, DU BIST PEINLICH!«, brüllte ich ihm hinterher, dass es über den ganzen Parkplatz hallte. »Du hast absolut nichts dagegen, dich hinter deiner Kamera zu verstecken, wenn ich mich da rausstelle und mich TAG FÜR TAG zum Affen mache, für einen guten Zweck. Aber in DEM MOMENT, wo du auch nur einen BRUCHTEIL von dem durchmachen musst, was ich die letzte Woche über durchgemacht habe …« Ich ging weiter, holte ihn ein. »Da flippst du aus wie ein verdammtes …« Mir fiel kein Wort ein, ich war zu wütend. »Wie ein verdammtes … MÄDCHEN!«, hörte ich mich schreien. Dann blieb ich stehen. Will hatte es ebenfalls bemerkt.

Er drehte sich um, immer noch rot, aber schon wieder überheblich.

»Ach ja, toll. Einfach toll. Tortest du dich jetzt selbst?«

Er war so arroarschig, dass man schon ein neues Wort für arroarschig bräuchte … Oder war arroarschig schon ein neues Wort …?

»Ach, JETZT findest du plötzlich auch, dass es Sexismus

gibt? Wenn ich was Sexistisches sage, womit du die Diskussion plattmachen kannst? NA SO EINE ÜBERRASCHUNG!«

Mir war nicht ganz klar, wo die ganze Wut jetzt herkam, aber irgendwo kam sie her, und das nicht zu knapp.

»Es war einfach bloß eine Rechnung!«, brüllte Will. »Eine winzig kleine Rechnung!«

»Es ist nie nur ein winzig kleines Irgendwas!«, schrie ich zurück. »Genau darum geht's ja! Genau darum sind wir hier! Genau darum machen wir das! Genau darum müssen wir – nervigerweise – ständig so viel widerwärtige Scheißzeit miteinander verbringen! Weil es nie EINFACH BLOSS EINE RECHNUNG ist. Es ist das große Ganze … es ist unsichtbar … und es sorgt dafür, dass die großen, schlimmen Sachen passieren … und …«

»Na, wenn es dir so widerwärtig ist, mit mir Zeit zu verbringen, dann schmeiß ich halt hin!«, brüllte er. »Du brauchst mich mehr, als ich dich brauche.«

Panik. Panik setzte ein. Er konnte jetzt nicht hinschmeißen … Wir brauchten einen Kameramann … aaaargh … aaaargh …

»Jetzt blas dich mal nicht so auf!«, schrie ich. Weil Beschimpfungen ja so eine sichere Methode waren, ihn zum Bleiben zu bewegen. »Ein winziger Moment, in dem du selbst mal mitmachen musst, wegen etwas so ›Blödem‹ wie einer Rechnung – deine eigenen Worte –, und schon schmeißt du hin?« Ich begann zu klatschen. Weil sarkastischer Applaus ihn HUNDERTPRO zum Bleiben bewegen würde. »Gut gemacht, Herr Superneutral. Dann geh doch einfach einen Film über Kriegsopfer machen und halt dich dort dann fein raus. Reg dich vielleicht auf, wenn sie dich vollbluten.«

Er schüttelte langsam den Kopf. »Du bist verrückt.«

»Du bist ein arroganter Sack.«

»Du bist ein männerhassendes Miststück.«

Wir standen einander gegenüber – die Parkplatzbeleuchtung färbte sein Gesicht orange. Ich hasste ihn so sehr. Alles an seinem selbstzufriedenen … arroganten … wachsweichen … *Geschwätz* … Ich hasste ihn, hasste ihn …

Da küsste mich Will.

Gerade hatten wir einander noch hasserfüllt angestarrt, da packte er plötzlich mein Gesicht, zog mich zu sich herauf und küsste mich – mit so einer Wucht, dass ihm die Brille verrutschte.

Und, verdammt noch mal, war das ein guter Kuss! Ein großartiger Kuss. Mit Gier und Umklammern und allem, was ich nervigerweise dringend wollte, weil meine Hormone sich anscheinend einen Scheißdreck ums Patriarchat scherten … aber dieser Kerl hatte mich eben ein Miststück genannt!

Ich schubste ihn fort. Ja, nach gut zwei Minuten heftiger Zungenküsse. Aber schließlich schubste ich ihn fort, so fest, dass er nach hinten flog.

»Du nennst mich NICHT erst ein Miststück und glaubst dann, du darfst mich küssen.« Ich wischte mir über den Mund und wusste, dass ich gleich losheulen würde.

»Du hast mich einen arroganten Sack genannt!« Selbst beim Rückwärtstaumeln verlor er nicht den Faden. Er schaffte es doch tatsächlich, vom Streiten zum Küssen überzugehen und dann nahtlos wieder in den Kampfmodus zurückzufinden.

»Weil du einer bist!«, schrie ich.

»Tja, nun …« Und ich wollte nur sehen, ob er sich traute … wieder sagte, ich sei ein Miststück. Ich wartete. Er ballte die Fäuste … um seine Wut zu bezähmen oder seine Lust oder was auch immer … doch als er dann den Mund aufmachte, sagte er: »Ich steig aus … Diese ganze Sache … nur noch albern … ich steig aus.«

Und dann ging er. Seine Taschen hüpften um ihn herum. Ich stand da und sah, wie er erst schwarz, dann orange, dann schwarz, dann orange wurde, als er unter den Lampen hindurchschritt.

Rief ich ihm hinterher? Schließlich hatte er mich gerade ein Miststück genannt …

Ich berührte meine Lippen – wo er gerade erst gewesen war.

Ich rief ihm nicht hinterher.

Ich heulte auf einer Bank bei der Bushaltestelle und rief dann Mum an, ob sie mich abholen könnte.

Achtundzwanzig

Sie kam in ihrem alten, ramponierten Volvo, in circa zehntausend Schals gehüllt, gegen die Kälte. Ich saß auf dem Mäuerchen vor dem Supermarkt – das schlimmste Weinen war vorbei. Aber irgendwie verlor ich bei Mums Anblick schon wieder die Fassung.

Sie fuhr heran, ihr besorgtes Gesicht spähte mir durch die Windschutzscheibe entgegen. Ich winkte kraftlos und kletterte auf den Beifahrersitz.

Die Wärme der Autoheizung schlug mir entgegen und machte mir klar, wie verfroren ich war. Vom Dasitzen. Schluchzen. Zuschauen, wie mein Atmen kristallisierte und in die Finsternis entschwebte.

»Ach, Lottie, Spätzchen. Was ist passiert? Du weinst doch sonst nie!«

Ich schniefte und streckte die Hände aus, um sie aufzutauen.

»Danke fürs Abholen. Ich weiß, man kann auch gehen, aber es ist so dunkel und kalt.«

»Gar kein Problem, Süße.« Sie tätschelte mir die Schulter und legte den Gang ein. Ich lehnte meinen Kopf ans Fenster und sah, wie die Sterne vorbeischwammen. Ich war so verwirrt von den Ereignissen der letzten Stunde. Warum fühlte es sich so falsch an, das Richtige zu tun? Und das Falsche so richtig?

»Alles okay …«, sagte ich ins Fenster hinein. »Es ist nur … diese Aktion …« Ich bereute meine Worte im selben Augenblick, da ich sie aussprach. Meine Eltern suchten nur nach einem Anlass, mir die Sache zu verbieten. Sie hatten sich immer noch nicht von der Zwei erholt, und ich musste zugeben, ihre

Sorgen waren nicht ganz unberechtigt. Bestes Beispiel war heute. Montags machte ich gewöhnlich Hausaufgaben bis neun und las mich dann bis zum Schlafengehen durch meinen zusätzlichen Lektürestapel. Stattdessen hatte ich einen Journalisten betört, Will betört, Will verärgert, war aus dem Pizza Express getürmt, hatte Will geküsst, hatte mich mit Will gestritten und auf einem Parkplatz geflennt.

Mit so einem Mist kommt man nicht an die Uni, schon gar nicht an eine Universität wie Cambridge.

Mum überraschte mich, indem sie mir nicht an die Gurgel ging – sie musste gerade vom Reiki kommen oder so. »Ach, Schnucki, das tut mir leid. Das muss so schwer sein. Was ist passiert?«

»Es ist … irgendwie … schrecklich anstrengend. Und Amber ist aus irgendeinem Grund sauer auf mich …«

»Wirklich? Das sieht euch ja gar nicht ähnlich.«

»Ich weiß. Aber trotzdem. Und dann gibt's da noch diesen Jungen …«

»O weh«, lachte Mum. »Bei dir gibt's immer irgendeinen Jungen …«

»He, das stimmt nicht!« Oder? Bei mir gab's nicht immer »irgendeinen Jungen« … oder? O Gott … vielleicht doch … »Es ist nicht so, wie du denkst«, protestierte ich. Nun, war es zumindest bisher nicht gewesen … jetzt womöglich schon. »Es ist Will, der Typ, der bei uns war, der alles filmt.« Ich brach ab, um es nicht noch mal durchmachen zu müssen. »Wir haben uns gestritten. Er ist aus der Aktion ausgestiegen.«

Mum machte große Augen und blinkte nach links. »Na, das scheint mir ja nun doch ein bisschen übertrieben. Was ist denn passiert?«

Ich gestattete mir ein Lächeln. »Ich hab ihn einen arroganten Sack genannt.«

Mums Augen wurden noch größer, und das auf keine gute Art. »Ist das der, über den du dich beklagt hast? Der das Wort Feminist nicht verwenden will?«

Ich nickte und klonkte meinen Kopf gegen die Autoscheibe.

»Und du meinst wirklich, du kannst ihn überzeugen, indem du ihn anbrüllst?«

Mir fiel die Kinnlade runter. »Aber es sollte gar nicht nötig sein, ihn *überzeugen* zu müssen!«

»Vielleicht nicht … Aber hast du je deine Meinung geändert, nur weil dich jemand wütend zusammengeschrien hat?«

Den Rest der Heimfahrt schmollte ich. Ich war nicht eine, die andere zusammenschrie. War ich nicht. Ich war lustig und charmant und warf Sahnetorten! Das war doch total reizend! Und außerdem, was war falsch daran, wütend zu sein? Wenn etwas FALSCH ist – ist Wut dann nicht die einzige angemessene Reaktion darauf? Die einzig normale? JA, OKAY, MEINETWEGEN, ich hatte versprochen, diese Aktion lustig statt wütend aufzuziehen – aber ich konnte mir meine Wut nicht wegoperieren. Sollte ich meinen Zorn verstecken, nur damit Leute wie Will nicht in ihrem Wohlbefinden gestört wurden?

Ich hätte so gern die Mädels angerufen. Es mir von der Seele geredet. Damit sie mir Rückendeckung gaben. Mich bestärkten. Dass ich recht hatte. Dass ich charmant war. Aber ich wusste noch nicht mal, wie ich auf Amber zugehen sollte. Sie hatte mir NOCH NIE die kalte Schulter gezeigt.

Als wir nach Hause kamen, glaubte ich schon, mir würde kein Strick mehr aus der Sache gedreht, weil Mum im Auto so nett gewesen war.

Aber da hatte ich mich getäuscht.

Dad saß am Küchentisch und las Zeitung. Die ließ er sinken, als ich reinkam, um den Effekt seiner zwei Gläser Wein mit etwas Wasser abzumildern.

»Charlotte«, sagte er statt Hallo. »Deine Mum und ich sind sehr besorgt. Dein Gespräch steht bevor, und du scheinst praktisch nichts mehr zu arbeiten.«

Mum kam hinter mir herein, wickelte sich aus mehreren Schals und eilte mir zu Hilfe. »Sie ist aufgewühlt, Ben. Sie hat sich mit Freunden gestritten.«

»Mit den Mädchen?« Dad legte die Zeitung ab.

»Mit diesem Typen«, sagte ich. »Kein Freund von mir.«

»Ach. Schon wieder ein Typ …«

»Was soll das bitte heißen?«, wollte ich wissen.

»Kommt schon, ihr beiden«, ging Mum dazwischen. »Lasst es gut sein. Es ist schon spät.«

»DAS IST BESCHEUERT!« Ich stürmte hinauf in mein Zimmer – keine leichte Aufgabe, wenn man sich in Perlenvorhängen verheddert. Zur maximalen Wirkung warf ich noch die Tür hinter mir zu und plumpste dann auf mein Bett, um wieder zu weinen.

Warum waren im Moment ALLE gegen mich? Ich versuchte doch, etwas Gutes zu bewirken. Und trotzdem führten sich die Leute auf, als würde ich sie buchstäblich anpinkeln. Vielleicht sollte ich das mal machen? Das wär wenigstens eine Ansage. Hm, aber was für eine?

Die vernünftige Lottie, die irgendwo ganz tief in mir versteckt saß, versuchte, aus der Tiefe ein paar Punkte zum Nachdenken nach oben zu schleudern. Zum Beispiel, dass ich Will tatsächlich einen arroganten Sack genannt hatte … und das war nicht sehr nett. Und vielleicht war es auch wirklich nicht die beste aller Taktiken, jemanden anzubrüllen … Aber ich war zu aufgewühlt, um diesen Gedanken zuzulassen. Mum klopfte an die Tür. Dad wollte, dass ich runterkam, auf einen Pfefferminztee und ein »vernünftiges Gespräch über alles«.

Ich rief zurück, er solle doch selbst raufkommen, wenn er

sich solche Sorgen mache – statt seine Frau als Sklavin zu schicken.

Darauf verschwand sie.

Ich zog mein Handy raus. Wollte so dringend die Mädels anrufen, damit sie es wieder besser machen konnten. Doch irgendwie, ohne es zu wollen, hatte ich mich auch bei ihnen in die Nesseln gesetzt. Also, bei Amber. Und ich wollte nicht, dass Evie in eine blöde Vermittlerposition geriet.

Will war ausgestiegen …

Ich hatte ihn geküsst …

Was sollten wir nur machen, so ohne Kameramann?

Ich starrte lange aus dem Fenster und machte diese seltsamen Halbgeräusche, die man produziert, wenn man kurz vorm Weinen ist, aber keine rechte Lust dazu hat.

Und dann tat ich das Einzige, was mir übrig blieb.

Ich zog mein Telefon wieder heraus, warf den Videomodus an und erzählte der Linse alles, was den Tag über passiert war.

Denn wenn ich nicht weitermachte mit dieser verdammten Aktion, wofür dann das Ganze?

Neunundzwanzig

Dads Worte mussten irgendwie zu mir durchgedrungen sein. Mitten in der Nacht wachte ich auf, schweißgebadet und voller Panik vor Uni und Examen. Das ganze Wochenende hatte ich keinen Handschlag getan, und diesen Abend auch nicht, sondern jeden freien Augenblick mit der Aktion zugebracht.

Das Pünktchen namens Cambridge schien mir sogar noch weiter entfernt am Horizont zu liegen als sonst, und ich musste ihm nachlaufen und es einholen. Ich durfte mir diese Möglichkeit nicht durch die Lappen gehen lassen. Auch wenn ich am Boden zerstört und ausgebrannt war, ich durfte mich jetzt nicht hängen lassen. Ich musste auch an die Zukunft denken, statt mich im Jetzt zu verlieren. Versuchen, gleichzeitig auf lange Sicht *und* auf kurze Sicht zu planen.

Am nächsten Tag vergrub ich mich in der Bibliothek. Ich wollte keinen Sexismus sehen. Ich wollte Will nicht sehen. Ich wollte nicht mit der verdammten Hupe tröten und mich anstarren lassen wie ein Freak. Ich wollte Amber nicht gegenübertreten.

Außerdem hatte ich so viel zu tun. So, so viel zu tun.

Ich war mit allem so hinterher, dass ich sogar die Philosophiestunde schwänzte, um mit meinem Aufsatz voranzukommen. Ich schickte Jane eine Nachricht, bat sie, gut mitzuschreiben, und verkroch mich in die Ruhezone. Dort gab es Tische, die beidseitig mit Holzwänden voneinander abgetrennt waren. Ich drapierte meine sämtlichen Schals darüber, um mir mein eigenes Kämmerchen zu basteln, und ging an die Arbeit.

Nach gut anderthalb Stunden Schreiben streckte ich die

Beine aus und erlaubte mir den Spaß, in der Philosophieabteilung der Bibliothek das Schildchen »Hermeneutik« mit »Fraumeneutik« zu überkleben. Ich schoss ein Foto und lud es bei Instagram hoch, unter #Vulvavengers. Dann machte ich mich wieder an die Arbeit.

Noch mehr Zeit verging. Auch Englisch verpasste ich – doch der Berg vor mir schrumpfte, und ich dachte, dass ich es vielleicht – ganz vielleicht – heute Nachmittag sogar zum Kunstunterricht schaffen würde.

Wo ich Amber sehen müsste …

Auch die Mittagspause schuftete ich durch, ohne auf meinen knurrenden Magen zu hören. Der Cafeteria fühlte ich mich heute ohnehin nicht gewachsen, nicht der Jukebox, nicht Teddys Aufstachelungsversuchen, nicht seinen ständigen Giftblicken und dem Geglotze aller anderen … Aua, ich hatte wirklich Hunger …

Ein energisches Tippen auf die Schulter riss mich aus meiner Trance.

Ich fuhr hoch. Es war Evie.

Es musste zu regnen begonnen haben, denn sie trug ihren süßen gelben Regenmantel, um den ich sie immer so beneidete – er war klitschnass.

»Ich bin gekommen, um dich vor dir selbst zu retten«, flüsterte sie weise. »Und ich habe Käsecracker mitgebracht, um dich hier wegzulocken.«

Sie raschelte mit einer Packung Mini-Cheddars vor meiner Nase herum, und mein Magen machte einen Satz.

»Danke, aber ich hab zu viel zu tun.« Ich wollte mir die Cheddar-Cracker nehmen, doch sie zog sie mir fort. Ich drehte mich um und trottete ihnen nach wie ein Esel der Karotte.

»Neinneinnein«, gurrte Evie mit Säuglingsschwesterstimme. »Wenn du diese Cracker willst, musst du erst mit mir und

Amber im Café ein Drei-Pfund-Ganztagesfrühstück zu dir nehmen.«

»Amber will mich im Café treffen?« Ich versuchte, meine Stimme nicht allzu hoffnungsvoll klingen zu lassen, und scheiterte kläglich. Über Evies Gesicht huschte etwas … ihre Augenbraue zuckte ganz leicht – genug, um mir zu verraten, dass Amber mich *nicht* im Café treffen wollte. Mein Magen verknotete sich vor Schmerz und Hunger.

»Sie kommt.« Evie machte einen Schlenker zurück zu meinem Tisch. »Ich hab sie mit Flips bestochen.«

Ich nickte betrübt. »Es gibt nicht viel, was Amber für Käseflips nicht tun würde. Evie«, fragte ich. »Warum ist sie sauer auf mich?«

Evie zog meine Schals herunter, baute mein kleines Weltfluchtkämmerchen ab. Sie begann sogar, meine Mappen für mich wegzupacken.

»Weiß der Himmel«, sagte sie. »Aber dass wir nichts zusammen machen, ist nicht normal. Außerdem habe ich, weil du quasi abgetaucht bist, heute Morgen die ganzen Vulvavengers-Folgen allein schultern dürfen. Und ich kann nur sagen: Es gibt hilfreichere Gesellschaft als Jane und diesen Trottel Joel, wenn Teddy und die gesamte Rugbymannschaft ihre Operation Gentleman abziehen.«

Mit gerümpfter Nase half ich ihr beim Zusammenräumen. »Was für eine Operation Gentleman?«

»Ihr neuester Einfall, um dir eins reinzuwürgen. Scheint darum zu gehen, dass sie sich wie richtige altmodische Gentlemen aufführen, um zu demonstrieren, wie böse die Feministinnen doch sind. Und der Tod der Ritterlichkeit sind sie auch und blabla. Keine Ahnung. Egal, ich hab ihnen jedenfalls zu erklären versucht, dass nicht *ich* diejenige bin, die diese Aktion veranstaltet, sondern einfach nur eine Freundin, die beim Hupentröten hilft. Aber das hat sie nicht daran gehindert, mich heute Morgen durch die ganze Schule zu verfolgen – mir jede Tür zu öffnen und jeden Stuhl für mich vorzurücken. Zehntausendmal ›nach Ihnen‹ zu sagen und sich dann einen abzuwiehern wie ein ganzer Pferdestall. Gott, Teddy hat sogar einen Zylinder auf.«

Ich schwang mir meine mittlerweile vollgepackte Tasche über die Schulter. »Also wollen sie uns mit gutem Benehmen fertigmachen?«

»Sieht so aus.«

»Gott – was für Schwanzgesichter.«

»Ja. Sie sind mir gefolgt. Sie warten vor der Bibliothek.«

Ich schüttelte den Kopf. Wahnsinn, dieser Grad an Hass, den mir Teddy entgegenbrachte! Aber mir war jetzt nicht danach, mir darüber Sorgen zu machen. Nicht, wo gerade mit Amber alles den Bach runterging.

Da sah ich Teddy und seinen Kumpelpulk auch schon durchs Glas der Bibliothekstür und seufzte. Ich wollte mich durch die Doppelschwingtür schieben, doch Teddy hatte sich bereits den einen Griff geschnappt und riss sie für mich auf. Er verbeugte sich und machte eine alberne Handbewegung, als sei es anno dazumal.

»Nach Ihnen, Madame«, sagte er, begleitet vom grunzenden Gelächter der Rugbykumpel.

Ich verdrehte die Augen. »Was soll das, Teddy?«

»Nichts. Ich bin nur ein GENTLEMAN. Warum? Ist das sexistisch? Fängst du jetzt an zu hupen, nur weil jemand noch gute Manieren hat?«

Ich biss mir auf die Lippe – überlegte, was ich tun sollte. War das sexistisch? Er tat es, um eine Reaktion von mir zu erzwingen, wegen meiner feministischen Aktion, was definitiv eine sexistische Handlung war … Aber man konnte argumentieren, dass es sich einfach nur um Höflichkeit handelte – worauf er setzte.

Für so etwas hatte ich jetzt keinen Nerv. Ich holte tief Luft und ging an ihm vorbei, nicht ohne ihm absichtlich auf die Zehen zu stampfen.

»He, du mie…«

Ich sauste davon – Evie neben mir.

»Amber wartet im Café auf uns«, schnaufte sie.

»Cool«, entgegnete ich, und mein Magen hüpfte erneut.

Wir schlitterten durch den rutschigen Gang und kreischten, als wir hinaus in den Regen kamen.

Amber saß da und rührte Zucker in einen blauen Teebecher. Die Becher hier sahen immer schmierig aus. Sosehr man sie auch wusch, das Fett schien nie ganz abzugehen.

Auf dem Hinweg hatten Evie und ich uns erfolglos ihren Regenschirm geteilt. Evie war so kurz, dass der Regen sie ständig von der Seite erwischt hatte, und sie hatte sich den ganzen Weg lang empört und beklagt: »Tiefer, Lottie! Das ist immer noch mein Schirm!«

»Verzeihung, ich kann dich von hier oben nicht hören.«

Doch das Lachen hatte ein Ende, als ich mein Haar schüttelte und meine rostrote Freundin erblickte. Sie lächelte scheu und winkte zur Begrüßung. Völlig peinlich.

Ich hasste es, dass es so peinlich war.

Evie und ich tropften einen Moment lang auf die Fußmatte, bis die gröbsten Fluten abgelaufen waren. Derweil musterte ich Amber. Vom Regen war ihr Haar auf doppelten Umfang angeschwollen, und trotzdem sah sie so was von cool aus, wie üblich. Sie hatte ihr Kunstbuch offen aufgeschlagen, und ein Träger ihrer Latzhose hing ihr von der Schulter. Die üblichen Verdächtigen im Café bedachten sie mit Blicken, doch das bemerkte sie gar nicht – auch wie üblich. Amber dachte immer, die Leute würden sie anstarren, weil sie so groß war – doch das war nur ein Grund. Ihre ganze Erscheinung – besonders seit letztem Sommer und Kyle – war einfach umwerfend.

Ich spürte, wie meine Liebe für sie heraufquoll, und hoffte inständig, dass wir wieder zueinanderfanden.

Wir platschten zu ihr herüber, eine nasse Spur hinter uns herziehend. Ich hockte mich auf die äußerste Stuhlkante und blickte kaum auf. Evie übernahm die Moderation, wozu sie selten genug kam.

»Hast du schon bestellt?«, fragte sie mit Blick auf Ambers Becher.

Sie schüttelte den Kopf, hielt die Lippen wärmehalber am Becherrand. »Nur Tee. Ich hab auf euch gewartet.«

Ich gab meiner Stimme mehr Enthusiasmus als sonst. »Worauf unsere Wahl wohl fallen wird?«

Beide kicherten – Evie lauter als Amber. Wir bestellten immer das Gleiche – das Ganztagesfrühstück für drei Ocken. Damit hatte es praktisch angefangen, als wir uns letztes Jahr kennengelernt hatten, und es war zur Tradition geworden. Ja, das Besteck bestand aus demselben Plastik wie die Eier – aber die Portionen waren gewaltig, und zu den Plastikeiern gab es Senf, weshalb sie absolut sagenhaft schmeckten.

Die Kellnerin, eine alte Dame mit ergrauendem Haar und fettbespritztem rosa T-Shirt, kam herbei und begrüßte uns lächelnd. Wir waren Stammkundinnen.

»Was darf ich euch bringen, Mädels?«, fragte sie und hielt den Block gezückt. »Da draußen ist ja Weltuntergang.«

Evie und ich bestellten Tee, und wir alle nahmen das Frühstücksangebot.

»Wie immer, wie immer«, lachte sie und notierte es.

Keine von uns sprach, während wir auf den Tee warteten.

Keine von uns sprach, als die Becher gebracht wurden.

Wir pusteten alle drei auf unsere Getränke und nippten. Pusteten und nippten. Pusteten und nippten. Ich dachte wirklich, ich würde gleich wieder losweinen.

Dann sagte Evie: »Gut, Mädels, bevor wir gleich vom Fleisch abgelenkt werden – was zum TEUFEL ist eigentlich los zwischen euch?«

Amber und ich sahen einander an. Ich riss die Augen auf, in – wie ich hoffte – ebenso unschuldiger wie offenherziger Weise.

»Ich weiß es ehrlich nicht«, sagte ich. Ehrlich.

Amber suchte meinen Blick. »Weißt du nicht?«

»Nein. Sonst hätte ich mich längst entschuldigt.«

Ich nahm einen großen, viel zu heißen Schluck Tee. Meine Zunge beschwerte sich, doch ich blieb ruhig und wartete darauf, dass Amber mit einer Erklärung rausrückte.

Amber hob ihren Becher, um ihn gleich wieder abzustellen. »Ach, meinetwegen«, sagte sie schließlich und schob sich das buschige Haar aus dem Gesicht. »Ich bin sauer darüber, wie du am Samstag damit umgegangen bist.«

»Am Samstag? Womit?« Ich stellte mich dumm, obwohl ich eine Ahnung hatte, was sie meinte. Alles war gut gewesen, bis wir in den Pub gegangen waren.

»Die Sache mit Megan. Du warst … also … du hast in der Toilette viel zu viel Druck gemacht, Lottie.«

»Hab ich das?« Ich fand nicht, dass ich das hatte.

»Ja, hast du. Ich hab mich echt gekrümmt wegen dir.«

Was hatte ich gesagt? Ich versuchte, mich zu erinnern. Ich hatte gewollt, dass Megan mit jemandem darüber spricht – das war alles. Aber das war doch ein völlig normaler und angemessener Wunsch.

»Ich hab nur versucht zu helfen.«

Amber verschränkte die Arme. »Ja, das hab ich kapiert. Aber

manchmal machst du ein bisschen sehr viel Druck, weißt du das?«

»Offensichtlich nicht.«

Obwohl ich mich so danach sehnte, dass wir uns wieder vertrugen, spürte ich, wie sich mir die Haare aufstellten. Es ist ein bedrohliches Gefühl, wenn einem der eigene Charakter schlechtgemacht wird – und sei es noch so geringfügig.

»Motz mich nicht an.«

»Du bist es hier, die mich anmotzt. Seit Tagen schon redest du kein Wort mit mir!«, sagte ich.

»Ich hab mich erst abregen müssen!«

»Weswegen?« Meine Stimme wurde lauter. Es war keine Absicht – aber lauter war sie ganz bestimmt.

»Wegen dir!«

Ich merkte, wie ich aufstand, und plötzlich stand auch Evie, fuchtelte mit den Händen und sagte: »Hey, hey, hey.«

Da wurde das Essen gebracht, und wir setzten uns wieder. Drei Teller voller Fett, Würstchen, Bohnen, Fett, Eiern, Speck, Fett und zweifelhaft aussehenden Tomaten wurden uns ohne viel Tamtam vor die Nase geknallt, zusammen mit einem Alu-Toasteckenständer. Ich schnappte mir eine Scheibe und biss hinein. Ich hatte wirklich Hunger …

Niemand sagte etwas, bis Evie sich erbarmte. Sie hatte sämtliches Essen auf ihrem Teller in Häufchen aufgeteilt, damit nichts sich berührte. Und sie hatte ihr Frühstück ohne Bohnen bestellt. Ich wusste nicht, ob ich das erwähnen sollte. Sollte ich wohl, weil sie das normalerweise nicht machte und man bei ihr immer auf neue schlechte Angewohnheiten achten sollte, doch Zoff mit ihr hätte ich jetzt nicht auch noch ertragen.

»Amber?«, sagte sie mit weicher Stimme. »Was möchtest du mit diesem Gespräch bestenfalls erreichen?«

Ambers Gesicht war ganz rot, verschmolz mit ihrem Haar.

Plötzlich durchzuckte mich Abneigung gegen sie – wie ein Blitz, aber ein heftiger. Und das machte mir Angst und machte mich traurig. Warum musste sie sich so verhalten? Und auch sie starrte mich an – keine von uns aß wirklich etwas, die Hälfte meines Toasts war über meinen Pulli gebröselt. Erneut riss ich die Augen auf.

Da brach das Eis, und sie warf den Kopf in den Nacken. »Argh, Lottie. Schluss mit dem Hundeblick! Es ist so schwer, wütend auf dich zu sein.«

Als ihr Kopf zurückkam, lächelte sie.

»Ich hab keinen Hundeblick. Okay, vielleicht ein bisschen. Aber ich kapier immer noch nicht, was ich verbrochen habe.«

Evie ergriff unser beider Hände, als wollte sie uns verheiraten.

»Warum sagt ihr nicht nacheinander, was ihr zu sagen habt? Lottie, du bemühst dich jetzt ehrlich, Amber zuzuhören. Und dann, Amber, hörst du dir Lotties Seite an.«

Wir kicherten alle vor Verlegenheit. »Du klingst wie der verdammte Kevin«, beschwerte sich Amber. Kevin war Ambers Stiefvater, der mit Ambers Mutter in einem amerikanischen Sommercamp lebte. Er war das totale Sozialtherapeutenklischee. »Gleich holst du noch einen Sprechstein hervor.«

Evie spießte ihre Wurst mit der Gabel auf. »Wir könnten eine Sprechwurst nehmen. Man darf nur sprechen, wenn man das Würstchen hält.«

»Aber danach isst du's dann nicht mehr«, wandte ich ein. Nicht, wenn wir es angefasst hatten.

»Ach ja, scheiße.« Evie nahm einen Würstchenbiss. »Dann seid einfach erwachsen und wechselt euch ab.«

Ich blickte zu Amber hinüber und wappnete mich für meine Charakterhinrichtung. Ich bezweifelte aufrichtig, dass ich noch die Kraft hatte, mir das anzuhören. Ich fühlte mich so schlapp, so zerfasert.

»Das ist dermaßen seltsam alles«, begann Amber, ohne mich anzusehen. Dann blickte sie auf, immer noch rot. »Okay, Lottie. Es tut mir leid, dass ich dir aus dem Weg gegangen bin, aber … also … das mit Megan ist mir echt unter die Haut gefahren. Ich glaube, manchmal siehst du die Welt nur unter dem Gesichtspunkt, wie *du* dich in einer bestimmten Situation verhalten würdest …«

Ich wollte widersprechen, doch Evie nahm meine Hand und drückte sie, um mich davon abzuhalten.

»Und du vergisst dabei, wie stark du bist. Nicht jeder ist so stark wie du, Lotts. Und dein Weg ist auch nicht immer der richtige. Nur der richtige für dich – verstehst du, was ich meine?«

Weder nickte ich, noch schüttelte ich den Kopf. Millionen Widerworte lagen mir auf der Zunge – doch wenn ich sie ausgesprochen hätte, wäre der Streit von vorn losgegangen.

Und ich hatte nicht mehr die Kraft zum Streiten.

»Ich weiß, dass du denkst, Megan sollte sich jemandem anvertrauen wegen dem, was ihr passiert ist, und selbst wenn nur wir es sind. Aber es ist ihre Entscheidung, was sie tut. Und eigentlich finde ich es ziemlich antifeministisch von dir, dass du versuchst, sie zu einem bestimmten Verhalten zu drängen.«

Ich biss mir auf die Lippe. Das war nicht fair. Nichts davon war fair. Und ich hatte keine Ahnung, wo das jetzt herkam.

Es herrschte Schweigen, während ich mich um Evies Hand krallte. Amber hustete verlegen und sagte. »Also, ich hätte dann alles gesagt, Frau Feldwebel.«

»Gut, dann …« Evie nahm noch einen Bissen von ihrer Wurst. Mein Teller war noch fast unberührt – wahrscheinlich wurde das Essen schon kalt. Mir war übel. »Lottie-Bottie?«, fragte Evie. »Du bist an der Reihe.«

Ein Teil von mir wollte einfach nur Amber beschwichtigen, die Wogen glätten, damit ich dieses Problem endlich hinter mir lassen konnte. Die andere Hälfte wollte Amber in Grund und Boden stampfen – IHR eine kleine Lektion darüber erteilen, was bei IHR alles nicht stimmte – und mal sehen, wie ihr das schmeckte.

Sollte ich kuschen oder kämpfen? Mit einer meiner besten Freundinnen?

Ich wählte eine Antwort, die beides enthielt.

»Tut mir leid, Amber, aber da bin ich anderer Meinung«, sagte ich und zwang mich, sie dabei anzusehen. Sie schien nicht überrascht. »Megan ist wegen irgendetwas zutiefst verstört, und ich halte es für sehr wichtig, dass sie mit jemandem darüber spricht. Es ist ja nicht so, dass wir sie zur Polizei schleifen wollen oder so was – aber neulich Abend, das war ein Hilferuf. So was darf man nicht ignorieren.«

»Ich hab nichts ignoriert …«, fing sie an, doch Evie fiel ihr ins Wort.

»Komm schon, jetzt spricht Lottie. Und die Sprechwurst hab ich gegessen.«

»Danke, Evie.«

Die ganze Situation fühlte sich so gezwungen an, und ich konnte einfach nicht fassen, dass es so weit gekommen war. Ich wusste nicht mal mehr, was ich neulich Abend in der Pub-Toilette gesagt hatte. Jedenfalls hatte ich Megan ganz bestimmt nicht am Kragen gepackt und ihr ins Gesicht gebrüllt … wie es jetzt bei Amber klang.

»Ich glaube nicht, dass ich solch einen Druck gemacht habe«, fuhr ich fort. »Ich zwinge sie zu gar nichts – aber ich werde sie sehr wohl ermutigen, sich uns anzuvertrauen.«

Amber machte den Mund auf, um dagegenzuhalten, und da konnte ich nicht mehr. Konnte gar nicht mehr. Ich brach in

Schluchzen aus – und schockierte damit alle. Das gesamte Café starrte uns an. Ich war so erschöpft, ich hatte es so satt, mich zusammenzureißen. Ich schien es mir mit der ganzen Schule verscherzt zu haben, ich konnte mir nicht auch noch meine besten Freundinnen zu Feindinnen machen.

»Können wir uns bitte nicht streiten?«, flehte ich. »Ich finde es wirklich so unfair, SO UNFAIR, dass du so heftig mit mir bist. Ich hab nichts falsch gemacht. Und ich hab doch eh schon so viel am Laufen, Amber! Diese Aktion – die ist jetzt schon mein Tod, und ich hab noch nicht mal die Hälfte hinter mir …«

Als ich mir die Tränen abwischte, sah ich Evies und Ambers große Augen – ihre offenen Münder. Ich bin eigentlich keine große Weinerin, absolut nicht, also war es wahrscheinlich ein Schreck, mich so im Ausnahmezustand zu erleben.

»Was denn?«, fragte Amber. »Es scheint doch alles okay mit dir.«

Ich schüttelte traurig den Kopf. »Gar nichts ist okay. Es ist der Horror. Es geht gerade noch, wenn ihr und die anderen FemAG-Mädchen dabei seid. Aber ich hab schon auch viel allein machen müssen, im Unterricht, wo alle mich anstarren. Alle verdrehen die Augen, als hätte ich sie nicht mehr alle. Und es ist so ermüdend – an allen Ecken und Enden läuft was falsch. Keine Sekunde kann ich mich mal entspannen. Und ich weiß, dass ich nichts übersehen darf, weil alle mich im Blick haben und nur drauf warten, dass mir was entgeht, und insgeheim drauf hoffen, dass ich versage, und sie sich dann darauf stürzen und mich fertigmachen können …« Ich dachte an den vergangenen Abend, und ein weiterer Tränentsunami überrollte mich. »Und jetzt ist auch noch Will ausgestiegen, und wir haben nicht mal mehr einen Kameramann.«

Ihre offenen Münder klappten noch weiter auf.

»Was?«, sagte Amber. »Er ist ausgestiegen? Warum?«

Evie schüttelte den Kopf. »Das sieht ihm so was von ähnlich«, murmelte sie.

Ich nickte. »Gestern Abend hat er's hingeschmissen … Wir waren zusammen essen, um das Zeitungsinterview zu feiern … dann … haben wir uns geküsst … und jetzt ist er weg.«

Jetzt sahen ihre Münder aus wie Schluchten in ihren Gesichtern.

»Du hast ihn geküsst?«

»Warum?«, fragte Evie. »Ich meine, echt jetzt, warum? He, das ist Will!«

Ich schüttelte den in meine Hände vergrabenen Kopf und schob mir die Handflächen in die Augen, um das Weinen zu bremsen. Ich kam mir so schwach und dumm und elend vor.

»Keine Ahnung! Es ist einfach passiert! Ihr wisst, dass ich eine Schwäche für gefährliche Liebschaften habe. Durch den ganzen Stress muss ich rückfällig geworden sein.« Ich blickte auf, mitten in Ambers Gesicht. »So stark bin ich nämlich nicht, Amber. Bin ich einfach nicht … Das hab ich vielleicht selbst geglaubt, aber diese Sache hier geht mir total an die Nieren. Also, bitte, zettel jetzt keinen Streit mit mir an, wenigstens nicht, bevor der Monat rum ist. Ich lass Megan in Frieden. Ich bin nicht deiner Meinung, aber ich lass sie in Ruhe …«

Amber lächelte. Dann saß sie plötzlich nicht mehr auf der anderen Seite des Tisches. Sie umarmte mich und ließ ihren Schal in mein Spiegelei baumeln.

»Ach, Lottie, Süße. Warum hast du uns denn nicht gesagt, dass es dir so schwerfällt?«

Ich erwiderte ihre Umarmung. Ich war so erleichtert. So was von DERMASSEN erleichtert. Wir hatten uns nicht geeinigt, aber vielleicht, ganz vielleicht konnten wir es erst mal gut sein lassen.

»Mir war es bis gestern Abend selbst nicht so bewusst … und dann ist alles falsch gelaufen …«

Evies Arme waren verschränkt. »Ich kann immer noch nicht fassen, dass du mit Will geknutscht hast.«

»Ja, ich weiß. Ich bin eine Verräterin.«

»Kein Wunder, dass er heute Morgen in Filmgeschichte so mies drauf war.«

»War er das?« Ärgerlicherweise wollte ich das unbedingt wissen. Irgendwas in mir stellte sich auf die Hinterbeine und hechelte nach weiteren Informationen. Ich schnitt eine Grimasse und versuchte, es zu unterdrücken. Verflucht – das hieß, dass ich ihn mochte. Wie fehlgepolt konnte man sein?

»Ja. Sogar noch mehr als sonst. Klar, ich weiß, dass er gut aussieht und so, Lottie. Aber mal ehrlich, hältst du es für eine gute Idee, mit jemandem wie dem zusammen zu sein? Bei allem, was du gerade durchmachst?«

»Ja, nein! Ich weiß doch! Und ich bin selbst nicht stolz auf mich, okay? Du weißt, wie ich sein kann. Und außerdem, wenn es dich tröstet, ich hab ihn weggestoßen und Schwanzgesicht genannt – besser?«

Beide grinsten. »Geringfügig. Aber ihn küssen – ich hab deinen Geschmack offensichtlich überschätzt«, sagte Amber.

»He!« Ich rammte ihr meinen Ellbogen rein. »Wenn du mich schon wieder über meinen Jungsgeschmack belehren kannst – heißt das, wir haben uns vertragen?«

Sie tat, als müsse sie darüber nachdenken, legte den Finger ans Kinn, grinste und umarmte mich aufs Neue.

»Du musst uns sagen, wenn's dir nicht gut geht«, sagte sie. Was ich als Ja interpretierte.

»Genau das ist es doch, was ich bei Megan sagen wollte«, flüsterte ich in Ambers Mähne. Sie wurde ein bisschen steif und dann wieder weich. Ich wusste, dass wir uns verstanden. Wieder durchströmte mich Erleichterung wie heißer Regen, und zum ersten Mal seit dem Wochenende meinte ich, einen Funken Kampfeslust in mir zu spüren.

Evie, die sich nie außen vor fühlen wollte, umarmte uns mit. Dann lösten wir uns wieder voneinander und wandten uns unserem Frühstück zu. Mein Hunger war mit Urgewalt zurückgekehrt, und ich schaufelte mir das fast kalte Fleisch mit jeder Menge Glücksgefühlen in den Mund.

Evie nahm einen Schluck Tee. »Lottie«, sagte sie sanft. »Wenn diese Aktion dir nicht guttut – du musst nicht weitermachen, weißt du?«

»Ja.« Amber nickte. »Wir unterstützen dich – egal, wie du dich entscheidest.«

»Außerdem haben wir ohnehin keinen Kameramann mehr«, fügte Evie hinzu.

Ich legte mein Besteck beiseite und wischte mir den Mund mit der dürftigen Papierserviette ab. »Kann ich nicht, Leute. Ich bin schon so weit gekommen … diese Woche wird's sogar in der Zeitung stehen, Herrgott noch mal.«

»Na und?« Evie zuckte die Schultern. »Das ist es doch nicht wert, dass du dich zugrunde richtest.«

Ich kaute auf meiner Lippe herum. »Andere Feministinnen haben viel Schlimmeres ertragen«, sagte ich. »Wie die Suffragetten – die wurden zwangsernährt und eingesperrt.«

Und am Ende war es das alles wert gewesen. Das hier musste es ebenfalls wert sein. Und jetzt, wo ich meine Freundinnen wieder an meiner Seite hatte, verspürte ich auch wieder Kraft. Kraft zum Weitermachen.

»Alles okay, Mädels, wirklich«, sagte ich. »Wir nehmen unsere Aktionen einfach mit den Smartphones auf. Will kann sich sonst wohin verpissen … ich krieg das hin. Nur noch zweieinhalb Wochen. Aber könnt ihr mir versprechen, euch nicht über mich aufzuregen? Zumindest nicht, bis die Sache vorbei ist? Ich bin geliefert ohne euch.«

Evie drückte erneut meine Hand, lächelte ganz warm und versprach, nachsichtig mit mir zu sein.

Amber schwieg und untersuchte die Ketchupflasche.

»Amber?«, stieß ich sie an. »Du auch?«

Sie zog ein Gesicht. »Also, eigentlich hab ich das schon vorgehabt. Aber jetzt, wo du einfach den ganzen Ketchup aufgefressen hast …«

Der Rest des Frühstückmittagessens verlief harmonisch – zumindest nachdem ich aufgestanden war und um mehr Ketchup gebeten hatte. Als wir jedoch zahlen wollten, bemerkte ich die Zeitungen auf dem Tisch bei der Eingangstür. Lauter Revolverblätter, die das Café dort jeden Morgen als Frühstückslektüre für die Gäste auslegte.

Die von heute waren so schrecklich wie vorhersagbar. Riesentitten auf mindestens zwei Titelseiten, unter dem Deckmantel der Information. Ich schlug eine auf und mir sprang praktisch auf jeder Seite eine halb nackte Frau entgegen.

Die Mädchen blieben stehen, als sie sahen, worauf mein Blick gerichtet war.

Das war es dann mit unserer gemütlichen Frühstücksroutine.

Wir brauchten nichts zu sagen, die Mädels wussten, was ich zu tun hatte. Mein Magen verdrehte sich samt seines fettigen Inhalts – erhob Einspruch. *Mach keinen Ärger, mir gefällt's hier so gut.*

Aber abgemacht war abgemacht war abgemacht.

Amber fasste mir tröstend an die Schulter.

»Wir stehen hinter dir, Lotts. Selbst wenn wir Hausverbot kriegen – tu, was du tun musst. Wir sind da.«

Ich seufzte tief auf und umarmte sie alle beide.

Dann trug ich die Zeitungen zu der reizenden alten Dame am Tresen, um mich offiziell zu beschweren.

Dreißig

Mit meinen beiden Mit-Spinsterinnen an der Seite verlief die Woche erträglicher. Und Megan kam auch langsam aus ihrem Schneckenhaus gekrochen. Unsere Regel, alles nur einmal anzuprangern, machte den Schulalltag weniger furchtbar. Am Ende der zweiten Woche hatte ich quasi jeden Jukeboxsong einmal behupt, mich mit jedem Lehrer angelegt und, tja, mehr als ein paar Zusammenstöße mit Teddy gehabt. Der hatte den Gentleman-Flashmob zwei ganze Tage durchgehalten, bis Megan den begnadeten Einfall gehabt hatte, ihm rosa Glitter in den Zylinder zu schmuggeln.

Will ging mir die ganze Woche über aus dem Weg. Ich bekam ihn kaum zu Gesicht. Nur einmal ein Aufblitzen seiner Brille zur Mittagszeit, abgelöst von seinem Hinterkopf, der durch den Gang davonhuschte.

Mir war immer noch nicht klar, wie ich mich deshalb fühlte. Vor allem wohl enttäuscht, weil wir so einen guten Kameramann verloren hatten. Doch Megan hatte ein erstaunlich gutes Auge. Besonders als wir eine öde Mittagspause beim Zeitungskiosk verbrachten und uns dauerhupend durch die Frauenzeitschriften blätterten.

»Schaut euch das an!« Megan wies auf ein besonders übles Hochglanzmagazin, in der anderen Hand das Handy. »Ein Artikel über eine neue Essstörung, die sie erfunden haben. ›Orthorexie‹ nennen sie sie – weil Wortspiele mit Anorexie ja so lustig sind. Egal, sie schreiben, wie gefährlich das ist, und eine Frau ist auch schon daran gestorben … aber schaut …« Sie blätterte um. »Nächste Seite: Schaut euch diese Modestrecke an. ZWISCHEN DIE BEINE DIESES MODELS WÜRDE NOCH EIN DRITTES REINPASSEN. Das ist doch geradezu Werbung für Essstörungen. Was für Heuchler!«

»Hallo, Megan?«, sagte ich, völlig aus den Socken gehauen von ihrem Stimmvolumen. Normalerweise kam von ihr immer nur ein halbes Flüstern.

Sie lachte und hielt sich errötend den Mund zu. »Entschuldigung. Du hast mich angesteckt.«

»Kein Anlass für Entschuldigungen!« Ich war unendlich froh, sie so zu sehen. »Du hast natürlich absolut recht!« Ich trötete in meine Hupe und entschuldigte mich dann bei Mr Keats, dem Kioskbesitzer, dem ich meine Aktion erklärt hatte. »Also, werte Zeitschriftenredakteure: Essstörungsberichte oder Magermodels. Beides zusammen geht nicht!«

Wir lachten, und mein Magen war ganz warm vor neuer Freundschaft.

Am Freitag fühlte es sich anders an.

In dem Moment, als ich die Schule betrat, spürte ich Blicke auf mir. Viele Blicke. Dabei hatten die meisten Leute nach der ersten Woche eigentlich schon aufgehört zu starren.

Evie und Amber hatten beide die erste Stunde frei, also musste ich alleine gehen. Was kein Problem gewesen wäre, wäre ich nicht die ganze Zeit angestarrt worden.

Was war denn jetzt wieder los? Mein Weltüberdruss war sofort wieder da. Ich hätte am liebsten direkt zum Wochenende vorgespult und mich verkrochen – um allenfalls kurz bei Olis Party aufzutauchen.

Es dauerte nicht lange, bis ich das Plakat entdeckt hatte.

Ich hatte vergessen, dass freitags die Lokalzeitung erschien.

Der miesen Fotokopie nach zu schließen, die im Schulkorridor klebte, hatte der gute alte Dan meiner Geschichte eine ganze Seite gewidmet. Aber mehr konnte ich ihr nicht entnehmen, da der Rest der Kopie von SAUKOMISCHEM Gekritzel umgestaltet worden war. Mein Foto war mit einem Schnurrbart und Teufelshörnchen geschmückt – weil Teddy *(und alles daran schrie Teddy)* die Kreativität einer Spitzmaus besaß.

Die Schlagzeile war ebenfalls überklebt, und zwar mit dem SAUKOMISCHEN Satz: *HIESIGE MÄNNERHASSERIN VÖGELT KATZEN.*

Obwohl, wisst ihr was? Für Teddys Maßstäbe war das ganz schön geistreich.

Ich rupfte das Plakat von der Wand. Doch als ich den Flur entlangblickte, sah ich noch jede Menge weitere. Da … starb mein Herz irgendwie. Mir war, als setzte es ein paar Schläge aus, und ich hätte mich am liebsten gegen die Wand gelehnt und was weiß ich … ein bisschen geweint. Schließlich war ich noch nie in der Zeitung gewesen. Und auch wenn es nur das blöde Lokalblatt war – jetzt würde ich das »erste Mal« immer damit verbinden, dass ich zur Idiotin gemacht und in der ganzen Schule aufgehängt worden war.

Ich ging zu meiner Philosophieklasse, riss im Vorbeigehen jedes einzelne Plakat herunter und versuchte, die Blicke, das Tuscheln, das Kichern zu ignorieren. Als ich mich durch die Tür schob, blickten Jane und Joel auf – als hätten sie von nichts eine Ahnung. Jane lächelte und winkte mich zu sich, und ich lächelte und setzte mich neben sie.

»Alles klar, Katzenvöglerin?«, fragte Joel, gefolgt von Janes Ruf: »Joel!«

Er grinste und lehnte sich zurück, um sich den langen Pferdschwanz zu richten. Ich grinste zurück.

»Alles klar. Nur … tja … etwas wund halt … diese Katzen können echt ganz schön kratzig sein, wenn sie in Stimmung sind.«

Ein paar Leute hinter mir lachten, woraus ich entnahm, dass die ganze Klasse gelauscht hatte und Bescheid wusste. Ich ließ meine Bücher fallen und hielt die Stunde über den Ball flach. Als es klingelte, machte ich mich auf die Suche nach Evie und Amber.

Sie saßen an unserem üblichen Tisch mit Oli, der seinen Stuhl näher an Evies herangerückt hatte als notwendig. Ich winkte ihnen zu, und sie winkten alle zurück – Evie am nachdrücklichsten. Sie stand auf und schwenkte etwas über ihrem Kopf herum.

Die Zeitung.

»Du bist berühmt!«

Ich bedeutete ihr per Zeichen, dass ich sie gesehen hatte, und zog mir schnell eine Cola aus dem Automaten. Jede Menge Leute starrten immer noch. Ein paar brüllten »KATZENVÖGLERIN!« durch den Raum, und Gelächter brandete mir entgegen. Mir wurde leicht übel.

Ich nahm einen tiefen Schluck, damit Zucker und Koffein meinen Blutkreislauf entern konnten, und schlenderte dann ganz gemütlich hinüber, als wäre alles wie immer.

Evie machte quasi schon Luftsprünge. »Lottie, du bist berühmt! Du stehst in der Zeitung! Ich hab noch nie wen gekannt, der in der Zeitung steht!«

»Ja, und anscheinend vögele ich auch Katzen«, entgegnete ich.

»Was? Warst du gemeint mit dem, was die Typen da eben geschrien haben?«, fragte Evie.

»Hast du die hier nicht gesehen?« Ich langte in meine Tasche und zog die Sammlung hervor, die ich abgerupft hatte.

Amber schnappte sich eine Kopie. »O Gott, nein, wer macht denn so was? Wetten, das war Teddy, der lächerliche Knilch …«

Ich nickte finster. »Garantiert war das Teddy. Ein Wunder, dass ihr's noch nicht gesehen habt. Ich bin bisher nur dazu gekommen, die im Altbau abzureißen.«

Oli hustete – sein Gesicht lief rosa an. »Äh, die hier hab ich heute Morgen beseitigt.« Er griff in seinen Rucksack und holte einen fetten Stapel Plakate hervor.

Ich nahm eines zur Hand. »Die hast du für mich abgerissen?«

Oli wurde richtig rot und hustete in seine Hand. »Tja, also, bei den Kunstsälen war der ganze Gang damit tapeziert, als ich heut früh zu Grafik gegangen bin. Und, also, ich fand das nicht besonders nett, also hab ich sie abgenommen und … pfmfft …«

Ich hielt Oli in den Armen. Ich war bereits um den Tisch herumgeeilt und hatte ihn eng umklammert. Er war ziemlich schlank, also tat ich ihm damit bestimmt ganz schön weh.

»Danke, VIELEN DANK!«, sagte ich und ließ ihn endlich los.

Mittlerweile war er lila, und als ich einen Blick auf Evie riskierte, sah ich, wie sie ihn anschmachtete, voller Sehnsucht und mit ganz viel Schmalz. Ich wusste genau, was sie an ihm fand. Er verströmte einfach Herzensgüte – und, ja, auch wenn das eigentlich keine Rolle spielen sollte, er sah dabei auch noch ziemlich gut aus. Wangenknochen und Kantigkeit und grüne Augen – also, wer im wirklichen Leben hat schon richtig grüne Augen? Oli schon! Er war für meinen Geschmack etwas sehr … zahm, aber ich verspürte den Drang, das mit den beiden gewaltsam herbeizuzwingen. Evie, so nahm ich doch an, ging es mittlerweile »gut« genug für eine Beziehung, was auch immer »gut« heißen mochte. Und Oli schien es auch viel besser zu gehen. Meine nächste geheime Mission würde darin bestehen, bei seiner Party am Wochenende sicherzustellen, dass sie endlich zum Zug kamen.

»Schon okay«, stotterte er. »Jederzeit … ich finde es cool, was du machst.«

Das löste bei Evie erneute Aufregung aus. »Lottie, hast du den richtigen Artikel noch gar nicht gesehen?«

Ich schüttelte den Kopf, nahm noch einen Schluck Cola und sank auf dem unbequemen Mensastuhl zusammen.

»Der ist echt gut! Also, so richtig gut. Ich weiß nicht, was du diesem Journalisten erzählt hast, aber er hat dich nicht ein einziges Mal in die Pfanne gehauen.«

Sie ließ die Zeitung vor mir auf den Tisch fallen, schon auf der richtigen Seite aufgeschlagen. Ich war auf Seite drei – DREI! – und sah gut aus auf dem Foto. Das war das Erste, was mir auffiel, weil … tja … kognitive Dissonanz. Ich hielt eines von Megans Wahnsinnspostern in die Höhe und machte die WE-CAN-DO-IT-Pose, wie die Frau mit dem Kopftuch auf den Weltkriegspostern.

Die Schlagzeile war riesig und lautete: *VON DER EINSERSCHÜLERIN ZUR FEMINISTISCHEN FREIHEITSKÄMPFERIN*. Und in der Zeile darunter stand: *Schülerin Lottie widmet einen Monat dem Kampf gegen den Sexismus, um auf die Ungleichheiten in unserer Stadt aufmerksam zu machen.*

»Wow«, sagte ich. »Das ist der Hammer.«

Gerade wollte ich zum eigentlichen Artikel übergehen, als zwei weitere Personen an unserem Tisch auftauchten. Eine äußerst aufgeregte Megan: »Habt ihr das gesehen? Mein Poster? Die haben mein Poster verwendet!«

Und – Überraschung! – Will.

Er setzte sich neben mich, völlig überdreht und elektrisiert. »Lottie, hast du gesehen, was für eine Riesenberichterstattung das ist? Das ist genial! Noch viel mehr, als ich gedacht habe!«

Ich hob eine Augenbraue und warf ihm einen bedeutungsschweren Blick zu.

»Öhm, Will? Wolltest du mir nicht aus dem Weg gehen?«

Er zuckte die Schultern und kramte nach seiner Kamera. Mein Magen veranstaltete alles Mögliche, das er lieber hätte lassen sollen. Die Tatsache, dass er göttlich roch, machte die Sache nicht besser.

»Wollte ich«, sprach er in seine Kamera. »Aber jetzt nicht mehr.«

Evie lächelte. »Der Ruhm war zu unwiderstehlich, was?«

Will überhörte die Bemerkung und begann, sein Zeug aufzubauen.

»Was machst du?« Ich spähte auf die Zeitung, um zu sehen, was sie eigentlich über mich geschrieben hatten.

»Ich will aufzeichnen, wie du zum ersten Mal den Artikel liest.«

»Schön ...« Obwohl es nicht besonders feministisch war, kämmte ich mir mit den Fingern das Haar kameratauglich zurecht. »Dann bist du wieder an Bord?«

»Jupp«, entgegnete er, als wäre das ausgemachte Sache.

»Dann entschuldigst du dich also?«

Er blickte auf – mir voll ins Gesicht. Und die Intensität seines Blickes versetzte meinen Magen in noch größere Unruhe. Auf seiner Oberlippe tanzte nur ein Häuchlein seiner üblichen Arroganz.

»Und du?«

Gott, das konnte er wirklich gut! Mich herausfordern, mich dazu bringen, Dinge machen zu wollen, die allen moralischen Bedenken zuwiderliefen. Warum waren Macht und Menschen, die sich einem widersetzten, nur so unerträglich attraktiv?

Ich schüttelte störrisch den Kopf, und da grinste er richtig – als habe er nichts anderes erwartet.

»Tja, dann ich auch nicht. Also, komm schon, wir versuchen, das in einer Einstellung hinzukriegen.«

Kurz hatte ich vergessen, warum wir alle hier waren, worum es hier ging. Doch dann riss es mich zurück ins Jetzt und Hier, weil Amber laut hustete und sagte: »Verzeiht, das ist nur meine Allergie auf die ganze sexuelle Spannung hier!«

Ich funkelte sie an. Wills Feixen wurde noch feixiger. Evie schob mir die Zeitung unter die Nase. »Komm schon, jetzt lies endlich! Es ist super!«

Ich spürte Wills Kamerablick auf mir, hob die Zeitung ehrfürchtig an und begann, laut vorzulesen. »Ein beherztes Schulmädchen hat ein einmonatiges Projekt ins Leben gerufen: Es gelobt, jedes sexistische Vorkommnis, das ihm begegnet, öffentlich anzuprangern.« Ich blickte auf. »Geht ganz gut los, oder? Auch wenn ich nicht verstehe, wieso er mich ein Schulmädchen nennt. Ich, äh, werde in einem Monat achtzehn … na, egal …« Ich wandte mich wieder der Zeitung zu. »Die hübsche Charlotte Thomas hofft, mit ihrer Vulvavengers-Kampagne einer neuen Generation von Feministinnen Mut zu machen, indem sie aufzeigt, was Mädchen in der heutigen Gesellschaft zu ertragen haben.« Ich klatschte die Zeitung auf den Tisch. »Hübsch?«, brüllte ich. »Was zum Henker muss der erwähnen, dass ich hübsch bin? Was spielt das bitte für eine ROLLE?«

Wills Stimme drang hinter seinem Objektiv hervor. »Du beschwerst dich über Sexismus in einem lobenden Artikel darüber, wie du gegen Sexismus kämpfst?«

Wieder knallte ich die Zeitung auf den Tisch. »Und wie ich das tue. Was zum Teufel soll das? Echt jetzt?« Ich las weiter, entdeckte den nächsten unmöglichen Satz und stieß mit dem Finger drauf. »Herrgott noch mal, hört euch das an.« Mit alberner Kindchenstimme las ich vor: »›Lottie, die laut eigener Auskunft gerade Single ist …‹ WAS? Warum muss der meinen Beziehungsstatus erwähnen?« Ich wurde rot vor Rage. Das war so lächerlich. Ich musste es immer wieder lesen, um sicherzugehen, dass ich nicht halluzinierte vor lauter Cola. Ich überflog den Rest des Artikels. Es standen auch gute Sachen drin, Sachen, die mich wohl hätten glücklich stimmen sollen – er hatte meinen Namen richtig geschrieben, er hatte den Link zu unserem Kanal und Hashtag nicht vergessen, er hatte sogar eine Infobox zur Geschichte des Feminismus verfasst! Und trotzdem, trotzdem war der ganze gute Artikel mit sexistischen Formulierungen durchsetzt. Ich blickte direkt in die Kamera. »Das ist echt eine Enttäuschung.«

»Die meisten Leute würden sich freuen über so eine Berichterstattung, Lottie.«

»Ist mir klar«, sagte ich. »Aber kapierst du nicht, wie sie dadurch versaut wird? Als ob der Typ sich alles angehört hat, was ich zu sagen habe, und dann völlig ignoriert, wofür ich eigentlich kämpfe! Meint der vielleicht, nur weil er so positiv über meine Sache berichtet, darf er es sich herausnehmen, sich über mein Aussehen zu äußern? Jedem erzählen, dass ich keinen Freund habe? Wär ich auch auf Seite drei gelandet, wenn ich ein Gesicht hätte wie ein Pavianarsch mit Granatendurchfall?« Diese Beschreibung ließ Evie zusammenzucken. »Oder hätten die mich dann nach hinten in den Anzeigenteil geschoben? Wär ich überhaupt in die Zeitung gekommen, wenn ich fett wäre?«

Evie schnappte sich die Zeitung und las den Text selber.

»Herrje, du hast recht. Sorry, ich hatte es nur überflogen. Ich war einfach so aufgeregt, dass du überhaupt drinstehst.«

Ich kramte eine von Teddys fiesen Kopien hervor und hielt sie in die Kamera. »Immer noch besser als die hier, mit denen die ganze Schule gepflastert ist!«

Wills Kamera rumpelte auf den Tisch. »Was zum Teufel ist das?« Er starrte die Kopie an, als sonderte sie Gift ab.

»Willst du sagen, du kennst die noch nicht?« Ich hielt meine

Stimme mit aller Gewalt fröhlich, obwohl ich mich, ehrlich gesagt, schon beim ersten Anblick am liebsten sehr lange ins Bett gelegt hätte.

»Wer hat das gemacht?« Die Venen auf Wills nervtötend schöner Stirn traten hervor, genau wie die Venen in seinen nervtötend stark wirkenden Fäusten.

Ich zuckte die Schultern, als sei nichts dabei.

»Was glaubst du?«

»Hast du sie schon Mr Packson gezeigt?«

»Nein, noch nicht.«

Jetzt nahm Amber das Plakat unter die Lupe, mit zusammengezogenen Augenbrauen. »Wie stellt man das eigentlich an, eine Katze vögeln? Also, ich bezweifle ja, dass das anatomisch überhaupt möglich ist.«

Und mit diesem widerlichen Bild im Kopf brachen wir in Gelächter aus, weil es eben so lächerlich war. Ich sah sie alle an: Megan, die immer noch sagte, »Tja, tut mir leid, aber ich freu mich einfach riesig, dass mein Poster in der Zeitung ist.« Evie und Oli, die taten, als sähen sie einander kein bisschen an. Amber, die eine Sprechblase in Teddys Drecksplakat reinoperierte, in der stand: *Wie vögelt man eigentlich eine Katze?* Und Will, der seine Kamera geschnappt und eingepackt hatte – und mich einfach nur anstarrte. Ungeniert. Als möge er mich. Als wäre der Sauer-auf-mich-Teil hiermit abgeschlossen.

Umgeben von ihnen allen, meinem Team, meiner Crew, ließen die Qualen dieses Morgens etwas nach. Ich wusste, dass sie wiederkehren würden. Aber jetzt lachten wir einfach. Und ich hatte das Gefühl, ich könnte bis zum Nachmittag durchhalten – was immerhin ein Anfang war …

Einunddreißig

Wir machten uns bei Amber für Olis Party fertig.

»Also …« Ich drückte Evie auf den Stuhl, damit ich ihr den Lidstrich auftragen konnte. »Du gehst folgendermaßen vor: Du tauchst auf, sagst ihm, sein Geburtstagsgeschenk wartet draußen, schleppst ihn in eine dunkle Gasse ab und schiebst ihm deine Zunge in den Mund.«

Sie verzog so gequält das Gesicht, dass es das ganze schöne Katzenauge verhunzte, das ich soeben erschaffen hatte.

»Lottie, nein! Ich bin etwas romantischer veranlagt als du.«

»Megan, was meinst du?«

Ich hörte sie hinter mir kichern. »Ich glaube, so was würdest nur du hinkriegen.«

Ich grinste und leckte ein Wattestäbchen an, um das verhunzte Lidstrichende abzuwischen. »Überhaupt, was soll daran bitte unromantisch sein?«, fragte ich Evie.

Sie beäugte das Wattestäbchen. »Bitte schmier mir nicht deine Spucke ins Gesicht.«

»Uppsi, pardon, ich vergaß.« Ich holte ein frisches Stäbchen und tauchte es sorgsam in den Augen-Make-up-Entferner.

Evie sah mein schuldbewusstes Gesicht. »Entschuldige. Ich hab einfach … du weißt …« Sie blickte zu Megan auf, die reichlich verwirrt wirkte. »Ach, ich hab eine Zwangsstörung«, erklärte sie. »Mir geht's gut, aber Keime sind nicht gerade meine Leidenschaft.«

Megan nickte und trank einen Schluck Wein. »Ah, okay, alles klar. Wow – würde niemand vermuten.«

»Was hätte ich vor einem Jahr darum gegeben, das zu hören«, sagte Evie und lächelte, mutiger, wundervoller Guru, der sie war. »Aber so langsam fällt es mir nicht mehr so schwer, offen damit umzugehen.«

»Um ehrlich zu sein«, warf ich ein, »ich glaube noch nicht mal, dass Leute *ohne* Zwangsstörungen meine Spucke im Gesicht haben wollen.«

Megan zwinkerte. »Will schon!«

Ich wischte das Verschmierte ab und kletterte von Evies Schoß, um Mascara zu holen. Bei der Erwähnung seines Namens machte mein Herz wieder einen dieser nervigen Hüpfer, doch ich schob es zurück in Position. Es war schön, Megan dabeizuhaben – sie hatte sich zum Mitkommen bewegen lassen, nachdem ich herausgefunden hatte, dass Die Hochstapler diesen Abend irgendwo anders auftraten.

»Ich glaube, Will würde mit sich selbst knutschen, wenn er könnte«, sagte ich. Würde er tatsächlich. Ich war davon überzeugt, dass er wenigstens einmal sein Spiegelbild geküsst hatte.

Gestern Abend war er sogar noch richtig lange bei mir gewesen. Der Zeitungsartikel hatte ihn befeuert, und er hatte meine Reaktion darauf sofort schneiden und nachbearbeiten wollen. Wir hatten den Abend auf unseren Bäuchen verbracht und immer wieder die Website der Zeitung neu geladen. Um zweiundzwanzig Uhr war der Artikel über mich der meistgelesene von allen.

»Jetzt geht es richtig los, Lottie«, hatte Will immer wieder gesagt. »Jetzt geht es richtig los.«

Die Zugriffe auf unseren Kanal hatten sich auch verdoppelt und kletterten weiter. Als es Mitternacht wurde, schliefen wir schon fast, dämmerten halb in Löffelchenstellung auf dem Bett und luden träge neu. Geküsst hatten wir uns nicht wieder. Aber wir hatten uns auch nicht wieder gestritten …

Heute hatte ich allerdings noch keine Aufrufe gezählt. Ich brauchte dringend mal eine Pause. Den ganzen Tag lang hatte ich keinen Fuß vor die Tür gesetzt. Ich hatte ausgeschlafen und dann versucht, meinen Kunsthausaufgabenberg abzutragen, damit Dad mich endlich in Frieden ließ. Nachdem ich ein paarmal bis tief in die Nacht gearbeitet hatte und Dad einmal, als er aufgestanden war, um auf die Toilette zu gehen, das Licht unter meiner Tür bemerkt hatte, war es zu einer weiteren »Unterhaltung« gekommen.

»Will würde definitiv mit sich selbst knutschen.« Evie hielt inne. »Wetten, dass er schon mal versucht hat, sich selbst einen zu blasen«, fügte sie nachdenklich hinzu.

Mir klappte die Kinnlade runter.

»Evie!«

Sie blickte auf, ganz unschuldig. »Was denn?«

»Na ja … ich hab noch nie …« Aus Evies Mund kam nie eine Zote, also nie, wirklich nie. Sie war geradezu irrsinnig wohlerzogen und fluchte nur alle Jubeljahre mal.

»Megan, ist das eben wirklich passiert? Hast du auch gehört, was ich gehört habe?«

Megan hatte tatsächlich vor Schock die Bürste abgelegt. »Hab ich!«

»Was denn? Hat er todsicher!«, protestierte Evie.

Ich ließ die Mascara fallen. »Das muss Amber erfahren. Aber sofort.« Ich steuerte auf die Tür zu.

»Geht jetzt nicht!«, rief Evie mir nach. »Sie skypt gerade mit Kyle!«

»Der muss es auch wissen.«

Ich sauste aus Ambers Zimmer und folgte ihrer Stimme zum Schlafzimmer ihres Vaters. Der war gemeinsam mit Ambers Stiefmutter ausgegangen und hatte den verzogenen kleinen Bruder mitgenommen.

Ich hörte einen amerikanischen Akzent durch die Tür und stieß sie energisch auf.

»Halt dich fest!«, verkündete ich Ambers Hinterkopf. »Evie hat gerade etwas DRECKIGES gesagt!«

»Warte kurz«, sagte Amber. Das nahm ich als Einladung, mich neben sie hinzufläzen und wie wild in ihren Computer zu winken.

»HI, KYLE! DU SIEHST HEUTE BESONDERS AMERIKANISCH AUS!«

Aus Ambers Bildschirm blickte mir ein ungemein gut aussehender Junge entgegen – weiße Zähne, markanter Kiefer. Kyle – der sich inzwischen daran gewöhnt hatte, dass ich mich immer in ihre Privatgespräche mischte – lächelte, stellte noch mehr weiße Zähne zur Schau und winkte zurück.

»Ah, hallo, Lottie.«

»DARF ICH EUCH ERZÄHLEN, WAS EVIE GERADE DRECKIGES GESAGT HAT?«

In dem Moment erschienen Megan und Evie in der Tür. Megan musste sich vor Lachen am Türrahmen festhalten, und Evie hatte nur ein geschminktes Auge. »He, *so* unanständig war es jetzt auch wieder nicht.«

Amber und Kyle schafften es, einen innigen Blick zu wechseln, obwohl Tausende von Kilometern zwischen ihnen lagen.

»Was war es denn?« Amber zog sie beide herein, damit Kyle sie auch sehen konnte.

Mir fiel auf, dass Evie in unserem winzigen Quadrat in der unteren Bildschirmecke auf einmal knallrot aussah.

»Sie hat gesagt, Will sei so selbstverliebt, dass er wahrscheinlich schon mal versucht hat, sich selbst oral zu befriedigen.« Ich wartete auf eine Reaktion. Als die ausblieb, brüllte ich: »Na ja, sie hat's anders formuliert. SICH SELBST EINEN BLASEN, hat sie gesagt!«

»Was?«, fragten Kyle und Amber wie aus einem Mund.
»Hast du was getrunken?«, fragte Kyle.
Evie nickte beschämt. »Nur bisschen Wein … und, tja … bisschen mehr Wein.«
Wir hatten beim Schminken und Fertigmachen drei Flaschen geleert. Das war hauptsächlich – okay, vielleicht sogar ausschließlich – meine Schuld. Ich hatte die Flaschen aus dem Riesenvorrat unter unserer Spüle gemopst und fast eine ganze Flasche allein getrunken.
Kyles Americano-Lächeln strahlte uns durch die Glasfasern entgegen. Gott, was hatte Amber doch für ein Glück. Okay, ihr Sixpack-Adonis lebte Tausende von Kilometern entfernt, aber er war immer noch ein Sixpack-Adonis.
»Ihr Saufköpfe«, lachte er. Da entdeckte er Megan, die fast nur ein Schatten in der Ecke war. »Und du bist sicher Megan!«, dröhnte er in seinem Bariton. »Amber erzählt mir dauernd von dir.«
»Hi!« Megan errötete auf Knopfdruck, der klassische Kyle-Effekt. »Schön, dich kennenzulernen. Zählt das als Kennenlernen?«
»Finde schon. Alles klar?«
Amber schnaubte. »Kyle, manchmal redest du wirklich wie ein Klischee-Amerikaner.«
»Was?« Er hob die Arme, und ich bemühte mich mit aller Kraft, nicht hinzusehen, weil man anderer Leute Freunden nicht hinterherlüstern sollte, wenn es sich irgendwie vermeiden lässt. »Wer ist überhaupt Will, Lottie?«
»Lotties neueste Eroberung«, antwortete Amber. »Er ist der Kameramann bei dieser Aktion, von der ich dir erzählt habe.«
Kyle nickte. »O ja, Lottie. Amber hat's erzählt. Das klingt gigantisch.«
Hab ich schon erwähnt, dass Ambers Sixpack-Adonis von

einem Freund sogar ein FEMINISTISCHER Sixpack-Adonis von einem Freund war?

»DANKE«, brüllte ich, weil ich in Kyles Anwesenheit immer etwas übererregt war. »Und Will ist KEINE Eroberung von mir.«

»Ist er, aber so was von«, sagte Amber.

»Aber definitiv«, stimmte Evie zu.

»Total und komplett«, bestätigte Megan.

»Ist er nicht!« Obwohl ich es irgendwie mochte, wenn sie mich mit ihm aufzogen – weil es die Sache greifbarer machte. Obwohl sie gar nicht greifbar sein durfte. Er war ein solcher Streithammel.

Kyle wirkte nicht überzeugt. »Die Dame, wie mich dünkt, gelobt zu viel«, sagte er mit dem schlechtesten britischen Akzent seit Menschengedenken.

»Kyle!« Amber drohte dem Bildschirm mit dem Finger. »Über diesen Akzent haben wir uns schon mal unterhalten!«

Evie, Megan und ich beschlossen schließlich, sie allein zu lassen und uns weiter herauszuputzen. Amber war während ihres Amerikaaufenthalts von Kyle in die Wunder der Countrymusik eingeführt worden und hatte uns haufenweise frische Bands zum Hören mitgebracht. Momentan begeisterten wir uns für eine Gruppe namens Dixie Chicks und spielten Megan eines ihrer Alben vor – wobei ich den Song *Goodbye Earl*, in dem sie den brutalen Mann ihrer Freundin ermorden, wohlweislich übersprang. Wir schüttelten unsere Haare, schenkten uns Wein nach und sangen aus voller Kehle.

Ich war wirklich ziemlich betrunken.

Normalerweise trinke ich nicht, um betrunken zu werden. Evie und besonders Amber waren in der Beziehung viel schlimmer. Ich trinke normalerweise nur zwei Gläser, damit mir warm und schwummerig wird, und vergesse dann vor lauter Aufregung über die sich entfaltenden Ereignisse weiterzutrinken. Aber in den letzten Tagen war alles so dermaßen irre gewesen – ich wollte einfach nur abschalten und im Hier und Jetzt sein, Spaß haben … Huppsi, ich hatte gerade mit dem Hintern Ambers hochheiligen Gesichtspuder auf dem Boden ausgekippt.

»Scheiße!« Ich stolperte herum und versuchte, die ganzen pudrigen Teilchen wieder in das Döschen zu befördern.

Evie stand neben mir. »Die macht Hackfleisch aus dir.« Sie und Megan knieten sich hin, um mir zu helfen. »Das ist das teure Puder. Der einzige blasse Ton, der zu ihrem Gesicht passt.«

»Seid still und helft mir, den Fleck mit einem Kissen zu verdecken!«

In Ambers Zimmer war es nicht schwer, Flecken zu verstecken – dieser Fleck mischte sich einfach unter all die anderen Flecken, die bereits da waren. Ambers Schlampigkeit war legendär – ihre Zimmerdekoration bestand aus halb gegessenen Sandwiches, vor sich hin trocknenden Paletten mit Ölfarben, leeren Chipstüten. Gerade hatten wir ein Sofakissen darübergeworfen, als Amber erschien, mit ganz rosafarbenen Augen.

»Alles okay?« Ich stand auf, um sie zu umarmen, und fühlte mich schuldig wegen ihres Puders, wenn auch nicht schuldig genug, um es ihr zu gestehen.

»Ja«, sagte sie mit verrotzter Stimme. »Nur … es ist halt so scheiße … er fehlt mir so.«

»Das muss echt schwer sein. Mir fehlen seine Arme schon jetzt, und dabei hab ich sie erst vor ein paar Minuten gesehen.«

Amber entwand sich grinsend. Kyles Arme waren eines meiner Dauerthemen. Ehrlich gesagt, sie waren DER HAMMER. »Hup dich selbst an, Perversline!«

»Argh, okay, meinetwegen.« Ich kramte in meiner Tasche

nach meiner treuen Hupe. Beim Tröten stolperte ich über einen Kleiderhaufen und rief: »Auch Männer sollten nicht zu Objekten degradiert werden, noch nicht mal, wenn sie Arme haben wie Kyle.«

Alle lachten. Amber hob die Weinflasche, beschwerte sich über den geschwundenen Inhalt und verteilte den Rest auf die Plastikbecher, die sie aus der Küche mitgebracht hatte. Dann leerte sie ihren und wischte sich über den Mund.

»Habt ihr gesehen, wie viele Klicks die Videos gekriegt haben? Ich hab Kyle gerade davon erzählt, und wir haben nachgeschaut. Lottie, das sind gut über zehntausend!«

Mein Dünndarm verknotete sich. Obwohl, vielleicht auch der Dickdarm, ich hatte keinen Schimmer, wo genau welcher Darm lag. Das war eine gute Sache! Eine guuute Sache. Warum also fühlte es sich so bedrohlich an?

»Echt?«, heuchelte ich Interesse. »Gibt's noch mehr Wein?«

Amber machte ein langes Gesicht. »Freust du dich gar nicht? Ich meine, das sind doch tolle Neuigkeiten! Es spricht sich rum!«

Ich nickte energisch. Das brachte mein Hirn zum Schwimmen. »Ja, ist auch toll. Ich hätte nur echt gern mal einen freien Abend.«

Evie, die gerade ihr Haar kopfüber schaumfestigte, ein zum Scheitern verurteiltes Volumenexperiment, ließ den Kopf wieder nach oben schnalzen. »Ich dachte, der Sinn der Sache ist, dass es keine freien Abende gibt?«

Ich nickte wieder. Aua. Wuschwuschwusch.

»Ich weiß. Das versteh ich ja auch. Wenn ich was sehe, dann schrei ich. Darum geht's ja. Aber, wisst ihr, ich will mich auch mal amüsieren. Hey! Wisst ihr, was wir schon seit Ewigkeiten nicht mehr gemacht haben?«

»Was?«, fragte Megan – und Amber und Evie wechselten

einen Blick, der wahrscheinlich besagte, dass sie sich Sorgen um mich machten, doch das hatte ich im selben Augenblick schon wieder vergessen, als es mir durch den Kopf schoss …

»Einfach nur zusammen abhängen und *nicht* über Feminismus reden.« Ich laberte. »Lasst uns das bald mal wieder machen. Einfach nur so. Abhängen. Kääääse essen.«

»Aber, Lottie, der Sinn dieser Aktion besteht doch darin, dass wir über Feminismus sprechen«, sagte Amber. Sie und Evie wechselten jetzt »DEFINITIV«-Blicke. Megan schaute etwas verloren drein, so als merkte sie, dass sie außen vor war.

»Ja, aber … wär doch schön, oder? Einfach nur einen Abend frei … nichts … ach, vergesst es einfach … Amber, gibt's noch Wein?«

Keine Ahnung, was ich daherredete. Was ich da tat. Amber zog jedenfalls ab – widerwillig? Schwer zu sagen – und mopste den Kirschschnaps aus der hintersten Reihe der väterlichen Hausbar. Und ich trank zwei Kurze … vielleicht drei … gut, vier … als die anderen gerade wegschauten. Sollte man Kirschschnäpse einfach so in sich reinschütten? Ich hatte ihn halt nur so satt, den Feminismus. Ich weiß. Wenn man den Feminismus satthat, dann hat man das Leben satt – oder ist das nur, was der Dichter über London sagt? Und das hätte ich nie von mir geglaubt. Ich hatte immer so ein Feuer im Bauch gehabt – das brannte brannte brannte, autsch, gut, vielleicht war das, was da brannte, auch der Schnaps … aber gerade wollte ich mir da keinen Kopf machen. Ich hatte Emanzipations-Ermüdung. Hey – das war cool! Eine Alliteration! Ich stand TOTAL auf Alliterationen. Und, ach, wo steckten nur meine Schuhe? Mussten wir jetzt wirklich schon los? Gott, war das eisig da draußen. Gut, dass ich jetzt immer diese dicken Strumpfhosen anziehen konnte – um meine haarigen Beine zu verstecken.

Wahnsinn, die waren schon so dermaßen haarig.

Ich war vorher schon sehr behaart gewesen, sogar bevor ich aufhörte, meine Haare zu entfernen. Sie abzurasieren …

Obwohl ich meine Lippe wachste. Das ging nur mit Wachs.

»Lottie? LOTTIE?«

Den Weg zur Party legte ich stepp-stepp-steppend zurück. Um warm zu bleiben. Aber auch, weil man, wenn man auf seine steppenden Füße schaut, keinen Sexismus sieht, den man anhupen muss.

»Jupp«, antwortete ich auf Ambers Stimme. Jedenfalls klang es wie Ambers Stimme. Ich sah immer noch auf meine Steppfüße.

»Ich hab gesagt, können wir hier kurz bei Megans Haus halten? Sie hat ihr Handy vergessen. Geht das?« Amber stand vor mir, versperrte mir den Steppweg, sah mich an. Mit warnendem Blick? Vielleicht, weil es um Megan ging. Wir waren uns nicht einig, was Megan betraf.

Obwohl ich – so schrecklich das war – heute gar nicht wollte, dass Megan irgendwas machte. Das würde Anstrengung verlangen, Mitgefühl – Dinge, für die ich heute nicht die Kraft aufbrachte. Nicht heute, nicht jetzt. Zu müde.

Wir warteten, während Megan ins Haus sauste, sich mehrfach entschuldigend. »Sorry, ich hab's aufgeladen und dann liegen lassen.«

Ich kann's immer noch nicht fassen, dass Teddy diese Plakate aufgehängt hat …

»Ich glaub, sie ist total hinüber«, hörte ich Evie flüstern.

»ICH KANN EUCH HÖREN!«

»Na dann.« Evie hörte auf zu flüstern. »Lottie-Bottie, du bist immens besoffen.«

»Ich bin nicht besoffen, *du* bist besoffen.«

»Das ist der typischste Besoffenen-Satz der Welt.«

»Wenn du das sagst, Saufnase.«

»O Gott!« Evie sah seufzend an meinem Gesicht vorbei. »Hast du's, Megan?«

Da war Megans Gesicht – an ihrem Körper befestigt, wie es sich gehörte.

»MEGAN!« Ich rannte mit ausgebreiteten Armen auf sie zu. Knallte in eine Umarmung mit ihr rein.

Wir stellten uns zum Gehen nebeneinander auf.

Gehen ging schwer.

Mein ganzer Mund schmeckte nach leicht fauligen Kirschen.

»Wenn wir da sind, muss sie gleich Wasser trinken«, sagte Amber.

»Man kann Pferde zur Tränke führen, saufen müssen sie selbst«, brüllte ich, und haute mir lachend auf die Schenkel, was gar keine leichte Aufgabe ist, wenn man aufrecht stehen und gleichzeitig gehen muss.

Jetzt waren wir am Pub. Es war hell. Es war laut. Es war knallevoll.

Wir quetschten uns zwischen den Leuten hindurch ins Hinterzimmer. Oli hatte das Hinterzimmer gemietet. Das war wieder typisch Oli. Er war dermaßen organisiert.

»Ich hoffe, er ist okay«, flüsterte Evie mir zu und vergaß dabei, dass ich, nun ja, momentan wohl zu besoffen war für vertrauliche Mitteilungen. »Ich meine, Lottie, er hat ein ganzes Jahr das Haus nicht verlassen. Ein Jahr! Und jetzt schau dir das an! Ich bin so stolz auf ihn!«

Da schwang so viel Liebe mit. In Evies Stimme. Sie war unaufdringlich und sanft, aber, ach, die Liebe! Sie quoll geradezu aus ihr heraus, und sie war so rein, dass mir die Tränen kamen. Weil ich noch nie verliebt gewesen war, jedenfalls nicht richtig. Ich hatte oft auf Jungs gestanden. Aber Liebe … so, wie Evie sprach … hatte ich noch nicht erlebt. Wollte ich aber. Wollte ich unbedingt auch empfinden …

Ich umfasste ihr Gesicht. Sie schien nicht gerade glücklich darüber. Ich hielt sie trotzdem fest.

»Evie, gannsehrlsch, du muschim sagn, wassdufüriiin empfinst.« Warum klang meine Stimme so komisch? So klang die doch sonst nicht.

Evies umklammertes Gesicht starrte mich an. »Komm, Lottie, wir holen dir Chips.«

»Chips mag ich.«

Der Gedanke an Chips erfreute mich dermaßen, dass ich ihr Gesicht freigab, was sie wiederum über die Maßen zu freuen schien. Dabei hatte ich doch gar nicht sooo fest geklammert. Nur gaaanz sanft.

Leute begrüßten uns – Jane, Joel, Ethan – Gott, Ethan war zum Schreien. Oli kam schnurstracks auf uns zu. Nicht auf uns, auf Evie. Amber stand neben mir. Megan murmelte irgendwas. Aber ich sagte nur in einem fort: »Chips Chips Chips, kommt, wir holen Chips!«

Die Bar war knüppelvoll – dreireihig umlagert. So lange konnte ich nicht auf die Chips warten.

»AMBER, SO LANG KANN ICH NICHT AUF DIE CHIPS WARTEN!«

Sie seufzte. Sah besorgt drein. Und genervt.

»Wie kann's sein, dass du so hackedicht bist? Was geht denn hier ab? Ich lass dich zehn Minuten allein in meinem Zimmer …«

Die Menge schob sich vorwärts. Spielte da eine Band? Die Musik war laut. So viele Leute. So viele Leute zwischen mir und meinen Chips.

Und dann ein Geruch. Ein guter Geruch.

Geruch nach teurem Aftershave.

Die Art von teuer, die man sich leisten kann, wenn man sich auch haufenweise teure Filmausrüstung leisten kann.

Will. Wills Gesicht. Grüßte mich. Sprach mit Amber statt mit mir.

»Was ist mit ihr los?«, fragte er und sah besorgt aus. Seine Augenbrauen wölbten sich hinter der Brille.

Gott, mir gefiel seine Brille.

»Will«, sagte Amber. »Deine Feministin ist hinüber.«

Zweiunddreißig

Er lotste mich in ein winziges Zimmer hinter der Bar und kaufte mir Salz-und-Essig-Chips.

Jeder weiß, das sind die besten.

»So ein Getue«, sagte ich mit Chips im Mund. »Ich bin nicht betrunken. Ich hab einfach nur ein paar Chips gebraucht.«

»Lottie, ist dir klar, dass es noch nicht mal acht ist?«

»Du lügst. Es ist viel zu dunkel draußen, es muss viel später sein.«

»Wir haben Winter, Lottie. Die Sonne geht um fünf unter.«

Das war gar kein Zimmer – eher ein Schrank. Dort stand sogar ein Wischmopp. Und kistenweise Chips, alle übereinandergestapelt.

Licht flutete in unseren Schrank, zusammen mit Ambers großem Umriss. Das machte mich äußerst froh.

»AMBER!«, brüllte ich durch die Kammer. »ICH HAB DIE CHIPS GEFUNDEN.«

»Halleluja, da geht ja gar nichts mehr«, entgegnete Amber, nicht zu mir, sondern zu Will. Dann fiel sie vor mir auf die Knie, um mich genauer anzusehen. »Lotts? Wie viel von diesem Kirschschnaps hast du getrunken?«

Hatte ich? Kirsch?

Ach ja. Aua. Der brannte. Aber auf schöne Art.

»MEHR ALS DU.« Das war saukomisch. Ich kicherte.

Kirschen. Kirschen waren saukomisch.

Will und Amber wechselten einen Blick.

»Ich fürchte, sie muss nach Hause«, sagte Amber und biss sich auf die Lippe.

Was? Nein?

»Wär wohl am besten. Obwohl, es ist ja erst acht.«

»Lottie?« Sie wandten sich beide zu mir. »Wir sind der Meinung, du musst nach Hause.«

»Nein, IHR müsst nach Hause.« Ich versuchte aufzustehen, doch mein Gleichgewichtszentrum kam ins Rutschen, und plötzlich fand ich mich flach auf dem Boden wieder, und alles tat weh.

»Mein Knöchel! Der tut weh!«

Noch mehr Gemurmel über mir. »Ich würde sie ja heimbringen. Aber Megans Ex-Freund ist gerade aufgekreuzt. Er sollte eigentlich nicht hier sein, und jetzt ist sie in Tränen aufgelöst auf die Toilette geflüchtet …«

Megan!

Ich versuchte, mich aufzurichten.

»Ich kann ihr helfen!«, rief ich – und kippte wieder um. »Lasst mich mit ihr reden, ich kann ihr helfen!«

Keiner beachtete mich. »Gerade ist Jane bei ihr, aber die Situation ist … kompliziert … Ich muss zu ihr … könntest du … würde es dir …?«

»Klar, ich bring sie nach Hause.«

NEIN – nicht Will. Will sollte mich nicht heimbringen. Ich wollte nicht nach Hause. Ich war doch eben erst gekommen. Andererseits … andererseits … Bett … mein herrliches Bett, wo mich niemand ansah und beurteilte und nur darauf wartete, dass ich einen Fehler machte, und dachte, wie verrückt ich doch war, und mich verarschte und sagte, ich würde mich nur aufspielen … und … ja … nach Hause … das wär's jetzt eigentlich.

Ich merkte, wie Amber zögerte. »Sie ist wirklich sehr betrunken. Du wirst doch nicht …?«

Wieder Schweigen. Inzwischen hatte ich es in den Vierfüßlerstand geschafft und war ganz kurz davor, mich aufzurichten.

»Was werde ich nicht?«, fragte Will und klang jetzt stinksauer. »Die Situation ausnutzen? Willst du darauf hinaus? Verdammte Scheiße! Für wen hältst du mich eigentlich?«

»Tut mir leid, aber ich kenn dich einfach nicht sehr gut.«

»Nicht jeder Junge ist ein Vergewaltiger, verdammt! Gott, ihr Mädels! Jetzt traut uns doch auch mal was Gutes zu! Und ihr fragt euch noch, warum ich nicht hinter euch stehe!«

Vorsichtig stellte ich mich auf die Füße. Ich stand! Stahahahaaaaand!

»VOILÀ!«, verkündete ich und unterbrach damit ihren Streit. Worum war's doch gleich gegangen? Egal. Ich stand ungefähr, och, sagen wir drei Sekunden, dann kippte ich wieder um wie der Schiefe Turm von Pizza.

»Also, ist es okay für dich, wenn du sie bringst? Entschuldigung. Wegen dem, was ich gesagt habe. Nur … schau sie dir an … ich mach mir eben Sorgen.«

»ICH KANN AUCH EINFACH HIERBLEIBEN«, plärrte ich.

»Sie ist lustig, wenn sie besoffen ist«, sagte Amber. »Sie wird das schon hinkriegen. Und hinterher kannst du locker noch wieder herkommen.«

Jetzt wurde ich hochgehievt, und Wills intensiver Rasierwassergeruch überwältigte mich. Seine Arme fühlten sich stark an, stellten mich auf die Füße, als wäre ich eine Marionette.

»Alles klar, Lottie? Ich bring dich jetzt nach Hause.«

Neblige Erinnerungen daran, wie ich durch den Pub gehe.

Neblige Erinnerungen daran, wie ich im Vorbeigehen zu Leuten sage: »Danke, dass du gekommen bist, danke, danke, danke, es bedeutet mir so viel, dass du heute Abend dabei sein kannst.«

Gut möglich, dass es schräge Blicke gab, ich weiß es nicht mehr.

Außerdem war ich ja inzwischen an schräge Blicke gewöhnt.

Neblige Erinnerungen daran, wie ich im Gedränge Evie und Oli sehe. Dort standen sie, ihre Nasen berührten sich beinahe, sie strahlten einander zögerlich an. Es war, als habe jemand sie fotografiert, und alles um sie herum war diffus.

Sie waren so verliebt.

Irgendwas war passiert.

Und ich spürte so eine unfassbare Wärme in meinem Bauch, Freude für sie, gemischt mit einer entsetzlichen Traurigkeit für mich, weil ich niemandes Nase berührte … und außerdem war mir gerade ganz schrecklich übel, und in meinem Rachen schmeckte es nach saurer Kirsche.

Draußen. Jetzt war ich draußen.

Gott, war das kalt.

Will führte mich – herunter von der Straße, hinauf auf den Gehweg. Ich schämte mich nicht dafür, eigentlich gefiel es mir sogar ganz gut. Nicht einen einzigen sexistischen Vorfall hatte ich gesehen.

Moment mal.

Will begleitete mich nach Hause.

Das war sexistisch. Verflucht! War es denn nie gut damit?

Ich blieb abrupt stehen, worauf er in mich hineinrempelte.

»Du kannst mich nicht nach Hause begleiten!« Ich wickelte meine Arme um mich und geriet ins Stolpern, weil er mich nicht mehr stützte.

»Was? Was redest du da? Komm schon.«

»Nein.« Da stand ich, störrisch wie ein Maultier. Und niemand kriegt ein Maultier vom Fleck, wenn es sich mal zum Stehenbleiben entschieden hat. »Das ist gegen die Regeln.«

»Welche Regeln?«

Ich konnte sein Gesicht nicht recht erkennen, viel zu verschwommen. Die eine Hälfte war orange von der Straßenbeleuchtung, und das erinnerte mich an neulich, auf dem Parkplatz, an unseren Kuss.

Das war ein guter Kuss gewesen.

Aber dafür war jetzt keine Zeit.

»Die Aktion«, sagte ich. »Das hier ist sexistisch!« Unausgegorene, quallige Gedanken stolperten mir durchs Nebelhirn. »Weil, warum soll es für Männer sicher sein, im Dunkeln herumzuspazieren, aber für Frauen nicht? Das ist eine Art, Kontrolle über uns auszuüben! Uns im Haus zu halten, uns zu verstecken. Immer wird uns gesagt, wir sollen sicher nach Hause kommen, wir sollen nicht alleine gehen, wir sollen uns nicht angreifbar machen … Immer haben wir solche Angst, dass wir angegriffen werden, vergewaltigt werden – wo es doch statistisch viel wahrscheinlicher ist, in den eigenen vier Wänden vergewaltigt zu werden, also ist das alles reine FASSADE. DU KANNST KEINE KONTROLLE ÜBER MICH AUSÜBEN!« Keine Ahnung, wieso ich plötzlich brüllte, doch genau das tat ich. »Ich muss allein nach Hause gehen. So lauten die Regeln!«

Will schüttelte den Kopf.

»Vergiss die Regeln, Lottie. Du bist sternhagelvoll. Ich bring dich nach Hause. Das hat nichts damit zu tun, dass du ein Mädchen bist, sondern nur damit, dass du hinüber bist. Die Aktion kannst du auch mal einen Abend ruhen lassen.«

In meinem Hals schmeckte ich Tränen. »Aber das kann ich nicht«, winselte ich. »Das ist ja der Sinn!«

Will rührte sich nicht, und ich würde gar nix ruhen lassen. Neinein. Nein, mein Herr, äh, mein Junge. Ich hatte mich VERPFLICHTET. Ich war UNFEHLBAR. Ich … ich … ich weiß … ich hau einfach ab.

Und plötzlich rannte ich, vorbei an Will, vorbei an den Läden, die unsere langweilige Innenstadt bildeten … rennen rennen rennen … ganz allein … ganz unabhängig … ich bleibe meiner

Aktion treu … ich bin nicht sexistisch … ich kann auch alleine nach Hause … autsch, mein Knöchel … weiter … Gott, ganz schön gruselig, oder? Hoffe nur, ich werd nicht ermordet … Moment mal … nein … das ist nur wieder elendes Patriarchatsgeschwätz … aber … Himmel, ist das dunkel … »Lottie, jetzt warte doch, du bist so was von anstrengend!«

Ich warf einen Blick über meine Schulter. Will war hinter mir her … sein Streifenhemd flatterte um seinen mageren Körper herum. Er war schneller als ich. Weniger betrunken.

Mir war deutlich bewusst, wie betrunken ich war.

»Neinneinneinnein«, rief ich hinter mich. »Mich kriegst du nicht!«

Ich lachte, lachte beim Rennen … Will holte auf … doch ich drehte mich nicht um …

»Lottie, du bist eine Vollspinnerin«, hörte ich ihn keuchen.

Okay, vielleicht war ich das. Aber ich hatte nicht klein beigegeben, und er hatte mich noch nicht eingeholt. Nicht ganz. Schließlich fanden wir einen Rhythmus. Ich stolperte herum, verlor Sachen aus meiner Tasche, Will rannte fünf Meter hinter mir, fluchte vor sich hin und hob auf, was ich über Bord gehen ließ. Mein Portemonnaie … mein Telefon … meinen Spezial-Eyeliner … und bald war es ein Spiel geworden – wir beide japsten vor Lachen.

Will folgte mir den ganzen Weg bis nach Hause.

Dreiunddreißig

Schlaaaaaf.

Süßer Schlaf.

Ganz viel süßer Schlaf.

Und es ist so gemütlich hier und dunkel und warm und so herrlich herrlich kuschelig. Und ja, aus irgendwelchen Gründen riecht mein Kissen so schal und seltsam, aber ich dreh's halt einfach um und schlaf weiter.

Schlaaaaf.

Vierunddreißig

Ein energisches Türklopfen riss mich aus meinem Traum.

»Hä?« Ich hob den Kopf, völlig desorientiert. Wurks. Das tat weh. Warum?

Moment mal …

Der Abend gestern. Der verschwommene Abend. Plötzlich brach alles über mir zusammen, als schüttete mir jemand einen Kübel Eiswasser über den Kopf.

Aaaaaua, das wär jetzt eigentlich gar nicht mal so schlecht. Autsch.

Noch ein Klopfen an der Tür. Ich versuchte, »Herein« zu rufen, doch es kam nur ein Stöhnen.

»Lottie! Wir kommen jetzt rein!«

Das waren Ambers und Evies Stimmen. Was wollten die denn hier in aller Herrgottsfrühe? So schlimm war ich jetzt auch nicht gewesen, oder?

Ich meine, okay, ich hatte die Party schon vor neun wieder verlassen müssen, aber das passierte doch jedem ab und an, oder?

Die Tür ging auf, und da standen meine beiden besten Freundinnen und schafften es, zugleich unerwartet munter und ziemlich besorgt dreinzuschauen. Amber hielt eine Zweiliterflasche Cola in die Höhe – was sie zum besten menschlichen Wesen überhaupt machte.

»Lottie?« Sie beäugten mich, total angewidert.

Ich hatte noch nicht mal den Kopf vom Kissen gehoben. Ich starrte einfach nur zu ihnen hinauf, lag ganz tief unten in der miefigen Finsternis, wie in *Jane Eyre*, wo ihre Freundin am Anfang des Buches stirbt.

»Deine Mum hat uns hochgeschickt. Sie hat aber nicht gesagt, dass du noch schläfst.«

Sie traten ein, und ich versuchte, mich augenreibend in Sitzposition zu hieven. Ich fühlte mich schläfrig und benommen, und, tja, verdammt verkatert. Beim Anblick der Cola schaltete mein Mund auf extratrocken.

»Ich kann euch nur raten, dass die für mich ist.« Ich streckte die Hand danach aus wie eine klapprige Greisin, die verirrt im Unterholz gefunden wird. »Was macht ihr so früh hier?«

Die beiden tauschten erneut einen bedeutungsschweren Blick und wandten sich wieder mir zu.

»Öhm, Lottie«, sagte Evie zögerlich. »Es ist dreizehn Uhr vorbei.«

Was? Wie das?

»Lügen ist nicht schön, Evie«, sagte ich zu ihr.

Ihre Stirn runzelte sich. »Hast du geschlafen? Also, die ganze Zeit? Und entschuldige, aber kann ich bitte ein Fenster aufmachen? Nimm's mir nicht übel, aber hier drinnen stinkt's.«

Ich schüttelte fassungslos den Kopf, und Evie kraxelte in ihrer Verzweiflung über mich und die Bettdecke hinweg, um an mein Fenster zu gelangen. Sie zog die Vorhänge auf und ließ die helle Wintersonne herein, und ich ging in Deckung, bis meine Augen sich an das gleißende Licht gewöhnt hatten. Während Evie meine sämtlichen Fenster aufriss, machte Amber sich nützlich, indem sie hinunterging und drei Plastikbecher für die heilige Cola holte. Als sie wiederkam, hatte ich mich erfolgreich aufgerichtet, auch wenn ich mir die geblendeten Augen immer noch mit der Hand abschirmen musste. Evie hatte eine rasante Aufräumaktion in meinem Zimmer durchgeführt – Zeug in die Ecken verbannt, gelüftet –, auch wenn sie es wohl eher sich als mir zuliebe getan hatte. Ich zählte die Stunden, die ich verschlafen haben musste. Gegen neun war ich ausgeknockt gewesen.

Neun, zwölf Stunden bis wieder neun … zehn … elf … zwölf … eins … SECHZEHN STUNDEN. Ich hatte sechzehn Stunden geschlafen! Und anders als nach sonstigen Besäufnissen war ich auch nicht um fünf Uhr halb tot aufgewacht, um zehn Gläser Wasser zu trinken, endlos zu pinkeln, ein paar Stunden zu winseln und Aspirin zu schlucken und ERST DANN weiterzuschlafen.

Oh, pinkeln. Ich musste so dringend. Ich rollte aus dem Bett. Rollte mich, buchstäblich, auf den Teppich, und versuchte, mich von dort aus hochzustemmen. Was nicht die klügste aller Ideen war, da der Boden tiefer lag als das Bett.

»Momentchen«, sagte ich meinen Freundinnen, die mich anstarrten wie einen Zirkusfreak. »Ich muss mal eben pinkeln und mich dekontaminieren. Dann könnt ihr mir sagen, was ihr hier wollt.«

Weil ich noch nicht wirklich darüber nachgedacht hatte, was sie hier wohl wollen könnten.

Ich pinkelte, spritzte mir Wasser ins Gesicht, schnüffelte an meiner haarigen Achselhöhle, zuckte zusammen und beschloss, eine Blitzdusche zu nehmen, damit Evie nicht allein von meiner Widerlichkeit einen Rückfall kriegte. Zehn Minuten später fühlte ich mich einen Hauch normaler – wenn auch immer noch völlig weggetreten vom ganzen Schlaf. Mit Handtuchturban kehrte ich in mein Zimmer zurück.

Sie hatten Kekse beschafft. Amber und Evie saßen im Schneidersitz auf meinem Bett und teilten sich Schokokekse und Cola.

Ich lächelte und setzte mich zu ihnen. Amber reichte mir einen Becher Cola, und ich ergriff ihn voller Dankbarkeit und mit der anderen Hand gleich einen Keks.

»Also?«, versprühte ich Brösel in meinem Bett. »Was ist los? Warum seid ihr hier? Müssen wir noch ein FemAG-Treffen planen oder was?«

Wieder ein Blick, und dann legte Amber ihren halb gegessenen Keks beiseite, und ich wusste, dass etwas Ernstes geschehen war.

Meine Augen wurden groß – Scheiße. Was mochte es sein? Was mit Megan? Ich hatte seltsame, aufgewärmte Halberinnerungen an den vergangenen Abend. Amber, die irgendwas von Max erzählte hatte, der aufgekreuzt war … ging es ihr gut?

»Was? Was ist denn?«

Evie antwortete. »Lottie, wir machen uns Sorgen um dich«, sagte sie schlicht.

Was? Wieso?

Ich schloss die Augen, um zu verdauen, was sie da eben gesagt hatte.

Sie machten sich Sorgen um mich.

SIE machten sich Sorgen um MICH?

So rum passierte das nie. Ich war die, bei der alles stimmte, die Fröhliche, die Stimmungskanone. Ich war nie diejenige, um die sich andere Sorgen machten. Ich bewarb mich für Cambridge. Ich würde die Welt verändern. Bei mir war alles immer nur sehr gut, danke, und bei dir?

Evie preschte weiter vor, füllte das Schweigen. »Versteh uns jetzt nicht falsch. Das kommt nur daher, weil du uns wichtig bist. Aber, Lottie, diese Woche bist du uns so anders vorgekommen, und wir glauben, dass die Aktion dir zu schaffen macht. Und es wäre ja auch irgendwie seltsam, wenn es nicht so wäre – bei alldem, was Teddy so veranstaltet, und deinem ganzen Stress wegen der Uni und Megan – wir sind alle sehr besorgt wegen Megan.«

»Wie ging es ihr gestern?«, unterbrach ich. Mir gefiel gar nicht, was sie da sagte. Mir gefiel der Gedanke nicht, dass sie da von mir sprach.

Ich war doch Charlotte Thomas. Ich war eine Kämpferin. Ich war stark. Ich ließ mir nichts gefallen …

Meine Frage wurde von Amber beantwortet, deren halber Keks immer noch ungegessen auf meiner Decke lag. »Ihr geht's okay … so okay, wie es einem eben gehen kann angesichts dessen, was unserer Vermutung nach vielleicht passiert ist. Als Max aufgetaucht ist, ist sie irgendwie aus der Fassung geraten … Der Auftritt der Hochstapler hat sich verschoben, deshalb haben sie vorbeigeschaut, um Oli zu gratulieren. Ich hab gedacht, gleich gibt es ein Riesendrama. Aber sie ist einfach zehn Minuten auf dem Klo verschwunden und hat einen Heulkrampf gekriegt. Und als sie wiedergekommen ist, war es, als wär nie was gewesen. Den Rest des Abends war sie völlig normal – auch wenn sie ganz allgemein einen Riesenbogen um ihn gemacht hat.« Amber blickte auf ihren Keks. »Du hast übrigens recht wegen ihr. Ich glaube, sie muss mit jemandem reden. Ich weiß nur nicht, wer das sein sollte. Weil, wir kennen sie ja noch nicht allzu gut … Aber ich glaube, sie hat dadurch, dass mit Max Schluss ist, ziemlich viele Freunde verloren. Vielleicht sind wir sogar die Einzigen, die sie hat … Wir sind zusammen nach Hause gegangen …«

Jetzt war es an Evie zu unterbrechen. »Aber deswegen sind wir nicht hier. Wir sind hier, um über dich zu sprechen, Lottie. Was ist los? Warum hast du dich so volllaufen lassen?«

Ich zuckte die Schultern. »Alles okay. Ich hätte wahrscheinlich vorher mehr zu Abend essen sollen oder so.«

»Erzähl uns keine Märchen«, schimpfte Evie. »Komm schon, wir sind's. Was ist los mit dir?«

Das Mitgefühl und die Aufrichtigkeit in ihren Augen ließen mich dahinschmelzen … Ich kippte rücklings aufs Bett und spulte den ganzen Abend noch mal vor meinem inneren Auge ab, was zugegebenermaßen nicht allzu viel Zeit in Anspruch nahm.

»Keine Ahnung, wie das gekommen ist«, sagte ich. »Ich vermute, ich bin einfach … ausgelaugt. Von all dem schrecklichen Zeug, das ich ständig überwachen und anprangern muss, weil ich weiß, dass alle nur darauf warten, dass ich patze. Als ob das alles irgendwie miteinander verschwimmt, wisst ihr? Verratet das niemandem, bitte verratet es wirklich niemandem, aber mir kommt es so vor, als wär mir das Ganze inzwischen eher gleichgültig als wichtig. Versteht ihr? Als wär ich nicht mehr wütend. Ich bin einfach nur noch fertig, und mir ist alles so egal.« Eine einsame Träne quoll aus meinem Auge und rollte meine Wange hinunter, bevor ich sie in die Unsichtbarkeit wischen konnte. »Und ich hab es so satt, dass jeder in der Schule mich anschaut wie die größte Nervensäge, als wär ich einfach nur anstrengend. Ich bin für alle nur noch dieses dauerwütende, dauerbrüllende Dingsda …« Ich verstummte. Fühlte mich wie die größte Feminismusverräterin des Universums. Und gleichzeitig so erleichtert, es losgeworden zu sein, dass sich meine eine Bauchhälfte sofort etwas entspannte.

Ich blickte zu Evie und Amber auf und wartete auf ihre wütenden Blicke, die enttäuscht hängenden Unterlippen.

Aber weil meine Freundinnen einfach großartig sind, guckten sie natürlich nicht enttäuscht, sondern nur besorgt und nahmen mich bei der Hand.

Evies Blick war ganz offen und ernst. »Ach, Lottie! Wir haben heute Morgen mal im Internet recherchiert, was mit dir los sein könnte. Wir glauben, dass das, was du da empfindest, etwas ist, was es wirklich gibt.«

»Wie, was es wirklich gibt?«

Amber nickte und ihr buschiges Haar hüpfte von einer Seite zur anderen. »Es gibt einen Begriff dafür. Es heißt Aktivismus-Burnout. Du hast gerade sämtliche Symptome beschrieben.«

Ich hatte Mühe, ihnen zu folgen. Das hört sich jetzt arrogant an, aber normalerweise verhielt es sich andersrum. Eigentlich war *ich* immer die Lehrerin. Und jetzt, wo ich nicht mehr konnte, übernahmen sie die Führung.

»Also geht es anderen Leuten auch so?«, fragte ich zögerlich.

Beide nickten. »Genau! Es gibt sogar spezielle Psychotherapeuten mit Aktivismuserfahrung, die Vollzeitaktivisten betreuen, damit die nicht durchdrehen«, erklärte Evie.

»Glaubt ihr echt, ich bin durchgedreht?«, keuchte ich.

Mir ging's gut! Hundertprozentig!

Evie, die Veteranin aller Stufen des »Durchdrehens«, antwortete sehr taktvoll: »Wir glauben, du bist so an der Grenze … weshalb wir jetzt hier sind.«

»Um dir zu sagen, dass du jederzeit aufhören kannst«, ergänzte Amber. »Dass wir immer noch deine Freundinnen sind und dich immer noch lieben, auch wenn du beschließt, die Reißleine zu ziehen, weil es dir reicht.«

Mir klappte vor Entsetzen die Kinnlade runter. »Aufhören? Nein, ich kann nicht aufhören.«

»Doch, kannst du«, sagte Evie. »Im Ernst, das ist nicht der Weltuntergang. Ich war schon so oft überzeugt, dass die Welt gleich untergeht, doch merkwürdigerweise hat sie sich immer weitergedreht.«

Der Gedanke, einfach klein beizugeben … Nein, nein, nein. Mein Hirn wies ihn unbearbeitet zurück.

»Nein«, sagte ich mit äußerster Entschiedenheit. »Ich gebe nicht auf. Ich ziehe das durch bis zum bitteren Ende.«

»Sogar, wenn es auf Kosten deiner seelischen Gesundheit geht?«, fragte Amber.

Tat es doch gar nicht. Also, tat es schon. Aber tat es auch nicht.

»Mir geht's gut«, beharrte ich. Was nicht ganz stimmte, aber auch nicht ganz falsch war. Wenn ich die zwei Wochen nicht mehr durchhielt, was sagte das über mich aus? Besonders angesichts dessen, was ich in meinem Leben noch so vorhatte, was ich alles bewirken wollte. Ich durfte keine von denen sein, die zerbrechen, sobald es anstrengend wird. Ich durfte es nicht, durfte es nicht. »Okay, mag sein, dass ich mich nicht wie jemand verhalte, dem es gut geht, und vielleicht geht es mir auch nicht HUNDERTPROZENTIG gut – aber bei wem ist das schon so? Ja, meinetwegen, dann bin ich halt erschöpft und verängstigt und wütend, aber wenigstens unternehme ich was dagegen. Ich war schon erschöpft und verängstigt und wütend, bevor ich mit dieser Sache überhaupt angefangen hab – genau deshalb hab ich sie ja gestartet. Es stimmt: Es ist schwer, viel schwerer, als ich erwartet hab, und ich hab eine Heidenangst, weil erst die Hälfte rum ist – aber es wird gut. Das wird quasi meine Erlösung.« Ich lächelte. »Dass ich mir das alles so zu Herzen nehme, macht mich kaputt, aber genau das macht mich auch wieder heil, versteht ihr, was ich meine?«

Beide lächelten – vielleicht hatte ich sie überzeugt. Vielleicht hatte ich sogar mich selbst überzeugt.

»Schön«, sagte Amber. »Aber wenn du noch mal so einen Einbruch hast wie gestern oder überhaupt Einbrüche IRGENDWELCHER ART, dann sagst du uns Bescheid, klar? Wir sind für dich da … besonders jetzt …« Sie wandte sich an Evie. »Sollen wir's ihr zeigen?«, fragte sie.

Ich schlingerte mit dem Oberkörper nach vorne. »Was zeigen?«

Evie nickte. Hinter ihrer grimmigen Miene schien sich ein Lächeln zu verstecken. Irgendwas war hier los – aber was? Evie langte in ihre Manteltasche und zog ihr Smartphone heraus.

»Was denn? Was ist denn los?«, drängte ich.

»Dein Videokanal«, sagte sie und rief die entsprechende

Seite auf. »Der ist … ziemlich durch die Decke gegangen. Das mit dem Zeitungsartikel muss sich rumgesprochen haben.«

Sie drehte mir das Handy zu, und ich ergriff es mit flatternden Händen. Ich blinzelte. Ich blinzelte noch mal.

»Öhm, Mädels?«, sagte ich. »Seit wann hat der über hunderttausend Aufrufe?«

Amber fuchtelte mit den Händen. »Seit gestern. Hast du dein Handy schon eingeschaltet? Da dürften ein paar versäumte Anrufe drauf sein. Weil … also … diese Sache. Das ganze Internet ist voll davon.«

Ich stürzte mich auf mein Telefon auf dem Nachttisch. Der Akku war leer, also steckte ich es zum Aufladen ein. Im selben Augenblick, als ich es einschaltete, blinkte und schnurrte es in meinen Händen wie ein Flipperautomat.

Versäumter Anruf. Sprachnachricht. Versäumter Anruf. Nachricht. Versäumter Anruf.

»Leute, mein Telefon ist besessen.« Ich starrte es entgeistert an.

»Also, ein paar von diesen versäumten Anrufen sind wir – die fragen, was zum Henker mit dir los ist«, sagte Evie. »Herzlichen Dank auch fürs Ausschalten.«

»Der Akku hat schlappgemacht«, entgegnete ich und rief meine Mailbox an. »Und wer hat da jetzt dauernd angerufen?« Ich stellte auf Lautsprecher, und wir drängten die Köpfe zusammen, um zu lauschen.

»Hallo, ist das die Nummer von Charlotte Thomas?« Eine scharfe Stimme schnitt durch den Mief meines Zimmers. »Mein Name ist Clare, ich bin Reporterin beim *Guardian*. Es wäre toll, wenn Sie mich zurückrufen könnten, sobald Sie diese Nachricht hören.«

»O Gott!« Ich ließ das Handy auf die Bettdecke plumpsen. »O GOTT O GOTT O GOTT O MEIN GOTT.« Für mehr

Reaktion blieb mir keine Zeit, denn schon sprang mein Handy zur nächsten Nachricht.

»Hallo, Charlotte Thomas? Hier spricht Stanley vom *Mirror.* Wir würden sehr gerne mit Ihnen über Ihre Aktion sprechen, bitte rufen Sie mich zurück …«

»Hallo? Charlotte? Hier Jack, von der *Sun.* Ruf uns zurück. Wir zahlen auch was!«

»Hallo? Charlotte Thomas? Mein Name ist Nora von der BBC …«

Evie, Amber und ich starrten einander nur an, wortlos, die Augen groß wie Untertassen.

»Hast du schon auf Twitter geschaut?«, fragte Evie schließlich.

»Nein.« Erneut schnappte ich mir mein Handy und klickte. Über hundert neue Nachrichten. Nie im Leben war ich überhaupt in den zweistelligen Bereich gekommen. Mir antworteten immer nur Evie und Amber und der Rest der FemAG – gewöhnlich mit Links zu verpennten Pandas oder so. Mal abgesehen von dem einen Mal, als die Journalistin Caitlin Moran mich geretweetet hatte und wir alle kreischend durch Evies Zimmer gerast waren.

Alle Tweets besagten im Grunde das Gleiche.

@LottieHatImmerRecht *Hey, könntest du mir bitte auch folgen? Ich bin Journalistin und würde mich gerne direkt mit dir über deine Aktion austauschen.*

»Leute?« Ich blickte zu meinen Freundinnen auf. »Was geschieht da?«

Evie ergriff mein Smartphone und starrte es an, als sähe sie Twitter zum ersten Mal.

»Lottie?«, sagte sie. »Bist du sicher, dass du nicht ausgebrannt bist? Weil ich glaube, du hast gerade ganz schön Feuer entfacht.«

Die dritte Woche

Fünfunddreißig

Wir saßen im Zug nach London.

»Ich fass es nicht, dass ich schon wieder einen Schultag verpasse«, sagte ich, während vor dem Fenster eine Kuhweide nach der anderen vorbeisauste. »Ich hab morgen eine Vorbereitungsstunde für das Auswahlgespräch und noch nicht mal in die Bücher geguckt.«

Amber lehnte sich zurück und legte die Füße auf den leeren Sitz gegenüber. »Du nimmst das mit der Uni fast so locker wie Evie und ich. Was ja gut wäre, wenn es bei dir nicht CAMBRIDGE wäre.«

»Ich nehm's nicht locker, ich hab nur nebenbei noch was anderes zu tun«, führte ich an. »Und ihr beiden dürft es ja locker nehmen. Ihr müsst eure Bewerbungen ja erst nach Weihnachten abgeben. Falls ich nicht reinkomme, schaff ich's hoffentlich wenigstens an eine meiner Zweite-Wahl-Unis.« Oder ich setzte meine Prüfungen völlig in den Sand, sodass ich nirgendwo mehr reinkam …

Wir sprachen nicht viel über die Uni – ich glaube, keine von uns wollte wirklich wahrhaben, dass sich unsere Wege trennen würden. Also, ich wollte es am wenigsten wahrhaben. Amber und Evie blieben wenigstens vor Ort – Amber wollte ihr Vorbereitungsjahr für die Kunsthochschule machen und Evie zu Hause wohnen bleiben und die Uni besuchen, an der mein Dad lehrte, um »für den Fall eines Rückfalls« auf der sicheren Seite zu sein. Eigentlich war ich die Einzige, die weggehen würde, und bei diesem Gedanken hoffte ich fast, mein Auswahlgespräch zu versauen, damit ich sie nicht verlassen musste.

»Ich bin so aufgeregt«, teilte ich den Mädchen mit … und dem zeitunglesenden Will. »Evie. Erzähl mir zur Ablenkung noch mal die Geschichte, wie Oli und du zusammengekommen seid.«

Evie hob eine Augenbraue. »Schon wieder? Im Ernst?«

»Ja bitte. Ich muss mich an etwas Schönes klammern, damit ich vergessen kann, dass ich mich gleich vor dem ganzen Land lächerlich machen werde.«

Amber versuchte, mir beim Durchatmen zu helfen. Mir war gar nicht aufgefallen, wie sehr ich herumfuchtelte, bis sie meine Hand einfing.

»Wird alles gut gehen«, sagte sie. »Du bist Lottie. Du hast ein gnadenloses Charisma, sogar, wenn du nicht geschlafen hast. Alle werden dich lieben.«

Ich blickte direkt in Wills omnipräsente Kamera. Er hatte die Zeitung beiseitegelegt und wieder zu filmen begonnen. »Und was meinst du?«, fragte ich in die Linse.

Die Kamera nickte auf und ab. »Das kriegst du hin. Du hast das voll im Griff.«

Mein Magen war nicht nur verknotet, er war so heillos verknotet wie eine Sammlung Halsketten, die man nach dem Urlaubsflug aus dem Kulturbeutel zieht. Ich troff vor Schweiß, obwohl es draußen an die zwei Grad minus haben musste. Die Kühe auf den Weiden, die an uns vorbeizischten, hatten sich vor Kälte wie die Pinguine zusammengerottet, und trotzdem schwitzte ich weiter. Mein Herz schien sich gleichmäßig auf alle Körperteile verteilt zu haben.

»Evie!«, befahl ich. »Noch mal, und zwar von Anfang an!«

Sie seufzte und erzählte die Geschichte ein weiteres Mal. Ich ließ mich in die vertrauten Worte sinken, entspannte mich und verfolgte lächelnd die verschwimmende Landschaft durchs Fenster.

Nachdem Amber und Evie mir berichtet hatten, wie die Operation Vulvavengers durch die Decke gegangen war, hatten wir uns eine gute Stunde lang damit verrückt gemacht, was wir jetzt tun sollten. Dann hatten wir Will angerufen, der in seiner sonntäglichen Jogginghose herbeigeeilt war und mich völlig aus der Fassung gebracht hatte, weil er verschwitzt so verdammt gut aussah. Will war der Wahnsinn gewesen. Binnen zwanzig Minuten hatte er sämtliche Anrufe abgehört und mir erklärt, welches die guten und welches die schlechten Optionen darstellten. »Die ruf nicht an, die wollen nur, dass du dich ausziehst.«

»Was, sogar mit meinen haarigen Beinen und dem Schnurrbart?«

»Öhm … na ja …«

Er wirkte lebendiger als je zuvor. Seine Energie hatte etwas Manisches – ganz anders als die faultiermäßige arrogante Überheblichkeit, die ich sonst von ihm kannte. Das stand ihm gut. Außerdem hatte er umgehend Evie und Amber mit seinem Bericht erheitert, wie ich am Vorabend vor ihm weggerannt war (»wie eine angesoffene Pfefferkuchenfrau«). Eine weitere Stunde und viele, viele Telefonate später hatte ich einen »Presseplan« für den kommenden Tag. Wir hatten uns für einen voraufgezeichneten Fernsehbericht, der am Abend gesendet würde, entschieden, für eine der »großen Tageszeitungen« und ein »Boulevardblatt mit Herz«. »Sollen sich die anderen darüber zerfetzen, was übrig bleibt«, hatte Will gesagt, als ergäbe das irgendeinen Sinn.

Als er schließlich gegangen war – und mich als ein vor Angst, Nervosität und Lust bebendes Nervenbündel zurückgelassen hatte –, hatten wir drei noch Gelegenheit gehabt, die normalen Mädchenneuigkeiten durchzukauen. Wie beispielsweise, dass Evie und Oli ENDLICH zusammen waren!

Ohne falsche Scheu erzählte Evie die Geschichte jetzt noch

einmal, zu unserem Ergötzen und dem einiger neugieriger Mitreisender. Schon kurz nach unserer Ankunft im Pub (ich war bereits zum Chipsessen und Ausnüchtern in die Vorratskammer verbannt worden) hatte Oli sie bei der Hand genommen, sie beiseitegezogen und gesagt: »Ich will mir jetzt nicht den Abend versauen, indem ich mich die ganze Zeit treten muss, weil ich mich das hier nicht getraut habe.« Und DANN HATTE ER SIE EINFACH GEKÜSST. Wie im Kino, verdammt! Jetzt waren sie übergangslos ein Paar. Weil, tja, wir hatten ja alle schon gewusst, dass sie im Grunde schon das ganze letzte Jahr zusammen gewesen waren, seit es ihr – und auch ihm – besser ging. Und jetzt hatten sie sich endlich gestattet, dem Unausweichlichen ins Gesicht zu sehen.

Evie lächelte ohne Unterlass, und das lenkte mich ab von meiner irren Angst und meiner irren Eifersucht. Ihr Handy gab ebenfalls keine Ruhe – eine herzige Nachricht nach der anderen. Die Nacherzählung ihres Liebesglücks nahm fast die ganze vierzigminütige Fahrt nach London Victoria ein. Megan schrieb, um zu fragen, wie es gehe. Wir hatten sie gefragt, ob sie mitkommen wolle, doch sie musste sich auf ein Soziologiereferat vorbereiten und hatte versprochen, zumindest versuchsweise unser Schwänzen zu kaschieren. Amber hatte immer noch kaum Spielraum, und ich wusste, wie schwer es würde, noch einen Fehltag aufzuholen. Cambridge und das Auswahlgespräch lagen wie ein harter Kloß in meinen Eingeweiden, einer, den ich nach allen Kräften zu ignorieren versuchte. Ich konnte nur hoffen, dass ich durch die morgige Übungseinheit mit Mr Packson etwas Land gewinnen würde.

Als der Zug endlich in den Bahnhof geächzt war, räumten wir das Chaos auf, das wir verbreitet hatten, und quetschten uns durch die Ticket-Schranken in die überfüllte Ankunftshalle.

Die anderen führten mich Richtung U-Bahn. Meinen Mantel hatten sie, wie bei einem diskretionssuchenden Promi, über meinen Kopf gehängt.

»Scheuklappen aufsetzen und einfach gehen«, wies Will mich an. »Hier gibt's zu viele bewaffnete Anti-Terror-Polizisten, als dass du mit deiner Hupe rumwüten könntest.«

In der U-Bahn ließ die Polizeipräsenz etwas nach, und ich befreite mich aus meiner Mantelhülle. Laut der elektronischen Anzeige kam die nächste Bahn in einer Minute. Ich spähte den Bahnsteig entlang. Überall Werbetafeln.

»Amber«, drängte ich. »Edding!«

Nach kurzem Wühlen in ihrer Tasche drückte sie mir einen Stift in die Hand.

»Ganz normal tun«, sagte ich. »Die Überwachungskameras müssen das nicht mitkriegen.«

Ein entferntes Rumpeln kündete bereits vom Eintreffen des Zuges, ich musste mich ranhalten. Ein Abnehm-Plakat für Weihnachten bekritzelte ich mit *Du bist schön, so, wie du bist.* Dann nahm ich mir das Plakat für den neuen Weihnachtsfilm *Miss Weihnachtsfrau* vor, auf dem sich eine blonde, schwer nachbearbeitete Schauspielerin in einem sexy Santa-Kostüm vorbeugte, flankiert von haufenweise minimalbekleideten Elfen. Ich platzierte Miss Weihnachtsfrau eine krakelige Sprechblase vor den Mund, in die ich schrieb: *Unterm Baum will ich nur eins – gleichen Lohn für Hollywoodschauspielerinnen.*

»Voilà«, sagte ich, als das Rumpeln des Zuges sich in ein Röhren verwandelte.

Evie und Amber spendeten höflich Applaus, während Will ein paar Nahaufnahmen meiner Werke machte. Die Türen gingen auf und die Aussteigenden drängten sich uns entgegen. Wir warteten, bis sich die U-Bahn etwas geleert hatte, und stiegen ein.

»Wohin müssen wir?«, fragte ich, als wir uns auf den grell gemusterten Sitzen niederließen.

»Öhm, Oxford Circus, glaube ich.« Will reckte den Hals nach dem Schild.

Bei Green Park stieg ein Typ in den Wagen und setzte sich neben Evie, obwohl rechts und links reichlich Sitze frei waren. Er kaute Kaugummi, trug irgendeinen glänzenden Anzug und breitete, ohne uns auch nur irgendwie wahrzunehmen, die Beine aus – als böte er sein Gemächt den Göttern als Opfergabe dar. Evies Beine mussten seinen weichen und wurden sofort gegen meine gequetscht.

Sie sah mich an.

Ich sah sie an.

Ich sah zu Will. »Kamera läuft?«

Er nickte, mit dem zarten Lächeln, das meiner Interpretation nach bedeutete, wie sehr ihm meine Großartigkeit gegen den Strich ging.

Ich stand auf und geriet kurz ins Schlingern, weil der Zug so ruckelte. Dann ging ich an Evie vorbei und setzte mich auf die andere Seite neben den Glanzanzug.

Ich gähnte demonstrativ und spreizte dann so breit und angriffslustig die Beine, wie meine Röhrenjeans und Hüftgelenke es zuließen. Schwungvoll stieß ich sein Bein aus dem Weg, wie beim Boule, und schickte ein lautes männliches, fast animalisches Grunzen hinterher.

Fassungslos starrte Glanzanzug meine Beine an – seine Augenbrauen fuhren hinauf zu seinem gegelten Haar, seine Unterlippe sackte nach unten.

Jede Wette, dass der in seinem ganzen Leben noch nicht mit einem Mädchen um Beinraum gerungen hatte.

Unsere Blicke trafen sich und ich nickte ihm zu. Aber nicht normal. Ganz männlich, *so unter uns Kerlen.* Ein Machonicken.

»Schön, was?«, grunzte ich. »Wenn man weiß, dass einem der Platz einfach zusteht.«

Die Sitze bebten vor unterdrücktem Lachen der Mädels.

Glanzanzug wusste nicht, wohin mit sich. Doch er zog die Beine enger zusammen.

Ich nutzte die Gelegenheit, um meine weiter zu spreizen.

Ich setzte stark darauf, dass die Menschen in London bereit waren, so gut wie jedes ungewöhnliche oder unhöfliche Verhalten hinzunehmen, solange sie nur pünktlich zur Arbeit kamen.

Bislang schien es zu klappen. Glanzanzug wirkte völlig entgeistert – sagte aber nichts.

»Das ist so geil, oder?«, sagte ich. »Wenn man sein gutes Stück mal so richtig auslüften kann?«

Aus Ambers Richtung kam ein durchdringendes Schnauben.

Glanzanzugs Augen wurden noch größer, doch den Mund machte er immer noch nicht auf.

Die U-Bahn bremste ab. »Hier müssen wir raus«, rief Will.

Ich schloss die Beine, stand auf und starrte den Kerl nieder, der seinerseits überallhin blickte, nur nicht zu mir. Evie und Amber konnten sich kaum noch aufrecht halten vor Lachen.

Die Türen piepsten, glitten auf und enthüllten eine Traube Einsteigewilliger.

»Lottie!«, warnte Will.

Ich beugte mich herab und sagte mit äußerster Ruhe und Höflichkeit: »In Zukunft vielleicht bisschen aufpassen, wie breit du die Beine spreizt, Kumpel.« Weiß der Himmel, warum ich gerade das Wort »Kumpel« benutzte. Männliches Auftreten schien mir irgendwie entgegenzukommen.

Ich wartete seine Reaktion nicht ab, sondern drehte mich um und sprang auf den Bahnsteig, wo die Mädchen und ich uns einanderstützen mussten vor lauter Gelächter.

Im Gewusel der Oxford Street traten wir ans schmuddelige Tageslicht und inhalierten die Abgase von ungefähr zehn Millionen Bussen.

Wir besprachen die U-Bahn-Episode mit Will, der wie immer, immer, immer den Advocatus Diaboli spielen musste.

»Ich will damit ja nur sagen«, meinte er, »dass das nicht unbedingt Sexismus gewesen sein muss. Ich meine, es ist wirklich unbequem, wenn man einen … ihr wisst schon …«

»Einen Penis hat?«, half ich und freute mich diebisch, als er zart errötete.

»Ja«, bestätigte er. »Und Eier …« Mist, jetzt wurde ich rot. »Ich sitze immer so! Es ist ungemütlich, wenn man die Beine zusammenhalten muss.«

Amber sah ihn augenrollend an und wich mit uns einer Truppe Mädchen aus, die nebeneinander in den Flagship-Topshop drängten.

»Na, glaubst du, für uns Mädchen ist es gemütlich, ständig gegen die Wand gedrückt zu werden, nur damit du deinen Sack belüften kannst? Ist eure Bequemlichkeit wichtiger als unsere? Evie, wo müssen wir lang?«

Evie, die Navi-Dienst hatte, stocherte mit verlorenem Gesichtsausdruck auf ihrem Handy herum.

»Äh – vielleicht dort?« Sie deutete in eine Seitenstraße. Obwohl sie mehr als unsicher klang, folgten wir der Richtung ihres Fingers.

»Das hab ich doch gar nicht gesagt«, fuhr Will fort. »Du drehst mir die Worte im Mund um, wie immer. Ich sag einfach nur, ich glaube nicht, dass da ein Vorsatz dahintersteckt. Die Männer machen es einfach aus Bequemlichkeitsgründen. Ohne Absicht.«

Gerade waren wir an drei herrlich aussehenden Kaffeeläden vorbeigekommen, aber ich widerstand dem Drang, dort einzukehren. Kaffee brachte mich immer zum Überschäumen, und in mir schäumte es schon genug. Eigentlich schien mein Magen sogar ziemlich entschlossen, sich zu entleeren, und ich hoffte nur, dass es in den BBC-Studios eine Toilette gab.

Ich wollte schon zurückschießen, beschloss dann aber, mir meine Energie fürs Interview aufzuheben. Mit einem Nicken überließ ich Will Amber zum Fraß.

»Ob ihr es nun absichtlich macht oder nicht – das ist gar nicht der Punkt«, wetterte Amber armefuchtelnd. »Es geht doch darum, dass …«

Ihre Predigt dauerte den ganzen restlichen Fußmarsch bis zum Funkhaus der BBC, inklusive eines riesigen Umwegs.

Vor dem Gebäude blieben wir stehen und schauten an der Fassade hinauf – was dazu führte, dass mindestens vier schlecht gelaunte Businesstypen in uns reinrannten und genervt mit der Zunge schnalzten.

Gott, war mir schlecht!

Das Gebäude war riesig. Es erstreckte sich wie ein gewaltiges Hufeisen nach oben, glänzte grün und kurvig und bedeutungsvoll.

»Wow«, sagte Will. Er war so geplättet, dass er aufhörte zu streiten. »Lottie, besser geht's nicht.«

Und dann fasste er völlig ohne Umschweife meine Hand und verwob meine Finger mit seinen. Die Berührung jagte mir Stromstöße den Arm hinauf, ließ mich überall flirren. Mein Herz raste noch schneller als ohnehin.

Um mich abzulenken, langte ich nach Ambers Hand, die lächelnd nach Evies griff.

Dann standen wir alle in einer Reihe und starrten auf den Ort, der die Macht besaß, so vielen Menschen jenseits unserer kleinen Stadt zu erzählen, woran wir glaubten und wieso es richtig war.

»Ich werd's versauen«, sagte ich und verschluckte mich fast an dem Satz. Die Angst setzte meine Stimmbänder außer Gefecht, was für einen Marathon-Interviewtag verdammt unhilfreich war.

»Nein, wirst du nicht«, sagten sie wie aus einem Mund – und das wirkte schon fast wie Zauberei.

Sechsunddreißig

»Wie schminken Sie denn die männlichen Nachrichtensprecher?«, fragte ich die Maskenbildnerin.

»Hmm, die kriegen ein bisschen Puder drüber, aber das war's dann«, antwortete sie und schob mein langes dunkles Haar mit einem Stirnband zurück.

»Dann will ich das auch so. Nur bisschen Puder.«

Sie verzog die Augenbrauen. »Bist du sicher? Ich bin vierzig Minuten für dich eingeteilt.«

»Bin ich. Einfach Puder ins Gesicht und fertig.«

Sie ergriff einen winzigen Pinsel und saugte an einem Ende, was mir nicht sonderlich professionell vorkam.

»Dein linker Lidstrich ist verwackelt«, erklärte sie.

»Ist schon okay«, versicherte ich.

Ich hatte mich am Morgen selbst geschminkt und war fest entschlossen, mich optisch nicht zu verbiegen. Mich nicht in eine professionell aufgehübschte Medienversion einer Jungfeministin verwandeln zu lassen. Um wie Lottie auszusehen, brauchte ich jede Menge Eyeliner und Selbstbewusstsein, sonst nichts. Die paar Male, die Mum und Dad mich für irgendwelche Hochzeiten oder Ähnliches gezwungen hatten, mich so richtig in Schale zu werfen, hatte ich vor meinem eigenen Spiegelbild Angst bekommen. Ich war hübsch – so hübsch, dass es mir schon unfair vorkam. Als hätte ich zu viel Glück gehabt. Wenn ich mir nicht das Haar zurückkämmte und mich mit tonnenweise Eyeliner bepinselte, sah ich so symmetrisch und vorzeigemädchenhaft aus, dass sogar *ich* mich hasste. Diese Version von mir wollte ich weder im Fernsehen noch in Zeitungen sehen. Ich wollte keine »hübsche« Feministin sein. So leicht wollte ich es ihnen nicht machen.

Ich war schon zweimal auf der Toilette gewesen und hatte trotzdem noch das Gefühl, genug Inhalt für vier weitere Klo-Abstecher zu haben.

Beim Betreten des Gebäudes hatten wir uns gefühlt, als würden wir ein Raumschiff besteigen. Die Glaswände wuchsen höher, als ich den Kopf in den Nacken legen konnte. Wir hatten an einem elefantösen Empfangstisch unsere Namen nennen und uns einschreiben müssen, spezielle Besucherausweise bekommen und auf »Jane« von der »Gästebetreuung« warten müssen, die uns durch die Sicherheitstüren schleusen sollte.

Kurz darauf wurde ich von meinen Freunden getrennt.

»Mädchen, Will, ihr kommt mit mir. Ihr könnt Charlotte hinterher sehen. Wir haben euch Plätze in der ersten Reihe reserviert.«

»Was? Sie dürfen nicht mitkommen?«

Wir umarmten uns wild, und mir kamen die Tränen – als wäre es ein Abschied für immer.

»Du wirst es ganz großartig machen«, flüsterte Evie, während sie Amber und mich in einer Würgegriffumarmung hielt.

»Das wirst du«, versicherte Amber.

Ich bewahrte ihre Worte wie wertvolle Perlen. Doch als ich mich völlig allein im Backstagebereich wiederfand, spürte ich, wie sie mir aus den Händen kullerten und irgendwo im Korridor verloren gingen.

Will hatte mich zum Abschied steif umarmt, und ich hatte ihn wohl länger umklammert als nötig. »Du schaffst das«, hatte er mir ins Ohr geflüstert, worauf sich mir sämtliche Nackenhaare aufgestellt hatten. »Sei einfach dieselbe quälend intelligente, charmante, blindwütige Feministin wie immer.«

Und ich hatte ihn noch fester umarmt und mich ziemlich in

etwas hineingesteigert, was nichts damit zu tun hatte, dass ich gleich ins öffentlich-rechtliche Fernsehen kommen würde.

Jetzt bekam ich Puder ins Gesicht und erklärt, dass ich die Moderatoren erst kennenlernen würde, wenn das Interview begann. Irgendeine schwarz gekleidete Dame verriet mir, welche Fragen sie stellen würden. Nachdem ich ihr meine Aktion erklärt hatte, hatte sie mir auf den Rücken geklopft und gesagt: »Hervorragend, ich wünschte, ich hätte in der Schule so viel Mumm gehabt wie du«, was mich kurzzeitig mit der warmen Hoffnung erfüllt hatte, es könnte doch funktionieren.

Aber jetzt, mit der gelangweilten Maskenbildnerin vor mir, schrumpfte meine Zuversicht dahin.

»Also, warum bist du heute hier?« Sie begann mit der mühsamen Aufgabe, all die Pinsel und Tiegel in ihre Monstertasche zurückzuräumen.

»Ich, öhm … hab eine Aktion gemacht«, sagte ich. »Ein feministisches Projekt. Und, also, wir sind schon fast hundertfünfzigtausend Mal angeklickt worden.«

Die Dame – im Nebel meiner Nervosität erinnerte ich mich vage daran, dass sie sich als Gill vorgestellt hatte – packte einfach weiter ihre Sachen ein.

»Ich bin keine Feministin«, sagte sie. Einfach so – heraus damit.

»Oh, darf ich Sie fragen, warum nicht?«

Sie blickte auf. Ihr Blick war anders, als wäre es plötzlich nicht mehr so freundlich zwischen uns.

»Sind Feministinnen nicht alle Männerhasser?«, sagte sie. »Ich hasse Männer nicht. Ich liebe sie! Ich liebe meinen Freund, ich liebe meinen Dad …«

Ich fiel ihr ins Wort. »Beim Feminismus geht's nicht um Männerhass. Überhaupt nicht. Es geht nur um Gleichberechtigung.«

Sie schien noch nicht mal zuzuhören, oder vielleicht hörte sie zu, und es ging zum einen Ohr rein und zum anderen wieder raus. Sie sah ziemlich hip aus – mit gepiercter Augenbraue und einem volltätowierten Arm. »Schätze, ich kapier einfach nicht, wieso so was nötig ist, weißt du? Aber viel Glück mit dem Interview.«

Ich sah sie an, diese nette Frau, die zufälligerweise eine völlig gegensätzliche Meinung zu allem hatte, was ich gleich im Fernsehen äußern würde. Und ich wusste, dass es da draußen noch andere gab wie sie. Die vielleicht nicht ganz so höflich waren. Und die würden zuschauen und widersprechen und denken, dass ich widerlich war oder auf dem Holzweg oder durchgedreht oder einsam oder geisteskrank oder verbittert oder eine Schlampe oder verklemmt oder eine Spaßbremse oder eine Heulsuse oder eine BH-Verbrennerin oder eine Krakeelerin oder eine Lesbe oder eine Männerhasserin oder eine Selbstdarstellerin oder vielleicht einfach nur ein Teenager. Und egal, was es war, in welche bescheuerte Schublade sie mich auch stecken wollten, sie würden es tun. Ich war nicht mehr in meiner kleinen, netten Spinster-Blase, wo die einzigen Leute, die mir widersprachen, ein verschmähter Rugbyspieler, Mädchen wie Jenny und ein arroganter Kameramann waren, der gefälligst aufhören sollte, so nervig attraktiv zu sein. Ich war kurz davor, auf eine Bühne zu treten, vor eine Kamera, die den Kern dessen, an was ich als Mensch glaubte, ins ganze Land tragen würde – zu anderen Menschen, die mich vielleicht einfach nur für eine verkrampfte Idiotin hielten.

Ich war mir nicht ganz sicher, ob ich dafür bereit war.

Bewertet zu werden. Geprüft. Als Galionsfigur für das zu dienen, was mir auf der Welt am wichtigsten war.

Was, wenn ich es versaute? Was, wenn ich nur wirres Zeug redete?

»Oh, Schätzchen, wir müssen schon nachpudern, du triefst ja!«

Die wunderbare, wenn auch unfeministische Maskenbildnerin kam mit einem aufgeplusterten Pinsel herbei und tupfte auf meiner feuchten Stirn herum. Mein Gesichtsfeld schrumpfte dahin.

»Alles okay? Moment mal, Hilfe! Ich glaube, sie kippt gleich …«

Alles wurde schwarz – genau, wie es immer heißt, wenn man ohnmächtig wird.

Siebenunddreißig

Die Produzentin, Chloe, reagierte wirklich furchtbar nett.

»Das passiert ständig«, sagte sie und reichte mir ein Glas Wasser. Sie war extra aus ihrem wichtigen Büro herübergekommen, um zu schauen, ob es mir gut ging.

»Sonst passiert mir so was nicht … so was wie hier.«

Sie lächelte mich warm an. »Du bist ja sonst auch nicht im Fernsehen.«

»Ach, erinnern Sie mich nicht daran, Sie machen's nur noch schlimmer!«

Sie lachte und kritzelte etwas auf ihr Klemmbrett. Sie sah cool aus mit ihrer Jeans und den Chucks und dem dicken Wollpullover.

Langsam spürte ich meine Finger wieder. Meine Atmung normalisierte sich, obwohl meinem Körper immer noch sehr bewusst war, dass man ihn gleich vor eine Kamera schieben würde, wo ich mir die Seele aufreißen und über das ganze lila Sofa bluten würde.

Bluteten Seelen überhaupt?

Und, wenn ja, in welcher Farbe?

Warte, warte, das ist jetzt nicht der hilfreichste Gedanke.

»Danke, dass Sie so nett reagieren«, sagte ich.

Die Wärme ihres Lächelns heizte mich so auf, dass ich das Gefühl hatte, gleich braun zu werden.

»Glaubst du, du kannst jetzt weitermachen? In zehn Minuten brauchen wir dich.«

Zehn Minuten. Zehn Minuten bis zur Ewigkeit. Oder zehn Minuten bis zum Untergang. Oder zehn … Au weia, Wattehirn. Zuckerwattehirn. So ging das nicht. Wie sollte ich Premierministerin werden, wenn ich in dem Moment schlappmachte, in dem ich die Werbetrommel rühren sollte?

»Ich schaff das«, sagte ich und klang dabei etwa so selbstsicher, wie ich mich fühlte – nämlich null.

»Gut. Ich freu mich total, dass wir dich dahaben, Lottie.« Sie nahm mir das Glas ab und stellte es auf den Tisch. Ich hatte gar nicht gemerkt, wie sehr es mir in den Händen gewackelt hatte. »Ich hab dich selbst für die Sendung vorgeschlagen. Ich bin richtig Feuer und Flamme für deine Aktion. Gott, ich wünschte mir, ich hätte deinen Mut gehabt, als ich so alt war wie du.«

Ich blickte zögerlich zu ihr auf. »Sie … im Ernst?«

Sie nickte. »Mädchen, du kennst keine Angst.«

Kannte ich nicht?

»Du bist genau die, die wir brauchen. Ich bin so froh, dass du tust, was du tust.«

Jetzt bräunte ihr Lächeln mich auch von innen. Meine Organe würden After-Sun-Lotion brauchen, weil ich mich so warm fühlte dank ihr. Und stark. Und, was noch viel wichtiger war: auf der richtigen Seite.

»Danke«, quietschte ich.

»Also, bist du jetzt bereit, Jordan und Sue kennenzulernen?«

Jordan Gold und Sue Phillips waren die Moderatoren. Ich hatte sie schon unzählige Male im Fernsehen gesehen – sie hatten mein Leben begleitet. Jordan war ein berühmter »Silberfuchs« – jeder machte ständig Bemerkungen über sein glänzend silbriges Haupthaar. Sue konnte in keinem Zeitungsbericht erwähnt werden, ohne das Attribut »kurvig« abzukriegen. Ihr Körper musste in den Boulevardblättern immer wieder für das Adjektiv »gesund« herhalten, sie selbst wurde als Paradebeispiel der »echten Frau« gepriesen – als sei »Körbchengröße E +

Wespentaille« die normalste Kombination der Welt und mit keinerlei Diät- und Fitnessqualen verbunden …

Oje … da würde ich einiges vom Stapel lassen müssen, das ihnen kaum gefallen konnte.

Gerade als ich wieder verzweifelt nach Luft rang, beugte Chloe sich nach vorne und drückte mir die Hand, als wären wir die besten Freundinnen.

Sie senkte ihre Stimme zu einem Flüstern.

»Vergiss bloß nicht, den Altersabstand zu erwähnen«, zischte sie. »Jordan hat noch nie eine Moderation absolviert, bei der er nicht eine Frau neben sich hatte, die mindestens zehn Jahre jünger war als er.«

Mehr brauchte ich nicht zu hören, um zu wissen, dass alles gut gehen würde.

»Kamera läuft in fünf, vier, drei, zwei …« Das Wort »eins« sparte sich der Produzent. Er wies einfach auf uns und das helle rote Licht ging an.

Ich saß auf dem Sofa, gegenüber von Jordan und Sue, die mich dümmlich angrinsten. Die Beleuchtung war so grell, dass ich das Publikum und vor allem Evie und Amber nicht sehen konnte.

Ich war allein. Ich schwitzte.

Das hier passierte wirklich.

Jordan und Sue wandten ihre permagrinsenden Gesichter dem Kameramann zu und redeten los, aalglatt, als hätten sie das schon ein paar Tausend Mal gemacht, was sie ja auch hatten.

»Ich freue mich, heute einen besonderen Gast in unserer Sendung zu haben.« Sues Titten versuchten, sich aus ihrem engen Wickelkleid freizuboxen. »Die Zugriffe auf den Videokanal von Charlotte Thomas gehen diese Woche durch die Decke, und das liegt an einer hochinteressanten Aktion, die sie gestartet hat.«

»Genau«, sagte Jordan, der jetzt mit Teleprompter-Ablesen dran war. Da war tatsächlich ein richtiger Teleprompter, und ich, MEIN NAME, stand drauf. Irgendwie war ich auf einem Teleprompter gelandet! »Sie hat beschlossen, einen Monat lang jeden einzelnen sexistischen Vorfall aufzuzeigen, der ihr unterkommt – und sei er noch so geringfügig …«

Ich konnte sie nicht richtig hören. Die Zeit wurde zäh wie Morast. Nichts schien echt. War das hier echt? Ich zwickte mich in die Hand. Aua. Es war echt.

Endlich wandte sich Jordan mir zu. Auweia, waren seine Zähne weiß! Ich wurde fast blind bei ihrem Anblick. Im Fernsehen sahen sie einfach normal weiß aus, aber hier, im wahren Leben, vor allem unter diesen gleißenden Lampen glühten sie so grell, als könnte man sie als Signale für den Landeanflug verwenden. Oder man könnte Jordan oben auf einen Leuchtturm stellen, um Schiffe von Felsen wegzulotsen und … und … Ach Scheiße, Lottie, er stellt dir eine Frage, und da ist eine Kamera des öffentlich-rechtlichen Fernsehens auf dich gerichtet, und du denkst nur an seine Zähne.

»Nun, Charlotte«, sagte er und lachte bereits. »Ich schätze, wenn du deiner Aktion treu bleiben willst, wirst du uns wohl darauf hinweisen müssen, was du hier bereits alles als sexistisch geortet hast?« Er lachte wieder, total aufgesetzt und à la »Dann woll'n wir doch mal sehen«.

Auch Sue kicherte. »Ja, bringen wir's lieber hinter uns, oder? Und danach verrätst du uns, was dich bewegt hat, solch drastische Maßnahmen zu ergreifen.«

Ich erstarrte. Das durfte ich doch nicht sagen, oder?

Doch, ich musste es sagen – genau darum ging es ja. Darum würde es immer gehen.

Die Lampen waren so heiß, meine Haut so glitschig. Ich spürte, wie sich der Schweiß durch die dicke Puderschicht auf meiner Stirn kämpfte, wie sich feuchte Flecken unter meinen frisch behaarten Achselhöhlen ausbreiteten.

»Ich … ich …«

Ich stammelte. Ich stammelte sonst nie. Immer hatte ich die passenden Worte, die Aufmerksamkeit, die Zuhörer …

»Nur zu«, sagte Jordan. »Nimm keine Rücksicht auf uns. Wir halten das aus.«

Tat er das?

Ich dachte an Evie und Amber im Publikum. Ich dachte an Megan, wie sie jeden Tag im College versuchte, Max aus dem Weg zu gehen, aus einem Grund, den sie uns vor lauter Angst nicht anvertrauen mochte. Ich dachte an all die Mädchen vor dem Fernseher, die vielleicht nur darauf gewartet hatten, dass jemand wie ich die Dinge aussprach, die sie sich schon immer gedacht hatten, aber noch nie in Worte hatten fassen können. Ich dachte an Frauen, die bei Meetings nicht zu Wort kamen. Ich dachte an Mädchen, die nicht zur Schule gehen konnten, ohne dass man ihnen hinterhergeiferte. Ich dachte an Mädchen, die noch nicht mal die Möglichkeit hatten, eine Schule zu besuchen …

Und so ging mein Mund auf, und ich hörte mich sagen:

»Nun, nur mal ein Beispiel, Jordan … Warum sind Ihre Mitmoderatorinnen immer mindestens zehn Jahre jünger als Sie und nie andersherum?«

Achtunddreißig

Das Knallen und das Schäumen einer geöffneten Champagnerflasche.

Heiliges Kanonenrohr, Mum und Dad wollten tatsächlich anstoßen.

Dad fing die Bläschenflut fachmännisch mit dem Glas auf und füllte es, bevor er es flink gegen das nächste austauschte.

Mum hielt mich immer noch in den Armen. So fest, dass mir die Luft wegblieb.

»Mein Baby. Im Fernsehen. Ich bin ja so stolz auf dich, Lottie!«

Ich sank gegen sie, so müde. So unendlich müde. Seit wir alle in den Zug zurück von London getaumelt waren, fuhr ich mit leerem Reservetank. Wir waren vom Studio direkt zur Zeitungsredaktion gegangen, wo es ein Interview und dann ein Fotoshooting gegeben hatte, bei dem ich meinen Beinpelz hatte präsentieren sollen, dann zu einer weiteren Redaktion und noch einem Studio.

Die Geschichte von den belästigenden Lkw-Männern hatte ich inzwischen so oft erzählt, dass mir langsam Zweifel daran kamen.

Ich war derart oft gefragt worden, ob ich Single sei, und hatte derart oft darauf hinweisen müssen, wie sexistisch diese Frage doch sei, dass ich den Drang verspürte, den Leuten die Augen auszustechen.

»Wartet lieber mit dem Stolzsein«, sagte ich. »Womöglich haben sie mich rausgeschnitten.«

»Na, ich kann dir nur raten, nicht einen ganzen Tag Schule

verpasst zu haben, nur um dann rausgeschnitten zu werden.« Dad lächelte, doch es war ernst gemeint.

»QUATSCH!« Amber erschien und verbreitete rostrote Aufgekratztheit. Sie klemmte sich so viele gefüllte Champagnergläser wie möglich zwischen die Finger, um sie ins Wohnzimmer zu bringen. »Ich hab alles gesehen. Da können sie nichts rausschneiden ... Obwohl sie vielleicht ein paar Schimpfwörter zensieren müssen.«

Mum entwand sich und hielt mich auf Armeslänge Abstand. »Lottie, nein. Sag, dass du im Fernsehen nicht geflucht hast!«

Ich bemühte meinen besten Hundeblick. »Nur ganz wenig. Es ist mir einfach rausgerutscht.«

Dad köpfte bereits die zweite Champagnerflasche – sie horteten wirklich einen gewaltigen Vorrat unter der Spüle.

»So haben wir dich aber nicht erzogen, Lottie«, sagte er voller Tadel.

Ich streckte ihnen die Zunge raus. »Eure Tochter erscheint heute Abend im öffentlich-rechtlichen Fernsehen, um über einen inspirierenden gesellschaftlichen Wandel zu sprechen. Müsst ihr da wirklich das einzig Schlechte rauspicken und euch daraufstürzen?«

Dad lächelte, und ich wusste, dass er dagegen nicht ankam.

»Hilf mir mal, die zu den anderen rüberzubringen.«

Unser Wohnzimmer war ziemlich voll – jede verfügbare waagerechte Oberfläche war von FemAG-Hintern besetzt. Ach, und Will war natürlich auch da. Will, der den ganzen Tag ein richtiger Sonnenschein gewesen war, bis zur Rückfahrt, als er plötzlich auf seltsam, launisch und muffelig umgeschaltet und sich jedes Wort hatte aus der Nase ziehen lassen. Er und Dad hingegen waren sofort ein Herz und eine Seele gewesen – wie das bei überlegenen Geistesmenschen offenbar öfter vorkommt –, und er hatte sich überwiegend an ihn gehalten und ihm jede Menge Fragen über das Unileben gestellt.

Megan hatte sich neben Amber auf unserem betagten Flickenteppich ausgebreitet. Evie hatte Oli eingeladen. Sie saßen aneinandergedrückt in einem unserer alten Ohrensessel, ohne so recht die Hände voneinander lassen zu können. Nicht auf lüsterne, sondern eher auf intensiv händchenhaltende und einander ständig anschauen müssende und das eigene Glück nicht fassen könnende Art, die mir insgeheim einen Stich versetzte. Jane war auch da und hatte sich sofort an mich gehängt, weil sie die anderen nicht so gut kannte.

Der Beitrag mit mir sollte um 19.30 Uhr landesweit ausgestrahlt werden.

Am nächsten Tag würde ich dann in zwei überregionalen Tageszeitungen erscheinen … und dann vielleicht noch in weiteren, falls die auf den fahrenden Zug aufsprangen.

Irgendwie hatte ich all das möglich gemacht.

Ich verteilte noch mehr Champagner. Es war 19.25 Uhr. Wir hatten bereits gekreischt und gejubelt, als Jordan und Sue mich als »unseren nächsten Gast« angekündigt hatten.

Megan drehte sich strahlend um. »Mr Packson ist heute fast durchgedreht, als ihr nicht in die Schule gekommen seid.«

Ich versuchte, sie mit einem Blick zum Schweigen zu bringen, doch Mum hatte bereits Lunte gerochen.

»O nein, Lottie! Hast du dich in der Schule etwa nicht abgemeldet?« Megans Augen weiteten sich vor Schuldbewusstsein, doch ich schüttelte begütigend den Kopf.

»Keine Zeit«, sagte ich. »Außerdem hab ich sowieso fast noch nie gefehlt. Ein Fehltag schadet nichts. Besonders, wo ich mich in einem der Interviews so lobend über sein College geäußert habe.«

»Trotzdem, Lottie«, schaltete sich Dad ein, der mit Will auf dem Sofa der Überlegenheit saß. »Der Zeitpunkt könnte nicht schlechter sein.«

Ich spürte, wie ich rot anlief. Mussten wir das wirklich jetzt durchkauen? Jetzt, wo alle meine Freunde zuhörten?

»Mir ist bewusst, dass es kein guter Zeitpunkt ist«, sagte ich langsam, um nicht die Beherrschung zu verlieren. »Aber das hier musste ich einfach tun.«

»AAAAAHHH!« Evies Quietschen unterbrach uns. »Lottie!«

Ich wirbelte zur Mattscheibe herum, und dort, dort war ich. Im Nu war das Wohnzimmer erfüllt von so ultraschrillem Gekreische, das selbst Hundeohren nur mit Mühe gehört hätten.

Jedes Organ in meinem Körper nahm Habachtstellung ein, und ich hatte irgendwie das Gefühl, über mir selbst zu schweben.

»Lottie, das bist ja du, das bist ja du«, schrie Amber.

Mein erster Gedanke war: *Himmel, der Lidstrich ist wirklich ziemlich verwackelt*, was ja eigentlich völlig egal war. Außerdem sah ich reichlich benebelt aus, wie ich so dasaß und wartete, dass sie mich vorstellten. Dann wandten sich Jordan und Sue mir zu und stellten mir ihre erste Frage … Oje … würden sie das rausschneiden? Oder würden sie die Stelle drinlassen, wo ich Jordan auf den Altersunterschied ansprach?

Doch sobald Bildschirm-Lottie ihren Mund aufmachte, um zu sprechen, sah ich, wie etwas mit ihr passierte: Mein Gesicht entspannte sich, meine Haltung wurde selbstbewusst, ich … ich erstrahlte von innen … Und obwohl ich natürlich genau wusste, was ich sagen würde, weil ich es ja erst vor ein paar Stunden gesagt hatte, reckte ich den Hals, um ja nichts zu verpassen.

Verzeihung, ich will nicht eingebildet klingen: Aber ich war wirklich elektrisierend!

Der ganze Raum keuchte auf, als ich meinen ersten Spruch mit dem Alter brachte.

»Lottie, das darf doch nicht wahr sein!«, seufzte Mum. »Schau dir sein Gesicht an! Der wusste gar nicht, was tun mit dir!«

»Sie haben es dringelassen!«, trällerte Amber. »Sie haben es verdammt noch mal dringelassen! Ich liebe sie so!«

Ich konnte kaum etwas verstehen vor lauter Freudenschreien und »Sich auf mich Werfen«, den Umarmungen und den Lobeshymnen, wie großartig ich doch war. Ich sah nur, dass Jordans Mund auf dem Bildschirm weit offen hing, so fassungslos war er, dass ich es gewagt hatte, während Sue sich fast in die Hose machte vor Lachen.

»Ruhe!«, brüllte Evie. »Wir verpassen doch alles!«

Wir verstummten und versuchten, unsere Aufmerksamkeit wieder auf den Fernseher zu richten, doch es schien alles so seltsam und so schnell vorbei. Ich schüttete den Champagner in mich hinein, langte nach Dads Nachschubflasche und schüttete mehr hinterher.

Ihre Reaktion auf meine Altersunterschiedfrage war schon vorüber. Unglaublich, wie Sue gelacht und gesagt hatte: »Genauso ist es«, und wie sie beide gegrinst hatten und vollkommen hingerissen gewesen waren von mir – was ich im Studio gar nicht so gemerkt hatte.

Lottie die Elektrisierende erzählte ihnen, wie ihr die Idee mit der Aktion gekommen war – so elektrisierend. So faszinierend und elektrisierend. Und als ich danach Evie und Amber erwähnte, die Spinster Girls, da sprangen wir drei schreiend auf und einander in die Arme. Dann erzählte ich von der FemAG, und da kreischten ALLE von Neuem los. Schließlich begannen Sue und Jordan, mich nach meinen Videos zu fragen, und Lottie die Elektrisierende brachte Will ins Spiel.

Es war nicht zu übersehen, dass Lottie die Elektrisierende Will sehr mochte.

Bei Nennung seines Namens wurde mein Bildschirmgesicht

merklich weicher. Meine Versuche, wieder auf hart zu schalten, blieben sichtlich erfolglos. Ich schmachtete weiter.

»Er belegt Filmgeschichte bei uns an der Schule«, sagte Lottie die Elektrisierende. »Und er ist einfach toll. Den müssen Sie im Auge behalten. Er hat auch ziemlich viel Toleranz bewiesen, wenn man bedenkt, dass er mich zwei Wochen lang im Dauerzustand der Tobsucht aushalten musste.«

Die Moderatoren lachten. »Na, Toleranz kann man in dem Fall ja wohl erwarten!«, sagte Sue und strich sich eine unsichtbare Falte im Schlauchkleid glatt. »Schließlich machst du es für eine gute Sache.«

Ich nickte. »Das tue ich. Er … er … nun, ohne ihn hätte ich das nicht hinbekommen.«

O nein. Ich war drauf und dran, mich in ihn zu verlieben. Bildschirm-Lottie die Elektrisierende und Hier-auf-dem-Sofa-Lottie, wir waren beide drauf und dran. Verdammte und zugenähte Scheiße.

Hatten es die anderen auch gemerkt?

Ich versuchte, ihn unauffällig anzusehen – plötzlich völlig verschüchtert. Ich riskierte einen Seitenblick, und da trafen sich unsere Augen. Will beobachtete mich – sehr genau, sehr eindringlich. Hatte er es gemerkt? Garantiert, es war doch schreiend offensichtlich. Oder nur für mich?

Lottie die Elektrisierende hatte das Thema gewechselt, doch Jetzt-Lottie starrte Will immer noch an. Und Will starrte zurück. Ich konnte meinen Blick nicht von ihm losreißen. Ich fühlte mich verletzlich und panisch und auch einfach … okay, schlagt mich doch … wie hypnotisiert davon, wie er mich anschaute und was es meiner Meinung nach bedeutete. Er kniff die Augen zusammen, ganz leicht, und neigte den Kopf mit einem winzigen Lächeln – einem, das besagte: »Was machen wir hier eigentlich, Lottie?«

Dann wandte er sich wieder dem Fernseher zu und der Moment war vorbei.

Benebelt tat ich es ihm nach und versuchte, den historischen Moment meines ersten Fernsehauftritts zu genießen. Aber ich bekam nichts mit von dem, was Bildschirm-Lottie sagte.

Warum mag ich ihn? Ich kann ihn nicht mögen. Mag er mich? Er kann mich nicht mögen. Wir streiten uns zu viel. Er wird sich nie in der Öffentlichkeit als Feminist bezeichnen … Was stimmt nicht mit mir? Warum missachtet mein Herz einfach meinen unglaublich klugen, vielleicht nach Cambridge kommenden Kopf?

Die Sehnsucht nach ihm kam aus meinem Bauch, entstand ganz tief in mir drinnen. Es war wie ein Instinkt.

Will ist nicht, wie er scheint.

Er ist besser.

Du weißt, dass er besser ist.

Lauter Jubel und Applaus, und alle stürzten sich auf mich, was mir zeigte, dass mein Fernsehdebüt zu Ende war. Mum und Dad waren als Erste da, drückten mich an sich.

»Wie brillant du warst. So präzise, so liebenswert. Wir sind so stolz auf dich!«

Megan strahlte mich an, so glücklich, wie ich sie noch nie erlebt hatte. »Lottie, das war der Wahnsinn. Damit musst du an die zehn Millionen neue FemAG-Mitglieder angeworben haben!«

Amber hatte den Kanal auf ihrem Smartphone aufgerufen. »O Gott, Leute. Wir haben schon zehntausend neue Klicks, seit du auf Sendung gekommen bist.«

Evie schaffte es, sich von Oli loszueisen, und weil an meinem Körper nichts mehr zum Umarmen frei war, legte sie sich auf den Bauch und umklammerte mein Bein.

»Du warst so großartig! Du warst schon großartig, als ich es das erste Mal gesehen habe. Aber wenn man es noch mal sieht, ist es noch großartiger!«

Glückwünsche und Freudentaumel und noch mehr Champagnerknallen und meine Eltern, die dreinschauten, als wären sie nie stolzer gewesen – obwohl sie das natürlich wären, falls ich es nach Cambridge schaffte –, und Umarmungen und Lieder und alle, die sich bei den Händen nahmen und sie jubelnd nach oben warfen, und wo war Will? Wo war er hin? Musste ich mit ihm sprechen?

Doch als ich mich schließlich losmachte, war er verschwunden.

Neununddreißig

Ich wachte spät auf. Mit pelziger Zunge und schwerem Kopf vom Vorabendchampagner.

Aua. Scheiße. Aua. Ich schaute auf mein Telefon. Nicht mal mehr eine halbe Stunde, bis ich zur Cambridge-Vorbereitungssitzung im College sein musste.

Aua. Scheiße. Aua.

Keine Zeit zum Duschen, also steckte ich mir die Haare einfach zu einem Knoten auf und verwendete die verbleibende Zeit darauf, mir Eyeliner draufzuklatschen und eine Banane reinzustopfen. Dann flog ich aus der Tür, in einem Wirbel aus Taschen und Papier und Geklapper, heilfroh, dass Mum und Dad schon bei der Arbeit waren und mir keine Predigt über die Tugend der Pünktlichkeit halten konnten.

Ich rannte zur Schule – den Kopf gesenkt, um neue Bushaltestellenplakate oder sonstige sexistische Objekte zu übersehen, für deren Beanstandung mir die Zeit fehlte.

Und dann fiel mir ein …

Ich war ja heute in den großen Tageszeitungen …

Ich. Mein Gesicht. Meine Geschichte …

Aber für mehr als ein kurzes Innehalten und den Gedanken, was für ein Wahnsinn das alles war, fehlte mir die Zeit, und schon rannte ich weiter.

Außerdem drängte sich schon so viel anderes Verwirrendes in meinem Kopf. Ich mochte Will. Irgendwie, aller Gegenwehr zum Trotz. Ich mochte ihn so richtig. Und gestern Abend war er auf eine Weise verschwunden, die nahelegte, dass er es gemerkt hatte.

Und dass er davor wegrannte, verriet mir alles, was ich darüber wissen musste.

Aber genug jetzt. Die Klingel schrillte, und ich war immer noch auf der falschen Seite des Schulgeländes, fünf Minuten vom Klassenzimmer und des – HALLO?! – Cambridge-Vorbereitungsgesprächs entfernt. Und Cambridge war alles, worauf ich hinarbeitete, alles, was ich wollte … oder?

Das würde ich mir nicht kaputt machen lassen, nicht von einem gut aussehenden Typen mit Brille, und auch nicht von der Tatsache, dass ich jetzt ein Fernsehhit war.

Alles tuschelte, als ich mich an den anderen Zuspätkommern vorbei durch die Flure schob – einige vage vertraute Gesichter brüllten: »Ich hab dich im Fernsehen gesehen!«, und: »Du warst super!« Ich lächelte, ohne anzuhalten, und versuchte, die nicht ganz so netten Blicke, die es auch gab, zu ignorieren. Im Zustand der völligen Atemlosigkeit, mit schweißnassem Gesicht und nur noch der Hälfte meiner Wintergarderobe am Leib, erreichte ich schließlich das Klassenzimmer und platzte durch die Tür.

Ich hatte mich derart hochgeputscht, dass mir die plötzliche Stille im Raum vorkam wie ein Knall gegen die Betonmauer.

»Willkommen, Lottie«, sagte Mr Packson ausdruckslos. »Du bist zu spät. Das war es dann wohl mit Cambridge.«

Er wandte sich an die anderen vier Schüler im Raum. Drei mir fremde Jungen und ein Mädchen, das ich flüchtig aus meinem Wirtschaftskurs kannte. »Es versteht sich wohl von selbst, dass ihr, wenn ihr verspätet zum Gespräch erscheint, nicht den besten Eindruck machen werdet. Lasst euch also einen großzügigen Puffer. Vielleicht wollt ihr mit euren Eltern sogar schon am Vortag anreisen und in einem Hotel übernachten, damit ihr euch keine Sorgen über Autobahnstaus machen müsst.«

»Verzeihung«, keuchte ich. »Ich hab verschlafen.«

»Denk dir wenigstens eine bessere Ausrede aus, Lottie«, lachte er und wies auf einen leeren Stuhl, auf den ich dankbar plumpste. »Außerdem bin ich gespannt, welche Entschuldigung du für deine gestrige Abwesenheit hast. Aber das verschieben wir auf hinterher.«

Sein Lachen erstarb und machte seinem besten Entrüstungsgesicht Platz. Auwei. Er war sauer. Schnell, Lottie, hau ihn aus den Socken.

Ich sah ihn an. »Ich war im Fernsehen«, sagte ich. »Ich hab geschwänzt, weil ich in eine Sendung eingeladen war.« Dann strahlte ich ihn an, und er grinste rasch zurück, gegen seinen Willen, bevor er mich wieder böse anfunkelte. Die anderen starrten oder gifteten mich an – schwer zu sagen. Ich zog meine Wasserflasche heraus und saugte fest daran, während Mr Packson die Aufmerksamkeit auf sich zurücklenkte.

»Gut« – er klatschte in die Hände – »nun zum Ablauf des Gesprächs. Ihr kennt wahrscheinlich die Gerüchte darüber, wie schwer es ist. Und, tut mir leid, Leute, diese Gerüchte sind wahr. Deshalb sind wir ja hier …«

Eine halbe Stunde später kam es bei mir zu akuter Gehirnschmelze beim Versuch, all die neuen Informationen zu verarbeiten. Mr Packson hatte uns zunächst einen Vortrag gehalten und uns dann untereinander unsere Fragen und Antworten üben lassen. Dann hatte er uns noch seine geheimen Supertricks verraten.

Es würde schwer werden.

Ich hatte immer gewusst, wie schwer es werden würde, war aber stets davon ausgegangen, dass ich es schon irgendwie hinbekommen würde. Schließlich hatte ich immer nur Spitzennoten gehabt.

Aber wie Mr Packson betonte, wir würden uns mit den Topschülern aus allen Schulen des Landes messen müssen. Kurz gesagt: In Cambridge wäre ich nicht die Überfliegerin. Ich wäre Durchschnitt.

Keine Ahnung, wie ich das finden sollte …

Ich durfte nicht abgelehnt werden. Ich durfte es nicht, weil Mum und Dad ausrasten würden. Und schließlich wollte ich es ja auch, oder? Das hatte ich immer vor Augen gehabt. Dafür hatte ich so geschuftet. Und selbst wenn ich die Vorbereitung in den letzten zwei Wochen etwas hatte schleifen lassen, über die Hälfte der Aktion hatte ich ja schon hinter mir. Und sie würde komplett hinter mir liegen, wenn die Zeit gekommen war, mich nach Cambridge hineinzuzaubern – in meinem neuen schicken Seltsam-Anzug, den Mum eigens für das Gespräch gekauft hatte.

Das andere Mädchen, Agatha, wie ich inzwischen wusste, meldete sich. »Also wollen Sie sagen, dass die uns absichtlich Fragen stellen werden, von denen sie schon WISSEN, dass wir keine Antwort darauf haben?«

Mr Packson nickte. »Ja, um euch ins kalte Wasser zu werfen. Um zu sehen, ob ihr analytisch denken könnt, selbst wenn euch das Faktenwissen fehlt.«

Ich hob die Hand.

»Ja, Lottie?«

»Das ist nicht sehr nett.«

Ich konnte sehen, dass er sich wieder das Lächeln verkneifen musste. »Hier geht es nicht um nett oder nicht, Lottie. Hier geht es darum, an einer der prestigeträchtigsten akademischen Institutionen der Welt aufgenommen zu werden.«

»Trotzdem: Das ist kein Freibrief, sich schlecht zu benehmen.«

Er hielt die Hände an die Druckpunkte neben seinen Augen. »Was soll ich nur mit dir machen?«

Ich strahlte noch mehr und er fuhr fort.

»Wie gesagt, sie werden euch möglicherweise obskure Fragen über Themen stellen, über die ihr nicht Bescheid wisst. Letztes Jahr wollte eine unserer Schülerinnen dort Englische Literatur studieren und wurde über das Frühwerk Sigmund Freuds ausgefragt, was ja offensichtlich ein ganz anderer Bereich ist. Eure richtige Antwort auf solche Fragen?« Er klatschte in die Hände. »Seid ehrlich. Sagt zuerst einmal ganz schlicht: ›Ich weiß es nicht.‹ Haltet euch bedeckt, versucht nicht zu bluffen, denn genau darauf achten sie. Und dann versucht ihr, querzudenken, abstrakt, und euch so anzunähern. Die erwarten gar nicht notwendigerweise, dass ihr eine Antwort parat habt, die wollen einfach sehen, ob ihr die Fähigkeiten besitzt, solch eine Frage anzugehen. Diese Schülerin hat also mit ›Ich weiß es nicht‹ geantwortet und dann aus ihrem äußerst begrenzten Wissen über Freud recht gute Schlüsse gezogen.«

Wieder hob ich die Hand.

»Ja, Lottie?«, fragte er misstrauisch.

»Also stellen sie uns absichtlich Fragen, von denen sie wissen, dass wir die Antwort nicht wissen, damit wir ihnen eingestehen, dass wir die Antwort nicht wissen?«

»Öhm … ja.«

Ich zog ein Gesicht. »Was für Vollpfosten.«

Die anderen vier sahen mich an, als hätte ich Gott geschmäht. Sogar Packson schien es jetzt sattzuhaben.

»Lottie, du bleibst hinterher noch kurz da, dann unterhalten wir uns ein wenig.«

Nach ein paar weiteren Übungsrunden sammelten die anderen ihr Zeug ein und gingen. Es hatte noch nicht geläutet, wir waren ungefähr zehn Minuten zu früh fertig geworden. Mein Mund war immer noch trocken von meinem leichten Kater, und meine Flasche war schon leer. Mr Packsons Gesichtsausdruck nach zu schließen würde ich allerdings nicht so bald dazu kommen, sie aufzufüllen.

»Setz dich, Lottie.« Er zog einen Stuhl an seinen Tisch heran.

Ich ließ mich fallen und sah ihn auf die Erfolg versprechendste Weise an. »Tut mir leid wegen gestern. Ich hab am Sonntag lauter Anrufe von der Presse gekriegt und keine Zeit gehabt, im Sekretariat anzurufen …«

Er hob die Hand, ich verstummte.

»Darüber sprechen wir später. Fangen wir lieber mal mit der Sitzung heute an.« Er raschelte in seinen Papieren herum und sah mir dann unbewegt und fest ins Gesicht.

»Was ist damit?«

»Deine Einstellung, Lottie. Also … bist du dir sicher, dass du überhaupt nach Cambridge gehen *möchtest*?«

Ich spürte, wie ich nickte, bevor ich überhaupt die Frage richtig gehört hatte, so stark war mein Instinkt zum Jasagen.

»Na klar will ich das! Wieso?«

Es war das Wichtigste überhaupt – es öffnete Türen. Die Türen, die ich zertrümmern musste – um an die richtigen Positionen zu kommen, die Positionen, von denen aus man Dinge verändern konnte …

»Weil all diese Orte – Cambridge, Oxford – sehr traditionelle Institutionen sind. Es ist unglaublich toll, dort zu studieren, versteh mich nicht falsch, aber es gibt dort durchaus auch Leute mit eher snobistischer Haltung … und das ist es vermutlich, was mir Sorgen bereitet. Denn, Lottie, mal ehrlich …« Er lächelte. »Es ist nicht gerade deine Stärke, dich im Zweifelsfall Liebkind zu machen, oder?«

Ich schwieg einen Moment, um seine Worte zu verdauen.

»Sie glauben, ich komme nicht rein?«

Er widersprach nicht gleich, und mein Herz begann zu rasen. Nein nein nein nein. Ich musste reinkommen, ich musste, ich musste. Das war der Plan. Der war mir schon so lange eingeimpft worden, dass ich noch nicht mal eine Alternative kannte.

»Tja, du weißt, wie hervorragend deine Noten sind. Deine außerschulischen Aktivitäten … an der FemAG werden sie sich vermutlich nicht stoßen … solange du ihnen im Gespräch keine Wutpredigt hältst. Und dann sind da natürlich all die Preise, die du gewonnen hast …«

Ich wurde rot. Davon wussten nur wenige. Aber an meiner alten Schule hatten sie mich für alle möglichen Wettbewerbe eingeschrieben – Aufsatz, Mathe … Ich hatte immer gewonnen … Ich hatte die Pokale in irgendeiner Kiste in meinem Zimmer versteckt … Darüber sprach ich sehr ungern, aus Angst, wie eine Angeberin dazustehen.

»Aber bei den Auswahlgesprächen mögen sie es nicht, wenn man vom Thema abkommt. Du musst das Spiel mitmachen, Lottie. Und ich bin mir nicht sicher, ob du unter Druck dazu fähig bist. Bist du erst mal drin, hervorragend. Ich bin mir sicher, ein kritischer Geist wie du kann dort Furore machen. Aber wirst du es schaffen, den Mund zu halten, bis du es reingeschafft hast? Weißt du, was ich sagen will?«

Ich spürte, wie meine Halsschlagader ganz fett vor sich hin pochte, poch, poch, poch, das Blut panisch durch meinen Körper pumpte.

War da etwas dran? Wenn ich irgendeinen Spießer und eine blöde Frage vorgesetzt bekam, würde ich darüber hinwegsehen können? Immerhin hatte ich meine alte Schule geschmissen – in der es von beidem reichlich gegeben hatte.

Alles, was ich je über Cambridge und Oxford gehört hatte, alles, was mir meine Eltern je darüber erzählt hatten, war, dass man eine gemachte Frau war, wenn man dort studiert hatte. Klar gab es Ausnahmen, aber jeder wusste, dass es ein Türöffner war. Nicht nur, weil der Abschluss so viel Prestige hatte – es waren die Freundschaften, die man dort schloss, die Verbindungen. Denn die Absolventen würden unweigerlich ihren Weg machen und alle möglichen wichtigen Posten besetzen, und man selbst hatte zuvor mit ihnen innige Beziehungen aufgebaut, indem man gemeinsam im ersten Jahr gesoffen und gemeinsam ins Punting-Boot gestrullt hatte, oder was es sonst noch so an verbindenden Aktivitäten gab. Es waren diese Freundschaften, die alles veränderten.

Natürlich wollte ich, dass diese Türen für mich aufgingen.

Und nicht nur für mich. Ich wollte sie zertrümmern, damit ich sie offen stehen lassen konnte. Damit nach mir noch andere kommen konnten.

Okay, das klingt jetzt vielleicht ein bisschen nach Superheldinnenkomplex. Und vielleicht spielt mein Ego da tatsächlich eine gewisse Rolle. Ich bin selbstkritisch genug, um zu wissen, dass mein Ego sich gewaschen hat, und was könnte ihm mehr schmeicheln, als die Aussicht, die Welt zu verändern …

»Geht's dir gut?«, fragte Mr Packson, und mir ging auf, dass ich ihm immer noch eine Antwort schuldig war.

Ich zupfte an einem losen Hautfetzchen an meinem Daumen, grub mit dem Fingernagel hinein, versuchte, es abzureißen.

»Ist Cambridge … sexistisch?«, fragte ich leise. »Werde ich … ist es … ist es wahrscheinlich, dass während meines Gesprächs was Sexistisches geschieht?«

Mr Packsons Gesicht verdüsterte sich. »Das würde ich ja gerne verneinen … Cambridge hat eine Frauenbeauftragte, die durchaus einiges bewegt. Und das King's College, wo du dich beworben hast, ist sehr progressiv. Cambridge bietet seit Neuestem sogar Workshops zum Thema ›Sexuelle Einvernehmlichkeit‹ für Erstsemester an, hast du das mitgekommen? Das ging vor ein, zwei Jahren durch die Presse.«

Ich nickte. Ich erinnerte mich daran, es gelesen zu haben.

»Aber …«, fuhr er fort und harkte sich mit den Händen durch das spärliche Haar. »Das sind die Studenten – die sind natürlich auf der Höhe der Zeit. Bei deinem Gespräch dagegen wirst du vielleicht merken … dass das Gremium, das du da vor dir hast … also … wie gesagt … die haben für Nonkonformismus wahrscheinlich eher kein Verständnis. Ja, es kann durchaus sein, dass du ausschließlich Männern gegenübersitzt. Professorinnen sind dort immer noch in der Minderzahl, fürchte ich.«

Ich machte den Mund auf, sagte aber nichts. Klappte ihn wieder zu.

Mr Packson rang sich ein Lächeln ab. »Ich hab dich heute früh in der Zeitung gesehen.« Seine Stimme wurde weicher.

»Ich hab noch nicht reingeschaut. Wie gesagt, ich hab verschlafen … Wir haben gestern gefeiert … dass ich im Fernsehen war.«

»Ja. Im Lehrerzimmer haben alle darüber geredet. Du hast dich gut geschlagen, hieß es.«

Da schwoll ich unwillkürlich an vor Stolz.

»Aber diese Aktion. Überschneidet sich die noch mit deinem Gesprächstermin?«

Ich schüttelte den Kopf. »Nein. Der ist in der Woche darauf.«

Mr Packson war sichtlich erleichtert. »Ahh gut, dann wird ja vielleicht doch noch alles laufen.«

In meinem Kopf drängelten sich die Gedanken, stießen ineinander und stupsten sich hin und her. Versuchten, meine Aufmerksamkeit zu erregen.

»Ich werde aber nicht gleich damit aufhören, auf Missstände hinzuweisen, nur weil die Aktion beendet ist«, sagte ich.

Das Klingeln schreckte uns beide aus unseren Gedanken. Das war so was von schrill. Gleich hatte ich Kunst mit Amber und Megan. Mr Packson begann, seine Sachen zusammenzuräumen.

»Ich weiß, Lottie«, sagte er. »Aber vielleicht kannst du ja an diesem einen Tag, während dieses einen Gesprächs … mal ein Auge zudrücken? Als Mittel zum Zweck, sozusagen?«

Genau das hatte ich vorgehabt. Aber als er es jetzt laut aussprach, bekam ich ein ganz seltsames Gefühl, als hätte ich plötzlich etwas Ungutes gegessen.

»Wir werden sehen.«

Vierzig

Seit dem Aufwachen hatte ich noch nicht ein Mal auf mein Handy geschaut, und als ich unterwegs zu Kunst einen Blick drauf warf, hatte ich zehn Milliarden Nachrichten. Als ich die erste öffnen wollte, kam mir Amber auf dem Gang entgegen.

»Lottie!«, winkte sie. Ihr Gesicht war … merkwürdig. Verkrampft und lächelnd zugleich. »Da bist du ja! Ich hab dir schon geschrieben!«

Wir trafen aufeinander und gingen gemeinsam zum Unterricht.

»Und? Hast du die Zeitungsartikel schon gesehen?«, fragte sie.

Ich schüttelte den Kopf. »Nein! Ich hab zu viel von dem blöden Champagner getrunken und verpennt. Wie sind sie denn? Alle positiv?«

Amber zögerte vor dem Nicken und wich einer Herde Kiffschädel aus, die in unsere Richtung getappt kamen. Einer von ihnen, Guy, das dauerbedröhnte Schwanzgesicht, das Evie letztes Jahr so übel behandelt hatte, drehte sich nach mir um, als ich ihn vorbeiließ.

»BOAH – DU BIST DIE AUS DEM FERNSEHEN!« Einer seiner Kumpels wies auf mich, als sei ich ein Museumsstück.

Guy, mit dem ich letztes Jahr Evies wegen viel Zeit verbracht hatte, lachte mir ins Gesicht. »Passt auf, Leute, das ist der Feminazi!«, sagte er, als wär ich ihm völlig fremd. Alle standen stramm und machten den Hitlergruß.

»Nehmt den Schnuller aus dem Mund«, sagte ich und drückte mich an ihnen vorbei.

Ich scherte mich nicht groß darum. Okay – man wird nicht alle Tage mit Hitler verglichen, aber, tja …

»Was ist los, Amber?«, fragte ich, als wir die Idioten hinter uns gelassen hatten. »Du hast so gezögert. Sind die Artikel schlecht?«

Wir hatten uns die Journalisten sorgfältig ausgesucht, und es hatte gestern tatsächlich so gewirkt, als stünden sie hinter mir. Klar, sie waren immer noch Journalisten, aber trotzdem …

Sie lächelte. »Die Artikel sind gut, du kommst so schlau und irrsinnig toll rüber wie immer.« Amber drückte die Doppelschwingtür des Kunstsaals mit dem Rücken auf, und ich folgte ihr hinein. Wir steuerten unseren Stammplatz an.

Megan saß schon da, den Pinsel in der Hand.

»Alles klar? Was macht der Kater, Lottie?«

»Hey, Megs. Eigentlich ganz okay. Nur dass Amber hier mir irgendwie Panik macht.«

Amber ließ sich auf ihren Stuhl fallen. »Alles gut. Nichts passiert.«

»Warum dann das Gesicht?« Ich setzte mich auf meinen Stuhl und mied den Anblick meiner Leinwand. Unser Thema für dieses Halbjahr war »Leiden und Leidenschaft«, und ich hatte versucht, ein Fotocollagen-/Malerei-/3D-Dingsda mit sämtlichen von mir bewunderten Frauen der Geschichte zu fabrizieren. Doch es war erst zur Hälfte fertig und sah katastrophal aus.

Amber hielt inne.

»Jetzt sag schon …«

»Es ist nur … Hast du mal auf dein Handy geschaut? Hast du unseren Kanal angesehen?«

»Noch nicht. Erst hab ich verschlafen, dann hatte ich dieses Treffen … Aber es vibriert in einem fort, was ist denn los?«

»Es ist … also … ich zeig's dir besser.«

Megan und ich hoben die Augenbrauen, à la *Was ist bitte mit ihr los?*, während Amber ihr Smartphone hervorzog und einige der Berichte aufrief. Saffron, unser Lehrer, kam wie üblich zu spät. Ich beugte mich eifrig über das Display, versuchte zu erkennen, was sie geschrieben, was für Schlagzeilen sie verwendet hatten, ob meine Haare gut aussahen.

»Ooooh, das sieht GUT aus«, quietschte Megan und blickte mir über die Schulter. Und in meinem Bauch begann es zu prickeln. Es sah ziemlich gut aus …

»Ja, das hab ich dir ja gesagt. Die Geschichten sind spitzenmäßig. Nur … mit den Lesermeinungen geht's wohl los.« Amber scrollte hinunter zum Artikelende, und da sah ich, dass es über zweitausend Postings gab.

»O Gott, zweiTAUSEND? Haben die Leute sonst keine Hobbys?«, scherzte ich, obwohl mir schon schlecht war vor übler Vorahnung. Kommentarspalten unter Zeitungsartikeln waren nie gut – erst recht nicht unter Artikeln über Feminismus. Und natürlich schrieb gleich der Erste:

Was ist mit den Männerrechten? Denkt dieser blöde Teenie auch mal darüber nach? Wir kriegen unsere Kinder kaum zu sehen, unsere Lebenserwartung ist niedriger. Aber klar, kümmern wir uns nur um die FRAUEN – das ist dann Gleichberechtigung, was?

Der war noch nicht mal besonders schlimm. Das war zu erwarten gewesen – und doch war das Prickeln in meinem Bauch zu saurem Schaum geworden. Eine unglaubliche Wut stieg in mir auf.

»Hat der denn gar nicht kapiert, was ich gesagt habe?« Meine Hände ballten sich zu Fäusten. »Hat der das einfach überlesen, wo ich sage, dass Sexismus alle Geschlechter betrifft? Hat der das Video nicht gesehen, wo ich tröte, weil jemand ›Manns genug‹ sagt?«

Amber blickte schmerzvoll hinter ihrer Mähne hervor.

»Wart mal«, sagte ich und schob ihre Schulter beiseite. »Was steht da?« Ich las es laut vor. *»Dieser Beitrag wurde entfernt, da er gegen unsere Kommentar-Richtlinien verstößt.* Und da ist noch einer. Und noch einer … Warum wurden die alle entfernt?«

Doch ich hatte schon einen Verdacht. Ein Kommentar musste schon ziemlich übel sein, damit ein Forenmoderator ihn entfernte … Das zu Wut gewordene Prickeln war mittlerweile in Angst übergegangen. Meine Eingeweide waren völlig orientierungslos.

»Ich, öh … tja … Dein Artikel scheint ganz schön viel Aufmerksamkeit zu kriegen … und das ist ja schon mal super!«, sagte Megan, doch die Fröhlichkeit in ihrer Stimme klang derart gezwungen, dass es ein Wunder war, dass ihr dabei keine Arterie platzte.

»Der Nachteil daran«, ergänzte Amber, »also … der Nebeneffekt scheint zu sein, dass du ein paar Trolle hervorgelockt hast.«

Trolle.

Mein Handy.

Ich langte in meine Manteltasche und zog es hervor, rief meine Konten auf. Ich hatte mehr Nachrichten als überhaupt angezeigt werden konnten. Mein Blickfeld verschwamm. Vielleicht standen da lauter nette Dinge? Vielleicht, vielleicht …

Ich klickte darauf und fasste mir sofort an den Mund.

Hurenschlampe fahr zur Hölle!

Nutten wie du verdienen es vergewaltigt zu werden. Pass nur auf …

Schreis du wenn ich dich ficke Hure?

Amber sah mir über die Schulter – und hielt mich fest.

»Lottie … ach, Lottie … das ist Blödsinn. Ignorier es einfach.«

Ich scrollte herum wie verrückt, nahm sie kaum wahr. Alle meine Sinne waren alarmiert – der Raum kam mir größer vor, der Lärm der Mitschüler lauter, meine Augen schmerzten. Ich scrollte weiter.

Amber hielt mich noch fester. »Lottie, hör auf, dir das anzuschauen.«

Ich weiß wo du wohnst Hure. Pass auf.

»Können die wirklich wissen, wo ich wohne?«, fragte ich verzweifelt. »Im Artikel stand doch keine Adresse.«

»LOTTIE!« Amber schüttelte mich tatsächlich. »Hör jetzt auf, das zu lesen. Schalt das Handy aus.«

»Sie hat recht«, sagte Megan. »Das passiert immer, wenn ein Artikel über Feminismus erscheint. Das ist furchtbar, versteh mich nicht falsch. Aber es ist normal. Keiner dieser Kommentare bedeutet irgendwas. Die versuchen einfach, dich mundtot zu machen, weil du dich für was Richtiges einsetzt.«

Ihre Worte schwebten über mir, ohne so recht landen zu wollen. Und als sie es doch taten, bekam ich so eine Furcht vor dem, was ich zu tun hatte, dass mir fast der Atem wegblieb.

»Lottie? Lottie? Du sagst ja gar nichts. Du sagst doch sonst immer was!«, rief Amber.

»Leute?« Ich sah zu ihnen hoch, mit Tränen in den Augen. Das Telefon zitterte in meinen Händen. »Ich kann das nicht ignorieren – das ist Sexismus!« Ich holte keuchend Luft, blickte aus der Tür, durch die immer noch kein Lehrer getreten war. »Ich muss ihnen allen antworten, ich muss sie darauf hinweisen. So lauten die Regeln der Aktion …«

Ambers Augen wurden groß. »Lottie, nein! Damit machst du es nur noch viel, viel schlimmer.«

»Sie hat recht«, sagte Megan. »Das hier hat nichts mehr mit der Aktion zu tun, das sprengt komplett den Rahmen. Trolle darf man nicht füttern, das sagt doch jeder!«

Ich überhörte sie beide und sah wieder auf mein Handy. Schon wieder zehn neue Nachrichten. Nur zwei davon netten Inhalts. Die anderen entsetzlich. Ich drückte bei einer auf Antworten und tippte los.

»Lottie, was machst du da?«

»Was glaubt ihr wohl? Wie sieht's mit euren Handyakkus aus? Megan, kannst du mich beim Antworten filmen? Sonst wird Will sauer.«

Sie sahen mich an, als sei ich komplett gaga. Was ich vielleicht auch war. Aber ich hatte mir ein Versprechen gegeben, und deshalb war ich in die Zeitung gekommen. Ich durfte jetzt nicht kneifen.

Sie sind ein Sexistenschwein.

Ich drückte auf Senden.

Konnten die wirklich rausfinden, wo ich wohnte? War ich wirklich in Gefahr?

Ich kopierte meine Nachricht und schickte sie als Antwort an die anderen Leute, die mir gedroht hatten. Zack, zack, zack.

»Schaut mal!« Ich wies auf mein Display. »Ein paar Leute finden meine Antwort schon gut!«

»Lottie …« In Ambers Augen standen Tränen. »Bitte hör auf!«

»Wisst ihr was?«, sagte ich. Ich verspürte plötzlich einen unglaublichen Energieschub. Ich war im Ausnahmezustand, fühlte mich wie auf dem Hochseil. »Ich glaube, für Unterricht hab ich heut keine Zeit. Nicht, wenn ich all diesen Wichsern antworten muss …«

»Komm schon, Lottie, bitte. Lass uns drüber reden …«

»Lottie, du darfst nicht zulassen, dass dir das so unter die Haut geht«, sagte Megan.

»Vielleicht mach ich heut einfach blau und geh heim. Das sieht nach einem Vollzeitjob aus«, murmelte ich, mehr zu mir selbst.

»Du hast gestern schon geschwänzt. Lottie, hör mit dem Antworten auf! Das bringt gar nichts!«

»ICH HAB KEINE WAHL!«, brüllte ich, und plötzlich wurde es mucksmäuschenstill im Saal, weil die ganze Klasse mich anstarrte. Eines der Mädchen, die Pampige, die wir noch nie hatten leiden können, flüsterte vernehmlich ihrer Freundin ins Ohr: »Ach schau, wer da wieder seine Ladung Aufmerksamkeit braucht. Geht's noch peinlicher?«

Aufmerksamkeit?

Mein Handy vibrierte so sehr, dass meine Hand ganz kribblig und heiß wurde.

Ich sehnte mich nicht nach Aufmerksamkeit. Ich versuchte nur, etwas Gutes zu machen. Etwas Richtiges. Einen Monat nur, dann würde ich sie alle wieder in Ruhe lassen.

Fünfzehn neue Nachrichten. Die Leute hatten begonnen, meine Antworten zu reposten. Sie verteilten sich im Internet wie ein Buschfeuer in Luxuslaufschuhen.

Ich stand auf. »Ich geh dann mal«, sagte ich zu Amber und Megan. »Richtet ihr Saffron aus, mir geht's nicht gut?«

»Lottie, bitte. Bleib. Ich kann nicht mitgehen. Besonders nicht nach gestern. Du weißt, ich darf mir nach der Mandelentzündung keine Fehlstunden mehr leisten …«, sagte Amber.

Ich schenkte ihr ein warmes Lächeln, obwohl es ihrem Schaudern nach zu schließen eher etwas irre rüberzukommen schien.

»Bleib du hier. Mir geht's gut. Ich geh nur nach Hause und setz mich an diese Sache ran. Alles klar mit mir.«

»Lottie?«, fragte Megan unsicher. »Komm, setz dich. Besprich es mit uns.«

»Lottie! Lottie? Lottie?!«

Doch Saffron und ich gaben uns schon die Klinke in die Hand.

Einundvierzig

Meine Augen brannten vom ganztägigen Auf-den-Bildschirm-Starren.

Und vom Weinen. Vom Weinen brannten sie auch.

Mein Nacken tat mir weh, weil ich so krumm vor dem alten Familienlaptop kauerte, den ich auf mein Zimmer getragen hatte.

Mein Magen knurrte, beschwerte sich über das ausgebliebene Frühstück, Mittagessen, Abendessen.

Bei jedem Geräusch zuckte ich zusammen.

Waren sie es? Hatten sie rausgefunden, wo ich wohnte? Hatten sie es wirklich auf mich abgesehen?

Und trotzdem hörte ich nicht auf, die Seite nachzuladen. Es war wie ein Zwang. Jede Drohung, jeder grausige Kommentar war wie eine Faust, die aus dem flimmernden Bildschirm herausgeschossen kam und mir voll in den Magen boxte.

Jede einzelne Unzulänglichkeit in meiner Erscheinung wurde zerpflückt.

Jede Doppelmoral in meiner Argumentationskette.

Jede Faser meiner Gewissheit und meines Sicherheitsgefühls wurde zerfetzt.

Trotzdem drückte ich auf Aktualisieren.

Strg + C von meiner Sexistenschwein-Antwort.

Strg + V.

Immer wieder, immer wieder.

Was sie alle nur noch mehr anheizte.

Mein Telefon brummte so sehr, dass es schon mehrfach von meinem Schreibtisch gefallen war.

Anfangs waren die meisten Nachrichten noch von Amber und Evie gewesen, die wissen wollten, ob es mir gut ging.

Ich schrieb sofort zurück: *Nein, aber ich will jetzt allein sein. Und das meine ich nicht auf die »überstimmt mich und kommt trotzdem«-Art. Ich liebe euch beide. Alles gut.*

Gar nichts war gut.

Ein Teil des Brummens waren auch Anrufe von Journalisten, Mailboxnachrichten von Reportern, ein paar FemAG-Mädchen, die fragten, wie es mir gehe … der Rest waren Kommentare.

Wüste Beschimpfungen. So viele Beschimpfungen.

Ich hatte einen Link zu einigen weiteren Artikeln geschickt bekommen – neuen Artikeln über mich, darüber, wie ich auf jede Beschimpfung, jede Drohung persönlich reagierte. Dadurch geriet das Ganze natürlich noch mehr außer Kontrolle. Mein Akku gab auf, mein Handy blieb auf dem Boden liegen. Mum und Dad – völlig ahnungslos, da sie mit sozialen Netzwerken nichts am Hut hatten – dachten, ich würde arbeiten, und waren begeistert.

Wann würde das aufhören? Wann konnte ich aufhören?

Mindestens zehn Leute hatten mir heute schon mitgeteilt, dass sie mich umbringen wollten.

Und ich hatte ihnen allen antworten müssen.

Ein lautes Klopfen an der Tür.

»Ich hab doch gesagt, ich arbeite! Und ich hab keinen Hunger!«

Das Quietschen der sich öffnenden Tür.

»Dann friss mich halt nicht.«

Und aus irgendeinem Grund war mit dem Klang von Wills Stimme alles vorbei. Ich sah ihn nicht an, ich begrüßte ihn nicht. Ich brach einfach über meinem Tisch zusammen und begann zu flennen. Ich weinte in einer neuen Dimension. Mein Hals machte Geräusche, die ich nie für möglich gehalten hätte. Will war sofort neben mir, legte mir eine unsichere Hand auf die Schulter. Ich machte erstickte Laute, röchelte und schnappte schluchzend nach Luft wie ein Fisch. Will wartete, seine Hand zitterte mit meinem bebenden Körper mit, stumm. Aber er war da. Als wüsste er, dass ich mich ausheulen musste.

Was ich schließlich auch geschafft hatte.

Langsam hob ich den Kopf, sah ihn an, lächelte ihm zu, ein kleines, wässriges Lächeln. Er sah anders aus. Sein sonst so perfekt frisierter Schopf stand in alle Richtungen ab, als hätte er sich mit den Händen drin herumgerauft, und seine dunklen Augenringe konnte selbst das dicke Brillengestell nicht verbergen. Doch als er zurücklächelte, schimmerte sein Selbstbewusstsein leise durch. Leicht angeschlagen, aber immer noch sichtbar.

»Noch nie hat ein Mädchen derart geweint, wenn ich ihr Zimmer betreten habe«, sagte er. »Normalerweise werde ich enthusiastischer begrüßt.«

Mein wässriges Lächeln verschwand, und ich wies auf mein triefendes Gesicht. »War ja klar, dass du meinst, hier geht's nur um dich.«

Will blickte auf meinen Bildschirm. Während meines Heulkrampfes waren weitere sechsundfünfzig Kommentare eingegangen.

»Ich weiß, dass es nicht um mich geht.«

Instinktiv wollte ich auf die kleine Sechsundfünfzig-Blase drücken, die sich gerade in eine Achtundfünfzig verwandelt hatte. Doch Wills Hand schoss vor und schnappte zu – schob meine Hand weg.

»Lottie, nein, komm schon!«

Das Gefühl seiner Hand auf meiner löste ein Feuerwerk in mir aus … trotz allem, was sich gerade abspielte. Ich versuchte, ihn fortzuschubsen, zu klicken, weiterzumachen, doch er umklammerte mich fester.

»Ich muss aber!«, rief ich. »Die Aktion!«

»Mir ist diese Aktion gerade so was von scheißegal, Lottie!«, sagte er. »Komm schon, weg vom Computer!«

Und schon hatte er mich mit einer ausladenden Armbewegung hochgezogen und zum Bett hinübergetragen. Dort ließ er mich auf die Matratze plumpsen, wo ich mich zu einem Ball zusammenrollte.

»Wo sind Evie und Amber?«, fragte er mit sanfter, besorgter Stimme. Ich rollte mich noch enger zusammen.

»Ich hab ihnen gesagt, sie sollen nicht kommen. Ich hab gesagt, mir geht's gut.«

»Und das haben sie dir abgekauft?« Er setzte sich vorsichtig ans Bettende.

Ich konnte meine Gedanken einfach nicht abstellen – inzwischen musste es schon wieder neue Nachrichten geben. Würden die noch gehässiger sein? Von noch gefährlicheren Typen? Warum mussten mich alle immer weiterposten? Das machte alles noch viel schlimmer. Es verbreitete sich alles immer mehr, wie ein hirnverbrannter Virus …

»Evie und Amber kapieren, wann ich meine Ruhe haben will.« Ich sah ihn vielsagend an, obwohl ich in Wirklichkeit erleichtert war über seine Anwesenheit. Aber es war nicht nur Erleichterung, sondern noch etwas anderes, allzu Verwirrendes.

»Du musst mit dem Antworten aufhören«, sagte er bloß.

»Kann ich nicht.«

»Kannst du.«

»Aber dann bin ich eine Heuchlerin. Darauf warten die ja nur.«

»Wer sind die?«

»Die Leute. Die, die darauf warten, dass ich einknicke.«

»Aber machst du das denn für die, Lottie? Ich dachte, du machst es für dich.«

Ich streckte mich, setzte mich auf und betrachtete ihn. Ich musste schrecklich aussehen mit dem ganzen weggeschwemmten Eyeliner im Gesicht und meinem verklebten Tränenhaar.

»Natürlich mach ich es für mich, aber …«

»Aber was?« Er zuckte übertrieben mit den Schultern. »Du möchtest dich außerdem noch damit quälen, dass du dich auf diese ganzen unterirdischen Schlammfressen einlässt, die gemeinsam wahrscheinlich auf eine Hirnzelle kommen? Dir ist schon klar, dass einige dieser Botschaften strafbar sind? Damit musst du zur Polizei.«

Den Großteil seiner Worte überhörte ich. »Der Sinn des Ganzen ist doch, die Leute zu überzeugen.« Meine Stimme war vor unterdrückten Tränen ganz quietschig.

»Und das tust du ja auch! Auf dem Kanal gibt es viele, viele positive Nachrichten. Du erreichst die Leute ja, Lottie. Aber bei so einer Reichweite kommt eben neben dem Guten auch das Schlechte. Du musst dich vor diesen Arschgeigen schützen …« Bei den Arschgeigen musste ich trotz allem lächeln. »Hör auf zu antworten, heb dir deine Kraft auf. Du hast noch anderthalb Wochen vor dir.«

Nervös, also für Wills Verhältnisse nervös, streckte er die Hand aus und schob mir eine Haarsträhne hinters Ohr. Gar nicht so sehr sexy, sondern eher zärtlich. Unwillkürlich legte ich die Wange in seine Hand, und eine neue Ladung Stromstöße jagte mir durchs Gesicht – und ihm, wie es aussah, den Arm hinauf. Er wich fast zurück, ich spürte ihn zucken … und dann entspannte er sich und hielt meine Wange.

Ich schloss die Augen und behielt sie ein Weilchen lang zu. Öffnete sie. Blickte ihn an.

»Dich überzeuge ich aber nicht«, erinnerte ich ihn und wollte schon wieder die Seite neu laden.

Doch Will hielt mich fest. Er ergriff meine Handgelenke und zog mich zu sich hoch. Unsere Gesichter berührten sich fast. Ich starrte ihm voll ins Gesicht – unendlich wütend. Nach allem, was er gesehen hatte, glaubte er immer noch …

»Lottie«, sagte er mit einem derart eindringlichen Ausdruck, dass ich fast wegschauen musste. »Du hast mich schon vor Ewigkeiten überzeugt.«

»Was hab ich?«

Er lächelte, selbstgewiss wie nie zuvor. »Wenn du es genau wissen willst, du hast mich wahrscheinlich schon am ersten Tag überzeugt.«

Ich schüttelte den Kopf, ganz langsam, weil ich meinen Ohren nicht traute. »Was? Aber du warst so eine …«

»Arschgeige?«

Ich nickte. »Du hattest gegen alles, was ich gesagt habe, etwas einzuwenden!«

»Ich weiß, das hatte ich … aber …« Er hielt meine Hände immer noch fest. Ich beugte mich vor – überfordert von meiner eigenen Reaktion. Ich war erschüttert bis ins Mark, ich war so erschöpft, ich mochte diesen Jungen gar nicht … Na ja, ich sollte ihn nicht mögen … »Ich … ich weiß nicht … ich geb's nicht gern zu, wenn ich mich geirrt habe, okay? Ich verlier nicht gern einen Streit. Ich beharre dann nur noch mehr drauf, um nicht das Gesicht zu verlieren … Und außerdem, je mehr ich dir Kontra gegeben habe, desto besser bist du geworden … Es hat dem Projekt sogar wirklich gutgetan, bild ich mir ein.«

Ich lächelte. Trotz allem lächelte ich. Wegen Will. Wegen der Worte, die aus seinem Mund kamen.

»Will?«, fragte ich langsam … biss mir auf die Lippe, um

mein Lächeln im Zaum zu halten. Wir lehnten Stirn an Stirn. »Willst du damit etwa sagen, du bist ein Feminist?«

»Verrat's keinem, okay?«

Jetzt lagen unsere Lippen aufeinander. Unsere Hände ließen das Einanderhalten sein und schlangen sich um den Körper des anderen.

Ich wollte es. Ich wollte es so sehr. Ich brauchte es.

Der ganze Dreck des heutigen Tages, die Furcht in mir, all die Hasskommentare gingen unter im wunderbaren Gefühl seiner Zunge in meinem Mund, darin, wie sein ganzer Körper sich an meinen drückte. Wir kippten rücklings aufs Bett, mit verschlungenen Beinen und Wills Händen überall auf mir. Drei Wochen hatte ich mich zurückgehalten, ihn richtig zu küssen. Drei ganze Wochen. Wer mich auch nur ansatzweise kennt, der weiß, dass ich nie drei Wochen damit warte, jemanden zu küssen, den ich küssen möchte. Und das holte mein Körper jetzt nach.

Will war natürlich ein brillanter Küsser. Ich hatte gewusst, dass er das sein würde. Mein Mund konnte seinen nicht verlassen, ich konnte ihm gar nicht nahe genug sein. Ungezügelte, primitive Lust durchströmte mich, und ich hieß sie willkommen. Ich war wieder da, Lottie war wieder da. Ich lehnte mich zurück und küsste dabei weiter, begann, ihm das Karohemd aufzuknöpfen.

Er machte sich los. Zögerlich, das merkte ich. Aber seine Lippen lösten sich von meinen und ich sah ihn fragend an.

»Will? Warum hören wir auf?«

»Weil du aufgewühlt bist«, stellte er fest. »Ich kann nicht … wenn du aufgewühlt bist.«

Ich verdrehte die Augen. Ich hatte nicht den geringsten Zweifel daran, dass ich wollte. Jeder Teil meines Körpers, meines Hirns wollte es. Das mag euch jetzt seltsam vorkommen, und natürlich war ich gerade verletzlich oder was auch immer, aber das eine wusste ich: nämlich dass ich ihn brauchte – und zwar nicht aus einem verqueren, falschen Grund.

»Will«, sagte ich. »Ich mache eine Aktion, bei der ich auf Sexismus hinweise. Schon vergessen? Du filmst mit? Glaubst du wirklich, es wäre damit zu vereinbaren, dass ich hier gerade zulasse, dass du meine Lage ausnutzt?«

Ich griff nach ihm, um ihn weiterzuküssen. Zuerst wirkte er zögerlich, schüttelte den Kopf, ohne jedoch seine Lippen zu entziehen. Das wertete ich als Signal und kletterte ihm auf den Schoß. Da begann er, mir die Brust zu küssen und in meine Haut zu stöhnen. Ich legte den Kopf in den Nacken und nahm all das Überwältigende in mich auf.

Will – er war so, wie ich es gehofft hatte. Ich hatte recht gehabt. Er war tatsächlich gut. Ich hatte es gewusst … und, o Gott, es fühlte sich so großartig an.

Wir fielen auf die Seite, machten uns nur voneinander los, damit ich schnell die Tür abschließen konnte. Mein Oberteil war ausgezogen. Wills Hemd hing fast völlig offen. Ich streckte die Hand aus, berührte seine hagere Brust. Noch mehr Küsse, Kleider, die fielen, sein Murmeln, wie schön ich sei, ich, die die Augen schloss und jeden Moment genoss, jedes Wort, jede Berührung, jeden Geschmack.

Er grub in seinem Portemonnaie und zog ein folienverpacktes Kondom heraus. Ich küsste ihm die nackte Schulter, als er es aufrollte. So ungeduldig. Doch an seiner zitternden Hand erkannte ich, dass es ihm ebenso eilig war.

Dann war es drauf und wir fielen wieder zurück. Sein Mund auf meinem – das Gefühl von mir und ihm. Die süße Vorfreude auf die Verbindung, die in mir wuchs. Ich rutschte nach oben, um mich in Position zu bringen. Wollte nicht länger warten.

Doch plötzlich war sein Mund weg von meinem, und er stützte

sich auf die Ellbogen – so knapp davon entfernt, dass es geschah.

Ich wollte nicht, dass es aufhörte. Ich sah zu ihm hinauf, ein ungeduldiges Lächeln im Gesicht, mit Hundeblick. Gott, wie er mich anstarrte. Daran hätte ich mich auf ewig betrinken können. Will. Netter Will. Schöner, netter Will. Schöner netter Will, der Feminist.

Sein Mund lag auf meinem Ohr, biss sanft hinein, flüsterte: »Nun, Frau Feminismus. Wie stellen wir das jetzt an, damit es auch ja den Richtlinien deiner Aktion entspricht?«

Ach, deshalb hörte er auf. Seine Stimme war so sexy, dass alles in mir erschauerte. Seine Augenbrauen wölbten sich in üblicher Arroganz – in mir schmolz alles dahin.

Ich grinste ihn an. »Nun«, sagte ich in gespielter Nachdenklichkeit. »Laut Regelwerk muss ich wahrscheinlich oben liegen, und dann muss ich wohl … du verstehst?« Ich hob ebenfalls die Augenbrauen, und sein Lächeln wurde breiter. »Meinst du, du kannst damit umgehen?«

Ich stieg bereits auf ihn drauf.

»Weißt du was?«, entgegnete er und starrte mich auf eine absolut unvergessliche Weise an. »Ich glaube, damit kann ich sehr gut umgehen.«

Zweiundvierzig

Hinterher warf ich mir ein paar Kleider über und raste hinunter, um meinen Eltern zu erzählen, dass wir gerade noch gemeinsam eine Filmsequenz schneiden mussten. Wenn sie etwas ahnten, ließen sie es sich auf jeden Fall nicht anmerken. Sie gratulierten mir zum tausendsten Mal zu den Zeitungsberichten – Dad schnitt sie sogar aus, um sie in ein Album zu kleben. Die Onlineversion hatten sie offensichtlich nicht gelesen … oder die neuen Artikel darüber, wie ich mich gegen die Beschimpfungen stellte. Einen Moment lang war ich richtig dankbar, dass mein Dad so ein elfenbeinturmiger, sich über soziale Medien erhaben fühlender Dinosaurier war.

Ich machte Toast mit Erdnussbutter, schenkte zwei Gläser Milch ein und kehrte in mein Zimmer zurück.

Wir machten es noch mal, nachdem wir den Toast gegessen hatten. Diesmal langsamer, aber nicht weniger drängend. Will hatte offensichtlich Übung und wusste, was er tat. Fast so sehr wie ich.

Ich stellte Musik an, um eventuelle Nicht-Hausaufgaben-Geräusche zu übertönen.

Ich schwamm auf einem Lusthigh. So ging es mir immer. Ich kam mit Typen eigentlich gut zurecht, hatte meist das Gefühl, alles voll im Griff zu haben. Aber in dem Moment, wo ich mit ihnen ins Bett stieg, wurde irgendwas in mir freigesetzt.

Wir lagen erschöpft da – Will fuhr mir mit dem Finger den Arm hinauf, ließ meine Haut prickeln, lauschte der Musik.

»Ich kann nur hoffen, dass das mit der Meinungsänderung nicht nur ein Spruch war, um mich ins Bett zu kriegen.«

Er hob die Augenbrauen. »Als ob du einen Spruch gebraucht hättest.«

Ich schubste ihn. »Klappe!«

»Glaubst du echt, ich würde wegen so was lügen, nur um jemanden ins Bett zu kriegen?«, fragte er und stützte sich über mich auf die Ellbogen. Er grinste. »Damit hatte ich noch nie irgendwelche Schwierigkeiten, Lottie.«

Ich verdrehte die Augen. »Krieg dich ein, Casanova. Du bist der arroganteste Mensch, den ich kenne, das weißt du schon, oder?«

»Komisch …« Er streichelte mir sanft übers Gesicht. »Dasselbe könnte ich über dich sagen.«

»Ich bin nicht arrogant!«

»Aber so was von.«

Bevor ich noch protestieren konnte, lag sein Mund auf meinem, und wir küssten uns gierig, ich zerrte ihn richtig auf mich. Gerade wollten wir das dritte Mal angehen, als wir ein Krachen an der Tür hörten und dann ein Schnappen nach Luft. Wir fuhren herum und sahen voll Entsetzen Amber und Evie auf der Schwelle stehen, mit angewidertem Gesicht. Mum musste sie reingelassen und ich das Klopfen überhört haben, wegen der Musik. Amber trug eine Tüte Käse-Tortillachips, Evie ein Töpfchen Salsa und eine Riesentafel Milka.

»O Gott, Leute!« Ich tauchte unter die Decke ab, schubste Will von mir herunter und kämpfte mich in meine Jeans. »Was macht ihr denn hier?«

»Sorry, sind schon weg, sorry!«

»Gebt uns eine Minute«, sprach ich unter meiner Decke hervor.

Will war ebenfalls unter der Decke und mühte sich mit seinen Hemdknöpfen ab. Sogar in der Dunkelheit konnte ich sehen, dass er knallrot war.

Eine Minute später waren wir züchtig verhüllt. Es klopfte.

»Herein«, rief ich, und die Mädchen erschienen erneut.

»Ich glaube, ich brauch mehr Therapie«, sagte Evie. »Mehr Therapie, als ich je für meine Angststörung gebraucht habe, um mich von diesem Anblick zu erholen.«

Ambers Mund stand weit offen. »Meine Augen tun weh. Dieses Bild des Grauens hat sich auf ewig in meine Netzhaut eingebrannt.«

»Dieses Zimmer riecht nach etwas, woran ich noch nicht mal denken will«, sagte Evie. »Ich mach jetzt ein Fenster auf.«

»Leute«, sagte ich ganz flockig, als hätten sie nicht gerade meine Brustwarzen gesehen, »was macht ihr denn hier?«

Ich wagte einen Blick auf Will. Er hatte sich wieder sein blödes, selbstgewisses Lächeln ins Gesicht geklebt, versuchte, mit Dreistigkeit zu siegen. Aber seine Brille saß schief, und mein Herz machte etwas ganz ... Seltsames.

»Wir wollten nach dir schauen«, sagte Evie. »Vor allem, nachdem bei dir ständig nur die Mailbox dranging.«

Sie blickte immer noch zwischen Will und mir hin und her.

»Lottie?«, fragte Amber. »Können wir dich kurz unter sechs Augen sprechen?«

Ich schaute zu Will, der nur die Schultern zuckte, als hätte sich in den vergangenen zwei Stunden rein gar nichts abgespielt. »Ich muss eh noch was schneiden.« Er zog den Laptop aus der Tasche, während Evie und Amber mich ins Bad schoben.

Amber drückte mich auf den Wannenrand. »Lottie, was zum Henker?«

»Will?!«, fragte Evie. »Will hassen wir doch gewissermaßen alle, oder etwa nicht?«

»Ich weiß, ich weiß«, flehte ich sie an. »Es ist einfach nur irgendwie passiert.«

»Was läuft hier bitte?«, fragte Amber. »Sag jetzt nicht, dass er deine Verletzlichkeit heute ausgenutzt hat, um dir an die Wäsche zu gehen!«

»Nein, er hat nichts ausgenutzt! Kommt schon, Mädels! So gut kennt ihr mich doch auch.«

»Na ja, du hast einen ganz schön heftigen Tag hinter dir«, betonte Evie.

Noch im Verhörmodus huschten ihre Augen im Badezimmer umher und suchten nach Schmutz oder Krankheitserregern oder sonstigen Bedrohungen. Der Fairness halber muss gesagt werden, dass unser Haus tatsächlich nicht das sauberste ist. Mum und Dad verwendeten nur pflanzliche Reinigungsmittel, die kaum etwas wuppten.

»Ja, hab ich«, gab ich zu, und das ganze Grauen holte mich mit einem Schlag wieder ein. »Aber … also … ich mag ihn, Leute. Und das kommt jetzt nicht aus heiterem Himmel.«

Evie kauerte sich nervös neben mich auf den Wannenrand. »Wie kannst du ihn mögen? Er steht noch nicht mal hinter der Aktion.«

»Doch steht er. Er war nur zu …«

»Arschig?«, schlug Amber vor und verschränkte die Arme vor der Brust.

»Stolz«, verbesserte ich, plötzlich erfüllt vom Drang, mich vor Will zu stellen. Verdammte Hormonausschüttung – wie immer, wenn ich mit jemandem schlief. Oder vielleicht hatte es auch nichts mit Hormonen zu tun, sondern nur damit, wie Will sich im Bett verhalten hatte … und dass er nett war! Feministisch-nett!

Ich konnte Evie schwanken sehen – dieses Mädchen sah wirklich stets in allen das Beste.

»Hat er das gesagt?«, fragte sie. »Er hat tatsächlich die ganze Zeit daran geglaubt?«

Ich nickte. »Das hat er gesagt … dass ich ihn von Anfang an

überzeugt hatte, aber er zu stolz war, es zuzugeben. Und erst nach diesem Gespräch ist die ganze Sexsache passiert. Ich kann hier doch nicht meine eigenen Regeln brechen.«

Ambers Arme waren immer noch verkreuzt. »Woher weißt du so genau, dass das nicht einfach nur ein Spruch war?«

Ich zuckte die Schultern. »Weiß ich nicht. Aber es hat sich nicht so angefühlt. Mir ist schon klar, dass er idiotisches Zeug von sich gegeben hat …« Ambers Ausdruck wurde noch selbstgerechter. Gott, manchmal nervte sie wirklich. Sie war doch diejenige, die mit einem Kerl, den sie kaum kannte, durchgebrannt und durch halb Amerika gefahren war. »Aber vielleicht liegt es … an einer grundlegenden Unsicherheit oder so …«

Amber unterbrach mich. »Will? Unsicher?«

Ich lachte. »Okay, vielleicht nicht das richtige Wort … Aber er ist definitiv kein Arschloch. Und ich glaub auch nicht, dass das nur so eine Bettgeschichte ist …« In dem Moment, in dem ich es aussprach, ging mir auf, dass es die Wahrheit war. Will und ich würden uns streiten – sehr. Wir würden uns aufregen – sehr. Wir würden einander aufziehen – sehr. Wir würden definitiv Sex haben – viel. Aber an diesem einen Nachmittag war zwischen uns etwas passiert, das fühlte ich.

Und vielleicht würden wir uns ja ineinander verlieben … sehr.

»Könnt ihr nicht einfach meinem Urteil vertrauen?«, flehte ich. »Ich hab heute schon genug am Hals.«

Da kam alles wieder herbeigesaust, mit durchgedrücktem Gaspedal, und ich legte den Kopf in die Hände und heulte plötzlich los. Das Glück, das ich nach meinem Sex-Kurztrip empfunden hatte, löste sich auf in Kummer und Furcht vor dem, was bei meiner Rückkehr ins Schlafzimmer in meinem Computer auf mich lauern würde.

Die Mädchen handelten sofort, entschuldigten sich, tätschelten mir den Rücken.

»Wir vertrauen dir ja.« Evie tätschelte mich noch mal extra. »Ich glaube, ich bin nur noch im Schockzustand. Weil echt, Will … Aber trotzdem … du hast echt einen richtigen Dreckstag gehabt. Ich glaube, wir müssen das alles mal in Ruhe besprechen.«

Aus meinem Mund kam ein unfertiger Schluchzer, so laut, dass ich schon befürchtete, meine Eltern hätten ihn gehört. Ich fühlte mich überwältigt von dem, was ich noch vor mir hatte, von den Antworten, die ich noch schreiben musste – von dem, was sie auslösen würden. Es würde einfach endlos so weitergehen. Der Hass, die Drohungen, die Angst und die Streitereien. Und alles nur, weil ich versuchte, für etwas einzustehen.

»Komm, gehen wir zurück in dein Zimmer und – ich mag's kaum aussprechen – fragen Will nach seiner Meinung«, schlug Amber vor.

Sie hievten mich von der Badewanne hoch. Irgendwie hatte sich mir ein Badetuch um die Schultern gelegt, doch ich ließ es dort, versteckte mein Gesicht darin.

»Will sagt, ich soll aufhören, sie zu beantworten«, sagte ich und zerrte mit zitternden Händen meinen Handtuchschal fester um mich.

»Zum ersten und einzigen Mal in der Weltgeschichte neige ich dazu, ihm zuzustimmen«, sagte Amber.

Wir quetschten uns wieder in mein Zimmer zurück, wo Will mit gerade gerückter Brille auf seinem Computer herumtippte, als habe zu keinem Zeitpunkt in der vergangenen Stunde einer seiner Körperteile in einem meiner Körperteile gesteckt. Die schiere Abgebrühtheit verursachte ein nervöses Ziehen in meinem Bauch …

»Da sind wir wieder«, verkündete Evie. »Wir haben beschlossen, dich nicht aus dem Fenster zu stürzen.«

Will lehnte sich in meinem Schreibtischsessel zurück. »Ich vernehme es mit Freuden.«

Amber funkelte ihn an – sie traute ihm immer noch nicht ganz über den Weg, so viel war klar: »Lottie hat gemeint, du sagst, sie soll nicht mehr auf diese sexistischen Trolle reagieren.«

Er nickte langsam und überlegte sich seine Antwort genau. »Hab ich. Ich finde auch, dass sie zur Polizei gehen sollte.«

Ich schüttelte den Kopf. »Nein, nein und nochmals nein. Ich kann jetzt nicht die Flinte ins Korn werfen, wo jeder nur darauf wartet, dass ich einen Fehler mache. Und die Polizei nimmt das doch sowieso nicht ernst. Die werden einfach sagen, selber schuld oder so.«

Ich ließ mich aufs Bett fallen und löste dabei eine Geruchswolke nach Will und mir aus. Ich kicherte. Ich fühlte mich verrückt, panisch, neben der Spur.

Die Mädchen setzten sich auf den Boden – mit deutlichem Sicherheitsabstand zu meinem Bett. Ich versuchte, einen Blick auf Will zu erhaschen und rauszufinden, wie es ihm ging … was das alles zu bedeuten hatte. Ein Teil meines Hirns fürchtete um mein Leben und ganz allgemein um meine geistige Gesundheit. Der andere Teil fürchtete, Will würde mir heute Abend keine Nachricht schicken –, oder sagen, das sei ihm alles viel zu kompliziert.

Gott, war ich erbärmlich. Ich hätte mich selbst angehupt, wenn ich dafür noch die Kraft gehabt hätte.

»Lottie …« Evies Stimme war sanft, ungefähr so, wie Leute wohl sprechen, wenn sie mit Entführern verhandeln. »Wenn du weiterhin antwortest, dann hören sie niemals auf. Dann geht das immer weiter. Damit erreichst du gar nichts. Das wühlt dich nur auf.«

»Aber es ist Sexismus! Und das muss ich benennen. Darum geht es …«

»Ich weiß, dass es darum geht. Aber du musst auch realistisch sein, Lottie. Hier kannst du nichts erreichen. Du reibst dich nur auf und verschwendest deine ganze Kraft auf eine Schlacht, die du nicht gewinnen kannst. Du wirst die Meinung dieser Idioten nicht ändern. Das sind miese Gestalten, die auf der falschen Seite der Geschichte stehen. In fünfzig Jahren, wenn das hier verfilmt wird oder so, dann werden wir sagen, ›unglaublich, wie das damals war‹, und es nicht fassen können, dass Menschen solche Trottel sein können.«

Ich lächelte betrübt. »Aber es geht ja gar nicht ums Gewinnen. Nur darum, das Bewusstsein zu wecken.«

»Was du bereits getan hast. Du stehst in jeder Zeitung, Lottie«, schaltete Will sich ein. Er stand auf und kam zu mir ans Bett, ergriff meine Hand.

Die Erleichterung, als er meine Hand nahm. Was es bedeutete. Er starrte mich direkt an – ohne seine üblichen Schutzmechanismen. Einfach nur voll aufrichtiger Sorge. Gottchen, was war mit Will passiert? Ich hatte ihn kaputt gemacht!

»Schick einfach eine abschließende Antwort raus, so à la ›Alle, die mir ihre hasserfüllten Botschaften schicken, sind sexistische Armleuchter, die es verdient haben, von einem Riesenvogel mit Durchfall zugeschissen zu werden …‹«

»Das ist mal eine schiefe Metapher«, unterbrach Amber und Will lachte.

Will lachte?!

Ich hatte ihn tatsächlich kaputt gemacht.

»Tja, du wirst dir schon noch was Besseres ausdenken«, sagte er. »Aber so dem Sinn nach. Und dann schließt du dein Konto, damit das Weiterposten und Weiterbloggen aufhört … Dann gibt sich das ziemlich bald.«

Ich schüttelte immerzu den Kopf. »Kann ich nicht. Das ist Kapitulation.«

»Ist es nicht. Das ist Selbstschutz«, sagte Evie.

Wieder begann ich zu weinen, und Will umklammerte meine Hand noch fester – verwob meine Finger mit seinen.

»Ich kann nicht … ich kann nicht …«

»Nichts ist es wert, dass du dafür deine seelische Gesundheit opferst«, sagte Evie mit Therapeutinnenstimme.

»Aber andere Frauen haben so viel mehr getan und so viel mehr ertragen«, protestierte ich. »Die Suffragetten haben sich zwangsernähren lassen, jede Menge Feministinnen aus aller Welt opfern täglich ihr Leben. Schaut doch mal, was Malala passiert ist! Und ich? Ich werf die Flinte ins Korn, sobald jemand übers Internet was Gemeines zu mir sagt?«

Ich klang so jämmerlich. So derart erbärmlich.

Warum war ich so erbärmlich? Ich wollte doch Premierministerin werden!

Und trotzdem – der Gedanke daran, wie ich diese Antworten rausschickte, an das, was zurückgekommen war … Meine Haut wurde heiß, mein Atem wurde …

Ich war dabei aufzugeben.

Ich würde aufgeben.

Weil ich nicht stark genug war. Ich war keine Kämpferin. Beim ersten Anzeichen, dass es schwer werden würde, knickte ich ein und gab auf.

Sie hatten mich zum Verstummen gebracht. Genau wie beabsichtigt.

Ich war schwach …

Ich heulte Evie, Amber und Will endlos voll. Weinte so sehr, dass ich nicht mal Hunger auf die Chips und den Dip hatte, was zeigte, wie zerstört ich war.

Ernsthaft …

Aber schließlich hatten sie mich doch überzeugt. Und gegen zehn, als Mum und Dad im Flur herumschnurrten von wegen

»morgen ist Schule«, filmte Will mich dabei, wie ich meine abschließende An-alle-Antwort schrieb. Während ich weinte.

»Müssen wir mich wirklich weinend zeigen?«, fragte ich.

»Ja.« Er nickte.

»Aber dann wissen sie ja, dass es mir nahegegangen ist.«

»Nein«, schimpfte Amber. »Es beweist nur, dass du ein normaler Mensch bist, der eine völlig normale Reaktion zeigt.«

»Wenn ich weine, schicken die mir nur noch mehr Hassnachrichten«, betonte ich. Das war die Wahrheit.

Sie wussten alle, dass es die Wahrheit war.

Will klickte herum, machte Zeugs, das mir zu hoch war.

»Wir deaktivieren die Kommentare bei den Videos. Du schließt kurzfristig deine Konten. Klar, die werden sich noch weiter abreagieren, aber das Wichtigste ist, du kriegst es nicht mehr mit. Boah … Wart mal …« Er starrte auf den Bildschirm, mit aufgerissenen Augen.

»Was denn?«, fragte ich. »Ist es schlimm? Was schreiben die jetzt schon wieder?«

»Nichts Schlimmes, Lottie. Nur …« Er drehte sich in meinem Drehsessel um und schüttelte den Kopf.

»Was denn?«, brüllten wir im Chor.

»Die Aufrufe unseres Kanals«, sagte er. »Gerade haben wir die Millionenmarke geknackt.«

Dreiundvierzig

Schließlich plumpste ich ins Bett, völlig benommen und verwirrt, und versuchte, mir über das Gute und das Schlechte klar zu werden.

GUT – du hast über EINE MILLION Seitenaufrufe!

SCHLECHT – mindestens zehn Leute haben geschworen, dich zu vergewaltigen und/oder zu ermorden.

GUT – Will! Du hattest exorbitanten Sex mit Will.

GUT – und er hat dir schon eine Nachricht geschrieben, was für ein toller Abend das für ihn war und dass er stolz auf dich ist …

SCHLECHT – wegen all dem Todesdrohungskram hast du vor deinem Cambridge-Gespräch schon wieder einen Schultag verpasst.

GUT – deine Freundinnen werden immer für dich da sein.

SCHLECHT – du hast aufgegeben. Du bist zu schwach, du hast es versaut.

Ich wühlte mich durch meine Decke, öffnete mein Fenster, schloss mein Fenster und starrte aus dem Fenster, um nach potenziellen Mördern Ausschau zu halten, die im Gebüsch lauerten.

Ich weinte. Dann fiel mir die Sache mit Will wieder ein … und ich lächelte.

Ich weinte … ich lächelte … ich weinte … ich lächelte … Eine Million Seitenaufrufe …

Als ich schließlich einschlafen konnte, lächelte ich.

Vierundvierzig

Ich schlief wie ein Stein, und als ich erwachte, fühlte ich mich leichter. Allein der Gedanke, dass mir keiner mehr etwas schicken konnte, half schon …

Moment mal, warum war es noch dunkel?

Moment mal, warum klingelte mein Handy?

Ich langte in der Finsternis danach, tastete in Richtung der Steckdose, wo es auflud.

Halb sieben. Was? Das war ja mitten in der Nacht!

Und auch noch Wills Nummer?

Ich schmolz dahin, um dann schlagartig nervös zu werden.

Niemand ruft mitten in der Nacht an (also, vor sieben), wenn nicht etwas Schlimmes passiert ist. Ich wischte zum Abheben.

»Bist du tot?«, scherzte ich, noch heiser vom Schlafen.

Wills Ton hingegen war nicht scherzhaft. »Bist du heute schon online gewesen?«

Unwillkürlich bekam ich eine Gänsehaut. Etwas stimmte nicht. Es war noch etwas passiert.

»Heute hat noch nicht mal angefangen«, witzelte ich lahm. »Was bist du so früh auf?«

»Lottie …« Er atmete tief durch, und ich wusste, dass ich mit meinem Gefühl richtiglag. Es war die Art von Durchatmen, mit der man sich für das Überbringen schlechter Nachrichten wappnet.

»Was denn?«

Schweigen. Derart unheilschwangeres Schweigen, dass es jeden Moment gebären musste.

»Es ist wegen Teddy, der hat was gemacht … Lottie? Lottie?«

Mehr musste er mir gar nicht sagen. Er hatte mir das einzige Wort genannt, das ich brauchte. Am anderen Ende des Telefons ereiferte sich Will, jedes Wort elektrisch geladen vor Wut. Mir war nur noch nicht klar, ob auf mich oder auf Teddy.

»Gestern haben ein paar Reporter beim College rumgelungert. Ich wollt dir nichts sagen, weil du ohnehin schon so aufgewühlt warst … Und … und sowieso … hätte ich nie geglaubt, dass irgendjemand mit denen spricht. Wir haben allen gesagt, sie sollen es lassen.«

Langsam drehte ich mich auf den Bauch, zerrte meinen Laptop vor mich und fuhr ihn hoch, während Will weiterschimpfte. Ich gab Teddys Namen bei Google ein und klickte die oberste Website an.

Und hielt mir vor Schreck den Mund zu.

Es war die Onlineausgabe eines Revolverblatts, das landesweit gelesen wurde. Da, da war er, mit Leichenbittermiene. Neben einer fetten Schlagzeile, die schrie: **Schwarze Witwe – Das dunkle Geheimnis der Teenie-Feministin.**

Ich keuchte auf, völlig erschüttert.

»Lottie?« Wills Stimme klang panisch. »Lottie, bist du noch da?«

Leise vor mich hin flüsternd las ich den Artikel.

Teenie-Kampfemanze Charlotte Thomas hat sich in der vergangenen Woche mit ihrer einmonatigen Antisexismus-Videoaktion zu einem viralen Internethype entwickelt. Doch laut ihrem verzweifelten Exfreund macht bei ihr die Gleichberechtigung der Geschlechter an der Schlafzimmertür halt.

Das. Das war der Horror.

»Lottie? Lottie?«

Ich ließ mein Handy fallen, rannte zum Bad, stieß mir im Dunkeln den Zeh an und übergab mich in die Toilette. Dort verharrte ich eine Weile und klammerte mich an der Kloschüssel fest.

Teddy …

Wie konnte er nur? Wie konnte er nur? Wie konnte er …?

Und den Großteil des Artikels hatte ich noch nicht mal gelesen. Mum und Dad machten in ihrem Schlafzimmer Aufwachgeräusche. Ich krächzte ihnen im Vorbeigehen einen Morgengruß zu, damit sie nicht misstrauisch wurden, und verschanzte mich wieder in meinem Zimmer. Mein Handy glühte. Wills Anruf war unterbrochen worden, aber er hatte bereits viermal neu angerufen.

Ich konnte nicht mit ihm sprechen. Noch nicht.

Vielleicht nie mehr.

Ich wischte mir eine Träne ab und zwang mich, mich aufrecht vor den Laptop an den Schreibtisch zu setzen, in der Hoffnung, dass ich mich vielleicht weniger aufregen würde, wenn ich das Ganze professionell anging. Ich bewegte die Maus, um den Bildschirm aufzuwecken, und da war schon wieder mein Gesicht. Teddy hatte ihnen offensichtlich eins von den Fotos gegeben, die er letztes Jahr gemacht hatte. Viele waren es nicht, weil die Sache mit uns so kurz gewesen war. Aber einmal waren wir nach Brighton gefahren, um dort den ganzen Tag am Meer in der nichtexistenten Sonne vor uns hin zu schlottern. Dort hatte er ein paar Selfies mit mir geschossen … Und hier waren sie. Das Meer und dahinter der Pier von Brighton. Sie hatten ein extramieses von mir herausgesucht, auf dem ich die Augen vor dem Wind zugekniffen und das ganze Gesicht voller Haare hatte. Aber Teddy war gut getroffen. Mein Inneres gefror vor lauter Hass.

Ich riss mich von dem Foto los und las den Artikel weiter.

Edward Burrington (18) berichtet, er und die berüchtigte Charlotte seien letztes Jahr ein Paar gewesen, bevor er von ihrem Ruf als Männerfresserin erfahren habe.
»Kaum waren wir zusammen, hörte ich von allen Seiten, was für eine Schlampe sie ist«, sagt er. »Erst wollte ich es nicht glauben. Ich war so verliebt. Heute wünschte ich, ich hätte es getan.«

Ich schüttelte den Kopf.

Schlampe. In der Onlineausgabe eines Boulevardblattes wurde ich Schlampe genannt.

Eine neue Übelkeitswelle überrollte mich, Tränen strömten mir über die Wangen. Mein Handy brummte in einem fort, doch ich wollte es nicht hören. Ich wusste, dass ich den Laptop hätte zuklappen sollen, doch ich schaffte es nicht. Ich war im vollen Selbstzerfleischungsmodus.

Ich scrollte weiter.

Doch kaum hatte die kesse Charlotte ihrem Edward die Jungfernschaft geraubt, da verlor sie das Interesse und servierte ihn auf brutalste Weise ab.
»Sie hat mir das Herz gebrochen«, gestand uns Teddy. »Ich hatte fest geglaubt, wir wären füreinander bestimmt.«

Von wegen, Teddy, dachte ich. Keiner, der das glaubt, behandelt jemanden so, wie du mich das ganze Jahr über behandelt hast.

»Alle, die mich trösten wollten, haben mir gesagt, das ist einfach ihr Schema. Sie schläft mit Jungs und wirft sie dann weg. Das liegt am Feminismus. Sie sagt, man kann Männer nur besiegen, indem man sich wie ein Mann verhält.«

Wo hatte er das bitte her??? Und wie konnte so was gedruckt werden? Die hatten mich ja nicht mal angerufen, um meine Version der Geschichte zu hören!

Teddy dagegen bekam noch eine ganze Spalte dazu.

»Sie macht diese dämliche Aktion und sagt, es geht ihr um Gleichberechtigung, aber in Wahrheit ist sie eine Männerhasserin. Ihr geht's nur um Rache, sonst nichts. Sie ist wie diese Spinne, die Schwarze Witwe. Sie ist gefährlich.«

Weiter las ich nicht.

Ich war zu gelähmt, um richtig zu weinen. Ich starrte nur kopfschüttelnd auf den Bildschirm.

Mum rief durch die Tür. »Lottie? Nicht wieder einschlafen! Schule geht bald los!«

»Ich bin wach«, rief ich mit brechender Stimme.

In die Schule würde ich garantiert nicht gehen. Nicht so. Nicht, nachdem diese Lügen über mein Sexualleben quer übers Land ausgebreitet worden waren. Nicht mit der Aussicht, von Teddy triumphierend angeglotzt zu werden – als Rache für etwas, was ich ihm nur in seiner Vorstellung angetan hatte.

Nicht nach dem, was ich gestern bereits durchgemacht hatte …

O Gott – Will würde es auch lesen! Natürlich, das hatte er längst. Er hatte mich ja deshalb angerufen. Was musste er denn denken?

Was mussten sie alle denken?

Vorher hatte ich immer versucht, mich darum nicht zu scheren. Sich um anderer Leute Meinung zu scheren hieß, ihnen Macht abzutreten. Solange mich niemand für eine gemeine Person hielt, war mir der Rest ziemlich egal. Denn: Was soll's? Man hatte es eh nicht im Griff.

Aber dieses Selbstbewusstsein hatte ich jetzt nicht mehr.

Obwohl, ich wusste schon, dass ich keine Schlampe war … Oder?

Und außerdem war das ohnehin ein total grässliches Wort, ein Wort, das ich verachte. Das ganze Konzept dahinter verachte ich. Es gibt keine Schlampen, das ist eine von der Gesellschaft konstruierte Idee, ein ausgedachtes Wort, mit dem Frauen gedemütigt und kontrolliert werden sollen. Hätte ich diesen Artikel gelesen und hätte er nicht von mir gehandelt, dann hätte ich öffentlich erklärt, wie widerlich er ist.

Aber er handelte von mir.

Und nun, nun … denkt jeder, ich sei eine Schlampe …

Ich legte den Kopf in die Hände, brach zusammen und fing wirklich an zu weinen. Die Schluchzer wogten von innen hervor – mein Telefon klingelte immer noch wie blöd.

War es Will? Wahrscheinlich. Will, der so tun wollte, als habe sich seine Meinung über mich kein bisschen geändert – während er daran dachte, wie bereitwillig ich gestern mit ihm geschlafen hatte, gleich mehrfach. Und der das bestimmt für ziemlich schlampenhaftes Verhalten hielt.

Oder es waren Amber und Evie. Mitfühlend wie immer. Aber was sie auch sagten oder taten, das hier konnten sie nicht verschwinden machen. Noch nicht mal mit einem Lebensvorrat an Käseknabbereien.

Mum rief wieder von der Tür und ich fuhr hoch. Schule. Ich sollte in die Schule.

Nie und nimmer. Aber das durften sie nicht wissen. Ständig taten sie mit diesem Cambridge-Gespräch rum, schärften mir ein, wie wichtig es sei, dass ich den Lehrstoff in- und auswendig kannte. Trotz meines neuen Ruhms (und der Niedermache, von der sie nichts wussten) sorgten sie immer noch dafür, dass ich den Blick aufs Wesentliche gerichtet hielt.

Ich fragte mich, ob Cambridge das hier wohl las.

Dann lachte ich zwischen den Tränen. Nie im Leben. Etwas Gutes hatte dieser intellektuelle Snobismus dann doch: Dieses Blatt würden sie niemals lesen.

Ich begann, mich anzuziehen, wischte mir die Tränen ab, sobald sie herunterkullerten, und hoffte, dass sich mein Gesicht vor dem Runtergehen so weit erholen würde, dass meine Eltern mir das Weinen nicht mehr ansahen.

Halt. Da war noch ein anderer Punkt.

Was da gerade geschehen war. Das hier. Teddy. Das ganze schreckliche Zeug.

Das war Sexismus!

Ein winziger Splitter meines Hirns, der noch des Denkens mächtig war, hatte es gemerkt.

Und wenn es Sexismus war, hieß das, dass ich Alarm schlagen musste.

Womit ich genau das tun würde, was diese Idioten bezweckten.

Genug …

Ich hatte keine Kraft mehr.

Ich war am Ende. Ich war bereit zuzugeben, dass ich, Lottie, die Unzerstörbare, völlig und komplett vernichtet worden war.

Diesmal würde ich keinen Alarm schlagen.

Ich würde mich verstecken.

Ich war mundtot gemacht worden.

Und wisst ihr was? Ich war erleichtert.

Fünfundvierzig

Meine Eltern schöpften keinen Verdacht beim Frühstück, und außerdem war ich schon vor ihnen aus der Tür.

Ich würde nicht in die Schule gehen. Nein. Keine Ahnung, wie viel mentale Stärke man brauchte, um sich am selben Tag in der Schule blicken zu lassen, an dem man öffentlich dafür gedemütigt wurde, als Mädchen mit mehr als einer Person Sex gehabt zu haben – ich besaß diese Stärke jedenfalls nicht.

Mein Handy hatte ich ausgestellt und in meinem Zimmer gelassen.

Ja, Evie und Amber würden sich garantiert Sorgen machen, aber ich fühlte mich so erniedrigt, dass ich mir noch nicht mal vorstellen konnte, mit ihnen darüber zu reden.

Will würde sich vielleicht auch Sorgen machen. Um mich … oder darüber, dass ich eine Schwarze-Witwen-Schlampe war.

Verdammt, es ging mir mächtig auf den Geist, dass es mir wichtig war, was er wohl glaubte.

Es war ein kalter, feuchter Morgen, und der Wind blies mir die Haare ums Gesicht. Ich marschierte, ohne zu wissen, wohin, solange es nur nicht Richtung Schule war. An der Bushaltestelle hing ein neues sexistisches Plakat.

Ich machte gar nichts.

Ich war fertig damit. Ich war leer. Ich hatte alles gegeben, und das Einzige, was ich dafür bekommen hatte, war ein Tritt in den Arsch, und zwar ein so gewaltiger, dass ich mich wunderte, dass ich überhaupt noch einen Arsch hatte, nicht nur ein Loch ohne etwas drum rum.

Bäh, das ist echt widerlich, Lottie.

Unwillkürlich stieg ich die Doveland Hills hinauf, dorthin, wo meine Mit-Spinsterinnen und ich Freundschaft geschlossen hatten. Ich hatte fast nicht die Kraft dazu, mein Atem gefror in dem Augenblick, in dem ich ihn schluchzend auskeuchte. Ich brach auf der Bank am Gipfel zusammen und blickte zähneklappernd auf die kalte Landschaft unter mir.

Ich hatte keine Ahnung mehr, was ich tun sollte.

Normalerweise kann ich so was nicht zugeben, aber hier, nur für mich, da ging es.

Ich hatte versucht, etwas Gutes zu machen, und jetzt wurde ich öffentlich gedemütigt. Die schiere Ungerechtigkeit des Ganzen überrollte mich in rasenden Wellen, und ich schrie in die Landschaft hinaus – vertrieb ein paar Vögel aus ihren Bäumen.

Warum wurde Teddy nicht öffentlich gedemütigt für das, was er mir angetan hatte?

Ich war unschuldig. Meine einzige Schuld bestand darin, ihn nicht so gemocht zu haben, wie er das gerne gewollt hätte. Oder vielleicht zu lange gebraucht zu haben, um das herauszufinden. Aber ich hatte respektvoll und vorsichtig mit ihm Schluss gemacht.

Jetzt nannte er mich vor Millionen von Lesern eine fiese Schlampe, ruinierte meinen Ruf, und ich konnte nichts dagegen machen. Nun, konnte ich schon. Ich konnte zurückschlagen … Ich sollte zurückschlagen. Aber mir fehlte die Kraft dazu.

Ich dachte daran, wie alles angefangen hatte – mit den beiden Lkw-Typen. Wie stark ich mich damals gefühlt hatte, als ich mich mit ihnen angelegt hatte.

Aber das hier war es nicht wert. Die ganze Aktion konnte nicht aufwiegen, nicht wettmachen, was ich jetzt empfand. Ich war beschädigt, beschämt.

Gedemütigt …

Vielleicht war das der Grund, weshalb sich die Leute nicht die Mühe machten, etwas verändern zu wollen. Nicht nur, weil die Faust der Gesellschaft einem die Hoffnung zerquetschte, sondern auch den Mut. Und einem die Zurechnungsfähigkeit absprach.

War ich verrückt?

War das Ganze denn überhaupt ein Problem?

Eines, für dessen Lösung man so viel in Kauf nehmen musste?

Besonders wenn es wohl noch nicht mal die Lösung war?

Wieder begann ich zu weinen – Tränen sprangen mir von den Wangen wie Fallschirmjäger. Aber so richtig deprimierte.

Ich hatte geglaubt, ich sei stark, doch das war ich nicht.

Ich hatte geglaubt, ich könne etwas verändern, doch das konnte ich nicht.

Ich hatte gedacht, die Meinung der anderen sei mir egal, doch das war sie nicht.

Vielleicht sollte ich einfach beiseitetreten. Die Schnauze halten. Mich abregen. Es in mich reinfressen. Klappe zu. Nicht rumjammern. Es einfach sein lassen.

Vielleicht sollte ich mich einfach nur um mich selber kümmern, mich an die Spitze der Pyramide setzen. Mich aufs Lernen konzentrieren, mich auf Cambridge konzentrieren. Aufgenommen werden, einen Megajob an Land ziehen, mich dumm und dämlich verdienen und ab und zu im Vorübergehen ein paar Münzen in die Sammelbüchse werfen, um mein Gewissen zu beruhigen, weil ich das Universum vor sich hin rotten ließ, was aber egal war, weil schaut euch mal meinen tollen neuen Lippenstift an.

Das wäre einfach.

Das wäre schön.

Ich würde sowieso nichts verändern können.

Ich blieb so lange da oben, bis ich vor Kälte meine Gliedmaßen nicht mehr spürte – das Stadium der Taubheit hatte ich schon längst hinter mir gelassen. Ich würde die Aktion einstellen. Ohne Ankündigung oder so. Nur einfach aufhören, Videos zu posten, offline bleiben … vielleicht in ein paar Tagen wieder in die Schule gehen … mit einem Hammer, um Teddy den Schädel einzuschlagen … nein … Mord nicht. Mord böse.

Die Kälte hatte mir das Hirn ruiniert.

Es war niemand zu Hause, als ich aufschloss. Dad brachte Leuten Zeug bei, das sie nie brauchen würden, jedenfalls nicht ernsthaft. Und Mum rubbelte den Leuten die Knoten aus dem Leib, die das Leben ihnen verpasst hatte.

Ich stellte den Fernseher an. Das hatte ich eigentlich nicht gemacht, seitdem ich mit dieser Sache angefangen hatte. Es war unmöglich. In jeder Diskussionsrunde zum Beispiel saßen immer nur Männer Männer Männer, und wenn mal eine Quotenfrau dabei war, musste die sich einen Wolf reden, damit ihr zwischen dem ganzen verbalen Schwanzvergleich auch mal wer zuhörte.

Aber das konnte mir jetzt egal sein.

Ich mied die Nachrichtenkanäle, nur für den Fall, dass ich dort vorkam, und entschied mich für eine Show, wo sie einem das Haus verschönern, während man selbst gerade schwimmen ist oder so.

»Scheißtapete«, sagte ich dem Fernseher.

»Scheißstuhl.«

»Scheißgemälde.«

Aber trotzdem glotzte ich weiter. Ich machte eigentlich nur kurz Pause, um in die Küche zu gehen, eine Tüte geriebenen Käse aufzumachen und mir ganze Faustladungen davon ins Gesicht zu schaufeln.

»Scheißvorhänge!«

In einem gewissen Rahmen funktionierte das sogar. Mein Gehirn spulte Teddys Worte nur noch alle 2,5 Sekunden ab statt alle 0,5 Sekunden.

Ich musste in eine Art Nachmittagsprogramm-Fernseh-Koma gefallen sein, denn als es an der Tür klingelte, fuhr ich auf, und mein Herz hämmerte, als hätte jemand einen Schuss abgegeben.

Klingel. Leute.

Ich blieb, wo ich war.

Wieder klingelte es an der Tür.

Ich blieb, wo ich war.

Klopfen.

Ich blieb, wo ich war …

Dann. »Lottie? Bist du da? Hier ist Megan.«

Megan?

Ich merkte, dass ich aufstand.

Die Mädchen oder Will hätte ich nicht ertragen. Aber Megan, Megan konnte ich aus irgendeinem Grund die Tür öffnen. Verlegen stand sie auf der Schwelle, trat von einem Fuß auf den anderen. Sie hatte ein trauriges Lächeln im Gesicht, das mir sofort bestätigte, dass sie den Artikel entweder gelesen oder von ihm gehört haben musste.

»Kann ich reinkommen?«

Ich sagte nichts. Ich hatte den ganzen Tag kein Wort gesprochen, außer um den TV-Innenarchitekten mitzuteilen, wie scheiße sie waren.

»Ich hab ein Geschenk für dich«, lockte sie. Sie griff in ihre schöne Lederaktentasche, der ich immer hinterhergelechzt hatte, und zog ein T-Shirt hervor. »Das hab ich heute gemacht.« Sie hielt es hoch, damit ich es lesen konnte. Es war knittrig, doch vorne drauf war ein Einhorn mit Sprechblase, und darin stand in dicken Neonlettern:

SCHLAMPEN GIBT ES GAR NICHT.

Ein kleines Lächeln spielte um meine Lippen.

»Darf ich jetzt rein?«

Ich nahm das T-Shirt und hielt es hoch. Sie hatte es selbst gemacht, ich hätte ihren Stil überall erkannt, und doch sah es absolut professionell aus. Man hätte es in einem Laden verkaufen können. Ich ließ sie rein und ging mit ihr ins Wohnzimmer.

»Möchtest du was trinken?«

»Eine Tasse Tee wäre toll. Es ist eiskalt da draußen.«

Sie setzte sich aufs Sofa wie ein Vögelchen. Ich ließ sie sitzen, bereitete rasch unseren Tee zu und kehrte damit zurück.

Megan nahm nicht gerade viel Raum ein. Sie war klein und zierlich und unaufdringlich und hielt ihre Hände stets unter den Pulliärmeln versteckt. Ihre zerbrechliche Energie wirkte irgendwie beruhigend auf mich. Sie würde mir keine Kampfpredigt halten oder mir eine Lüge auftischen, dass alles gut war. Genau das brauchte ich jetzt.

»Ich hätte dich fast nicht erkannt ohne deinen Lidstrich«, bemerkte sie und nahm mir dankend den Teebecher ab.

»Ohne Lidstrich erkenn ich mich selbst nicht.«

Sie lächelte. »Bist du okay?«

Ich schüttelte den Kopf.

»Es tut mir leid, was Teddy getan hat. Falls es irgendwie helfen sollte, ich hab gehört, dass sie ihn heute vom Unterricht ausgeschlossen haben. Kann sogar sein, dass sie ihn ganz von der Schule schmeißen.«

Das half gar nichts. Nicht die Bohne half das.

Ich nippte an meinem Tee, sagte aber nichts. Sah überallhin, nur nicht zu ihr, aus Angst, dass ihr Gesicht immer noch mitfühlend war.

»Evie und Amber haben gemeint, sie waren vorhin hier, aber keiner hat aufgemacht.«

»Ich war weg.«

»Sie versuchen es später noch mal. Sie haben mich vorgeschickt.«

Sie war geschickt worden? Na ja, eigentlich nicht besonders überraschend.

»Will hat heute in der Schule auch ziemlich verzweifelt ausgesehen. Er hat gemeint, du hast dein Handy ausgestellt.«

Will … Mein Herz machte ein paar verwirrte Stotterer.

Ich hatte keine Ahnung, was ich sagen sollte. Also trank ich noch einen Schluck Tee und sagte: »Ich hör auf mit der Aktion.«

»Lottie, nein!« Megans Energie schlug sofort um. Eben noch auf dem Sofa, war sie in der nächsten Sekunde neben mir und packte mich eindringlich am Arm. »Das kannst du nicht!«

Ich schüttelte den Kopf. »Es tut mir leid. Du warst toll und so eine Riesenhilfe … Aber ich kann nicht weitermachen. Ich … ich … ich bin nicht mutig genug.«

Ich brach schon wieder in Tränen aus, vor lauter Scham, es laut ausgesprochen zu haben.

Aber von Megan kam kein Trost.

Sie schnalzte genervt mit der Zunge und sagte: »Nee, Lottie, oder? Verdammte Scheiße. Was hat das bitte mit Mut zu tun?«

Ich blickte auf. Überrascht von ihrem plötzlichen Mangel an Mitgefühl.

»Ich hab nicht die Kraft!«, versuchte ich zu erklären. »Alle reden ständig davon, wie stark ich doch bin, aber das bin ich nicht. Ich hab's gedacht, aber ich bin es nicht.«

Megan schüttelte den Kopf. »Herrgott noch mal, was redest du da überhaupt? Was für eine Soziopathin wärst du bitte, wenn dich das hier nicht aufwühlen würde, Lottie? Du bist nicht GOTT … auch wenn du dich manchmal so aufführst.«

»Ich hab fälschlicherweise angenommen, du wärst hier, um

mich zu trösten«, sagte ich fassungslos. Obwohl ich zugeben musste, dass mich ihre Härte aus meiner Benommenheit gerissen hatte.

»War ich auch. Bis du gesagt hast, du schmeißt die Aktion hin. Lottie …« – hier wurde ihre Stimme weicher, »für mich waren diese letzten Wochen so … hilfreich.« Eine lange Pause. Sie würde es mir erzählen, o Gott, hoffentlich ging ich gut damit um. »Schau, ich weiß, dass du und Amber und Evie vermutet, dass was mit Max und mir passiert ist, und wahrscheinlich vermutet ihr richtig.«

Ich verhielt mich ruhig, damit sie weiterredete. Doch sie wirkte weder aufgewühlt noch verstört noch sonst irgendwie, es war gar nicht, wie ich es mir ausgemalt hatte. Seltsam eigentlich, dass ich mir diesen Moment überhaupt ausgemalt hatte.

»Und … also … ich fand es sehr nützlich, etwas zu haben, auf das ich mich konzentrieren konnte. Das Gefühl zu haben, dass ich etwas dagegen unternehme … Hör nicht auf, Lottie. Ich weiß, wie es sich anfühlt, wenn man meint, man wär nicht mutig oder stark genug, glaub mir. Aber du hilfst Leuten. Und das muss dir doch eigentlich Kraft geben, oder?«

Ich wählte meine Worte mit Bedacht. Hier ging es nicht um mich, sondern um sie.

»Megan. Glaubst du, du solltest jemandem erzählen, was passiert ist?«

Sie sah mich immer noch an, völlig emotionslos. Ohne zu weinen. Während ich immer noch weinte. Weil eigentlich das, was Megan zweifellos durchmachte, viel mehr Kraft und Mut verlangte als das, was ich tat. Und wenn sie es an den meisten Tagen überhaupt aus dem Bett schaffte, dann war das schon eine ziemliche Leistung.

»Ich hab's meiner Mum erzählt.« Mir fiel die Kinnlade runter. »Wir kümmern uns darum.«

Kümmern uns darum, indem wir zur Polizei gehen? Kümmern uns darum, indem wir Max anzeigen? Kümmern uns darum mithilfe eines Therapeuten?

Doch mehr sagte Megan nicht. Sie erwiderte nur meinen Blick, und ihrer brannte. Warnte mich davor, ihr noch weitere Fragen zu stellen. Warnte mich davor, mir eine Meinung anzumaßen, wie sie damit umgehen sollte. Und da wurde mir klar, dass ich das nicht durfte. Dass ich mir tatsächlich eine Meinung angemaßt hatte. Dass sie nicht so kämpfte, wie ich kämpfen würde. Obwohl ich gar keinen blassen Schimmer hatte, zu was für einem Kampf ich überhaupt fähig wäre, würde mir so etwas zustoßen.

Also sagte ich nur: »Es tut mir so leid, dass dir etwas Schlimmes passiert ist. Wenn ich irgendwas tun kann …«

Ein schwaches Lächeln. »Du könntest diese Aktion nicht hinschmeißen.«

Ich erwiderte ihr schwaches Lächeln unter Tränen. »Ich bezweifle, dass ich das kann.«

»Warum nicht? Was kann denn noch Schlimmes passieren? Ist es nicht schon passiert? Furchtbare Dinge passieren, Lottie.« Jetzt wurden ihre Augen ein klein wenig feucht. »Aber man kann sie überstehen. Glaub mir.«

»Dir werde ich immer glauben.«

Sie lächelte, wischte sich eine Träne ab, noch bevor sie richtig da war, überhörte meinen Einwurf. »Warum also aufhören? Du hast mir gezeigt, wie man kämpft, Lottie. Vielleicht nicht so, wie du es willst. Aber ich habe trotzdem das Gefühl, dass ich kämpfe. Du hast mich da mit reingeholt. Und jetzt ist es an mir, dich wieder zurückzuholen.«

Ich weinte heftiger. Wir weinten beide heftiger. Ich hatte solches Mitgefühl, dass es wehtat. Ich wollte sie von allem befreien – sie von ihrem Schmerz befreien.

»Denk mal zurück an den Anfang, Lottie. Warum hast du überhaupt mit dem Ganzen begonnen?«, fragte sie und wischte sich die Nase mit der Hand ab. »Weißt du das noch? Ich weiß es noch. Du hast gesagt, es ging mit den zwei Lkw-Typen los. Aber wie hat sich das angefühlt? Wenn du dir das in Erinnerung rufst, hilft dir das vielleicht …«

Ich biss mir auf die Lippe, wühlte mich durch meine Erinnerungen. Es war wegen dieser zwei übergriffigen Typen gewesen, aber auch wegen Mike, der mir meinen Spruch geklaut hatte, und dem ersten FemAG-Treffen und … und … wegen meiner Philosophiehausaufgabe. Scheiße, die hatte ich noch immer nicht abgegeben. Nicht gerade ideal angesichts der Tatsache, dass ich in zwei Wochen mein Cambridge-Gespräch hatte. Ich musste an den Zug denken, der ungebremst die Schienen entlangraste – an die zwei unausweichlichen Katastrophen. An meine Entscheidung, dass die Abwendung einer Katastrophe nie damit bezahlt werden durfte, dass man eine andere zuließ.

Ich wollte nicht diejenige sein, die den Hebel betätigt.

Aber das war etwas anderes, da ging es darum, andere zu retten, nicht mich.

»Was, meinst du, ist schwerer«, fragte ich und nippte an meinem Tee, »für andere Leute einzutreten oder für sich selbst?«

»Ist das der Grund, warum du's getan hast? Um für andere einzutreten?«

Ich nickte. »Glaube schon … Wegen Sachen wie der, die dir passiert ist.« Megan wurde steif, fiel mir aber nicht ins Wort. »Weil ich vielleicht … Ich fühle mich stärker, wenn ich für jemand anderen kämpfe. Wenn ich nicht … also, wenn ich nicht selbst das Opfer bin.«

Ich wünschte, ich hätte mir das Wort Opfer gespart, ich fand es so entsetzlich, aber Megan schien sich nicht daran zu stoßen.

Wie konnte sie bloß so ruhig sein? An ihrer Stelle würde ich alles an die ganz große Glocke hängen. An alle Glocken der Welt, mit Megafon und Lautsprechern.

Hm … würde ich das?

Jetzt, heute, stand ich doch auch nicht für mich ein. Jetzt, wo ich selbst diejenige war, der es wehtat, die brannte, die sich in Asche verwandelte.

»Ich weiß, ich hab's schon gesagt, aber es tut mir so leid, was dir passiert ist«, platzte ich heraus und wollte mir schon den Mund zuhalten, kaum dass es raus war.

Doch Megan, die ruhige, ruhige Megan sagte nur: »Und mir tut es so leid, was dir passiert ist.«

»Aber was mir passiert ist, ist lächerlich im Vergleich zu dem … was …«

Sie schüttelte den Kopf. »Es ist nicht lächerlich. Es ist ernst. Und deshalb machen wir uns auch alle Sorgen. Außerdem sollte man bei so was überhaupt keine Vergleiche anstellen. Es bringt nichts, Schmerz zu bemessen. Ist das nicht genau das, worum es geht bei deiner Aktion?«

Ich nickte – fragte mich, wo sie heute Nachmittag die ganze Weisheit herhatte. Sie hatte recht. Das alles war schlimm. Was Megan passiert war, was Teddy mit mir gemacht hatte. Es war schlimm, wenn Mädchen die Straße entlanggingen und gesagt bekamen, was für schöne Titten sie hatten. Wenn Tabletten mehr kosteten, nur weil sie rosa verpackt waren. Wenn Jungen wussten, dass es gesellschaftsfähiger war, jemandem ins Gesicht zu boxen, als leise im Zimmer zu weinen. Wenn man kleinen Mädchen sagte, wie hübsch sie doch waren, und kleinen Jungs, dass sie tapfer sein sollten. Rosa und blau. Hosen und Röcke. Vergewaltigungskultur und Gläserne Decken. Bis auf die Knochen abgemagerte Models auf den Laufstegen, ein einsames Mädchen, das im Internet als fett beschimpft wurde.

All das verursachte Leid. Und Leid konnte man nicht messen. Es war nicht bezifferbar, genau wie Liebe. Und Angst.

Ich hatte die Aktion gestartet, weil es alles miteinander falsch war und trotzdem immer einzeln behandelt wurde. Aufgeteilt in Segmente, die untereinander um Beachtung rangeln mussten.

Dabei verdiente alles Leid, dass man dagegen anging.

Und als Megan und ich unseren Tee ausgetrunken hatten, wurde mir klar, dass es tatsächlich viel mehr Mut brauchte, für sich selbst einzutreten als für andere. Sich dem eigenen Schmerz zu stellen statt dem der anderen. Mir war, als wäre mein Körper mit Narben übersät. Diese vergangenen paar Wochen waren ein Tiefschlag nach dem anderen gewesen, und ich war verwundet, verwüstet, beschädigt, fast schon besiegt. Wenn ich jetzt nicht die Kraft fand zu kämpfen, dann würde ich sie niemals finden.

Die Türklingel riss uns aus unserem Gespräch.

Sofort machte Megan wieder ein verschüchtertes Gesicht.

»Das sind sicher die anderen. Ich hatte eine Stunde Vorsprung.«

»Amber und Evie, meinst du?«

»Ja, die. Und … also …«

Sie stand auf und ging an die Tür, obwohl sie hier gar nicht zu Hause war. Ich folgte ihr, verwirrt und peinlich betreten, weil ich noch nicht mal von Evie und Amber ohne Eyeliner gesehen werden wollte …

Die Tür schwang auf in den Wind … und hinein in die zwei Dutzend Leute, die sich auf meiner Schwelle versammelt hatten.

Mir verschlug es den Atem.

Ganz vorne standen natürlich Evie und Amber, klar. Sahen mich an mit einer Mischung aus Besorgnis und Begeisterung.

Als hätten sie gerade irgendeinen gigantischen Plan ausgeheckt. Hinter ihnen stand die komplette FemAG und strahlte mich an, als wären sie noch nie in ihrem Leben so stolz auf jemanden gewesen. Und nicht nur die FemAG. Auch Jane, Joel, Mike aus meinem Philosophiekurs, Oli, Ethan und noch so viele andere.

Und da, ganz hinten, war Will. Reckte sich nach vorn, um mich zu sehen …

»Was zum Henker wollt ihr alle von mir?« Ich bedeckte mein tränenbeflecktes, ungeschminktes Gesicht notdürftig mit den Händen.

Amber und Evie traten vor.

»Dich wissen lassen, dass du das hier nicht allein durchstehen musst.«

Ich warf mich auf sie und umarmte sie. So fest. Heulte schon wieder. Was waren das nur für Heulorgien in den letzten Tagen. Alles klatschte.

»Danke«, sagte ich, als wir uns freigaben. Und dann zu den anderen: »Kommt rein. Keine Ahnung, wie wir alle ins Wohnzimmer passen, aber wir versuchen es einfach.«

Ich sah zu, wie zwei Dutzend Leute sich durch Mums Perlenvorhang kämpften. Sie saßen überall – auf den Sesseln, auf dem Boden, auf dem Couchtisch, einige sogar auf der Treppe ins Obergeschoss.

»Öh … ich hab keine Ahnung, was ich euch vorsetzen soll.«

Evie und Amber hielten Einkaufstüten in die Höhe. »Schon geklärt!«, brüllten sie.

Evie fing an auszupacken. Erst kamen mehr als zehn Sorten Käse, dann eine Trillion Crackerpackungen.

»Ihr habt Käse mitgebracht?« Ich fragte mich immer noch, ob ich träumte.

»Na klar«, sagte Evie, als sei es das Normalste der Welt, am

Mittwochnachmittag um drei die Brie-Ecken aus den Einkaufstüten zu räumen. »Was wären die Spinster Girls ohne Käse?«

»Die Spinster Girls …?«

Ich blickte mich um. Sie lächelten mich immer noch an, einige hatten zu plaudern begonnen, andere klopften mir auf die Schulter und sagten: »Teddy ist ein Arschloch.«

Die Spinster Girls waren doch nur Amber, Evie und ich. Nur wir drei.

Dann sah ich Megan, die weitere Schlampen-T-Shirts austeilte, die sie alle heute Morgen gemacht haben musste. Und Jane und sogar Joel, die Pappteller mit Käse herumreichten. Und ich sah Will, der noch nicht mit mir gesprochen hatte, aber in der Ecke sein Stativ aufbaute. Als unsere Blicke sich trafen, schwang in seinem so unglaublich viel mit, dass es in mir aufglühte …

Ja, all diese Leute waren auch Spinster Girls. Das merkte ich jetzt. Und sie waren hier, weil ich sie brauchte.

»Jupp«, sagte Amber vernehmlich. »Wir haben den Club offiziell für neue Mitglieder geöffnet.«

»Wir haben auch einen neuen Turnus, wer wann mit Käsebringen dran ist«, erklärte Evie.

»Ich … ich …« Schon wieder wurden meine Augen feucht. Ich hatte in den letzten vierundzwanzig Stunden so viele Emotionen durchgemacht – aber Glück war das Letzte, was ich heute noch erwartet hätte. Kein Winkel meines Körpers war darauf vorbereitet. Also schaltete ich sicherheitshalber in den Geschäfts-Routine-Modus.

»Also, was steht auf der Tagesordnung?«, fragte ich und bediente mich beim Brie. »Wenn ihr schon über meinen Kopf hinweg eine neue Mitgliederregelung durchboxt, geh ich mal davon aus, dass ihr auch ohne mich eine Tagesordnung beschlossen habt.«

»Stimmt«, sagte Amber.

»Hier ist sie.« Evie verteilte ringsum Blätter, und alle griffen sich eins, stopften sich dabei Käse und Cracker in den Mund und bröselten unseren ganzen Teppich voll. Ich wollte mir ebenfalls eins nehmen, doch Evie riss es mir wieder weg.

»Du kriegst keins.«

Ich rümpfte die Nase. »Und wieso?«

»Weil's eine Überraschung ist. War Wills Idee.« Will nickte mir von seiner Stativecke aus zu. »Du musst dich einfach nur hinsetzen, Käse essen und dir um Himmels willen die Augen bemalen, weil ich so Angst vor dir habe.«

Zum ersten Mal an diesem Tag lachte ich. Etwas, was ich nie für möglich gehalten hätte, als ich heute früh den Anruf bekam.

Und dann ging ich nach oben und schminkte mir die Augen.

Sechsundvierzig

Noch ein paar Minuten lang wurde geraschelt, nach der Toilette gefragt und darüber gestritten, wer sich die letzten Kiri Dippis geschnappt hatte, dann waren wir alle bereit.

Evie erhob sich als Erste und zertrat dabei versehentlich einen Cracker.

Wie gefasst sie war, vor all diesen Leuten – so ganz anders als die Evie, die noch vor ein paar Wochen zitternd und schlotternd das FemAG-Treffen geleitet hatte. Sie war jetzt für mich stark – weil ich gerade die Stärke anderer Leute brauchte.

»Danke, dass ihr alle gekommen seid, ihr neuen Spinster Girls«, fing sie an. »Amber wird euch eure Mitgliedskarten geben, sobald sie dazu kommt, sie zu zeichnen.« Amber salutierte. »Wir sind heute hier versammelt, weil eines unserer Gründungsmitglieder in letzter Zeit unter Beschuss geraten ist …« Alles drehte sich zu mir um, und ich spürte, wie mir heiß wurde. »Wie ihr wisst, hat Lottie eine sehr wichtige Aktion laufen, für die es gewichtige Gründe gibt, und sie hat mehr bewirkt, als wir uns je hätten träumen lassen. Doch eine Folge all dieses Irrsinns ist auch … es hat die Arschkrampen aus ihren Löchern gelockt – und die quälen jetzt unsere Freundin.«

Ich war so rot, dass es wohl jenseits der roten Farbskala lag. Was kommt nach Rot? Rotbraun?

Amber erhob sich. »Wir fürchten, dass Lottie sich dadurch vom Weitermachen abhalten lässt, und sie hätte allen Grund dazu. Wir haben deshalb mal all das Gute zusammengetragen, das durch den Erfolg dieser Aktion entstanden ist. Damit Lottie nicht nur das Negative sieht und vielleicht besser entscheiden kann, was richtig ist.«

Hä? Das Gute? Was sollte das sein?

Jetzt trat Will hinter der Kamera hervor – ohne auch nur eine Sekunde den Blick von mir zu wenden.

»Als du heute Morgen aufgelegt hast«, sagte er und stellte sich erstmals selbst vor die Kamera, »hab ich angefangen, alle Kommentare durchzugehen. Nicht nur die auf deinen privaten Seiten, sondern auch die unter den Zeitungsartikeln. Ich werde nicht lügen, Lottie.« Er starrte mich voll aufrichtigem Schmerz an. »Das war nicht alles schön. Aber es war auch viel gutes Zeug darunter. Viel. Verdammt viel. Gerade gibt es haufenweise Leute, die sich hinter dir versammeln. Nicht nur hier in diesem Raum, sondern überall.«

»Was?«, fragte ich, doch Amber unterbrach mich, indem sie sich wieder erhob.

»Gut, Leute …« Sie wies auf Jane. »Jane, du fängst an.«

»An womit?«, fragte ich, als Jane aufstand und mit ihrer Tagesordnung raschelte.

»Pscht, Lottie. Hör einfach zu«, zischte Amber.

Jane zerrte sich verlegen am Pullisaum und begann vorzulesen. »Dank dieses Mädchens fühl ich mich nicht mehr ganz so verrückt«, las sie, die Augen auf das Blatt geheftet. »Ich danke dir so sehr, Charlotte. Ich hatte immer das Gefühl, dass ich die Einzige bin, die sich über all das aufregt, aber jetzt weiß ich, dass nicht ich verrückt bin, sondern die Welt.« Jane setzte sich.

»Was war das?«, fragte ich.

Amber ignorierte mich erneut und wies auf Joel. »Jetzt du.«

Joel, der sich immer für alles zu cool gewesen war, verdrehte die Augen, stand aber trotzdem auf und zwirbelte mit der freien Hand seinen Pferdeschwanz.

»Dieses Mädchen ROCKT«, las er ab. »Wenn jeder handeln würde wie Charlotte, hätten wir binnen eines Jahres Geschlechtergleichheit.« Er grüßte mich mit der Metalfaust und setzte sich wieder. Ich erwiderte den Gruß, immer noch sprachlos.

»Weiter«, kommandierte Amber.

Sylvia sprang auf die Füße. »Charlotte, du bist meine Inspiration. Wegen dir werde ich versuchen, auch eine Feminismus-AG an meiner Schule zu gründen. Erster Punkt: WARUM DARF ICH KEINE HOSEN TRAGEN?«

Ich hatte zu weinen begonnen. Evie und Amber standen neben mir und rieben mir den Rücken.

Einer nach dem anderen erhob sich, um etwas vorzutragen. Manches war lustig, manches schmerzlich, und eine junge Frau erwähnte, ihr Freund habe sie missbraucht, worauf Megan leise aufstand und auf die Toilette verschwand. Am Ende war ich völlig aufgelöst, flennte, brachte kein vernünftiges Wort mehr heraus.

Ich konnte nicht fassen, dass ich so viele Leute erreicht, so viel Gutes zustande gebracht hatte – während ich Rugbyspieler getortet hatte und als Schlampe gebrandmarkt worden war.

Ich hatte zu spüren bekommen, wie schwer es ist, für etwas zu kämpfen, an das man glaubt. Legte man den Finger in eine Wunde, schlugen und traten die Leute nach einem, versuchten, einem die Glaubwürdigkeit zu untergraben, einen in Rage zu versetzen, einem den Mund zu verbieten und einen in die Schublade zurückzuschieben. Jetzt wurde mir langsam klar, dass das nur Anzeichen dafür waren, dass man die richtigen Fragen stellte, an den richtigen Krusten kratzte. Leicht geriet man dabei auf Irrwege, wenn man nämlich nur auf die Leute schaute, die aus irgendwelchen seltsamen, ungesunden Privatgründen alles beim Alten belassen wollten. Doch man konnte auch leicht wieder auf den rechten Weg zurückfinden – indem man den Leuten zuhörte, die einem wieder aufhalfen. Den Leuten, die einem den Rücken stärkten. Den Leuten, die einen nicht für eine gefährliche Irre hielten. Diese positiven Leute sollte man einem den Spiegel vorhalten lassen – nicht die Hasser. Die sollten einem die Kraft geben dürfen, um die Sache bis zum Ende durchzustehen.

Als die Runde beendet war, als ich ein heulendes Elend und der Käse gänzlich verschlungen war … trat Will herbei, stieg über sämtliche Beine und küsste mich sanft auf die Stirn. Die Kombination aus Intimität und Öffentlichkeit gab mir den Rest.

»Also«, sagte er laut genug, dass jeder es mitbekam, und zugleich so leise, dass es sich wie ein privates Flüstern anfühlte. »Ziehst du diese Sache jetzt bis zum Ende durch?«

Ich blickte in die käseverschmierten Gesichter. Gesichter von Leuten, die nicht hätten hier sein müssen. Leuten, die es sicher deutlich einfacher gefunden hätten, über den Teddy-Artikel zu lachen, sich hinter meinem Rücken das Maul zu zerreißen, herumzutratschen, was für eine aufmerksamkeitsgeile Hure ich doch war. Doch stattdessen hatten sie es vorgezogen, sich im hippiefizierten Wohnzimmer meiner Eltern zu stapeln und ihre Energie darauf zu verwenden, mich wieder aufzurichten – mir den Mut zum Weitermachen zu geben.

Ich lächelte tränenüberströmt und nickte.

»Die Schlampe sagt Ja.«

Die vierte Woche

Siebenundvierzig

Dad: »Was willst du damit sagen, Lottie? *Diese Aktion wird nie ein Ende haben?* Wie, nie? Was ist mit deinem Auswahlgespräch? Du hast versprochen, es wär nur für einen Monat, Lottie … Lottie?«

Mum: »Lottie, hier geht es um deine Zukunft. Deine ganze Zukunft. Wirf sie nicht einfach weg.«

Dad: »So hab ich dich nicht erzogen. Du bist hier nicht die Einzige, die schwer dafür gearbeitet hat, das haben wir alle. Als Familie. Sei nicht egoistisch, Charlotte. Das ist eine Riesenchance. Sie wird dein Leben verändern.«

Mr Packson: »Lottie, die in Cambridge werden nicht gut darauf reagieren, wenn du sie in deinem Gespräch auf jedes Vorkommnis von Sexismus hinweist … nein … nein … ja … ja, sicher wollen die eigenständiges Denken sehen … aber nicht diese Art von eigenständigem Denken, Lottie … Lottie?«

Evie: »Vielleicht gibt's in Cambridge ja auch gar nichts Sexistisches … Wie, da gibt's einen jährlichen Wettbewerb im Wackelpudding-Catchen? Bitte WAS?«

Amber: »Scheiß auf die Uni. Lass uns lieber auf Weltreise gehen.«

Mum: »Lottie, warum hast du mir nichts von diesem gemeinen Artikel erzählt? Lottie? Geht's dir gut? Das ist ja furchtbar. Warum hast du uns nichts davon erzählt?«

Dad: …

Ich: »Morgen ist das Auswahlgespräch, Will. Was soll ich nur machen?«

Will: »Was immer sich richtig anfühlt.«

Die Zukunft

Achtundvierzig

Folgendes wusste ich über Cambridge:

1. Männliche Studenten haben statistisch gesehen bessere Chancen auf einen Abschluss mit Auszeichnung als Studentinnen.
2. Circa achtundsiebzig Prozent des Lehrkörpers in Cambridge sind männlich.
3. Einmal im Jahr hält das Magdalene-College nach den Prüfungen einen Wettbewerb im Wackelpudding-Catchen ab, bei dem bikinibekleidete Studentinnen vor den Augen Hunderter männlicher Kommilitonen miteinander raufen, sich winden und begrapschen.
4. Aber es gibt auch reine Frauencolleges ... Ist das jetzt sexistisch? Oder gut?
5. Sie haben eine Frauenbeauftragte, die spezielle Workshops veranstaltet, in denen Erstsemester über die Wichtigkeit von »Sexueller Einvernehmlichkeit« aufgeklärt werden.

Mum und Dad hatten darauf bestanden, mich zu begleiten, obwohl sie nicht mit reinkommen durften. Wir fuhren schweigend, die Stimmung im Auto war so geladen, dass es krachte. Es hatte einen Streit nach dem anderen gegeben. Als Dad von Teddys Artikel erfahren hatte, war er kreidebleich zu Boden gesackt und hatte ganz krank ausgesehen. Den Rest des Tages hatte er kein Wort mit mir gewechselt. Ob jetzt aus Mitleid oder Scham, war für mich nicht festzustellen. Meine Tante war völlig durchgedreht. Sie hatte eigens angerufen, um zu sagen, dass ich Schande über die ganze Familie gebracht hätte. Doch wie immer Dad auch dazu stand, am nächsten Tag war er zum Frühstück erschienen und hatte mir eine Strafpredigt über die Aktion und Cambridge gehalten und dass ich nicht zulassen dürfe, dass die eine mir das andere ruinierte.

»Das will ich auch nicht«, sagte ich. »Aber ich will, dass sie mich so wollen, wie ich bin, und nicht meine runtergeregelte Cola-light-Version.«

Es war ein heller Wintertag, und die Sonne leuchtete so, dass alles einen richtig grellgelben Ton annahm. Wir fuhren an einem »Willkommen in Cambridge«-Schild vorbei, und es war, als führe man nach Hogsmeade ein. Ich hatte Fotos im Internet gesehen, doch die hatten mich nicht darauf vorbereitet, wie hübsch es hier in Wirklichkeit war. Märchenhafte Gebäude erstreckten sich gen Himmel, es gab richtige Kopfsteinpflasterstraßen, die aus richtigem Kopfsteinpflaster bestanden. Und überall waren Studenten, die in ihren Wintermänteln vorbeiradelten, in Gruppen herumspazierten, Kaffeebecher hielten, Bücher trugen, lachten.

Ich duckte mich in meinen Sitz, schämte mich dafür, mit meinen Eltern gekommen zu sein. Es war so schön. Ich schloss die Augen und versuchte, mir auszumalen, wie ich hier hineinpasste, und es ging ganz leicht. Ich hatte Visionen von mir, wie ich herumsauste und mir einen dieser schwarzen flachen Hutdeckel auf den Kopf drückte, obwohl man die, glaube ich, nur beim Abschluss trug. Ich stellte mir vor, was ich lernen würde, was für Leuten ich begegnen würde – wie ich wachsen und zu einem jener Menschen werden würde, die zu Großem bestimmt sind. In meiner Vorstellung sah ich glücklich aus, entspannt, erfüllt … und dann stellte ich mir das Wackelpudding-Catchen vor, und der Tagtraum zersprang in tausend Stücke.

Also jetzt mal ernsthaft – Wackelpudding-Catchen!

Meine Eltern und ich stritten uns darüber, wo wir parken sollten.

Meine Eltern und ich stritten uns darüber, wo wir zu Mittag essen sollten.

Meine Eltern und ich stritten uns, als die Kellnerin nach dem Essen meinem Vater die Rechnung hinlegte, und ich sie darauf hinwies.

»Lottie, es reicht. Bitte sag uns, dass du dich während des Gesprächs nicht so aufführen wirst.«

»Es ist ja nur ein Tag. Kannst du dich nicht einen Tag zusammenreißen?«

»Wenn sie wiederkommt, möchte ich, dass du dich bei der Kellnerin entschuldigst!«

»Lottie? Wo gehst du hin, Lottie?«

Ich schob quietschend meinen Stuhl zurück, schnappte mir die Tasche und preschte aus dem Café. Ich hielt es nicht mehr aus. Ich war zu aufgeregt und verängstigt und panisch und verwirrt und nervös und … und …

Ich flüchtete durch ein paar schmale Gässchen, bis ich sicher war, sie abgeschüttelt zu haben. Und damit sie sich keine Sorgen machten – oder zumindest nur die absolut notwendigsten –, schickte ich ihnen eine Nachricht:

Ich muss nur ein bisschen alleine sein. Treffe euch vor dem Eingang zum King's, fünfzehn Minuten vorher.

Während ich durch die Stadt ging, schwirrte mir der Kopf vor lauter Gedanken. Ich war aufgekratzt, neben der Kappe, und generell waren meine Gefühle völlig entgegengesetzt zu denen, die man vor einem Cambridge-Auswahlgespräch wohl haben sollte.

Ich fand den Weg zum King's College, teils mithilfe meines

Handys, teils mithilfe der Karte, die sie mir zugeschickt hatten. Mir blieb noch eine halbe Stunde.

Ich kannte das King's von Fotos aus der Broschüre, doch als ich dort ankam, verschlug mir der Anblick so dermaßen den Atem, dass ich ein paar Sekunden lang sauerstoffunterversorgt war.

Das College war wunderschön. Eine mit Nagelschere getrimmte Rasenfläche, umgeben von umwerfenden Gutes-Altes-England-Bauten, die murmelnd Geheimnisse, Wissen und Ansehen verbreiteten. Die berühmten Türme der Kapelle brannten aufwärts in den strahlend blauen Himmel, wie Pfeile, die mir den Weg wiesen.

Es war gerade warm genug, um den Mantel auszuziehen und als Sitzkissen auf der kalten Steinmauer zu verwenden. Ich setzte mich hin und legte mir die Gesprächsunterlagen auf den Schoß, um den Leuten zu signalisieren, dass ich irgendwie auch hierhergehörte, zumindest heute.

Aber ich würde nur hierhergehören, wenn ich reinkam …

Eine Gruppe Studenten spazierte vorbei, beladen mit Ordnern, lachend unterwegs zu einer Vorlesung. Sie sahen so glücklich aus, so stolz auf sich selbst, so … weiß auch nicht … zu einer Gemeinschaft gehörig.

In letzter Zeit hatte ich immer häufiger überlegt, wie es wohl werden würde, wenn sich Ambers, Evies und meine Wege am Schuljahresende trennten. Bei dem Gedanken wurde mir so schlecht, dass ich ihn nie zu Ende dachte. Aber es würde passieren. Die Zeit würde uns auseinanderreißen, uns in alle Richtungen verstreuen, uns erwachsen werden lassen, uns unterschiedliche Erfahrungen machen lassen, und wir würden uns einfach daran klammern müssen, dass wir uns beim Erwachsenwerden nicht zu sehr auseinanderentwickelten.

Ich würde neue Freundschaften schließen müssen, egal, wo

ich hinging, egal, wo ich schließlich landete. Und als ich mir die vorbeispazierenden Leute ansah, hatte ich wirklich das Gefühl, dass sie die Art von Menschen waren, mit denen ich befreundet sein könnte.

Ein Mädchen hatte die Arme um die anderen geschlungen, und als sie eben an mir vorbeigingen, sagte sie: »Ich weiß, dass das jetzt alles gewaltig untergräbt, was er gesagt und getan hat, aber barttechnisch – Mensch, also barttechnisch hatte Marx es wirklich drauf.«

Alles lachte. Ich wollte auch lachen, auch dazugehören, beschränkte mich jedoch auf ein eifriges Lächeln an der Mauer.

Das Mädchen bemerkte es und bremste ihre Schritte, ließ die anderen vorgehen. Sie deutete auf meine Unterlagen. »Bist du zum Gespräch hier?«

Ich nickte, entzückt, dass sie mich ansprach.

»Hast du Schiss?«, fragte sie.

Im Gegenlicht konnte ich ihr Gesicht kaum erkennen.

»Ich hab meine Eltern während der Fahrt dreimal anhalten lassen«, entgegnete ich. »Und die Fahrt dauert nur zwei Stunden.«

Sie lachte. »Ich hab mir auch so was von in die Hose gemacht«, sagte sie. »Aber es ist gar nicht so schlimm. Die ganzen Horrorgeschichten muss man nicht glauben.«

Ihre Freunde trödelten, warteten auf sie, und sie trat beiseite, auf sie zu, in den Schatten. Sie war hübsch, aber auf zurückhaltende Art. Blond gefärbtes, raspelkurzes Haar. Nur ein Hauch roter Lippenstift, sonst nichts. Ich kam mir doof vor in meinem Anzug.

»Gefällt's dir hier?«, fragte ich, damit sie noch blieb.

Sie lächelte, offen und aufrichtig, und ihr Lippenstift breitete sich auf ihrem Gesicht aus.

»Es ist großartig«, sagte sie. »Es ist dermaßen schwer …

aber das Beste, was ich je getan habe. Obwohl ich glaube, jeder sagt das von der Uni, auf die er geht.«

Ich spürte, dass sie mit ihrer Aufmerksamkeit schon halb weg war, riskierte jedoch noch eine weitere Frage.

»Ich hab Angst, dass ich mich im Gespräch nicht richtig benehme«, sagte ich. »Ich hab jede Menge … Überzeugungen.«

Sie trat näher an mich heran und spähte mir über die Schulter und auf die Broschüre. »Wofür hast du dich beworben?«

»Human-, Sozial- und Politikwissenschaft.«

Sie lächelte noch breiter. »Genau wie ich! Lass mich raten, du willst die Welt verändern?«

Mein Rotwerden sagte ihr alles und sie lachte.

»Portia!«, drängten ihre Freunde.

»Komme!«, rief sie über die Schulter und trat noch etwas näher, sodass wir beinahe auf Augenhöhe waren. »Also, wenn du gerade die Panik kriegst, dann lohnt sich's vielleicht, wenn ich dir sage, dass man hier nicht studieren *muss*, um die Welt zu verändern …«

»Aber?«, stieß ich sie an.

»Aber«, sagte sie, die Worte genau abwägend. »Ich müsste lügen, wenn ich sagte, dass es hier nicht der Wahnsinn ist. Es ist halt einfach nur …« Sie warf einen Blick auf ihre Freunde. »Etwas völlig anderes, verstehst du?«

Noch einmal ließ ich den Blick über die schmucke Umgebung schweifen. »Ich weiß … Irgendwelche heißen Tipps zum Abschied?«

Sie wandte sich zum Gehen. »Na klar!«, rief sie über die Schulter, als sie auf ihre wartenden Freunde zuging. »Wie für alles im Leben: Sei einfach du selbst.«

Ich sah ihr hinterher.

Sei einfach du selbst.

Auf diesen Moment hätte eigentlich alles in meinem Leben zulaufen sollen. Damit ich hineinkam in die heiligen Hallen – und dadurch die Chance auf weitere entscheidende Momente bekam, bis ich endlich, nach langer Zeit, in der Lage wäre, etwas zu verändern.

Wenn man in so eine Institution reinkommt, kann man was verändern.

Doch plötzlich, während ich noch mal in der Broschüre blätterte, aus der mir Studenten entgegengrinsten, die auf dem Rasen saßen und lernten oder steinerne Korridore entlangstolzierten, kam mir ein Gedanke.

Ich hatte bereits damit angefangen, etwas zu verändern.

Mit meiner Aktion hatte ich etwas bewegt. Sie hatte Samen gesät, Leute erreicht. Sie hatte Feuer entzündet, Köpfe erleuchtet, Meinungen geändert, Augenbrauen gelupft, Dialoge angestoßen, schlafende Hunde geweckt, Will umgedreht, Megan geholfen …

Und das alles hatte ich ohne den schicken Abschluss einer schicken Uni geschafft. Das alles hatte ich geschafft, ohne die richtigen Leute zu kennen, mich in den richtigen Kreisen zu bewegen und dort das Passende zu sagen. Ich war Lottie, also genau genommen niemand. Alles, was ich hatte, waren meine Stimme, mein Zorn und die Entschlossenheit, meinem Zorn, so gut ich es konnte, eine Stimme zu verleihen. Und was hatte ich damit nicht alles geschafft! Ganz allein damit. Na ja, damit und mit den zwei besten Freundinnen, die ich mir nur wünschen konnte.

Ich musste es nicht unbedingt hier hineinschaffen …

Ich hatte geglaubt, das müsste ich vielleicht, aber das stimmte gar nicht.

Ich konnte aus eigener Kraft überallhin, wohin ich nur wollte. Ich konnte selbst etwas verändern. Das hatte ich schon bewiesen.

Ich stand auf und rubbelte mir den kalten Hintern, wo die Feuchtigkeit des Steins durch meinen Mantel gedrungen war.

Und dann fasste ich einen Entschluss.

Ich wollte nur dann hierher, wenn sie mich um meiner selbst willen wollten. Ich wollte hier nur her, wenn sie mich nahmen so, wie ich war. Ich würde mich nicht verbiegen, damit sie mich nahmen.

Ich war bereit.

Neunundvierzig

Meine Eltern warteten schon draußen. Sie wirkten noch nervöser als ich. Ich hatte mit einer Strafpredigt gerechnet, doch bei meinem Anblick wurden ihre Gesichter ganz weich.

»Lottie!« Mein Vater umarmte mich. »Wir haben schon Angst gehabt, du kommst nicht.«

»Da bin ich.«

Mum sah plötzlich aus, als müsste sie weinen. »Hör mal, Schätzchen, wegen deiner Aktion …«

Ich hob die Hand. »Bitte, nicht hier.«

»Ich weiß, Schätzchen …« Sie nahm meine Hand. »Ich will einfach nur, dass du weißt, dass wir dich immer lieben werden, egal, wofür du dich entscheidest.«

Ich blickte zu Dad. »Werdet ihr das?«

Er nickte. »Ja, Lottie. Natürlich. Aber … also …« Mum musste ihn zusammengestaucht, ihm gesagt haben, dass er sich zurückhalten solle. »Denk einfach immer daran, was wirklich wichtig ist«, fuhr er fort und sah mich bedeutungsvoll an. »Auf lange Sicht.«

Ich erwiderte seinen Blick. »Das werde ich.«

Sie riefen mich auf die Sekunde pünktlich auf.

Trotz allem, was ich gerade beschlossen hatte, war ich unfassbar nervös. Die Panik traf mich mit voller Wucht, als mein Name vorgelesen wurde. Sofort waren meine Handflächen glitschig, und ich erhob mich schwankend, lächelte der Dame mit dem Klemmbrett schwach zu.

»Das bin ich.«

»Komm mit, Liebes.« Sie verschwand in einem prächtig verzierten Korridor, und ich folgte ihr und ihrer äußerst gelben Strickjacke, vorbei an Türen mit Schildern, die um Ruhe baten.

»Bitte sehr.« Sie hielt vor einer Tür und wies mich hinein.

Meine Hand zitterte auf der Klinke. Ich atmete tief durch, und bevor ich noch die Nerven verlor, trat ich schnell ein.

Der Raum war klein und gemütlich. An allen Wänden wuchsen wackelige Bücherstapel bis zur Decke.

Und da, in zwei dicken Ledersesseln, von einem Tischlein getrennt, saßen zwei Cambridge-Lehrende.

Zwei männliche Lehrende.

Männlich.

Alle beide.

Sie standen auf und beugten sich in meine Richtung, um mir die Hand zu geben. Der eine war älter, mit einem schlaffen, eisigen Händedruck: »Ich bin Professor Brown.« Der andere Typ, jünger, so jung, dass er sich wohl nur sporadisch zu rasieren brauchte, hatte einen festeren Griff und ein breites, offenes Lächeln.

»Charlotte Thomas, nett, Sie kennenzulernen. Danke, dass Sie gekommen sind. Setzen Sie sich doch.«

Ich merkte, dass ich mich setzte, mit meinen Händen herumspielte, sie in meinem Schoß drehte.

»Nun«, sagte Professor Brown. »Ich erkläre mal einfach, was jetzt passiert. Wir haben ja bereits den schriftlichen Test, der Teil Ihrer Bewerbung war, also werden wir uns darüber unterhalten. Und wir sprechen auch über Ihre persönlichen Beweggründe, sich bei uns zu bewerben. Im Grunde ist es eher eine Diskussion als ein Vorstellungsgespräch. Wir würden gerne mehr darüber erfahren, was Sie so denken.«

Ich denke, es ist eine Schande, dass ihr beide Männer seid.

Ich nickte. »Hört sich prima an.«

PRIMA? PRIMA? LOTTIE, WANN HAST DU JE ZUVOR DAS WORT PRIMA BENUTZT?

Soll ich ansprechen, dass sie beide Männer sind? Ist das sexistisch? Oder bloß Zufall? Vielleicht habe ich bei meinem nächsten Gespräch zwei Frauen? Es hieß, dass es vielleicht mehrere Gespräche gibt. Soll ich danach fragen? Soll ich es ansprechen? Ich wusste, dass ich es tun sollte, ich wusste, was ich beschlossen hatte, da draußen im Hof, vor nicht mal einer halben Stunde, doch aus irgendeinem Grund zitterte ich noch immer.

»Also …«, sagte der junge Mann. Er hatte seinen Namen genannt, aber ich hatte ihn vergessen. Julian? »Wir haben Ihr Bewerbungsschreiben gelesen, und dort führen Sie an, dass Sie sich für Frauenforschung interessieren?«

O Gott. Sie stürzten sich direkt auf den Feminismus. Von all den Dingen, die ich in dieser verdammten Bewerbung geschrieben hatte, stürzten sie sich direkt auf meine Achillesferse. Hatten sie von meiner Kampagne gehört? Spielten sie darauf an?

»Dass Sie an Ihrer Schule eine Art Arbeitsgruppe gegründet haben?«

Ich schluckte, vielleicht nickte ich auch. Ich schwankte. Mein Kopf fühlte sich an, als sei er von allem losgelöst – vor allem von meinem schweißnassen Körper.

»Ja, das ist richtig.«

»Nun, wie Sie wissen, heißt unser Studienzweig Human-, Sozial- und Politikwissenschaft, und dort ist die Rolle der Frau natürlich durchaus ein Thema …«

Deshalb hatte ich mir den Studiengang ja ausgesucht.

»Und angesichts dieser Tatsache«, fuhr Julian fort, »lautet

unsere erste Frage: Wenn Sie die Möglichkeit hätten, was würden Sie tun, um die gesellschaftliche Ungleichheit der Geschlechter zu beseitigen?«

Meine Augen wurden groß.

Das konnte ich nicht beantworten, ohne auf alles einzugehen. Auf alles, was ich getan hatte. War das der Grund für diese Frage? Und wenn ich meiner Aktion treu blieb, würden sie sich daran stoßen, wenn auch ich ihnen ein paar sehr dringende Fragen stellte?

Ich wusste, was sie hören wollten. Mr Packson hatte erklärt, wie sie vorgingen, und ich wusste, dass sie wollten, dass ich die Frage auseinanderpflückte. Um meine Belesenheit zu demonstrieren, um zu demonstrieren, dass ich logisch denken konnte, um zu demonstrieren, dass ich zu unabhängigem Denken fähig war (solange ich mich dabei nur schön auf die unabhängigen Gedanken etablierter Wissenschaftler berief).

Sie fragten das nicht, damit ich ihnen von meinem Videokanal erzählte.

Dabei war der Videokanal ja genau das: mein Versuch, die Ungleichheit der Geschlechter zu beseitigen. Und ich war stolz darauf. So dermaßen stolz darauf.

»Charlotte?«, mahnte der Professor, nur mäßig beeindruckt.

Ich hatte nicht geantwortet. Ich hatte kein Wort gesagt. Ich wusste, dass ich an einem entscheidenden Punkt angekommen war – dass dies ein Moment war, der mein Leben in ein »Davor« und ein »Danach« unterteilen würde. Ich wusste, dass ich ins kalte Wasser springen wollte … doch alles, was man mich je gelehrt hatte, war, in solchen Situationen mitzuspielen und zu gehorchen.

»Entschuldigung«, murrte ich und versuchte, noch etwas Bedenkzeit rauszuschinden. »Ich denk noch nach.«

Das kam deutlich aggressiver rüber als beabsichtigt. Professor Brown hob eine Augenbraue. Julian ging netter damit um.

»Vielleicht möchten Sie laut nachdenken, Charlotte? Dann können wir sehen, wie Sie zu Ihrer Antwort gelangen?«

O nein, mir blieb die Luft weg. Mir blieb völlig die Luft weg. Und ich hatte noch nicht mal auf die Tatsache hingewiesen, dass sie beide Männer waren … wenn ich das überhaupt machte … Was zum Henker sollte ich tun …? Das hier war meine letzte Chance, eine Entscheidung zu treffen. Eine Arbeitsbiene sein? Diejenige sein, die sie haben wollten? Einen Tag lang alles runterschlucken? Ist ja nur ein Tag! Lernen, wann sich das Kämpfen lohnt und wann nicht? Lernen, dass manche Kämpfe das Opfer nicht wert sind? Dass es manchmal, nur manchmal, sinnvoll ist, beide Augen zuzudrücken? Vor allem, wenn das Ergebnis auf lange Sicht besser ist?

Immer noch sagte ich nichts. Langsam wurde es peinlich. Mir blieben wohl noch dreißig Sekunden, bevor sie mich abschrieben … An der eigenen Nervosität gescheitert … wie schade, wie schade … Doch ich war nicht aus dem Grund nervös, den sie vermuteten.

Wenn man für etwas kämpft, woran man glaubt, dann begegnen einem jede Menge Hindernisse. Leute, die nicht oder nur zum Teil der gleichen Meinung sind, Leute, die es genießen, einen plattzumachen, Leute, die sich von starken Überzeugungen bedroht fühlen.

Aber so langsam wurde mir klar, dass die größte Hürde, die es zu überwinden gilt, man selber ist.

Würde ich mich sabotieren?

Oder würde ich mich vielmehr befreien?

Mir fiel ein, was Megan gesagt hatte: *»Denk mal zurück an den Anfang, Lottie. Warum hast du überhaupt mit dem Ganzen begonnen?«*

Und ich dachte zurück an den Zug, an den Zug und die Schienen und den Hebel. Und dass ich tief in meinem Inneren wusste, dass ich nie diejenige sein wollte, die den Hebel betätigt.

Ich wollte ein Mensch sein, der sich selbst in die Augen sehen kann.

Ich wollte ein Mädchen sein, das weiß, dass man die untersten Steine der Pyramide herausreißen muss, um die oberen zu stürzen.

Ich wollte die Lottie sein, auf die sich all diese E-Mails bezogen, die letzte Woche vorgelesen wurden – von einem ganzen Zimmer voll mit den besten Menschen, die ich je kennengelernt hatte.

Ich wollte die Dinge auf meine Weise verändern, um zu zeigen, dass es keine richtige oder falsche Art gibt, die Welt zu verbessern. Dafür braucht es keinen Eingangstest. Dafür muss man keine teuren Studiengebühren zahlen. Keine Kreide fressen und Kröten schlucken. Man braucht nur sich selbst, die eigene Wut und die eigene Stimme. Wenn man nur den Mut hat, sie zu erheben.

»Charlotte?«

Ich blickte auf und sah ihnen direkt in die Augen. Ich öffnete den Mund, um zu sprechen.

Es führt kein Weg zurück – nicht, wenn man einmal den Schleier gelüftet, nicht, wenn man einmal die Augen geöffnet hat. Man kann es nicht alles in die Truhe zurückstopfen, nicht, wenn man es erst einmal wahrgenommen hat. Man kann nicht so tun, als wäre nichts.

… So viele Menschen tun, als wäre nichts.

Ich wollte kein solcher Mensch sein.

»Was ich tun würde?«, sagte ich mit einer Stimme, die so souverän klang, dass sie selbst mir fremd vorkam. »Nun, zunächst einmal würde ich die Frage stellen, warum mein Auswahlgespräch für die prestigeträchtigste Institution des Landes von zwei *Männern* geleitet wird. Und anschließend …« Ich atmete kurz durch …

»… anschließend möchte ich Ihnen erzählen, warum ich das frage.«

Ein Brief von Holly

An meine Mit-SpinsterInnen

Ich war fünfundzwanzig, als ich auf dem Weg zur Arbeit sexuell belästigt wurde. Im Grunde ist mir eins zu eins das zugestoßen, was Lottie zu Beginn des ersten Kapitels erleben muss. Ich machte gerade ein sehr schlimmes Jahr durch, und an jenem Tag machte etwas in mir klick. Ich wusste, dass ich dem ein Ende setzen wollte. Allem. Ich wollte nicht, dass irgendeinem anderen Mädchen auf der Straße je wieder das geschieht, was mir geschehen war. Das war der Tag, an dem mir die Idee für diese Trilogie und die Spinster Girls Evie, Amber und Lottie kam.

Manchmal möchte ich mich bei diesen grauenhaften, widerwärtigen Männern im Lkw bedanken. Weil sie ja tatsächlich mein Leben verändert haben. Beim Schreiben dieser Bände habe ich mich verändert – die Bücher haben mir geholfen, zu wachsen, zu lernen, mich zu entwickeln. Und großartigerweise zu erleben, wie ihr alle ebenfalls auf sie reagiert habt. Ehrlich, ich hätte mir nie träumen lassen, wie lustig, zornig, stark, aufrichtig, brillant und supercool meine Leserinnen sein würden. Immer wenn ihr mir schreibt, dass ihr einen eigenen Spinster-Club gegründet oder euch gegen irgendwelchen sexistischen Schwachsinn gewehrt oder am Internationalen Frauentag eine Schulversammlung einberufen habt, wird mir so unglaublich warm ums Herz, dass ich es gar nicht beschreiben kann.

Auch nach drei Büchern über den Feminismus bleibt mir das Gefühl, dass die Spinsters und ich erst die Spitze des Eisbergs freigelegt haben, der sich Ungleichheit nennt. Ich habe zum Beispiel noch kein Wort über all die anderen Arten von Diskriminierung verloren – Diskriminierung wegen der sexuellen Orientierung, wegen einer Behinderung … Ich habe weder Rassismus noch Genderidentität noch soziale Ausgrenzung behandelt. Ungleichheit ist wie eine wirklich miese Zwiebel: Eine Unterdrückungsschicht liegt über der anderen und hält unterschiedlichste Menschen auf unterschiedlichste Art klein. Meine Erfahrungen als Frau werden anders sein als eure. Lotties, Ambers und Evies Erfahrungen werden euren nicht völlig entsprechen. Und falls ihr einer meiner großartigen männlichen Leser sein solltet, heißt das nicht, dass ihr nicht ebenfalls unterdrückt werdet (oder dass es euch verboten wäre, ebenfalls ein Spinster zu sein!).

Ich konnte nicht alles behandeln. Doch was ich mir von diesen Büchern erhoffe, ist, dass sie euch dazu inspirieren, für den Wandel zu kämpfen, den ihr euch ersehnt. Dass sie euch dabei unterstützen, eure Stimme zu finden und zu benutzen, ganz gleich, wer ihr seid, was ihr erlebt, was ihr durchgemacht habt. Eure Stimme zählt. Eure Erfahrungen zählen. Eure Wut zählt. Gemeinsam können wir dagegen kämpfen. Gemeinsam sind wir stärker. Gemeinsam können wir für eine Welt kämpfen, die für alle, die darin leben, eine gesündere und glücklichere ist.

Ich schreibe das hier am ersten richtigen Frühlingstag des Jahres 2016, mit Narzissen vor dem Fenster. Ich weiß nicht, wo ihr sein werdet, wenn ihr das hier lest. Aber wo immer es auch sein mag, ich strecke meine Hand durch den Computerbildschirm und ergreife eure, während ihr dieses Buch lest. Ich reise durch die Zeit, um euch zu sagen: MACHT ES. Ich will EURE Stimme hören. Ich will EURE Erfahrungen hören. Was euch passiert, was ihr durchmacht, das zählt. Eure Stimme zählt. Ich reiche die Fackel weiter. Ich will sehen, wie sich das Feuer ausbreitet (nicht wörtlich gemeint, bitte, passt gut auf euch auf). Wenn diese Bücher in euch etwas bewegt haben, möchte ich, dass ihr damit etwas anfangt und selbst etwas bewegt.

Leicht ist das nicht. Das ist es selten, wenn man für das Richtige kämpft. An manchen Tagen werdet ihr zu erschöpft oder zornig sein, um euch zu wehren. Manchmal kann es sogar zu gefährlich sein. Manchmal werdet ihr dabei etwas falsch machen oder eure Meinung ändern oder zur Riesenheuchlerin, zum Riesenheuchler werden und dafür von anderen gevierteilt. Ihr werdet Menschen begegnen, die mehr Monster als Mensch sind. Ihr werdet erleben, wie ihr eure Wut, eure Erfahrungen praktisch täglich vor anderen rechtfertigen müsst – nicht nur vor den Mächtigen, sondern auch vor anderen Feministinnen. Sogar manchmal vor den Menschen, die ihr liebt. Aber ihr seid nicht allein. Sucht euch Menschen, die es kapieren. Gründet einen Spinster-Club. Findet Leute, die »Ich auch« sagen, statt eure Erfahrungen zu leugnen. Es gibt sie. Sie fühlen mit. Sie verstehen. Und wenn ihr nach ihnen sucht, werdet ihr sie finden. Und damit verändert sich alles. Es macht den Kampf so viel leichter.

Danke, dass ihr diese Reise mit mir gewagt habt. Ich bin sehr gespannt, auf welche Reisen ihr euch noch begeben werdet. Auf die unglaublichen Dinge, die ihr bewirken werdet – ich glaube fest dran. Und natürlich an die Käsecracker, die ihr dabei verzehren werdet.

Spinsters – jetzt seid ihr dran!

Alles Liebe
Holly